颜炼军，1980年生于云南大理，文学博士，现为南京大学文学院教授。英国伦敦大学亚非学院访问学者，曾任教于浙江工业大学人文学院。已出版《象征的漂移》《诗的啤酒肚》《世上谩相识》《海豚说着我听不懂的语言》等专著或文章集，另编有《张枣的诗》《张枣诗文集》（五卷本）等。

象征的漂移

——汉语新诗的诗意变形记 （修订本）

颜炼军　著

浙江大学出版社
·杭州·

图书在版编目（CIP）数据

象征的漂移：汉语新诗的诗意变形记 / 颜炼军著
-- 杭州：浙江大学出版社，2024.9
ISBN 978-7-308-24974-4

Ⅰ．①象… Ⅱ．①颜… Ⅲ．①诗歌研究－中国 Ⅳ．
① I207.22

中国国家版本馆CIP数据核字（2024）第 099127 号

象征的漂移

汉语新诗的诗意变形记（修订本）

颜炼军　著

责任编辑	王荣鑫
责任校对	李瑞雪
封面设计	项梦怡
封面插图	颜阿蛮
出版发行	浙江大学出版社
	（杭州市天目山路148号　邮政编码：310007）
	（网址：http://www.zjupress.com）
排　　版	浙江大千时代文化传媒有限公司
印　　刷	浙江海虹彩色印务有限公司
开　　本	710mm × 1000mm　1/16
印　　张	23
字　　数	262千
版 印 次	2024年9月第1版　2024年9月第1次印刷
书　　号	ISBN 978-7-308-24974-4
定　　价	98.00元

版权所有　侵权必究　　印装差错　负责调换
浙江大学出版社市场运营中心联系方式：（0571）88925591；http://zjdxcbs.tmall.com

新版序

密响与映照

刘淑玲

这部书稿是颜炼军的博士论文,从起笔到现在已经过去了 15 年。再版之际,他希望我写几句话,于是我把他的文字重读一遍,往事历历在目。这篇论文的重要见证者——诗人张枣再一次回到我的视野里,他已经离去 14 年了,时间真快。

2007 年,张枣作为引进的海外学者来到我们教研室任教,他完全不熟悉我们这一套教学流程,但是学生们却感到欣喜,他带来了古典意趣中的现代观念,汉语之外,他精通英语、德语、法语、俄语、拉丁语,语种不通常常成为屏障使我们迷失在丛林里,他却能穿透这片迷雾,带领学生重新透视里尔克、《野草》、闻一多……他重构汉语的能力、采集古典语汇和化用欧陆语言的能力让学生们着迷。

颜炼军就是沉醉其中的一个,他和张枣有诸多共鸣。有好几次他告诉我,张枣老师的课堂是多么有趣:"无论学生谈吐优劣,张老师都会找出优点鼓励。他说教学的最高境界,要像孔子讲学或柏拉图学园那样,有教无类。

他还说,文学教育不是教知识,而是帮助学生发现自己的趣味。他认为在今天,知识是便宜的,记住了又会忘记,趣味却可以久远,伴随一生,伴随任何职业。"张枣离世后,颜炼军也把这些话写在了他的回忆文章里。

写这篇序的前几天,刚好读到苗怀明老师回忆我的导师郭志刚先生的文章,《记郭志刚教授和他的中国现代文学研究课》,生动朴素地记述了我的导师郭志刚先生的研讨式授课方式,他给予学生各抒己见的开放与自由,鼓励与宽容学生的论辩,包括对他自己文章的质疑,先生虚怀若谷,不只运用了开放的形式,还有开放的气度。

张枣初到中央民族大学的教学方式竟然和郭老师不谋而合,可见,好老师最核心的教学方式有一点是相通的:启发学生发现他自己。

在我看来,颜炼军的博士论文写作也是他发现自己的过程。

那段时间,他和张枣亦师亦友,经常一起在午夜将至时在校园外的酒馆里相聚,我想,他博士论文的最初思路,一定也在和张枣海阔天空的夜谈里撞出了丝丝火花。

他最初的题目是《空白与浑圆——汉语新诗中的悖论修辞》,他认为悖论修辞是一个非常核心的诗学问题。悖论修辞所针对的正是诗歌最难以描绘的部分,包含的各种悖论,某种意义上,也是现代中国意识中最暧昧、难以面对,却也是最迫切地需要理清的部分。对汉语新诗中的悖论修辞进行文学和文化释读,展示不同新诗文本之间的密响,进而延伸出对新诗建设与中国现代文化建设之间的关系的一些思考。

我非常理解他在这里使用了"密响"一词:这是一个有着高昂学术激情的少年立志寻觅诗歌纵深而幽微处的密码,他想在中西古今诗歌文本的撞击中倾听并解析这些声音的由来、涌动、变迁,以及它们由语言而濯照世界的梦想,通过对诗歌本质的追问,触摸在汉语新诗历史发展链条中的"隐秘"力量以及它波澜壮阔的内驱力,来对抗汉语新诗所面对的危机与困境。

我相信在文学研究中,"激情和热爱"是最有效的发动机,即使面对枯燥和繁琐的考证,这份热情做底也会带领研究者穿越漫漫长夜,以皓首穷经般的思索为乐趣。

当然,激情和学理之间还有一段艰难的路要走,我看到他在不断自我否定又重建信心的摸爬滚打中,渐渐逼近了论题的核心,也构筑起了清晰的研究框架。他拿出了一稿又一稿,每一稿他都有更加明确的目标。

2009年底,我到伦敦大学亚非学院访学,为期一年,颜炼军的论文正在写作中,那个时候跨国沟通很困难,只有邮件联系,虽然我对他的写作充满信心,但我还是担心他会自说自话,我担心他对诗歌文本没有足够的把握,我也担心他对论题的展开何以逻辑自洽……临行前我给张枣打了电话,郑重地把颜炼军托付给他,那时他已经生病了,只是我们都不知道,包括他自己。他说:"放心,我和炼军会随时讨论论文,论题中也许还有一些矛盾在,比如'空白与浑圆'也许不够准确,呈现变化,才能建立新机制。到时候我和他聊吧!你要面对的就是伦敦的寂寞,一定要有心理准备:那里很寂寞的!"正如颜炼军在论文后记里所说,在张枣的建议下,题目最后改为现在的"象征的漂移"。

在伦敦,时常接到颜炼军的邮件,告诉我论文的进展,也告诉我张枣老师和其他师长对论文的建议:

> 我论文第三章写现代汉语诗歌与爱国主义抒情,已经写了6000字,这章有点难写,尤其是要有新意。第四章写现代汉语诗歌中的边疆想

象,会涉及少数民族文化与主流文化的关系。算是民族大学论文的特色。不久前,我已经就此在张海洋老师（中央民族大学人类学教授,颜炼军参与过他主持的学术论坛）那里做了一个讲座,谈论的就是当代主流诗歌抒情中的少数民族文化元素。第五章分析一组当代诗歌中的意象,分析现代汉语崇高性的重构问题,其中写完的一部分……准备发出来。第六章写当代汉语诗歌对日常生活的诗意转换,还没有动笔。应该说,中间的逻辑已经比较清楚。各章的写作意图也比较清楚了。我想有一个长线条的纵向视角来看汉语诗歌诗意重构的问题。

我觉得,第四章会很有意思,因为我没有看到谁认真谈论这个问题:少数民族文化元素对于当代诗歌的意义。从五十年代的边塞诗,到杨炼、海子,一直到当代的许多诗人,都不约而同地动用少数民族文化元素,而且五十年代与八十年代动用的逻辑很一样——即使文学本身发生了那么多的变化。西方文学研究中,人们会关注主流文学中的地方性知识或异域知识的作用,而中国当代文学,尤其是诗歌,这个方面很有说头。而且可以看出汉语新诗中很多内在的问题。尤其是比如,1949年之后,诗歌是如何想象这个国家的,对于边疆的想象和生产,八十年代,诗歌的变革又是如何利用少数民族文化元素的,等等,许多有意思的问题。

……

这样的邮件总是如期而至。

直到有一天,我的邮箱同时收到了敬文东和颜炼军告知我的信息:2010年3月8日,张枣在德国病故。

颜炼军给我写信说:

张老师的去世,对于我来说,有许多隐秘的损失,似乎我也死去了一点点。每一个身边去世的人,都会让我们死去一点点,只是有的人去世,加深了我们的隐痛,让我们重新思考死亡这个人类永恒的困难。

想想,张老师在民大与我交往也许是最多的,对我有许多帮助,我们也结下了很好的师生情谊,看着他给我留下的书,想起细节种种,真是难过。愿张老师在天堂依然那么快乐。可惜我们中间少了一个这么有见识、有书卷气质的长辈和友人。诗歌中的张枣形象,就这么让人遗憾地定格了。人走了,只剩下诗。纵有多少文采风骚,也留不住那故人的风华了。

学生失去了他挚爱的老师,死亡也戛然中断了那些沉醉的夜谈时光。张枣走后的一段时间,颜炼军论文写作慢下来了。

我有点担心,给他发去邮件:

惦记着你的论文,不知道你写的怎么样了。说真心话,能够宽心地让你这么写下去,真的是因为有张枣,我想这论文他肯定会帮你堵上疏漏的,所以也就由着你往前走。但是他离开了,我真的有点慌了,不是我不信任你,虽然我知道你的自信满满的,但是我还是特别地担心,因为你涉及的问题是我不熟悉的,不知道是否能够准确地把握它们,所以,请你务必快一点让我知道你论文现在的进展情况。

这封邮件之后,颜炼军回复了我一封少有的长信:

张老师对我有许多帮助和启发,我特别感谢,特别幸运。但事实上,对他给我提供的思路我也有所保留,因为他提出的目标,超出我的能力范围。年前,我把曾给你看过的第一章做了许多修改,后来给西渡老师看过，他给我提出了一些意见，也提供了很多可以做夯实之用的材料，他说这是他见过的我写得最好的文章，并询问我后面的思路。也许西渡老师和张枣老师作为诗人，能够理解我的细腻和敏感，以及所涉及的问题，而我记得这个特点，曾被你描述为'自说自话'，我也能感觉到，敬老师对我论文写作方式的暧昧，因为他这几年的兴趣不在文学研究，加之对我写作的路子有所保留。但好在敬老师一如既往地尊重和原谅我的个性和缺点，没有他这一点，我也不会继续读书到现在，没有他这一点，我此前所有的写作都不可能。当然，我也不可能奢求每个老师或长辈都能对我所写的专题都赞同，因为各有专长和兴奋，何况对于一个还没有写出来的东西，即使得到褒奖，总是鼓励的成分多。因此，刘老师说的自信乃至骄傲，我都没有资格，如果这在以前，是一个年轻人为寻找自信而做的姿态，而现在，我发现每个人对自己所要做的东西，都难以到达自信的程度（张老师、敬老师还有你，不都是这样么？我们敢对自己做的每一件事情抱有十足的信心么？）所以我也不用这种"自信"，唯一可以做的，就是坚持下去，做自己能力范围之内可以达到的，好好完成一件作业，好好完成一次修行。

这就说到我的论文，这何止是你担心的事！你的担心，是因为师长的责任而担心。而我的担心，则是关于我的整个研究观念的担心，关于我的文学观念和学术观念的担心，甚至是关于学业和整个生命价值追寻的担心。当然我的一切担心，只是延续了你们经历过的担心，但没办法，人都得重走老路，当新路，以求生生不息，妙手回春。

我理解他这封信背后的声音，即使张枣是这几年来对他影响最大的人，从学术方法到打开的视野，从诗歌观念到到语言意识，都给了他一个新世界，但是,学术之路是每个不同的个体生命价值的映现,每一个生命都是创新的,他期待的自己是:生生不息,不断回首,不断向前。

我知道,他在努力成为他自己。

张枣有一句诗:"我在你身上等我,你祖父般长大／你呀,妙手回春者也。"颜炼军说:"我觉得他这句诗似乎是对我说的。"

的确,生命是一个链条,回环不已,祖父是我的来处,我又是等待长大的祖父,在这往复的承接中,生命没有静止,不断地往前走,旧在新的姿态中重生,于是新的生命降临——妙手回春。

颜炼军这篇论文如期完成。2011年通过答辩。他写作的过程中,我不断地看到学术研究带给他的自我建构和成长,此时,张枣已经不只是启发他论文写作的师长,更成为他重要的研究对象之一。他知道那"生生不息","尽管一切都会四散,但灵魂的气息正如尘埃,不会消逝"。

如今,颜炼军已经从这篇论文写作时的毛头小伙成长为慈爱的父亲、温柔的丈夫和大学教授,这些年,他陆续编辑出版了《张枣的诗》、《张枣随笔选》、《张枣译诗》、《张枣研究集》、《张枣诗文集》(五卷本)等。这篇论文重新再版,我想,他一定愿意把它呈献给张枣,这些文字无不折射着他们在课堂上、小径中、酒馆里共同经历的夜晚和白天,那些无数灵魂映照的瞬间;我也愿意在这里写几句话,借此怀念我们教研室那些无比欢快、相互温暖、共同奋进的美好时光。

也感谢小掬,在这篇论文写作的日子里出现在颜炼军的身边,照亮了他的日常生活。有一次他给我的邮件是这么写的:

> 我写信的时候,小掬在我身后走过。我们在杭州有一个小家,因此

我常过来……我最近读了几本认知语言学的书,这是小掬的专业,我们之间常常有些讨论,和我论文有许多契合之处,而且我发现,此前我们谈文学的语言学视角太粗疏了,而我的论文对这块的需要其实是很多的,这的确也是结婚带来的收获之一。

颜炼军写作的勤奋与高效有目共睹,这篇博士论文之后他的研究领域也在不断地展开,硕果丰盛。但是,我还是愿意记下与这篇论文有关的那些琐粹的日子,难以磨灭。

2024 年 5 月 11 日深夜

序

语言如果成立，意义自会显现

赵　野

一

我还记得读到《祖先睡在离我们不远的地方》时的欣喜，我读到了触及汉语诗歌秘密的文字。那是去年秋天，一个与那篇文章的意蕴和表述相契的季节，我正在思考"兴"与中国当代绘画之间，能否找到一种联系，之前我已相信，"兴"是中国诗歌甚至中国文化里，最迷人也最本质的一个概念。文章发表在泉子编的《诗建设》第 10 期，作者是颜炼军。窗外天空高远，落叶悠然，我在心思往返中，记下了这些对我深有启发的语句：

"兴"通过所命名或指涉之物，来完成人与神之间的往来，亲证了世界"看不见"的部分。

"兴"是事物、语言和经验之间的相互唤醒，三者的叠加、回响，呈现的是一种内在的自由。

汉语新诗必须建立起自己描写新的经验和事物的自由传统和词语魔术，建立起新的"写物"之辞，与新的物外之"意"契合，以新的、敞开的形式来安排事物和经验的秩序。

"兴"在脱离了神话和宗教意义后,……依然作为一种"野性的思维"……,不断促成物我之间充满惊讶的遭遇和共鸣。这是一种心与物之间的自由回响,是一种想象的自由,也就是诗意的自由,我们甚至可以说,这是对人神共处的自由状态的永不疲倦的模仿。

二

敬文东兄为人为师,皆有民国风范。数年前就向我多次提起他的几个学生、颜炼军、张光昕、曹梦琰,说是为中国诗歌找到了几棵好苗子,深感自豪。炼军好像早早去杭州了,几次私下酒局,文东带着光昕和梦琰前来,我和他们已熟悉。后来我曾代《艺术时代》杂志,约光昕写了一系列诗学文章,梦琰则受师命,写过一篇我的评论,他们二人的才情、见识及文字,不负乃师夸誉。文化本是一种传承,需要一代代薪火相传。

我和炼军后来在公共活动中,打过一两次照面,北京的匆忙熙攘,不会让人在这种照面里,对谁有较深的印象。张枣仙逝后,我知道炼军下了很多功夫,编辑出版他的诗集和随笔集,其诚昭昭,其心眷眷。我和枣兄相识二十多年,一直认为他是这一百年里最大的语言天才,其对汉语诗歌及汉语本身的贡献,应该成为当代文化极为珍贵的部分。炼军倾心于此,想来除了报师恩,也是持有同样的价值判断。

去岁末在上海见到何言宏兄,向他提起炼军的这篇文章,他说这只是炼军博士论文的一章,我遂满怀期待,向炼军要来这份全稿《象征的漂移》。短信沟通中，知道他生在大理乡下，长于苍山洱海间，就更多了一份亲切。大理啊，那是中国我最喜欢的地方，我和好多朋友的终老之地。

三

波德莱尔定义的现代性，一半是瞬时、即兴、变化，而另一半是永恒。尼采说上帝已死后，西方古典主义诗歌丧失了神性的基础，诗人们独自面对巨大的虚无，成为现代社会的外人。最好的现代主义诗人，波德莱尔、马拉美、里尔克、艾略特、叶芝、庞德、奥登一脉，则通过重新激活古典神性资源，建立新的现代抒情神话，书写新的崇高性，将现代社会的各种危机和消极性，转化为有效的抒情，从而证明了现代主义诗歌的诗意能力。

汉语古典诗歌，有着更悠久的传统、丰富性和成就。古典诗歌世界具备坚实的形而上学基础："原道"，对不可企及的世界本质的遵循；"征圣"，对圣贤高士理想人格的追慕；"宗经"，修辞立诚，不逾矩。两千年来，语言与事物之间，已经形成了一整套精致的、几近穷尽的诗意，源源不断为古典中国的日常生活输出崇高感和美感。当天下体系崩塌，古典诗歌的形而上学基础随之解体，诗人面临诗意的巨大空白。

本书一开篇，即以西方现代主义诗歌为参照，优美表述了汉语诗歌的根本性特征，和遭遇的现代性困境，并高蹈指出现代汉语诗歌，应该化解和分担这场浩大无边的生存危机，写出存在中的难言之隐，把生活、历史乃至世界的一切，内化为诗的崇高，彰显现代中国人存在本质的诗意性。"没有诗意进取，现实便不能独自成立"，这个断言有着古希腊般的自信和明确，难道这就是我们要建立的新的形而上学基础?

在今天,一个成熟诗人一定要能回应这些价值观,让世界的梦想,存在于一首诗中。

四

1946年,隐匿在浙东乡野的胡兰成,开始著述《山河岁月》,在中国文化中,独挑出一个"兴"字,来展开他的历史抒情。胡兰成认为礼与乐是中国文明的基础,而"兴"正代表了乐的精神。在胡兰成那里,"兴"是万物的自然呈现,"大自然的意志之动为兴,大自然的意志赋予万物,故万物亦皆可有兴。诗人言山川有嘉气,望气者言东南有王气,此即是兴"。

胡兰成的历史抒情,有些似是而非,大而无当,用在审美范畴,却很精妙。诗人具备一种古今同在、当下永恒的能力,"兴"正是抵达的要隘。明了"兴",即能明了汉语独有的那份鸢飞戾天、鱼跃于渊的本真自然。"兴"的奥秘与滋味,不独属于中国古典诗歌,而是属于汉语和汉语文明。新诗要在一种新的经验下,赋予事物以新的感觉和情欲,重建与世界的亲密关系,"兴"无疑是再生的一个原点。它可以唤醒我们业已迟钝的对物的通感,把备受现代性与意识形态双重蹂躏的语言,集合成美的冲锋队。

炼军在书中对"兴"的辨析,完全契合了我多年所思。当代语言晦暗不明,"兴"是幽微之处一道被遮蔽的光。汉语需要它的探路者和突进者,我们也许应该集体前行。

五

  二十多年前,我写过一篇短文,说现代汉语还不成熟,后来我又多次陈述过同样的观点。在世界文明史里,现代汉语是一个独特的现象,古汉语和现代汉语的关系,与古英语和现代英语的关系,一定有根本的差异。古汉语的书写语言,是独特的文言文系统,和日常说话全然不同。明清的白话写作,几近口语,当时不是主流。"五四新文化运动"在语言上完全废弃了文言文,采用白话写作。白话文应被看作一种新的语言,其句法、节奏、气息,都是口语的,它的词汇构成,却来源于日常用语、翻译语言和文言文。后者其实是基础与核心的部分,能带出整个汉语文明与历史,让现代汉语诗歌写作充满可能性。当时,翻译文体压倒性覆盖了新诗的写作,我很少看到这种敏感、认识与成果。

  《风雨如晦》一章,即我最初读到的《祖先睡在离我们不远的地方》,最能见出作者的见识及对汉语的微妙把握,触角伸到了很深的地方。汉字的象形性,赋予汉语丰富、多义的质地,汉语诗歌中人、神、物之间的象征和呼应,充满各种契合点,彼此在召唤和暗示,而这一切的实现,正是通过"兴"。这正是汉语的诱惑所在,我不知道今天的诗人,有多少能领悟到这点。

  我以前写过一段话,可与炼军互证:汉语是有思想的语言,我们现在使用的每一个字,在起源上都和世界万物有着某种特定的关系。中国文字一开始,就有丰富的隐喻性。孔子说:"小子!何莫学夫诗?诗:可以兴,可以观,可以群,可以怨;迩之事父,远之事君;多识于鸟、兽、草、木之名。"即是说,诗中有世间的秩序和万物的象征，我们读懂了诗，就能知晓山的静默，水的流动，以及鸟兽草木的鸣叫生长，对我们命运的影响和暗示。迹象即征兆，一切皆有深意。汉语诗歌的秘密，或迷人之处，就在于呈现物与物，或象与象之间的内在关系。

六

如果相信一句老话，太阳底下无新事，我们似乎可以说，西方各大语种的诗人，已经穷尽了他们的一切可能，如史蒂文斯所说，"天堂与地狱的伟大诗篇都已写下"。当代中国诗人因为现代汉语的独特性，和他们有着不一样的处境。我们还未涉及天堂，未涉及地狱，只是纠缠在尘世里，也没有留下几个经典的文本。还有太多的经验没有处理，命名没有完成，命运没有呈现。自信如张枣，尽管认为汉语已"可以说出整个世界，可以说出历史和当代"，也承认这还是一种表面上的成熟，"它更深的成熟应该跟那些说不出的事物勾连起来，这才会使现代汉语成为一门真正的文化帝国的语言"。

现代汉语的三个来源：日常用语源源不断有鲜活感，却边界有限；翻译文体让我们感知别的文明里伟大的经验、思想与感受力，但诗歌终究要有本民族的文化属性，和母语的节奏与气息；古汉语背后有整个汉语文明与历史，想到这点就令人动心不已。炼军洞见如是：古典诗歌中物与志，或者说象与意之间原本固化的对应，被白话文学革命解除后，词与物在现代汉语中获得了完全自由，使我们可以重返世界原初的无限与澄明。"每一个时代的诗歌，所要发明的，正是对称于这个时代的词与物的关系。"问题是我们作好准备了吗？

这样终于回到了传统问题，我现在相信，对一个当代汉语诗人来说，对自己的传统认识多少，了悟多少并最终转化多少，可能最后决定他能达到的高度。

七

接下来作者梳理了新诗中的写物形态，祖国隐喻、天鹅形象、抒情主体与社会的关系，这些部分中规中矩，标准的体制下论文。印象较深的，是张枣诗中鹤与燕子的美妙分析，至于天鹅在汉语中，我一直有种怪怪的感觉。就文本而言，我对中国现代诗歌评价不高，尽管年轻时曾受惠于他们。按艾略特的说法，这是语言和时代的不成熟，与人无关。才情、修养与学识，那批诗人个个大家，我们望尘莫及。

在这本书最后，我看到了炼军的忧心，一个诗歌的使徒，站在危岩边警示来者：比西方现代诗歌晚了近一百年，当代汉语诗歌也完全进入它的虚无主义时代，古典社会中那个浸染着汉语诗歌精神，指引世间万物的彼岸世界已然远去。诗人的象征性发明日益困难，诗歌如何写下不可企及、心向往之的崇高性？或者说，新的言路如何创建？

这是一个相当宏大的命题，而且是批评者的立场，每个诗人会有自己的回应。在网上读到黄灿然对张枣的访谈，张枣说诗歌写作的三个阶段像悟禅：开先的时候词是词，物是物，两者难以融合；后来词物相交，浑然一体，写诗变成纯粹的语言运作；真正难的是第三阶段，这时词与物又分开了，主体也重新出现,三者对峙着构成关系,这时主体最大的不同是他已达到某种空以纳物的状态,居不择地,内心充满着激情理解和爱。彼时我心中暗叫:枣哥,天才啊,我们还在追求词即物,你已经到了更高一层境界。归根结底,诗歌写作是语言的事,诗人的一切梦想皆取决于此。其实我真正要表达的是:语言如果成立,意义自会显现。

近日与友人谈中国何以是中国,历史与文化俨然两极。历史无道凶残,万物为刍狗,文化却一次次重生,坚韧如是。我以为天下观、士的传统以及乡村社会结构,是中国文明数千年来终能万劫如花的根本,今天这三者都被连根拔起,我们可否寄望诗歌承负这个使命?

八

在我全然不顾自己的能力,答应为这本书作序时,一定是它有深深触动我的东西。作为一个当代诗歌写作者,通过语言来构建一个完全自足的世界,呈现中国文化审美和精神特质,是我多年的愿望。我希望我的诗歌里,有一个生动的汉语文明心灵,如草木在阳光下。我不能确定我在这本书里看到的,就是作者本来的意思,也许我完全单向化甚至误读了他的诗学。如果真是这样,正好证明了汉语含混的魅力。现实要求一种明晰,而美总是漂移的,如同世界的本质。

现在我想说,这是一本懂诗的人写得非常内行的书,对汉语诗歌作了全面深入的思考,抵达了一些问题的内核,有着真正的发现。当然诗人不一定要搞清楚这些才写作,诗歌需要更深邃的天赋。

我还想说，这本书视野开阔，富有启示的说法和极具灵感的论述比比皆是。相比于它已突破的部分，另外一些篇章略显平凡，它的文字也还可以更简洁紧凑，至少离一种理想文体还有距离。如果严格一点，它还可以继续打磨，包括对作为范例的诗歌的选择，和对它们的阐述，都有低于作者能力的时候，有些解析落入了俗套。我当然知道批评和创作完全是两回事。诗人更在乎语言质感，和特别微妙的地方，所以会对那些无关本质的批评不以为意。

　　在这个时代，也许我们不应该要求更多。事实上这本书已经很好了，已经足以值得我们关注和尊重。

前言

本书想探讨和呈现的,是百年来不同时期的汉语新诗言说或命名崇高性的基本状况,这在书名中已有所体现。其中包含四个关键词:象征、漂移、崇高、变形,它们分别从不同的角度展示了本书的意图和主旨。

本书中运用的象征概念,借自欧美浪漫主义诗歌传统。当然,这里的浪漫主义,是广义上的浪漫主义,按照德国浪漫派诸家的说法,即人类从古典时代退场,进入工业社会以来的所有诗,都可以被命名为浪漫主义诗,包括象征主义以及其他现代主义诗歌——如果按美国现代诗人史蒂文斯(Wallace Stevens)的话说,现代诗歌是"超级浪漫主义"的。在欧美浪漫主义传统中,象征即在"诸神死了"之后,诗歌在人与世界之间,重新建立的和谐诗意关系的努力——波德莱尔(Charles Pierre Baudelaire)定义是:作为现代艺术的诗歌要"创造一种暗示的魔力,同时包含着客体和主体,艺术家之外的世界和艺术家本身"。[①] 这种"暗示的魔力",这种向往"人造天堂"的诗心,亦即在神灵远逝的世界,诗歌抒情的可能性所在。象征的这一含义,几乎可以囊括欧洲十九世纪以来的西方现代诗核心追求。

汉语新诗是在古典中华帝国及其依赖的整体世界观解体之后,汉语修复和萃取现代中国人与世界之间的诗意关系的语言结晶。其象征形态,即在以

---

① [法]波德莱尔:《美学珍玩》,郭宏安译,上海译文出版社 2009 年,页 256。

古典汉语为基础的汉语诗完成其历史使命之后,现代汉语所捕捉、创造的关于现代化中国的诗意形态。汉语新旧诗之间的这种更替,与西方古典诗与现代诗之间的更替相比,也有某种一致之处:都是基于世界观的深刻变化及其引发的诗意空白而来。中国是一个被迫现代化的古老帝国,在二十世纪初以来的不同时期,其追求的现代化主题和方式也有所不同。因此在不同时期,甚至在相同时期的不同新诗写作追求中,汉语新诗象征抒写的重心也有差异。本书选取了若干代表性的、同时有所交叉的象征形态,借用地球物理学中的"漂移"概念,来呈现汉语新诗的象征发明是如何在不同的维度上、又互有关联地展开的。

汉娜·阿伦特(Hannah Arendt)说,现代以来,"人类似乎分裂成两种类型:一种人相信人无所不能(他们认为,只要懂得如何组织群众,那么一切就将是可能的),另一种人则认为,他们生命中的主要经验是无力感"[1]。与此对应,在欧美近现代诗歌传统中,既产生了积极的革命诗歌,也产生了咏叹神性缺在的哀歌,对此,波兰诗人米沃什(Czesiaw Miiosz)的精到归纳可以作证:"在二十世纪,各种流派和宣言可以分成两大阵营:一方面是赚钱花钱者,连同他们对工作的崇拜、他们的宗教和他们的爱国主义;另一方面是波西米亚,他们的宗教是艺术,他们的道德是否定另一阵营承认的所有价值。"[2] 这便是欧美现代诗中的两大主流。前者的写作,以革命理想或乌托邦作为自身的内在驱动力,建立起了一种新的个体与世界之间的关系,比如惠特曼、聂鲁达、马雅可夫斯基等;后者的写作,则常通过重新激活古典神

---

[1] [美]汉娜·阿伦特:《极权主义的起源》,林骧华译,生活·读书·新知三联书店2008年,《初版序》页1。
[2] [波兰]切·米沃什:《诗的见证》,黄灿然译,广西师范大学出版社2011年,页35。

性资源,来建立新的现代抒情神话,抒写新的崇高性。从德国浪漫派诗人对现代性的第一次诗性反思,到波德莱尔、马拉美、里尔克、艾略特、奥登、史蒂文斯等现代诗人的写作,几乎都有这一特征,只是各自依凭的神性资源有所不同。

从十九世纪开始爆发的各种乌托邦主义运动在世界范围内的先后退潮,使革命诗歌写作也逐渐随之终结。对于现代化的各种后果的反抗,赞颂现代性忧郁,成了现代诗从早期浪漫主义诗歌那里继承的最重要的遗产。米沃什说,此后的诗人真正变成了现代社会的"外人"。德国诗人贝恩也说:"现代诗,绝对诗就是没有信仰的诗,没有希望的诗,不为谁写的诗,具有魅力的词语组合之诗。"[①]二十世纪汉语新诗写作,也与上述的两大世界性诗歌传统密切相关。不同的是,由于特殊的现实处境和政治人文传统,汉语新诗沉迷于政治乌托邦和民族国家理想的时间较长。对抗和反思现代化运动的精神传统一直较弱,直到二十世纪八十年代,这一传统才逐渐成为诗歌追求的正宗。基于这样的社会历史背景和诗歌史特点,在汉语新诗短暂的历史上,不同的诗意梦想先后"漂移"于不同的象征形态之间,诗歌追求崇高性的姿态,经历了各种各样的变形。

基于上述理解,本书以梳理现代汉语美学和诗学中的诗意崇高性理解为前提,从新旧诗关系,现代汉语新诗中的写物形态、新诗中的祖国隐喻、当代新诗中的天鹅形象,当代新诗抒情主体与社会之间的关系等角度,描绘出汉语新诗崇高性追求的基本图景,进而展现汉语新诗对于现代中国的表现力——其中包括对现代中国人的主体意识、民族国家梦想、语言意识以及形

---

① [德]戈特弗里德·贝恩:《贝恩诗选》,贺骥译,重庆大学出版社 2012 年,页 423。

而上学意识的表现；包括对古典传统丧失后陷入的空白处境的表现；包括对革命崇高性资源几乎耗尽之后的处境的表现。这些表现类型,在各自的限度之内使汉语新诗走向成熟。

通过上述诸方面展开的诗歌史视野,我对当代汉语新诗的处境得出如下的观察：汉语诗歌面临的,不仅是自身独有的问题,也是世界性的问题——现代化带来的物质和精神危机。虽然在不同的诗歌传统中,现代化危机产生的症状和形态有着具体的不同,但如何抒写人们日益丧失的自然、大地和天空宇宙,如何在被现代化的物质形态拥堵的人类生活中寻找言说的灵韵,已然是人类诗歌面临的共同挑战——对这些问题的表现,是发端于欧洲的浪漫主义最具生命力的诗学遗产,也是汉语新诗正在承载的艰难使命。基于这样的认识,我认为,无论在写作还是批评中,在充分发掘可能的汉语诗意资源的同时,特别需要对各种民族主义和伪民族主义的诗学立场持有足够的警惕。王国维之言犹在耳："知力人人之所同有,宇宙人生之问题,人人之所不得解也。具有解释此问题之一部分者,无论其出于本国或出于外国,其偿我知识上之要求而慰我怀疑之苦痛者,则一也。"①

既然说到诗歌面临的挑战,我们得倾听一直与挑战伴随的关于诗歌危机的各种声音。在不长的历史上,各种新诗危机论一直不绝于耳。事实上,在西方,自资本主义兴起以来,诗歌危机论也不断地以各种面目被抛出。有意思的是,历史不断地证明,现代诗的诗意能力,恰好在于它能够将各种危机和消极性（negativity）化解为有效的抒情,成为悲欣交集的见证。

简单地说,在中西古典时代,世界带给人类的威胁和打击,多由于人在自

---

① 干春松、孟彦弘编：《王国维学术经典集》(上),江西人民出版社1997年,页99—100。

然、宇宙和历史之下的卑微无力。依据各种古典式的世界观和自然观，人将这种与世界之间的不对称关系在诗歌的象征世界中平衡化，从而获得言说的出路和福祉，这是古典诗的基本象征逻辑。相较之下，现代人面临的，是如此多的人类发明的事物所包围的世界，它们根本改变了人类的生活形式、生存空间和精神结构。随着古典象征世界所保证的幸福感消散，虚无主义世界的升起，人类及其生活的世界变得愈发孤独无助："虚无是我知晓的唯一上帝"①，"我们害怕梦想与失败本是一回事"。②当然，在刚过去不久的历史上，一度有诗人试图歌颂近代科学，歌颂过工业化，但随着上述人类生存危机的日益深重，这些对现代化的颂歌都销声匿迹了。这恰好表明，真正安慰人类灵魂的诗歌，最终都朝向人类陷入的共同精神处境。因此，现代诗面临的抒情危机，某种程度上与人类面临的危机互为表里。现代诗歌表达的希望，也是对于人类的希望。

如果诗歌能在自身能力范围内，化解和分担现代化导致的这场浩大无边的生存危机带来的艰难，那么，就像古老的先知的箴言一样，它们中的杰作不仅是现代人克服言说之难的可贵的结晶，也可能预示着我们突出现代化危机的曙光。米沃什说："要是当今诗歌中如此广泛扩散的哀叹之声最终被证明是对人类置身的无望处境的先知式反应，那将会怎样呢？"③倘若从这个意义上来理解当代汉语诗人付出的可敬的、默默的努力，那么，诗歌抒情的危机，正是每时每刻地潜伏在我们生存中的危机所在，诗歌的咏叹，也许正是隐

---

① ［法］拉马丁（Lamartine）：《沉思集》，张秋红译，吉林出版集团有限公司2011年，页64。
② ［美］华莱士·史蒂文斯：《最高虚构笔记》，陈东飚、张枣译，华东师范大学出版社2009年，页159。
③ ［波兰］切·米沃什：《诗的见证》，黄灿然译，广西师范大学出版社2011年，页101。

藏于现实中的天堂的废墟和碎片。古人云：安知显缺者非即隐备者哉？①

汉语新诗在百年的变形之路上，抒写出了各种诗意形态，可以说积累了各个维度上的诗学经验；但目前，如现代诗人都意识到的那样，我们越来越陷入一个前所未有的强大而冰冷的世界。诗歌的使命，是如何将这种复杂的处境，这种人与事物之间的严重分裂，在写作中化约为有效的诗意性，建立新的崇高性的词语梦想；或者，按照当代诗人吕约的话说，是一种"意义的短暂重返"：

在当今世界，"人"可能已不再居于世界意义的中心，居于中心的，是块头更大的"集体"机器的意志（国家、权力、市场、货币、生产机器）。麻烦的是，写作这种古老的行当，永远梦想着将人锁定在意义的中心。如果人被从中心位置驱逐了，写作的目的就是让它重返意义的中心——哪怕只是在写作（阅读）的短暂时刻实现了"重返"。②

呈现这种"重返"的珠玑之作，将如人类已有的所有杰出诗歌一样，深刻地关乎灵魂的梦想和精神的自由，关乎我们存在的改善和言说的幸福。没有诗意进取，现实便不能独自成立。

以上是对本书写作的意图和内容的简要交待。书中的莽撞、大胆和不足，敬请读者朋友们批评指正。

---

① ［清］刘熙载：《艺概》上海古籍出版社 1982 年，页 7。
② 吕约：我们只能从那里钻出来——一份关于"女性诗人"的问卷，见吕约博客：http://blog.sina.com.cn/s/blog_48fa867701012heh.html。

目录

绪论："不可企及"的诗学
"秋风"与"春雨" / 004
美的绝境 / 009
另一条线索 / 014
化解对立面 / 018
失去形而上学基础的诗歌 / 021

第一章 风雨如晦
思念 / 028
从"兴"说起 / 032
"君子"的更替 / 045
"比"的延续 / 053
"兴"变 / 056

第二章 石头的心，石头的口在歌唱
诗歌之"写物" / 070
西方诗歌之"写物" / 075
汉语古典诗的"写物" / 084
蝴蝶翻开了空白之页 / 090
现代汉语新诗的"写物" / 096

第三章 "祖国"的隐喻
现代诗与"祖国" / 116
在女性与神性之间 / 130
"祖国"意象的蔓延 / 144
"远方"的祖国景观 / 160
"祖国"复活与诗的"复活" / 181

第四章 天鹅,或合唱队
"天鹅":打开的言路 / 202
邂逅天鹅 / 213
天鹅,那是你吗 / 223
"天鹅"的N种死法 / 234
仍有一种至高无上 / 241

第五章 公共生活的抒情变形
杜甫,或"正午的镜子" / 258
"我"与"我们" / 272
发明一对"亲爱的" / 284

第六章 唯一的天堂
"诗歌不知道自己已经死了" / 298
抒情的危机 / 305
创建新的言路 / 314

参考文献
初版后记
再版补记

言说『空白』，就是要说出现代中国人的存在本质的诗意性。

绪论：『不可企及』的诗学

「秋风」与「春雨」

美的绝境

另一条线索

化解对立面

失去形而上学基础的诗歌

"秋风"与"春雨"

以探究滑稽著称的德国作家让·波尔（Jean Paul）曾幽默地说出了理论的尴尬：虽然每个作者都希望自己有效的定义，能够像鹰一样让附近的鸟类都消亡，但不管如何努力，他都不能预防所有敌对的定义。[①]这个描绘，可用来形容二十世纪中国学界对崇高（英文通译 Sublime，为表述方便，笔者正文皆取"崇高"的译法）的定义的起伏和变迁。

现代中国最具影响力的美学家朱光潜在 1932 年写就的名著《文艺心理学》中，形象地描绘了刚性美与柔性美的异同：

> 从前人有两句六言诗说："骏马秋风冀北，杏花春雨江南。"这两句诗都只举出三个殊相，然而它们可以象征一切美。……比如说峻崖，悬瀑，狂风，暴雨，沉寂的夜或是无垠的沙漠，垓下哀歌的项羽或是横槊赋诗的曹操，你可以说这都是"骏马秋风冀北"式的美；比如说清风，皓月，暗香，疏影，青螺似的山光，媚眼似的湖水，葬花的林黛玉或是"侧帽饮水"的纳兰成德，你可以说这都是"杏花春雨江南"式的美。……前者是刚性美，后者是柔性美。[②]

[①] ［德］让·波尔：《美学入门》，刘半九译，见刘小枫选编，《德语美学文选》上卷，华东师范大学出版社 2000 年，页 52。

[②] 朱光潜：《文艺心理学》，见《朱光潜美学文集》，上海文艺出版社 1983 年，页 227—228。

他博采西方艺术中的经典例子,来论证二者的区别。比如,动的美和静的美,狄奥尼索斯(Dionysus)和阿波罗(Apollo),米开朗琪罗(Michelangelo)《摩西》《大卫》与达·芬奇(Da Vinci)《蒙娜丽莎》等。然后,他开始像许多现代中国文学家一样,在中国经典中寻找与这种美学结构观念对接的资源:阴与阳、李杜与孟韦、苏辛与温李、北派与南派、太极与少林等中国古典艺术门类中的对立统一体。由此,他引出西方文艺批评中的一对观念:Sublime和Grace。对于前者,他在汉语中找到了"雄浑"、"劲健"、"伟大"、"崇高"、"庄严"等意义勉强对应的词语,最后以"雄伟"译之。后者则以"幽美""秀美"译之。如朱光潜指出的那样,"雄伟"与"秀美"之间的对立,源于英国的埃德蒙·柏克(Edmund Burke),康德(Immanuel Kant)和席勒(Schiller)继承和发扬了这种区分,使之成为德国古典美学中一个不间断的知识传统。因此,朱光潜引证的西方诸家,皆是就如何区分和定义Sublime和Grace做文章。

迄今为止,熟悉中国现代美学观念演变和西学东渐的人大概都知道,从此前的王国维、蔡元培两位先生开始,就注意到了西方美学中Sublime和Grace这对概念。研读过康德、叔本华的王国维在《〈红楼梦〉评论》中,提到壮美和优美这两种不同的风格,在《人间词话》开篇里,将它们与"有我之境"和"无我之境"相比照[①]。蔡元培先生也有过"妙美"与"刚大、

---

① 金雅主编:《中国现代美学名家文丛·王国维卷》,浙江大学出版社2009年,页117;叔本华关于优美和壮美的论述,和他推崇的"意志"有关,在他看来,优美是审美客体引起的主体不由自主地对于意志的奴役的自然脱离和忘怀;而壮美则是审美客体引起的主体对于意志的强力挣脱。参阅叔本华《作为意志与表象的世界》,石冲白译,杨一之校,商务印书馆1982年,页282—283。

至大"等区分①。中国后来几十年里的重要美学家,虽身处不同的历史语境,却大多延续了类似分法:把阴柔之美视为崇高美之外的另一种美。比如,蔡仪在1947年出版的《新美学》中专辟一节论述了"雄伟的美和秀婉的美":

> 秀婉的美感,是美的对象既引起我们的美感的愉快,又引起我们感性的快感和其他精神的愉快,于是全体说来,都是愉快的、一致的、调和的。而雄伟的美感,是美的对象一方面引起我们的美感的愉快,另一方面又引起我们感性的不快或其他精神的不快,于是全体说来,虽然是美感的愉快强烈,超过了那种不快,但在接受这刺激的时候,是拒抗的、混乱的、矛盾的。②

宗白华在二十世纪六十年代初关于康德思想的评述中,把Sublime译为崇高,他也认同上述分法:

> 人类在生活里常常会遭遇到惊心动魄、震撼胸怀的对象,或在大自然里,或在人生形象、社会形象里,它们所引起的美感是和"纯粹的美感"有共同之处——因同是在审美态度里所接受的对象——却更有大大不同之处。这就是它们往往突破了形式的美学结构,甚至恢恑谲怪。自然界里的狂风暴雨、飞沙走石,文学艺术里面如莎士比亚伟大悲剧里的场面、人物和剧情,是不能纳入纯美范畴的。这种我们大致可以列出的壮美(崇高)的现象,事实上在人生和文艺里比纯美的境界更多,对

---

① 蔡元培:《蔡元培学术文化随笔》,中国青年出版社1996年,页71—72。
② 蔡仪:《蔡仪文集》第一卷,中国文联出版社2002年,页358。

人生也更有意义。①……壮美的现象对于我们的想象力显示来得强暴,使我们震惊、失措、彷徨。然而,越是这样,越使我们感到壮美、崇高。②

因翻译习惯的不同,他把 Grace 译释为纯美的境界。李泽厚在二十世纪七八十年代之交写就的《关于崇高与滑稽》一文中,也对崇高与优美进行了区分,并将崇高分为两类:

> ……事物有相对静止和绝对运动的两种不同状态,美的本质作为真与善的统一,也有着两种不同的状态。优美只是其中的一种,它在形式上表现为统一的成果。与此相反,崇高、滑稽作为美学范畴却表现为另一种状态,它们表现为形式上的矛盾、冲突、对抗、斗争。③

> 当你面对崔嵬的高山,无际的海洋;当你看到一场雷电交加的暴风雨或者是一片广漠无垠的沙漠……常常引起的是一种奋发兴起的情绪。同样,生活中的英雄事迹,无论是惊天动地的丰功伟绩,或者是无声无息的平凡中的伟大,也能引起人们的高山仰止、力求奋发的崇高感受。在艺术中,一出动人心魄的悲剧,一曲慷慨激昂的乐章,常常令你

---

① 宗白华:《康德美学思想评述》,《新建设》1960 年第 5 期,《宗白华全集》第 3 卷,安徽教育出版社,1996 年,页 369。
② 宗白华:《宗白华全集》第 3 卷,页 370。
③ 李泽厚:《美学论集》,上海文艺出版社 1980 年,页 199—200;李先生这种论述显然受到车尔尼雪夫斯基等苏联理论家的影响。车氏也有《论崇高与滑稽》一文,见《车尔尼雪夫斯基论文学》(辛未艾译),上海译文出版社,1979 年。在一本苏联美学家编的美学词典中,有如下关于崇高的论述:"如果说美是自由的领域,那么崇高则是人相对不自由的领域。在这一意义上,崇高表现了客体对于认识客体的主体的优势地位。壮丽的自然现象,世界历史性的变革,人在社会发展和个人生活的转折时刻所表现出来的充满崇高精神的活动,成为崇高的客观源泉。"别尔亚耶夫等主编:《美学辞典》,东方出版社 1993 年,汤侠生等译,页 55。

热泪盈眶而又不生喜悦,这种崇高的美感与一般观花、赏月、忆弟、看云、与读一首抒情短诗、看几幅山水小画那种宁静平和的美感,显然大不相同。①

蒋孔阳二十世纪八十年代初期写的《论崇高》中,也有类似的分法:

当春风拂拂、柳絮轻飘的时候,我们来到野外,阳光灿烂,绿草如茵,碧波凝翠,我们完全被陶醉了,我们全身心都感到美。这种美是恬静的,舒适的,充满了愉快的。可是我们来到黄山的天都峰,或者泰山的南天门,那巍峨的山峰,陡峭的石级,压得人喘不过气来。我们要费好大的力气,才能赞美山势的雄伟,惊叹造化的神功。这也是一种美,但它美得那样特别,那样充满了惊奇和痛苦,那样叫人骚动不安,那样令人激起心灵的震荡和慑服。为了区别与前面那种愉悦的美,一般把后者称为崇高。②

相较此前诸家的论述,蒋文更为详细地梳理了崇高性理论在西方的发展脉络,并特别指出,"对于崇高的理解,不像对于其他审美范畴的理解歧义那么多,而基本上是一致的"③。蒋还将朗吉弩斯(Casius Lenginus)以崇高论批评世风的情怀,转化到对二十世纪八十年代初期中国改革开放带来的社会乱象批评上来,这与李泽厚把"英雄事迹""丰功伟绩""平凡中的伟大"等充满时代色彩的观念引入"崇高"一样,都显示出一种与时俱进的努力。当然,他们的观点也因此受到了"时"的羁绊。

---

① 李泽厚:《美学论集》,上海文艺出版社1980年,页202—203。
② 蒋孔阳:《蒋孔阳学术文化随笔》,中国青年出版社1996年,页155。
③ 蒋孔阳:《蒋孔阳学术文化随笔》,中国青年出版社1996年,页167。

上述崇高性观念的变迁和延续,治西方美学史和中国现代美学史的学者已经充分注意到。[1] 接受和消化了不同西方学统的中国美学家,虽身处不同语境,论述亦有具体的区别,但如蒋孔阳所洞察到的那样,他们对于崇高的定义有内在的一致性。

美的绝境

有趣的是,如果我们回溯到崇高论的源头上,便会发现,在朗吉弩斯那里,没有对崇高和秀美作明确的区分。如许多研究者注意到的那样,真正进行类似划分的是古罗马的西塞罗(Marcus Tullius Cicero)。他在《论责任》一文中说:"美有两种,一种主要是娇柔,另一种主要是庄严,我们应当把娇柔看作是女人的属性,庄严看作是男人的属性。"[2] 为了达到正本清源的目的,我们有必要重新端详朗吉弩斯对崇高的定义:

> 所谓崇高,不论它在何处出现,总是体现于一种措辞的高妙之中,而最伟大的诗人和散文家之得以高出侪辈并获取不朽盛誉总是因为有这一点,而且也只因为有这一点。崇高的语言对听众的效果不是说服,而是狂喜。一切使人惊叹的东西无往而不使仅仅讲得有理、说得悦耳的东西黯然失色,相信或不相信,惯常可以自己做主,而崇高却起着横

---

[1] 当代美学研究者朱立元主编的《西方美学范畴史》第三卷中,就把优美和崇高作为西方美学的两个重要范畴来论述。山西教育出版社2006年,页62—119。
[2] [古罗马]西塞罗:《西塞罗三论》,徐奕春译,商务印书馆2003年,页149。

扫千军、不可抗拒的作用;他会操纵一切读者,不论其愿从与否。①

如果这个作品,是不同凡响,无懈可击,难于忽视,或者简直不容忽视,如果它又顽强而持久地占住我们的记忆,这时候我们就可以断定,我们确是已经碰上了真正的崇高了。一般来讲,大家永远喜爱的东西,就是崇高的真正好榜样。②

在他这里,诗文用以操纵一切读者,让不同时代的读者狂喜和兴奋的特质,顽强地占领我们的记忆并让大家永远喜爱的东西,就是崇高的榜样。中国的美学史家每每将崇高论追溯到他这里,却不太在意他于此的独到之处。比如,他特别强调诗人作家达到崇高的方式:"摹仿过去伟大的诗人和作家,并且同他们竞赛。"③爱尔兰作家王尔德(Oscar Wilde)的妙论,可以作为这句话的注脚:艺术不遵守生活,而遵守自身纯正的谱系,它只向伟大的艺术学习。④朗吉弩斯强调了作家或雄辩家如何在才华的基础上,通过学习伟大的作品来创造崇高性,以闪电般的光彩照彻一切问题,进而征服读者或观众,他说:"真正崇高的文章自然能使我们扬举,襟怀磊落,慷慨激昂,充满了快乐的自豪感,仿佛是我们自己创作了那篇文章。""一般地说,凡是古往今来人人爱读的诗文,你可以认为它是真

---

① [古希腊]朗吉弩斯:《论崇高》(节选),见伍蠡甫主编《西方文论选》,人民文学出版社1964年,页122;据董强先生的论述,西方学界对《论崇高》的作者仍然有争议。参阅《梁宗岱:穿越象征主义》,文津出版社2005年,第62页注释;另参阅《罗念生文集》第八卷,上海人民出版社2006年,页272—273中的相关论述。近读哈罗德·布鲁姆,他指出"崇高"诗学比朗吉弩斯还早,可追溯至阿里斯托芬《蛙》中对埃斯库罗斯与欧里庇得斯一次比赛的描述。《神圣真理的毁灭》,刘佳林译,上海人民出版社2013年,页6。
② 伍蠡甫主编:《西方文论选》,人民文学出版社1964年,页124。
③ 伍蠡甫主编:《西方文论选》,人民文学出版社1964年,页127。
④ [爱尔兰]奥斯卡·王尔德:《谎言的衰落》,萧易译,江苏教育出版社2004年,页40。

正美的、真正崇高的。"①

的确,许多后来的作家是把朗吉弩斯这篇作品当成创作指导来接受的,比如,韦恩·布斯(Wayne Clayson Booth)谈论巴赫金(Бахтинг, Михаил Михайлович)时说:"正像朗吉弩斯所追求的那种普遍的、理想的崇高一样,巴赫金所追求的那种品质是一种"被解放了的透视力之崇高"(sumblimity of freed perspectives),在一切情况下,它都永远超越其他一切。"②美国批评家哈罗德·布鲁姆(Harold Bloom)也认同这一看法:"朗吉弩斯告诉我们,在体验崇高的过程中,我们会体悟到一种伟大,我们的回应是一种想与它认同的欲望。这样,我们将成为我们注视的东西。崇高超迈是从伟大的雄心里散发出来的品质。"③

这一脉络没有得到国内美学研究者的足够重视。在笔者有限的视野里,除上述美学家之外,较早地以创作论的视角注意到朗吉弩斯之"Sublime"的现代作家是梁实秋。在1927年出版的《浪漫的与古典的》一书中,梁实秋把《论崇高》翻译为《论超美》,他沿用了德莱顿(John Dryden)的说法,认为它"在希腊批评里除了亚里士多德(Aristotélēs)的诗学外,可谓最有独创性的一部批评"④。在1928年写的《论散文》中,他再次谈及朗吉弩斯,并引他的观念为创作的圭臬:

……该记得那个"高超的朗吉弩斯"(The sublime Longinus),这一位古远的批评家说过……怎样才能得到文学的高超性,这完全要看

---

① 《缪灵珠译文集》第一卷,章安祺编订,中国人民大学出版社 2008 年,页 82。
② [英]韦恩·布斯:《陀思妥耶夫斯基的诗学问题》英译本序,[苏联]巴赫金:《陀思妥耶夫斯基的诗学问题》,刘虎译,中央编译出版社 2010 年,页 12。
③ [美]哈罗德·布鲁姆等著:《读诗的艺术》,王敖译,南京大学出版社 2010 年,页 33。
④ 梁实秋:《浪漫的与古典的》,新月出版社 1927 年,页 150。

在文调上有没有艺术的纪律。先有高超的思想,然后再配上高超的文调。有上帝开天辟地的创造,又有圣经那样庄严简练的文字,所以我们才有空前绝后的圣经文学。①

另外,在1934年出版的《文艺批评论》中,他如此转述朗吉弩斯对"Sublime"的定义:"一种文字的高超性与优美性。"② 这与差不多同时在关注朗吉弩斯的朱光潜大为不同。

以上引述的朗吉弩斯的论述和梁实秋对他的推崇,可以牵出崇高论在中国乃至西方文学史上的另一种影响。这就需要我们回顾二十世纪三十年代诗人梁宗岱就此问题与朱光潜之间展开的那场著名对话。据梁文交代:朱光潜把自己谈论刚性美与柔性美的文章给他看后,两人发生争论。朱便敦促梁把不同意见写出来。1934年底,梁应邀以《论崇高》一文回应朱光潜。梁在文中以同样的例子反驳朱将幽美或秀美排除在崇高之外,并为"崇高"下了一个"本土化"的定义:

> 所以,我以为"崇高"只是美底绝境,相当于我国文艺批评所用的"神"字或"绝"字;而这"绝"字,与其说指对象本身底限制,不如说我们内心所起的感觉。"高山仰止,景行行止。虽不能至,心向往之",太史公这几句诗便是崇高境界底恰当描写。所以,我认为崇高底一个特征与其说是"不可测量的(Immeasurable)"或未经测量的,不如说是"不能至"或"不可企及的"。③

对比朱梁对崇高的论述,可发现三点差异:首先,梁某种意义上把重心推到

---

① 梁实秋:《论散文》,载1928年《新月》一卷第八期。
② 梁实秋:《文艺批评论》,中华书局1934年,页25。
③ 梁宗岱:《论崇高》,《梁宗岱选集》,中央编译出版社2006年,页130。

了朗吉弩斯那里：高妙的措辞（神或绝）或文本自身的魔力对于读者或欣赏者的征服，而朱文则主要依据德国古典美学传统以及此前西塞罗的观念结构；其次，梁所言的"不能至"或"不可企及的"，则显然是从创作者出发而言，而朱则多从欣赏者或批评者出发；最后，梁在中国古典美学中为崇高寻找对应的概念时，所获与朱截然不同。

前两个差异，涉及西方美学史中复杂的分歧，也涉及朱和梁不同的知识源头；第三个差异，则显示了两人不同的诗学见解，尤其是批评家与诗人之间的差异，借海德格尔（Martin Heidegger）的说法，就是思与诗之间的差异。值得一提的是，梁宗岱甚至一开始就指出康德崇高论的不足之处，这在现代中国康德接受史上，恐怕也是异数。

概言之，梁宗岱对朱光潜的诘问，其主旨是反对刚性美与柔性美之间基于"崇高"的对立，他认为两种类型（而非只是前者）都可以达到"崇高"的境界："神"或"绝"。事实上，朗吉弩斯《论崇高》一文中，也表达了类似的看法，比如，在谈论萨福（Sappho）的爱情诗的精妙时，朗吉弩斯在不同的地方说到相近的意思：萨福描写恋爱的疯狂和痴迷的笔法，有如荷马（Homer）所写的暴风巨浪的惊险；① 又说，柏拉图（Plato）的作品虽如无声的潜流，但依然能抵达"雄伟"的境界；② 他还主张，婉曲之词亦有助于崇高的风格。③ 尤其要指出，在朗吉弩斯看来，与崇高对应的，是平庸，而非"优美"或"秀美"——他说："是哪样更好些呢？带有小瑕疵的崇高的作品，还是才情中庸但是四平八稳无瑕可指的作品？"④

---

① 《缪灵珠译文集》第一卷，中国人民大学出版社 2008 年，页 88—89。
② 《缪灵珠译文集》第一卷，中国人民大学出版社 2008 年，页 92。
③ 《缪灵珠译文集》第一卷，中国人民大学出版社 2008 年，页 107。
④ 《缪灵珠译文集》第一卷，中国人民大学出版社 2008 年，页 112。

另一条线索

在现代文学研究中,朱梁之间的微妙对立,似乎多被视为美学家与诗人之间的趣味之争。比如当代法国文学研究家董强依然认为,梁在《论崇高》一文中"经验主义式的推论是值得商榷的"。梁的观点似乎也没有得到美学研究者的重视,[①]相反,朱整饬严密的理论和灵动的文辞,以及他与梁不同的客观际遇和写作性情,使得他对崇高的论述长时间内影响更大,众多美学史论著作中都直接或间接引朱氏的崇高观念为经典。对梁氏崇高论,即使到二十世纪八十年代开始有所阐发,亦多局限于现代文学研究领域,尤其是新诗研究领域,稍后才得到比较文学研究者的重视。比如,董强颇有见识地指出:梁将崇高归结为一种内在的智慧,也与一向重感官形式的象征主义矛盾。并由此归纳出梁宗岱崇高论的古典主义倾向:他试图将中国美学运用到西方美学上,结果却与西方古典美学传统中的崇高论相差甚远。[②]

旅美学者王斑近期在国内出版的一本著作中,比较细致地谈论了这次朱梁之争,并力图在二十世纪中国政治和美学纠结的背景下,来透视其美学史意义。王斑令人惊喜地指出,该分歧背后,隐藏着特定的性别美学话语结构:朱光潜及其继承的西方美学话语资源,尤其是德国美学传统中对雄伟(崇高)与秀美之间的区分,是以男性话语为主宰的美学话语方式。在王

[①] 在笔者所见的有限的关于崇高的美学史论作品中,没有人提及梁这篇文章。
[②] 董强:《梁宗岱:穿越象征主义》,文津出版社 2005 年,页 59—61。

斑看来,在二十世纪中国,崇高性是"变化的实践而非概念"。^① 这一结论的依据,是二十世纪它在中国美学历程的变化。比如,他最有洞见的看法,是认为朱光潜把"阴柔的美"从崇高性里清除出去,这一方面延续了西方和中国的传统美学隐喻话语中潜在的性别歧视,同时也与从四十年代开始进入"宏大"话语状态的中国社会形成呼应,这一直延续到"文革"结束。而八十年代的美学热,则显示了被阳性化的崇高话语压抑的"阴柔之美"的复苏。这也引出了梁宗岱反驳朱光潜所具有的美学史意义,他认为梁宗岱所持守的,恰好是对于阴柔之美的褒扬。^② 这种方式勾勒出的现代崇高美学史,似乎很清晰了。

当然,王斑没有论及梁宗岱的崇高论与法国象征主义之间的关系(大概因梁宗岱与法国诗人瓦雷里(Paul Valéry)之间的友谊,以及梁译法文版陶潜诗歌的成功,已是现代中西文学交流史上的常识,不必多论),象征主义与西方崇高论谱系之间的关系,以及梁作为诗人对崇高的论述对新诗理论建设的意义:在创作和批评中化解美学二元对立的方式和理想。

为了有效重释上述问题,可以稍微把话题展开。事实上,古希腊的"崇高"理论,在后来的西方文艺进程中有着不同的分支和后裔。仿照王斑的话说,崇高性在西方艺术史上也是一个变化的实践。比如,根据艾布拉姆斯(Meyer Howard Abrams)的梳理,朗吉弩斯十六世纪才开始被慢慢发现,十七世纪末才开始成为古典批评的重要部分。从这个时期开始,一些浪漫主义诗人和理论家开始把他作为浪漫主义的先祖,成为"朗吉弩斯的信仰

---

① [美]王斑:《历史的崇高形象:二十世纪中国的美学与政治》,孟祥春译,上海三联书店 2008年,页11。
② [美]王斑:《历史的崇高形象:二十世纪中国的美学与政治》,孟祥春译,上海三联书店 2008年,页106—115。

者":因为他强调杰出文学中的"炽热情感"的重要性,而且把文艺批评的重心从欣赏者转移到作者。①前者与梁实秋二十年代对朗吉弩斯《论崇高》的后世影响的描述颇为一致:"朗占诺斯最值得注意者,即其对于情感与文调之重视,盖实乃启后世浪漫思想之源也。"②美国学者保罗·纽曼(Paul Newman)研究西方恐惧文化的源流时,细致地论述了浪漫主义艺术与恐惧之间的关系:

……对于拜伦、济慈、雪莱这样的人,恐惧意味着什么,那是一种与中世纪的人体会到的完全不同的情感。对于后者,恐惧就是纯粹的恐惧,也许是对自然的真切感受。但是,对于浪漫主义者来说,恐惧还带有一种让人震颤的力量。机器、工业和众多发明成果包围着人们,促使人们像驮马般工作。同时,人们也试图逃离这令人压抑的重围,去一个能让他们体会包括恐惧、敬卫、极端麻木以及对宗教的虔诚的地方。③

而我们已经知道,激情与恐怖,是崇高性范畴中两个非常重要的关键词。那么象征主义传统与"崇高"理论又有什么联系?事实上,早期象征主义与哥特艺术之间,有密切关系。比如,被波德莱尔推为象征主义文学的鼻祖之一的爱伦·坡(Edgar Allan Poe),其小说和诗歌观念就较多地受到哥特文学的影响,甚至常常被归类到哥特风格的作家序列。他对于恐怖、惊悚、病态、晦暗、神秘、暗夜、梦魇——这些都曾是贯穿象征主义的重要理

---

① [美]艾布拉姆斯:《镜与灯——浪漫主义文论及批评传统》,郦稚牛等译,北京大学出版社2004年,页86—91。
② 梁实秋:《浪漫的与古典的》,新月出版社1927年,页154。
③ [美]保罗·纽曼:《恐惧:起源、发展和演变》,于洋、赵康等译,上海人民出版社2004年,页145。

念——等的隐喻性运用,多得自哥特文学的传承。而现在西方诗学研究界对此的共识是,哥特小说与崇高性理论之间,有相当的渊源。哥特小说对于恐怖、激情等的实践和呈现,正是从当时开始流传开的崇高性理论,比如十八、十九世纪的伯克、爱迪生（Joseph Addison）这样的理论家对崇高的论述中获得启发和依据①。在象征主义绘画和诗歌中,我们也常常看到类似的场景。不说波德莱尔,就是在梁宗岱师从的瓦雷里的诗中,我们常常可以感到这种气息:

> 涌上来吧,我的热血,来染红这苍白的境遇,
> 它正被具有神圣距离的苍穹
> 和我所赞赏的光阴难以觉察的皱纹崇高化了！②

当代法国学者让·利奥塔（Jean-Francois Lyotard）言简意赅地归纳了崇高性命名与浪漫主义、现代主义文艺之间的关系,让我们更为清楚地理解"崇高"美学的这一脉被中国美学研究家遮蔽的回响:

> 这种矛盾的感觉:如乐趣、痛苦、喜悦、焦虑、激奋、消沉,在十七世纪到十八世纪的欧洲被命名或重新命名为崇高；古典诗学的命运正是在这个名词上成功或失败；正是在这个名词的范围内,美学使其对艺术的批评权有了价值,浪漫主义,也就是说现代主义,取得了胜利。③

---

① 李伟昉:《黑色经典:英国哥特小说论》中国社会科学出版社2005年,页112—130。
② ［法］瓦雷里:《年轻的命运女神》,《瓦雷里诗歌全集》,葛雷、梁栋译,中国文学出版社1996年,页53。
③ ［法］让·利奥塔:《非人——时间漫谈》,罗国祥译,商务印书馆2001年,页102。

化解对立面

在回顾和勾勒出崇高性理论流传的两条线索后，我们回到梁宗岱的崇高论。他关于崇高的论述，虽如董强所说的，最后归结于一种内在的智慧，充满了东方玄学色彩，但参照他对于新诗的看法，他把崇高美的核心视为一种"不可企及"的"神""绝"的境界，一定程度上涉及了汉语新诗的核心问题：如何不依附于艺术之外的力量建立自我崇拜的形式？以便能够把一切都容纳到这种崇拜之中？西方象征主义文学家在其文学传统中，建立了一套言说"不可言说"的事物的悖论诗学方式，将现代世界的消极性本质熔炼为艺术展示自己的枝叶和果实，这与朗吉弩斯的一些珠玑之论是相互呼应的：

> 一个朴素不文的思想，即使不形之于言，也往往仅凭它本身固有的崇高精神而使人赞叹。试看在"招魂"一章中埃阿斯的沉默是多么的悲壮，比任何的谈吐还要崇高。[①]

那么，现代汉语文学如何才能发明自己新的形式，即经营出表达"不可企及"的诗意形态，以保证艺术地容纳广阔而激烈的世界，却保持自身的风骨？关于象征主义的感官形式特征，在梁关于崇高的论述中，没被提及，但梁的诗学观念也在默默地变化。在他后来的文章和晚年零星的口述中，我

---

① 《缪灵珠译文集》第一卷，中国人民大学出版社2008年，页84。

们可以看出他对此的想法。

当代著名诗人柏桦二十世纪八十年代初曾慕名拜访晚年的梁宗岱。他动人的回忆,呈现了诗人之间、诗歌之间的一种自外于文学史逻辑的传递:

> 那一夜,我回到宿舍独自一个狂热地捧读老人的《试论直觉与表现》。我不是在读,也不是被吸引,而是晕眩、颤栗、震惊!……他在文章中回忆了他为什么写诗的原因,"那是一个秋天的下午,我六岁,母亲在那天去世了。送葬回来那天,我痛不欲生,只想寻死……我第一次朦胧地体会到强烈的诗歌激情,那是唯一可以抗拒死亡的神圣的东西……"……万籁俱寂,我听见了我的心在激烈地跳动,我听见了老人一滴六岁的血滴进了我迎接着的二十五岁的心。就在那一夜形成了我的第一句诗观:"人生来就抱有一个单纯的抗拒死亡的愿望,也许正因为这种强烈的愿望才诞生了诗歌。"

引文中提到的《试论直觉与表现》是梁1944年写就的一篇长文。在1981年5月一个凉快的夜晚,其中关于死亡与诗歌激情的妙论,流淌进一个当代诗人的写作生命中。我们继续看梁晚年对波德莱尔的看法:

> 我心里一怔,赶紧把话岔开:"我非常喜欢波德尔的诗……"说着说着我开始用中文背诵他的《烦忧》,并说:"我喜欢他的'恶'之美。"
> 老人愉快地笑着说:"不是'恶'之美,是美本身。"[①]

"美本身"的回答,与梁宗岱《论崇高》中的诸多论述,以及对诗歌激情与死亡的关系的妙论,形成了诗人生命履历内的遥远回环的呼应。梁宗

---

① 柏桦:《去见梁宗岱》,见《左边——毛泽东时代的抒情诗人》,江苏文艺出版社2009年。

岱的写作观念和后来近乎沉默的艺术人生，恰好呈现了他的"不可企及的"崇高理念，也实践了他对于"一切的峰顶"的崇高向往。海德格尔谈论德语诗人特拉克尔（Georg Trakl）时，有一段妙论，似可助我们理解梁"不可企及"的深意：

> 每个伟大的诗人都只有出于一首独一的诗来作诗。……诗人的这首独一的诗始终未被说出。无论是他的哪一首具体的诗，还是具体诗作的总和，都没有完全把它道说出来。尽管如此，任何一首诗都出于这独一的诗的整体来说话，并且每每都道说了它。①

在梁看来，"不可企及"的实现，需要不断地取消事物之间的对立，正如将"恶"化为美本身。梁在《论崇高》中反驳朱光潜的逻辑，就是以自己的审美体验为依据，来打破朱对于"美"的对立性"划分"，最后还原了它们貌似对立的面孔中蕴含着的向对方转化的可能性，借巴赫金的说法，即还原了其中的正反同体性②。这让我们想起艺术阐释中许多类似的论述：在柏拉图（Plato）《会饮》结尾，苏格拉底（Socrates）与喜剧诗人阿里斯托芬（Aristophanes）和悲剧诗人阿伽通（Agathon）对饮谈诗，苏格拉底迫使他俩承认，喜剧中的天才与悲剧相同，真正的悲剧艺术家也会是喜剧艺术家；③俄国宗教哲学家弗兰克说："任何审美体验，即使是在感受严酷的、悲惨的、忧郁的、不协调的情景时，也会给我们带来享受，……包含着快乐、愉悦的成分"；④王夫之论《诗经·采薇》时说："以乐景写哀，以哀景写乐，

---

① ［德］海德格尔：《在通向语言途中》，孙周兴译，商务印书馆1999年，页25。
② ［苏联］巴赫金：《巴赫金文论选》，佟景韩译，中国科学出版社1996年，页120。
③ ［古希腊］柏拉图：《会饮》，刘小枫译，华夏出版社2003年，页118。
④ ［俄］弗兰克：《人与世界的割裂》，徐凤林、李昭时译，山东友谊出版社2005年，页23。

一倍增其哀乐。"① 王尔德谈论莎士比亚戏剧时说：一个艺术真理的矛盾命题也是真的。② 这些，都在不同的时空和文本中揭示了高妙的艺术是如何通过化解对立面，破中求立，将"光阴的皱纹崇高化"的。它们可以作为我们理解梁宗岱论崇高的旁证。

上述种种，大抵就是梁文迄今仍不断地在幽暗的心灵和写作困境中，为人追忆的缘由。概言之，倘若说朱光潜的崇高论及其追随者依靠他们的知识资源，为我们提供了一种清晰的结构，那么，梁宗岱就创造了一种警惕和对抗这种清晰结构的可能性。在亟需重构汉语诗意的现代中国，甚至在文学艺术永恒的创造渴望中，后者更加符合需要。因为，创作的现代困境大抵不出于此：于存在的困境中写出难言之隐，以言路打开那闭锁的一切；把与诗意对立的生活、历史乃至世界的一切，熔炼、内化为诗的崇高和赞美。梁宗岱在他的时代和生命里切身地意识到的这些，足以诱惑后人不断重温他的文字之光和践行的足迹。

失去形而上学基础的诗歌

梁宗岱式的崇高美学理想，其实就是汉语新诗的理想。如诗人张枣所说："我们的古典文学本身有自己的崇高，有汉语的甜美，而五四以后，新文学缺乏一种崇高，只有一种迷乱。文学必须有一种崇高，在文本中实现一种

---

① 王夫之：《姜斋诗话》，人民文学出版社1961年，页140。
② ［爱尔兰］奥斯卡·王尔德：《谎言的衰落》，江苏教育出版社2004年，页222。

对话。"①汉语新诗要创建言说崇高的方式,就必须创建不依附于外在力量的言说"不可企及"的世界的方式。在二十世纪的汉语新诗中,诗意言说要么面临着脱离古典传统之后的"空白",要么依附于革命和民族解放的激情,进而形成相关的诗意话语。前者常因为丧失了形而上学直接基础而流于散乱,后者则把诗歌言说所对称的"不可企及"的部分,锁定在乐观主义、民族主义或历史主义的捕鼠器中,难免囿于外在力量的牵拘而陷于单调。质言之,汉语新诗对现代汉语诗意言说的探索,可以说是与"空白"的困境和革命与民族解放激情纠缠的历史。随着革命和民族解放激情的退却,对"空白"的诗意言说,成为汉语新诗的枢纽所在。

言说"空白",就是要说出现代中国人的存在本质的诗意性。在古典汉语诗中,梁宗岱所言的"不可企及"的崇高美学,有稳固的形而上学基础。在最古老的诗歌,比如诗经或楚辞中,诗歌与咏颂神灵有关。到后来,如刘勰在《文心雕龙》中一开始就从三个方面论述的那样,诗歌的形而上学基础可以归于"原道"、"征圣"、"宗经"。②如何从诗学意义上理解这三个概念?

关于道之"不可企及",《老子》第十四章中有一段话描述了其特征:

> 视之不见名曰夷,听之不闻名曰希,搏之不得名曰微。此三者,不可致诘,故混而为一。其上不皦,其下不昧。绳绳不可名,复归于无物。是谓无状之状,无物之象,是谓惚恍。迎之不见其首,随之不见其后。

---

① 颜炼军编选:《张枣随笔选》,人民文学出版社2012年,页165。
② 刘若愚在《中国文学理论》(田守真、饶曙光译,四川人民出版社1987年)中将道作为中国文学形而上学的基础,我认为,刘勰所说"征圣""宗经",应是古典汉语文学的另外两个次一级的形而上学基础。

这种老庄哲学中常见的形而上学思维很早就被用于理解文学创作。陆机《文赋》里都讲到了诗意的发明是如何"接近""不可企及",进而在语言中呈现它们的:"课虚无以责有,叩寂寞而求音。""言穷者无隘,论达者唯广。"现代学者顾随对后一句有一段精彩的解释:"'穷',细微深邃;'达',伟大崇高。""其实'穷''达'还是一个,没有一个细微深邃的不是伟大崇高的;同样,也没有一个伟大崇高不是细微深邃的。"[①] 司空图《诗品》也表达了类似的意思:"具备万物,横绝太空。"清代赵执信在《谈龙录》记述了一段他和王渔洋、洪昇之间关于诗的谈话。在谈话中,他们像刘勰那样,将诗中那不可企及的部分喻为虚构的、囊括了诸多动物特性的"龙":

> 一日并在司寇(渔洋)宅论诗,昉思嫉时俗之无章也,曰:"诗如龙然?首、尾、爪、角、鳞、鬣一不具,非龙也。"司寇哂之曰:"诗如神龙,见其首不见其尾,或云中露一爪一鳞而已,安得全体?是雕塑绘画者耳。"余曰:"神龙者,屈伸变化,固无定体。恍惚望见者,第指其一鳞一爪,而龙之首尾完好,故宛然在也。若拘于所见,以为龙具在是,雕绘者反有辞矣。"昉思乃服。[②]

众所周知,"龙"作为一种虚构的、神圣的动物,是不常见的,人们只能按照想象中的样子来描绘它。当然,在叶公好龙的故事中,龙的出现也难免给常人带来恐怖。这与西方美学家论崇高时强调其包含的可怖特征有异曲同工之处。

关于"征圣",我们可以将之理解为,古典诗歌写作中,诗歌常常包含一

---

① 顾随:《顾随:诗文丛论》,顾之京整理,天津人民出版社1997年,页287。
② 赵执信:《谈龙录》,陈迩冬点校,人民文学出版社1998年,页5。

个清晰的自我形象。从屈原《离骚》开始,到晚清龚自珍等古典诗人的诗里,都可以读到这样的作品。无论是哀怨的自我,还是被美化的自我,他们都让自己接近或化身为某一类令人追慕的圣贤高人,因此《文心雕龙·征圣》里说:"志足而言文,情信而辞巧。"也就是说,抒情主体的美德和精神品格是有效抒情的基础。

关于"宗经",即诗歌表现的修辞资源和内在的精神,都符合经典之道。《文赋》里说"颐情志于坟典",《文心雕龙·宗经》里说,"经也者,恒久之道,不刊之鸿教也。故象天地,效鬼神,参物序,制人纪,洞性灵之奥区,极文章之骨髓者也。""禀经以制式,酌雅以富言,是仰山而铸铜,煮海而为鉴也。",也就是说,"经"的意义和修辞,都是事物与词语之间的建立关系的典范,文学须以此为准绳,才能符合"文之为德也大矣"的要求。

古典宇宙观和世界观在近代以来的解体,让道、经、圣等古典诗写作的形而上学基础也随之崩溃了,"不可企及"的诗意失去了潜在的对称界。新诗诞生之初的宣言,就是要取消以道、经、圣作为形而上学基础生发出的一整套修辞系统,以此让汉语诗意的发明与时运相济。当然,之后新诗对自身反思和优化,也多围绕着如何面对这一取消之后陷入的诗意"空白"困境而展开。其中,先后出现了各种努力,有对古典象征资源的采集和重释,对西方神话系统的改造和引进,对革命象征力量的痴迷,对少数民族文化的征用,对西方现代诗面临"空白"而创造的诗意性的借鉴,对诗人主体形象的修复和创造,对隐喻的蕴藏和超越能力的重建……它们都在各自的限度内展开新的汉语诗意世界,以正在形成和完善的现代中国的诗心,接近和振响那难以命名的、"不可企及"的崇高之域。

关于"不可企及",希腊诗人塞弗里斯(George Seferis)有段话可以给我们启发:"因为人本身具有局限性,并且只能在特定的时候发现真理的一部分。当然,随着时间的流逝并通过探索和斗争,我们都希望发现各自的真理。这就意味着,真理并不像水中的浮冰任意随波逐流,而是独一无二和不可改变的,其彼岸无法企及。"[1] 在失去了古典世界拥有的形而上学基础之后,汉语新诗必须通过自身的崇高形象或象征结构建设,呼吁现代世界的象征性和彼岸性。在本书各章中,笔者试图呈现汉语新诗在突破困境的征程中形象化的"各自的真理",以及它们向往"不可改变、无法企及"的缤纷诗艺。

---

[1] [希腊]乔治·塞弗里斯:《关于诗的独白》,见《塞弗里斯诗选》,刘瑞洪译,译林出版社2008年,页194—195。

我们的祖先是已经睡了,
睡在离我们不远的地方。

第一章 风雨如晦

思念

从「兴」说起

「君子」的更替

「比」的延续

「兴」变

思念

  各民族文化中都有惊人的思念隐喻。比如中国民间传说中的望夫石、望夫云，古《越人歌》中的"山有木兮木有枝，心悦君兮君不知"，李白在《长干行》一诗中引用《庄子·盗跖》中尾生的典故写的"长存抱柱信"等，都是比较极端的男女思念之辞。古希腊文学中的美狄亚，李商隐笔下的西王母、望帝，可以说都是不朽的思念者形象——它们很多时候也是诗人自身处境的象征。诗人假诸万有，表达着一切永恒向往，总结着困境中的灵魂解围的纷纭姿势，这都为更元质的思念（倘若有一个更为元质的思念可以总结如此繁多的思念之辞的话）寻找到的簇密多姿的显现，模仿柏拉图的话说，它们都是一种更高的思念幻化出来的影子。正因为这莫名的思念，思念之辞才摇曳着各种表象，诱惑我们投入形形色色的虚境之中，为穿越一切的、难以命名的、最本色的思念解渴。每一个思念之虚境，就像佚名的古代突厥诗人曾写下的诗句这样，瞄准一个"你"，便欣然前往：

  一听说你从远方回来
  我就用脑袋走路远迎你
  我要用泪水洗尽路上的尘埃
  我把双眼化为你口渴时的甘泉

……①

这里的"你",是写情人还是写神?是假未说明的"情人"或"神",表达另一种大于二者的思念?擅以奇巧比喻令人叫绝的十七世纪英国诗人约翰·但恩(John Done)则怀着西方近代科学机械思维带来的兴奋,连通另一种思念,他曾以圆规比喻男女之间的遥远思念,大意是两个人无论相隔多远,都在同一个圆心支配的力学之圆中。而这个比喻在弥尔顿(John Milton)那里,被用来比喻上帝发明世界的场景:"拿着上帝永恒的仓库所制备的/那个金黄色的圆规,给宇宙以及一切创造的万物定出界限。/他用一脚定中心,用另一脚绕着话/划过那茫茫黝黑的深处,说道://'扩伸到这么多,你的界限就这么多。'"②此外,但恩在《解体》一诗中如此写道:

> 她死了;一切死者
> 都向他们的最初元素还原;
> 而我们彼此互为元素,
> 是用彼此造制。
> 那么我的身体确与她的身体相纠缠③

有学者认为这段情爱诗与《圣经》中的上帝话语的同构④:"耶和华神使他(指亚当——笔者注)沉睡,他就睡了;于是取下他的一条肋骨,

---

① 维吾尔族古代佚名诗人作品。在此要感谢我的朋友,帕尔哈提先生专为我翻译此诗(未刊)。
② [英]弥尔顿:《弥尔顿抒情诗选》,金发荣译,湖南文艺出版社1996年,页87。
③ [英]约翰·但恩:《赠别:莫悲伤》、《解体》,见《艳情诗与神学诗》,傅浩译,中国对外翻译出版公司1999年,页76、101。
④ 参阅张缨《圣经背景下的约翰·多恩爱情诗解读》,见《圣经文学研究》第三辑,人民文学出版社2009年,页267—268。

又把肉合起来。耶和华神就用那人身上所取的肋骨造成一个女人,领到那人面前",亚当见到夏娃时说:"这是我骨中的骨,肉中的肉,可以称她为女人。"① 布鲁克斯(Clenth Brooks)也曾经指出,但恩的诗常常戏仿祈神话语,来成全男女思念话语②,"他把中古经院神学的辩证法,亦即所谓玄学,以及驳杂的学问糅进了性爱的激情之中"③,以宗教或神学修辞作思念之辞,这似乎是有宗教传统的文学作品中比较常见的特点。但是,有没有一种大于情爱与神爱之和的诗歌意图,深藏其中? 永远发明某种美的东西,是神圣心灵的标志——德谟克里特(Democritus)如此说过④。也有人曾指出,相传为清代藏族诗人仓央嘉措所写的诗里,有着人与佛的关系和男女两性关系的混合修辞。有一段改译成汉语的歌词如下:

> 坐在月光里的妹妹,是否你的长发已改变了秩序
>
> 是否我该用枯坐代替断肠,禅定,寂静无语
>
> 可一百次的转世,你仍旧会看见我打马徐行

在上古和中古时期的汉语文学中,也出现过与此近似的抒情特征。《山鬼》《湘君》《湘夫人》《高唐赋》《神女赋》《洛神赋》之类的诗,就显示了中国南方式的祈神话语与情爱话语的结合方式,但这一脉抒情传统除了在少数诗人,比如李贺、李商隐笔下出现过,似乎就弱化了(与此并行的以

---

① 见《圣经·创世纪》。
② [美]克林斯·布鲁克斯:《精致的瓮——诗歌结构研究》,上海人民出版社2008年,页5—22,郭乙瑶等译;这种关系在多恩病中所著的《丧钟为谁而鸣》可以看得更明白。林和生译,新星出版社2009年出版。
③ 傅浩:约翰·但恩《艳情诗与神学诗》译者序,页5。
④ [古希腊]德谟克里特:《著作残篇》,见伍蠡甫主编《西方文论选》(上卷),人民文学出版社1964年,页4。

政治为指涉的诗教渐渐成为主流,形成了所谓的"风骚"传统和"香草美人"传统:情爱话语和政治话语之间的互喻,成为汉语古典诗歌的一大特色[①])。在这一传统中,诗歌以神作为媒介,神借人之口说出爱,或者说,人通过说出男女情爱,表达了对神之爱。因此情爱可以与神爱表里如一作出的命名。当我们企图不断反顾和理解这些命名之时,必须回到它们关于情爱和神爱的分歧点上。这种诗意的分歧性,及其所呈现的暗示结构,正应对了汉语诗学中的阐释之难:诗无达诂。

在西方文学史上,神爱话语与情爱话语的含混,成了现代文学改写文学性的重要凭藉之一。那么,在汉语古典文学的思念话语中融会的情爱、神爱、政治、伦理话语,如何在白话文学的生长中被过滤、重写,并重新开启一种新的诗意活水,成为现代文学的一个起点?据笔者观察,《诗经·郑风·风雨》一诗在阅读、接受层面的诗意变迁,尤其是现代以来所经历的诗意突变,具有某种不易察觉的典型性,对此过程的理解,似可澄清这一环节中的若干问题。

在中国文学史上,这首诗开启了一个关于思念的含混的抒情传统:

---

① 《离骚》之后,这种传统一直延续下来。比如,传为汉宣帝时的《铙歌十八曲》:"圣人出,阴阳和,美人出,游九河。"在许多注笺中,美人被理解为明君之喻。参阅陈沆《诗比兴笺》,上海古籍出版社 1981 年,页 2;今人萧兵认为,"离骚"古义为"太阳神鸟的悲歌"。根据新出土的简帛文献,黄灵庚进一步指出,《离骚》中的舜帝,在古代神话中是太阳神的化身,"离骚"既"离箫",是"咏颂大舜的功德之歌,是咏颂有虞氏的图腾之歌,是属于有虞氏的凤鸟文化。"如果他们的结论是对的,那么长久以来被理解为政治怨歌的《离骚》中,也具有咏神的影子。也就是说,在远古诗歌中,颂神与宗圣是不可分开的,但越到后面,颂神的一面越被淡化,甚至最后被取消了。参阅黄灵庚:《楚辞与简帛文献》第三章《出土文物与〈离骚〉难题破解》,人民出版社 2011 年,页 64—87;受这种传统的影响,两性抒情也被用来谈论文章好坏,比如,唐代诗人朱庆馀的《近试上张水部》:"洞房昨夜停红烛,待晓堂前拜舅姑。妆罢低声问夫婿,画眉深浅入时无?",张籍在《酬朱庆馀》诗中答道:"越女新妆出镜心,自知明艳更沉吟。齐纨未足时人贵,一曲菱歌敌万金。"

> 风雨凄凄,鸡鸣喈喈。既见君子,云胡不夷?
> 风雨潇潇,鸡鸣胶胶。既见君子,云胡不瘳?
> 风雨如晦,鸡鸣不已。既见君子,云胡不喜?

今天纵览《风雨》一诗的接受史,其释义的流动性清晰可见。数千年来出现的各种释读,虽各领风骚数百年,却无人能一劳永逸地终结阐释的分歧。至今仍让人迷惑的是,《诗经》阐释的三个主要传统:汉代的毛诗以及郑笺,宋代朱熹的《诗经集传》和明清以来诸家对此诗的解读常常相去甚远,宣称得其"志"者[①],最终都没能抵达此诗的"原始"意义现场。从朴学意义上讲,因时间久远,我们已无法"知人论世"而后逆作者之志,更无法回到诗歌描述的原始场景。但这显然不是释义分歧的原因。

从"兴"说起

显然,无论在古典时期,还是现在,诗人写作一首诗的原始情景,绝大多数不为人所知。每一首杰出的诗歌,都是一个永远的奇迹和秘密。相较之下,一首诗到底说了什么,有何意义,多与诗自身的意义暗示结构相关,各种风马牛不相及的阐释,终究都只能够从文本出发。意义暗示结构的多棱性,

---

[①] 关于"志"意义的分歧和产生的氛围,现代以来,已经有闻一多等学者注意到,见《歌与诗》一文。当代学者李春青《诗与意识形态:西周至两汉诗歌功能的演变与中国诗学观念的生成》一书(北京大学出版社 2005 年)对此问题有较详细的论述,因此问题不影响本章的论述,在此不表。

诗歌内部的戏剧性张力对知识、主题等阐释术的"免疫力",往往导致诗歌在不同的语境和世情中萌生不同的诗意增殖方式,对不同语境的读者发出新的阐释邀请。同时,在不同历史情境生产出的"振振有辞"的解释背后,常隐藏着一个关于诗歌与现实之间关系的焦虑:当某一有力的阐释告诉我们,这首诗的意义应该指向它之外的什么时,背后的隐蔽逻辑是:诗歌意义与现实的关系,或者说喻辞和喻旨之间的统一性,并非不证自明。① 比如,与《诗经》中许多作品一样,在《风雨》一诗的阐释史上,就包含着这种对立统一性:它的诗意总是要和某种外部现实关联起来,同时又因为文本结构的内在张力,而不断与之脱落,以至于有必要不断重释。

因此,按照汉语古典诗学的阐释传统,与《诗经》中许多作品一样,我们也会在众多的解释中发现,对诗中作为"兴"部分的"风雨鸡鸣"的理解分歧:它与"得见君子"的喜悦之间的意义关联并不稳定。这种不稳定性在《诗经》作品中有很多,也是诗经阐释学中最有活力和分歧性的部分。

要谈论这种不稳定性,我们先得面对"兴",这一两千多年中充满争议的概念。正如周英雄指出,"兴"不能只作为诗歌修辞学意义上的方法论理解,更应该作为理解中国诗歌物我关系的核心出发点。② 由"兴"开始,形成的一系列诗学阐释命名系列,都是描绘汉语古诗的关键词:比如"兴寄"、"兴喻"、"情兴"、"意兴"、"兴象""兴趣""兴致"等。现代以来,许多古典文学研究者已经费尽移山心力,梳理这一概念的历史变迁与分歧。

---

① 参阅[美]宇文所安:《中国文论:英译与评论·导言》,王柏华、陶庆梅译,上海社会科学出版社 2003 年,页 1。
② 周英雄:《赋比兴的语言结构》,见《结构主义与中国文学》,台湾东大图书公司 1983 年,页 122。

在此，笔者只是想尽可能地梳理出，在这一充满分歧的历史性诗学概念中，有哪些资源最后被作为现代汉语新诗的理论资源？或者说得更远一些：在汉语新诗与古典诗之间，如何理解与"新""旧"无关的"诗"的贯通性？它们如何在诗歌发生学，诗歌社会学意义上可以统一起来？这也是本书各章要分别回答的问题。

在经典古诗理论中，"兴"总是呈现一种诗歌描写"物"的姿态。按照现代西方理论话语说，即词与物连接的方式。略为不同的是，在诗经阐释传统中，这种"写物"总是要与物外之意相连，即"意"与"象"的关系①。"在所谓'三百篇'中，几乎都要先称植物动物之名义，才能开诚咏言，说是有内在关系，更多的是不相干地相干着。"②考察这种关联时，笔者常有如下疑惑：诗歌如何与"现实"关联？诗歌的抒情如何被理解为是具有现实指涉的？不同的"关联"和"指涉"解释，又是根据诗歌自身的哪些内在特征作为动力实现替换的？这些问题，都与"兴"密切相关。因为"兴"的特质总要通过与"比"的分辨来凸显，所以二者常被各时代的诗人和学者放在一起谈论：

> 郑玄：比者，比方于物也；兴者，托事于物也。（贾公彦《周礼注疏》卷二十三）

> 刘勰：起情故兴体以立，附理故比例以生……写物以附意，扬言以切事。（《文心雕龙·比兴第三十六》）

> 孔颖达：……兴起者也，取譬引类，启发己心，诗文举诸草木鸟兽

---

① 当然，在意象关系和词与物的关系之间，是有差异的，因为汉字和拉丁文造字法不同，所以体物的方式也不同。

② 木心：《九月初九》，见《哥伦比亚的倒影》，广西师范大学出版社2006年，页3。

以见意者,皆兴辞也。(《毛诗正义》卷一)

朱熹:兴者,先言他物以引起所咏之辞也(《诗集传·关雎》);比者,以彼物比此物也。(《诗集传·螽斯》)

彭辂:比有凭而兴无据,不离字句而有神存于其间,神之在兴者什九。(《明文授读》卷三十六)

刘熙载:盖比有正而无反,兴兼正反故也。(《艺概·诗概》)

上面的材料,只是浩瀚的论述中比较有代表性的几条。我们可以看出,无论其间意见分歧如何,都有一个一致的趋向:作为诗歌"写物"的兴,总得与一个"物"外的意义发生关联。按照刘勰的话说,其中总有起情与附理、写物与附意、扬言与切事这样的意义对称结构。然而,在不同的阐释中,这些意义结构内部的关联,以及被关联的内容,都有不稳定性——这持久地体现在《诗经》接受史中。但是,在古典时期的阐释里,这种不稳定,更多体现为各种"物"外之意之间的分歧、斗争和更替,而不会否定其存在。

现代甲骨文史料的新发现,以及人类学关于原始诗学的研究,让我们对"兴"有了新的认识。比如,根据商承祚和郭沫若等人的甲骨文研究成果,陈世骧对"兴"的原始含义有如下描述:"'兴'乃是初民合群举物旋舞时所发出的声音,带着神采飞逸的气氛,共同举起一件物体而旋转。"[1] 庞朴对"舞"字的解释也可以补充上述观点:舞就同"无"打交道的手段,而"无"无论在甲骨文里,还是在老子那里,都是被想象的事物的主宰。[2] 因此可以说,"兴"通过所命名或指涉之物,来搭建人神之间的往来,亲证

---

[1] 陈世骧:《原兴:兼论中国文学特质》,见《陈世骧文存》,辽宁教育出版社1998年,页155。
[2] 参阅庞朴《说"无"》,见《庞朴学术文化随笔》,中国青年出版社1996年。

了世界"看不见"的部分。在中西方的神话思维中,物本身都内含神性暗示和呈现,赵沛霖甚至认为,在诗经中"兴"句中所写之物与祖先崇拜和图腾崇拜有关。简言之,发现和获得物所暗示的,超越物本身而抵达神性的仪式,就是"兴"。然而,本与神灵和巫术有关的"兴",经过漫长变迁,到孔子时代,再到毛诗中,意义已经变窄了。如日本学者白川静所言,"兴"在更早的时期应该是言灵的赞语,人们感受所赞颂的灵物的力量。后来,这种赞语逐渐成为类型化的东西,表现机能也随之发生了变化。他颇有见识地指出,"比喻是兴的发想的堕落形式"。①的确,汉代以后对诗经的理解,大都是孔子诗学或毛诗的变体。先秦以前"兴"的结构中所具有的模糊性和不确定性消失了。这大概就是赵沛霖归纳的:"兴"是"宗教内容向艺术形式的积淀"②,而这种艺术形式,又成为诗教的修辞学基础。

还有一种对"兴"的现代理解,值得玩味。顾颉刚在二十世纪三十年代曾从民歌研究出发,来探讨"兴"的内涵。他认为《诗经》中"兴"与后面的部分之间只有音韵的协调,并没有意义的关联。他以最著名的《关雎》为例:

> 我们懂得了这个意思,于是"关关雎鸠"的兴起淑女与君子,就不难解了。作这诗的人原只要说"窈窕淑女,君子好逑",但嫌太单调,太直率,所以先说一句"关关雎鸠,在河之洲"。他的主要意思,只在"洲"与"逑"之间的协韵。③

---

① [日]白川静:《中国古代民俗》,何乃英译,陕西人民美术出版社1988年,页46—83。
② 赵沛霖:《兴的源起——历史积淀与诗歌艺术》,中国社会科学出版社,1987年,页67—90。
③ 顾颉刚:《起兴》,1925年,后收入《古史辨》第三册;上海古籍出版社1982年。

这种极端的结论,把《诗经》托物言志的阐释惯性彻底敲碎了。朱熹也曾把"兴"分为"取义之兴"和"不取义之兴",但顾颉刚只取一端的做法,无疑取消了《诗经》中"写物"部分(兴)与写事部分之间的意义关联。这就彻底抽走了《诗经》作为经学的修辞学基础,同时也难免抽走了《诗经》作为文学的修辞学基础。这种极端的解释,虽然呼应了现代中国反传统的潮流,继承了胡适将经学子学化的思想革命实践①,但也遭到了一些人的有力矫正。比如,周英雄对顾颉刚最为有力的民歌例证"阳山头上竹叶青,新做媳妇像观音"作了细致分析,并得出了完全相反的结论。顾氏认为上下联之间只有音韵关系,而他认为"凡是好的诗歌,韵脚或多或少都有一定的语义价值,就以'青''音'相押而论,我们大可把'竹叶青'与'像观音'视为对等的单位:观音身居紫竹林,与阳山的竹林似乎是不谋而合;可是相反的,观音身心闲适,普度世人,与新媳妇初至夫家那种临渊履薄的心情,恰成一强烈的对比"②。许多现代学者先后以传统诗学对"比兴"的理解为基础,来重释"兴"包含的诗歌发生学意义。现代学者马茂元对比兴的区别如下:"'比'是以彼喻此,'兴'是因彼及此。"③旅法诗人学者程抱一对"比兴"也有细致的理解:"当诗人求助于一个意象(通过大自然)来形容他想表达的意念或情感时,他采用'比'。而当感性世界的一种现象、一片风景、一个场景,在他心目中唤起一重记忆、一种潜在的情感

---

① 胡适《中国哲学史大纲》正是将经学子学化的发轫之作。蔡元培在为此书写的序文中指出,胡适该书最大的优点之一,便是将先秦诸子平等地看待。
② 周英雄:《赋比兴的语言结构》,见《结构主义与中国文学》,台湾东大图书公司 1983 年,页 146。
③ 马茂元选注:《楚辞选》,人民文学出版社 1983 年,页 42。

或者一种尚未表达出来的意念时,他便运用'兴'。"[①] 当代学者叶嘉莹也说:"'兴'是由物及心的;'比'是由心及物的;'赋'是即物即心的。"[②] 他们的意旨大抵相同,而笔者认为最为高妙、细致、得体的现代论述,是徐复观对"比""兴"的见解,兹引原文如下:

> 我想,除了赋体的直接情像以外,诗中间接的情像,是在两种情景之下发生的。一是直感的抒情诗,由感情的直感而来;一是经过反省的抒情诗,由感情的反省而来。属于前者是兴,属于后者是比。为了便利起见,先从后者说起。
>
> 已如前述,除了情以外没有诗,而情的本性是处于一种朦胧状态的,但情动以后,有时并不直接以情的本性直接发挥出来,却把热热的情,经过由反省而冷却后所浮出的理智,主导着情的活动,此时假定因语言技巧或环境的需要,而须从主题以外的事物说起时,此主题以外的事物与主题之间,是经过了一番理智的安排,即是经过了一番"意匠经营",使主题以外的事物,通过一条理路而与主题互相关联起来,此时主题以外的事物,因其经过了理智所赋予的主观意识、目的,取得了与主题平行的地位,因而可以和主题相提并论,所以能拿来和主题相比。比,有如比长絜短一样,只有处于平行并列的地位,才能相比。只有经过意匠经营,即是理智的安排,才可使主题以外的事物,也赋予与主题以相同的目的性,因而可与主题处于平行并列的地位。因此,比是由感情反省中浮出的理智所安排的,使主题与客观事物发生关联的自然结

---

① [法]程抱一:《中国诗画语言研究》,涂卫群译,江苏人民出版社2006年,页83。
② [美]叶嘉莹:《叶嘉莹说诗讲稿》,中华书局2008年,页21。

果。例如：

> 螽斯羽,诜诜（音莘）兮（朱传：和集貌）。宜尔子孙,振振（音真）兮（杜氏左传注曰：振振,盛也）。（《周南·螽斯》）

> 此诗是在多妻制之下,赞叹人家因能和睦相处而子孙众多（毛序以《螽斯》为"后妃子孙众多也"）,却不直接说出,于是以螽斯相比的说："螽斯呀,你们集在一块儿好和睦呵。你们的子孙,当然会这样兴盛的。"这是经过了一番意匠经营,而把螽斯拿来与因妻妾和睦而子孙众多的人家相比,所以螽斯的本身已由理智安排上了与主题相同的目的性,它和主题是处于平行并列的地位,二者间有一条理路可通,因而可使读者能由已说出的事物去联想并没有说出的主题。其所以要这样比着说,有的是出于环境的要求,有的则出于技巧的需要,以加强主题的强度和深度。

对于"兴",徐复观也作了细致的分析：

> 兴所叙述的主题以外的事物,不是情感经过了反省后所引入,而是由情感的直接活动所引入的。人类的心灵,仅就情的这一面说,有如一个深密无限的磁场,兴所叙述的事物,恰如由磁场所发生的磁性,直接吸住了它所能吸住的事物。因此,兴的事物和诗的主题的关系,不是像比那样,系通过一条理路将两者连结起来,而是由感情所直接搭挂上、沾染上,有如所谓"沾花惹草"一般,因而即以此来形成一首诗的气氛、情调、韵味、色泽的。用作兴的事物,诗人并没有想到在它身上找出什么明确的意义,安排上什么明确的目的,要使它表现出什么明确的理由,而只是作者胸中先积累蕴蓄了欲吐未吐的感情,偶然由某种事

物——这种事物，可能是眼前看见的，也可能是心中忽然浮起的——把它触发了。未触发时的感情，有的像潜伏的冰山，尚未浮出水面，有的则像朝岚暮霭，并未凝成定形。一经触发、则潜伏的浮了出来，未定形的因缘触发的事物而构成某种形象。它和主题的关系，不是平行并列，而是先后相生。先有了内蕴的感情，然后才能为外物所触发，先有了外物的触发，然后才能引出内蕴的感情。所以兴所用的事物，因感情的融合作用，而成为内外、主客的交会点。此时内外、主客的关系，不是经过经营、安排，而只是"触发"，只是"偶然的触发"，这便是兴在根源上和比的分水岭。例如，先有了内蕴的想找一位好小姐作太太的心情，于是为雌雄相应、在河洲相恋的雎鸠所触发，因为被雌雄相恋的雎鸠所触发，于是求偶的内蕴感情得以明朗化、形象化，这便构成了"关关雎鸠，在河之洲。窈窕淑女，君子好逑"的诗。这便是所谓兴。又如看见一位小姐嫁得一个好婆家，心中不觉有一种"名花有主"的喜悦，但这种喜悦，却似轻烟薄霭的飘浮着，并未构成形象，偶然在结婚季节中看见桃树的嫩枝上，开着娇艳的桃花，一片生机热闹，这便触发了内蕴的喜悦，而唱出了"桃之夭夭（少好之貌），灼灼（鲜明貌）其华。之子于归，宜其室家"（《周南·桃夭》）的诗，这便是所谓兴。又如一个知识分子生当乱世，看到许多篡窃权势的人，胡作非为，胡说八道，既不可以情遣，又不可以理喻，便常常因此而感到说不出的精神痛苦，偶然看到称为"苌楚"的这种植物，枝条长得柔顺多姿而茂盛，嫩枝更是长得光泽焕发，似乎非常得意，这和性情倔强、形容憔悴的诗人恰好成一对照，于是便触发了诗人内心的悲愤，而感到只因为它（苌楚）没有知识，所以它便没有是非，没有廉耻，才能长得这样肥头大耳，神气十足，"忧患皆从识字始",可见没有知识是享福的惟一条件,便不觉唱出来……这便是所谓兴。①

周英雄认为,徐复观关于"兴"与其他部分之间,是"未经反省,未经理智安排"的组合的看法,代表了一种海阔天空的自由。沿着徐复观的解释,他以西方语言学的视角为"比兴"提供了一个新的理解角度。雅各布森根据索绪尔语言和言语的划分,将人类发声成文的过程与体系作了二分法:一是选择(selection)或替代(substitution),二是合并(combination)或接连(contiguity)。周英雄认为,"比"类似于上述的选择或替代,而"兴"类似于合并或连接:

> 赋仅就日常语言加以浓缩或放大;比、兴则牵涉意义的转移,也就是言非所指;至于比兴的区分,比是明指一物,实言他物,是语义的选择或替代,属于一种"类似的联想";兴循另一方向,言此物以引起彼物,是语义的合并和接连。属于一种"接近的联想。"……按照前面的二分法,联想方式也可以分为两类:类似与接连。前者是以甲代乙,也是异中取同。后者是因甲而想乙。甲乙是互相衔接的。兴的联想显然属于后者。②

按照上述的分析,我们可以得出总结:"兴"与对应诗句之间,是一种合并的关系,二者组合在一起之后,"兴"句中所写之"物"的寓意是不明确的、模糊的。按照徐复观的话说,"兴"所写之物与对应句义的关系,并不是事

---

① 徐复观:《释赋比兴——重新奠定中国诗的欣赏基础》,见《中国文学精神》,上海书店出版社2006年,页27—29;
② 周英雄:《赋比兴的语言结构》,见《结构主义与中国文学》,台湾东大图书公司1983年,页142—143。

先理智安排的,而具有某种因偶然而得到的呼应。二者不可相互替代,而是因为相互叠加,产生了一种鲜活的抒情力,拓展了诗意空间。也就是说,"兴",是事物、语言和经验之间的相互唤醒,三者的叠加、回响,呈现的是一种内在的自由。而汉语古典诗歌到了明清时期,诗歌语言与所写物之间的关系,很大程度上已经固定了,诗歌中的大部分意象,所指涉的意义,几乎都已经约定俗成。超越这种约定俗成的"偶然呼应",在失去了鲜活性的文言文中已经很难创造,也就是说,在文言文的汉语诗歌与现实事物之间,已经不能再轻易地建立起大规模的新"偶然呼应"的描写关系,因而,也限制了诗歌语言对经验和想象自由丰富的表达。这正是新诗兴起的诗歌史背景。更何况,近代以来现实事物境况的剧变,已经超过了文言的承载力和更新速度,古典诗歌语言系统陷入了"言不称意,意不逮物"的危机。徐复观关于"兴"之"未经反省"的解释,让人想起新诗草创期,周作人关于"兴"与象征类似的看法:

> 新诗的手法,我不很佩服白描,也不喜欢唠叨的叙事,不必说唠叨的说理,我认为抒情是诗的本分,而写法则觉得所谓"兴"最有意思,用新名词来讲或可以说是象征。让我说一句陈腐话,象征是诗的最新的写法,但也是最旧,在中国也是"古已有之",我们上观《国风》,下察民谣,便可以知道中国的诗多用兴体,较赋与比更要普通而成就亦更好。譬如"桃之夭夭"一诗,既未必是将桃子去比新娘子,也不是指定桃花开时或是种桃树的家里有女儿出嫁,实在只因桃花的浓艳的气分与婚姻有点共同的地方,所以用来起兴,但起兴者,并不是用来陪衬,乃是也在发表正意,不过用别一种说法罢了。中国文学受古典主义(不

是拟古主义）的影响，一切作品都像是一个玻璃球，晶莹透彻得太厉害了，没有一点儿朦胧，因此也似乎缺少了一种余香和回味。正当的道路恐怕还是浪漫主义吧——凡诗差不多无不是浪漫主义的，而象征实在是其精意。这是外国的新潮流，同时也是中国的旧手法，新诗如往这一路走去，融合便可以成功，真正的中国新诗也就可以产生出来了。①

周作人在此说的，其实也是汉语新诗如何"写物"的问题。他认为汉语新诗的出路，在于建立一种新诗中"兴"，即在"写物"的物辞与物旨之间，重新建立自由。因此，他说"桃之夭夭不是陪衬"，而是"发表正意"——在桃花的美丽与女子的出嫁之间，是周英雄说的合并关系，而不是替代关系。亦即桃花作为物之美，并不能因为与女子出嫁相关而丧失自身的独立意义。恰因为桃花美，让人记住了这首诗的美。关于女子出嫁的诗句很多，而搭上了桃花，这首诗中的女子出嫁，才成为最永恒的"出嫁"。周作人认为，白话文应该建立起一种写物的美，具体地说，即汉语新诗必须创建描写新经验和新事物的词语魔术，建立新的"写物"之辞，与新的物外之"意"契合，以敞开的新形式来安排事物和经验的秩序。二十世纪三十年代，在诗人梁宗岱与美学家朱光潜之间，也曾经有过对此的争论。梁宗岱批评朱光潜把象征与"比"混淆，并指出，"兴"与西方诗学中的象征很相像："象征之道，也可以一以贯之，曰，'契合'而已。"② 这与后来的学者周英雄说的"接连"或"合并"比较相近。梁宗岱以《山鬼》和《橘颂》为例，认为《山鬼》是象征，因为它激发读者的想象，而《橘颂》是寓言，因为作

---

① 周作人：《〈扬鞭集〉序》，1926年，见《谈龙集》，河北教育出版社2002年，页41。
② 梁宗岱：《梁宗岱批评文集》，李振声编，珠海出版社1998年，页59。

者将自己的品质和德行赋予橘树，而使之含义有限而易尽。橘与诗人的理想人格写照之间，是可以相互替换的，而山鬼却不能与某种"经过理智反省"的意旨之间相互替换。

由此我们大致可以说，"比"和"兴"开启了中国古典文学中两种对于物的不同的描摹态度。前者成为诗歌政教传统的修辞学基础，而后者则一直是诗歌创造的原动力，在后面的分析中我们将证明这一点。比是固定的物我关系，而"兴"，在脱离了神话和宗教意义之后——按照人类学家斯特劳斯（Levi Strauss）的理解，依然作为一种"野性的思维"，如公园保存着自然界一样，保存在我们的艺术思维中[1]，不断促成物我之间充满惊讶的遭遇和共鸣。这是一种心与物之间的自由回响，是一种想象的自由，也就是诗意的自由，我们甚至可以说，这是对人神共处的自由状态的永不厌倦的模仿。这种自由带来的，是历代对它的解释纷纭难定，莫衷一是。这样的"兴"，不就是现代汉语新诗追求的一部么？弗莱（Northrop Frye）对诗歌修辞的精妙描述，也可以支持我们的上述总结："诗歌创造是修辞的一种联想过程，其大部分隐伏在意识的表层之下，是有一系列双关语、音响环链、含糊其辞的意义联系及颇似梦幻的依稀回忆构成的混沌之物。"[2] 现代汉语新诗重新命名事物所要表达的，正是在一个新的语境下，词与物之间的结构性悖论。

---

[1] ［法］列维·斯特劳斯：《野性的思维》，李幼蒸译，商务印书馆1997年，页249。
[2] ［加］弗莱：《批评的解剖》，百花文艺出版社2008年，陈慧、吴伟仁译，页401。

"君子"的更替

大致梳理了"比兴"传统的现代阐释,以及它与现代汉语新诗愿景之间的对接情况后,我们回头细读《风雨》的阐释遭遇,将它作为展示这一对接的生动案例。由于"兴"中暗示性的"模糊",诗中物理与人情,物性与寓意之间的连结,时常会因为不同的阐释而变形。可以看到,在历代对《风雨》一诗的阐释中,阐释者都力图通过确定"君子"的身份,将"兴"句和其后对称句之间的关系稳定下来,以此稳定全诗的意义。这一个过程,就是将模糊而充满歧义的"兴"固定为"比"的过程,即确定"风雨鸡鸣"最终比附什么的过程。而稍稍梳理此诗的诠释史,就会发现,"君子"的指称显然是变动不居的。"君子"的不同身份带动不同诗意指向,显示了诗歌阐释与象征之间的永恒矛盾,也显示了"兴"的无穷魅力。

迄今为止,对《诗经》作品的最早释义基本上只能见于先秦时期零星的引"诗"之文中。经历过各种意识形态洗礼的"诗三百",到此已有约定的读"诗"之道。比如《左传·襄公二十八年》云:"卢蒲癸曰:……赋《诗》断章,余取所求焉,恶识宗!"这里表达了一个后世不断被复述的困惑:诗最初的写作意图已经没法被准确地揣度了。这种困惑让人想起《庄子·天道》中对类似问题的焦虑,他讲述了轮扁与桓公之间的一段对话:

> 桓公读书于堂上。轮扁斫轮于堂下,释椎凿而上,问桓公曰:"敢

问,公之所读者何言邪?"

公曰:"圣人之言也。"

曰:"圣人在乎?"

公曰:"已死矣。"

曰:"然则君之所读者,古人之糟魄已夫!"

桓公曰:"寡人读书,轮人安得议乎!有说则可,无说则死。"

轮扁曰:"臣也以臣之事观之。斫轮,徐则甘而不可,疾则苦而不入。不徐不疾,得之于手而应于心,口不能言,有数存焉于其间。臣不能以喻臣之子,臣之子亦不能受之于臣,是以行年七十而老斫轮。古之人与其不可传也死矣,然则君之所读者,古人之糟魄已夫!"

这种对创作之原始意图不能探知,艺术之精妙不能通过文字传递的焦虑,在西方文学中也是常见的。比如,美国作家爱伦·坡(Edgar Allan Poe)曾对此有一段经典的论述:

读书的你还活在人世中,可是,写书的我,却早已走入了幽暗的国度。因为,异像的确会发生,而秘密终将为人所知,在这些纪念品被人们发现以前,数世纪的光阴将会逝去。当人们看见后,有人会不相信,有人会感到怀疑,只有少数几个人,会对这些钢笔尖划出来的人物,反复地思量。[①]

爱伦·坡精神在法语世界的知音波德莱尔也说,"虚伪的读者,我的兄

---

① [美]爱伦·坡:《影子寓言》,见《爱伦坡的诡异王国》,朱璞瑄译,中国对外翻译出版公司 2000 年,页 312。

弟！"①表达了对语言阅读行为的不信任。在庄子看来,要通过语言文字来接近圣人之意,是不可能的,他说:"悲夫,世人以形色名声为足以得彼之情!夫形色名声果不足以得彼之情,则知者不言,言者不知,而世岂识之哉?"(《庄子·天道》)同样,诗歌作为语言,它与语言背后的意义之间关系的不稳固性,很早就被意识到了。读者,也包括春秋战国时期的赋诗者,已经不能读出"诗"的原初含义,只能依据自己的需求作意义上的取舍,如爱伦·坡的愿望那样,只有一些词句中的形象为后人"反复思量","断章取义"。这正是诗歌阐释学要为诗辩护,并不断建立语言与世界之间创建关系的重要起因。诗歌必须传递某个意义,但如庄子和爱伦·坡所言,语言与意义之间的关系不稳固,语言直接表达的,未必就是说者想要表达的;语言传递的,未必是写者的初始意图。

许多学者都注意到《诗经》阐释传统中的这种不稳固,并指出它如何导致另一种语言及其背后意义之间的关系模式的形成。近人顾颉刚对此描绘如下:"'断章取义'式赋诗的惯例,赋诗的人的心意不即是作诗的心意。"②朱东润也说:"朝聘盟会之礼行,赋诗者断章取义以见其志,此春秋间事也"。③诗歌作为一种雅言,在春秋时期承载着表达个体之"志"的功能,因此,孔子说"不学诗,无以言",并以此教导弟子。顾颉刚对孔子的赋诗观分析道:"子贡子夏不过会用类推的方法,用诗句作近似的推测,孔子已经不胜其称赞,似乎他最欢喜这样用诗。这样的用诗,替它立了一个题目,是'触类旁通'。春秋时人的赋诗已经会得触类旁通了;在言语里触类

---

① [法]波德莱尔:《恶之花》序诗,郭宏安译,漓江出版社1992年,页5。
② 顾颉刚:《诗经在春秋战国间的地位》,见《古史辨》第三册,上海古籍出版社1982年,页332。
③ 朱东润:《诗三百探故》,云南人民出版社2007年,页9。

旁通的,别的地方似乎没有见过,或者他是开端。经他一提倡之后,后来儒家就很会这样用了。①"引"诗"言志,成为先秦时期政治话语中言之有"文"的重要标志,其中也似乎含有对诗歌的一种古老的理解:"诗"似乎能含蓄而精微地表达咏者之"志"。因此,在人际或政治交往中咏诗,就要求咏者和听者必须在"诗"的字面意义下进行一场心思的博弈,最后达成某种隐蔽的一致,以到达实施社会伦理的目的。这正是孟子"知言"的理想:

"何谓知言?"曰:"诐辞知其所蔽,淫辞知其所陷,邪辞知其所离,遁辞知其所穷。"(《孟子·公孙丑上》)

尽管孟子强调人可以通过养浩然之气穿越语言的障碍——类似庄子说的"形色名声",来抵达"志",但是我们仍然发现,上述这种诗歌功能的形成,与庄子的描述的境况一致:赋诗言志者只能够以诗作为语言的"形色名声"来表达自己的"志"。如此一来,赋诗言"志"这个动作的主语,也就是动作的发出者,可能就决定着"志"的意义指向。而作为语言的诗歌本身,却如一个铁打的营盘,面对着流水般的赋诗者、读者、阐释者来不断说出自己的言外之意,面对由自身引出的各种意义的产生、更替和消失。《风雨》一诗经历的,正是这样一个"沧桑"的过程。历经读者的千军万马,它的"形色名声"依然是最有诱惑力的部分。

据闻一多查证,《风雨》一诗在《左传·昭公十六年》中最早被引用。其时晋国大臣韩起到郑国访问,晋国乃大国,韩起亲临郑国,是为了消除谗言,核实郑国是否效忠晋国。访问结束后,郑国六卿在郊外为韩起饯

---

① 顾颉刚:《诗经在春秋战国间的地位》,见《古史辨》第三册,上海古籍出版社1982年,页347。

行,宴会上,郑国的子游赋了《风雨》,子旗赋了《有女同车》,子柳赋了《萚兮》,表达了郑国的友好意愿。韩起很高兴地说:"郑其庶乎!二三君子以君命贶起,赋不出郑志,皆昵燕好之辞也。二三君子,数世之主也,可以无惧矣。"① 这正是"不学诗,无以言"的现身说法,也是《风雨》的诗意移为他用的最早、最典型的例证。到战国时期,孟子的解诗观念"不以文害辞,不以辞害志,以意逆志,是为得之"将诗的意义空间明确分为"意"和"志"两个层面,已然是后世诗经学家所谓"微言大义"的阐释法则之滥觞。不管孟子之"意""志"论是否想表达诗歌语言陈述的事物与诗歌隐喻空间之间的张力,这种观念显然被后来者修正了。如朱东润认为的那样,《诗》与诗之间的差异被后世忽略了:"及朝聘盟会之礼既废,赋诗之事不作,于是秦、汉间之论师,乃既诗推诗人之志,此其所谓诗言志者已与春秋之习尚大异。"② 汉初毛诗对《风雨》的理解,想必是总结了此前该诗在雅言用途中的比喻义,毛氏认为此诗的喻义如下:

思君子也。乱世则思君子,不改其度焉。③《毛诗正义·风雨》

毛氏强调了此诗的喻义——孟子说的"志";却没有解释诗的字面意义结构——孟子说的"意"。也就是说,诗中"比"的关系——所写之物到底表达了什么——得到了强调,而"兴"部分在"比"的关系固定之后,就只剩陪衬之用了。字面意义结构包括了比兴的关系布局,"微言"则恰恰是比兴支撑起来的词语呈现形态。以诗为政治雅言的风尚,导致鸠占鹊巢,诗之"意"或"微言"的内在流动性被固定的"志"或"大义"强行遮蔽,

---

① 闻一多:《风类诗钞乙》,《闻一多全集》第四卷,湖北人民出版社,页508。
② 朱东润:《诗三百探故》,云南人民出版社2007年,页9。
③ 孔颖达:《毛诗正义》,北京大学出版社1999年。

形成了汉儒读诗的垄断性原则。对汉儒这种有时候甚至完全脱离诗歌字面意义而寻求"大义"的做法，朱自清有较为精准的论述："'诗三百'原多即事言情之作，当时义本明。到了他们手里，有意深求，一律用赋诗言志引诗的方法去说解，以断章之义为全篇之义，结果自然便远出常人想象之外了。"① 此后，我们可以看到，即使到儒家纲维松弛、文学观念自觉的南北朝时期，毛诗对《风雨》的理解仍然影响不绝。对此，王先谦在《诗三家义集疏》中作了集中归纳：

> 广弘明集云："梁简文帝于幽絷中，自序云：'梁正士兰陵萧纲立身行己，始终如一，风雨如晦，鸡鸣不已。'非欺暗室，岂况三光。数至如此，命也如何。南史袁粲传：'粲峻于仪范，废帝傫之，粲雅步如常，顾而言曰：风雨如晦，鸡鸣不已。'吕光遗杨轨书曰：'临霜不凋者松柏也，临难不移者君子也。何图松柏凋于微霜，而鸡鸣已于风雨。'文选陆机演连珠云：'贞乎期者，时累不能淫，是以迅风陵雨，不谬晨禽之察。'皆与此意正合。"②

梁代刘孝标在《辩命论》中也说：

> 诗云："风雨如晦，鸡鸣不已。"故善人为善，焉有息哉。③

这个时期对《风雨》一诗取纳，虽因文化风尚而偏作品藻人物之用，但基本上依据毛诗所解之义。毛诗将"风雨鸡鸣"理解为处于危难或困境中的君子奋力抗争、自强不息的象征，至南朝时期，这一象征意义被具体化为

---

① 朱自清：《诗言志辩》，广西师范大学出版社2004年，页53。
② 王先谦：《诗三家义集疏》，中华书局1987年，页364。
③ 罗国威：《刘孝标集校注》，学苑出版社2003年，页90。

君子慎独修身,特立独行之寓意。《左传》中"呢燕好之辞"所强调的,似乎尚与此诗指陈的事物直接相关,也就是孟子说的"意"。但从汉初到南北朝,"意"层面的内容很大程度上臣服于"志"和"大义"。直到朱熹在《诗经集传》中对《风雨》一诗的解读,才脱去毛诗的影响。在朱熹之前,从汉代到唐代的《诗经》阐释者,都相信《诗经》中的每一首诗都贯注了权威删定者孔子的意图,他们认为对《诗经》的理想阅读效果,就是把握孔子的神圣意图。对《风雨》亦然。①

朱熹力图重新展示诗本身所描写的对象,他认为这是一首描写男女淫奔的诗:

> 淫奔之女言当此之时见其所期之人而心悦也。②

朱熹的解读想回归"本义",这与毛诗发生了分歧。毛意在制造此诗周围缭绕的意义漩涡,而朱则力图还原诗本身描绘的事物和情境,二者孰对孰错,成为后代《诗经》阐释学争论不休的问题。"言外"之意与"言内"之意之间的分歧,不只是阐释学悖论,也是意识形态纷争。至清代,以"原诗人始意"为志向的方玉润在《诗经原始》中对朱熹的理解有所纠偏,也对毛诗提出了批评:

> 此诗自《序》、《传》诸家及凡有志学《诗》者,莫不以为"思君子"也。独《集传》指为淫诗,则无良甚矣,又何辩耶?且郑本国士大夫相互传习,燕享之会,至赋诗以言志,使真其淫,似不必待晦翁而始知其为淫矣。独《序》以为风雨喻乱世,遂使诗味索然,不可以不辩。夫风雨

---

① 宇文所安:《中国文论:英译与评论》,王柏华等译,上海社会科学出版社 2003 年,页 506。
② 朱熹:《诗集传》卷四。

晦冥，独处无聊，此时最易怀人，况故友良朋，一朝聚会，则又可以促膝谈心。虽有无限愁怀，郁结莫解，亦皆化尽，如险初夷，如病初瘳，何乐如之！此诗人善于言情，又善于即景以抒怀，故为千秋绝调也。若必以风雨喻乱世，则必待乱世而思君子，不与乱世则不足以见君子，义旨非不正大，意趣反觉索然。故此诗不必定指为忽、突世作，凡属怀友，皆可以咏，则意味无穷矣。

【眉评】：深宵风雨，联床话旧，不觉情亲，晓犹未已。①

方玉润更加相信，《风雨》所写，既非乱世之君子，也非淫奔之女见其君子的喜悦，而是友人久别重逢，夜里联床话旧，晓犹未已的忘情境界。

上述三种有分歧的理解，基本囊括了《风雨》一诗被赋予的诗意指向。为方便分析，我们简单地将毛诗的解读称为政治/道德话语，将朱熹的解读称为情色话语，将方玉润的解读称为知音话语。这三种诗意空间在不同时期不同语境中的彼此消长和交汇，构成了《风雨》一诗的"含混"诗意。毛诗强调比"意"更"深入"的"志"，在结构上，毛诗中"思"的动作发出是贤能的君王，意为乱世之中，贤能的君王尤其思念君子的辅助。而朱熹和方玉润的理解，则更强调"意"的层面。对分歧的细因，非此文核心论点，上述线条式的简单梳理，只为如下问题作铺垫：从"五四"前后开始，围绕《风雨》一诗的三种诗意话语在"新文学"的语境中发生了什么样的演变或脱轨？它们如何分别对古典诗意阐释资源再利用？

---

① 方玉润：《诗经原始》，中华书局2006年，页220。

"比"的延续

我们不必为此惊奇：即使有从晚清西人入侵到五四运动造成的巨大断裂，分崩离析的历史板块之间，依然有潜在的延续。只要看看毛诗界定的《风雨》的意义仍然继续为新的时代所用，就能理解，诗义指向与其附加意义之间的互换，一直在支撑着诗歌的社会功能。即使到十九世纪末二十世纪初，也并非所有人都同意朱熹和方玉润对《风雨》的理解。近代以来，毛诗对《风雨》的释读，常是许多主流知识分子援引此诗的缘由。著名的"诗界革命"者黄遵宪在其《日本国志书成志感》一诗云：

> 频年风雨鸡鸣夕，洒泪挑灯自卷舒。[1]

1902年，二十一岁的鲁迅写下了他著名的《自题小像》，其中两句用了《风雨》的典故：

> 灵台无计逃神矢，风雨如磐暗故园。[2]

1906年，李叔同在日本感慨故国民气不振，人心已死，挥笔赋七绝，其中也写到了风雨：

> 故国荒凉剧可哀，千年旧学半尘埃。

---

[1] 黄遵宪：《人境庐诗草》，钱仲联笺注，上海古籍出版社1981年，页443。
[2] 鲁迅：《鲁迅散文诗歌全编》，人民文学出版社2006年，页624。

>沉沉风雨鸡鸣夜,可有男儿奋袂来?①

在民族危机日益深重的年代,毛诗在《风雨》中读出的君子形象,振奋了当世知识分子的内心秩序,他们以大写的自我,在风雨鸡鸣之夕,思念着"君子"或"男儿"奋袂而来——很多时候,这就是他对自己的期待。1926年蔡璜撰《风雨鸡鸣录》,也以"风雨鸡鸣"的情景命名自己的作品,以此作为大时代与个体之间关系的象征。郭沫若在二十世纪二十年代初的《星空·归来》中,写下这样充满民族情绪的诗句:"游子归来了,在这风雨如晦之晨,游子归来了!"②也不脱此意:"大写"的自我或者国家,替代了毛诗《风雨》中的主语"君王",形成了《风雨》的另一种比喻意义。二十世纪三十年代后期,阿英在"孤岛"上海创办风雨书屋,书屋的图案为一公鸡,也取了毛诗所理解的"风雨如晦,鸡鸣不已"之意,他自己抗战期间的作品亦以"魏如晦"的笔名发表。无独有偶,1937年徐悲鸿作了《风雨鸡鸣图》,成了当年《良友》画报某期的封底。这幅画画里,一只红色的公鸡顶着晦暗和风雨,立于一块巨石上昂首长鸣。以南社发起人之一名世的柳亚子也曾经多次借助毛诗《风雨》解的典故:

>北望中原涕泪多,胡尘惨淡汉山河。盲风晦雨凄凄夜,起读先生正气歌。
>
>——《七绝·题张苍水集》

>东南义旅纵横日,三户亡秦古有之。岂料楚氛终退舍,居然胡运尚乘时。

---

① 李叔同:《悲欣交集》,北京大学出版社2010年,页18。
② 《郭沫若全集》文学编,人民文学出版社1982年,页207。

黄龙杯酒盟犹在,白马清流悔已迟。风雨中宵雄鬼泣,挑镫掩卷一沉思。

《吊刘烈士炳生》(其一)[1]

作家郁达夫也曾把自己的居所命名为"风雨庐",其中也包含了知识分子与家国处境的关系象征。这里有趣的是,他们不约而同地把诗中"鸡"理解为公鸡,似乎只有"公鸡"的鸣叫,才能与知识分子的民族情绪相匹配,才可以与因家国之痛而来家国心愿相匹配。在时间上,他们也愿意把此诗中的时间理解为黎明之前的黑夜。明末清初的诗经学者姚际恒对此诗场景发生的时间有过令许多人信服的论证:

"喈"为众声和,初鸣声尚微,但觉其众声和耳。再鸣则声渐高,"胶胶";同声高大也,三号之后,天将晓,相续不已矣;"如晦",正言其明也。惟其明,故曰"如晦"。惟其"如晦",则"凄凄"、"潇潇"时尚晦可知。[2]

在上述例子中,"风雨鸡鸣"发生的时间和鸡的性别,基本上与姚际恒的解释一致。而姚际恒所处的晚明至清初时期,正是民族危机和社会苦难深重的时期,知识分子作为"乱世君子"而继承毛诗《风雨》精神,庶几可以理解。现代学者陈子展在解释此诗时,有一句自白性的话:"《风雨》一诗曾经鼓励了历史上多少人物不向困难低头,不向敌人屈膝,又教育了多少人为善不息。"[3] 一定还有更多的例子表明,他们这一代中的许多知识分

---

[1] 柳亚子:《柳亚子诗选》,广东人民出版社1981年,页8、48。
[2] 姚际恒:《诗经通论》,中华书局1958年,页110—111。
[3] 陈子展:《国风选评》,上海古籍出版社1989年,页229。

子常以风雨鸡鸣来形容自己的处境,相互勉励。而与这一脉络呼应的,是庞大的左翼文学话语和民族主义文学话语。郭沫若1949年后出版的诗集名为《雄鸡集》,自诩为共和国黎明报晓的雄鸡。二十世纪五十年代末,北京人艺重演《名优之死》,田汉给演刘振声的演员童超一首诗中有两句如下:"只缘风雨鸡鸣苦,终得东方灿烂明。"[1]这些,都是对毛诗《风雨》解的继续,当然,也与时俱进地把民族国家的苦难与个人境遇镶嵌其中。

"兴"变

与上述阐释脉络并行,《风雨》一诗在现代还有另一与方玉润接近的阐释传统,但这一传统也发生了突变。近人孙星衍写过一副对联:"莫放春秋佳日过,最难风雨故人来。"柳亚子在上海重逢南社故友朱少屏、沈道非时写的怀人诗如下:"鸡鸣风雨故人稀,几复风流事已非。回首天涯唯汝在,相逢朱沈倍依依"(《海上题南社雅集写真》其二)[2]。这里的风雨故人,就比较接近方玉润的解读,是一种带有私密性的知音话语。

然而,毕竟有人脱略了毛诗和方玉润樊篱。比如,王国维读出了此诗表现的情绪的复杂性:

"风雨如晦,鸡鸣不已。""山峻高以蔽日兮,下幽晦以多雨。霰雪

---

[1] 屠岸:《回忆田汉与曹禺》,见《当代》2009年第6期,页217。
[2] 柳亚子:《柳亚子诗选》,广东人民出版社1981年,页53。

纷其无垠兮,云霏霏而承宇。""树树皆秋色,山山尽落晖。""可堪孤馆闭春寒,杜鹃声里斜阳暮"。气象皆相似。①

在现代作家中,周作人一直保持着对《诗经》及相关注疏的兴趣,在他不同时期的许多文章中,都谈论过《诗经》,对《风雨》一诗尤其情有独钟。1935年11月,周作人在《大公报·文艺副刊》上发表的《郝氏说诗》一文中表达了对清代山东学者郝懿行的夫人王照圆的赞赏。他认为郝夫人解诗能体察物理人情,有解颐之妙,并几次引用郝懿行《诗问》及《诗说》所载其解诗片语。郝氏夫妇对《风雨》一诗的注释如下:

> 寒雨荒鸡,无聊甚矣,此时得见君子,云何而不平。故人未必冒雨而来,设辞尔。

> 《风雨》,瑞玉曰,思故人也。风雨荒寒,鸡声嘈杂,怀人此时尤切。或亦夫妇之辞。②

如果我们将王照圆的解释与周作人1923年11月《〈雨天的书〉序》一文中所描绘的情境对照的话,就会发现,周作人关于雨的这段妙文,似乎不过是将王照圆的理解写成白话而已,只是不知周作人是否在此前就读过王照圆女士的解读。他写道:

> 今年冬天特别多雨。因为是冬天了,究竟不好意思倾盆的下,致使蜘蛛丝似的一缕缕的洒下来。雨虽然细得望去都看不见,天色却非常阴沉,使人十分气闷。在这样的时候,常引起一种空想,觉得如在江村

---

① 王国维:《人间词话》,见《王国维文学论著三种》,商务印书馆2010年,页30。
② 周作人:《苦竹杂记》,河北教育出版社,2002年版,页139—144;略可作旁证的是,据鲁迅《长妈妈与〈山海经〉》,他幼年时期家中便有郝氏的著作。

小屋里,靠着玻璃窗,烘着白炭火钵,喝清茶,同友人谈话,那是颇愉快的事。不过这些空想当然没有实现的希望,再看天色,也就愈觉得阴沉,想要做点正经的工作,心思散漫,好像是出了气的烧酒,一点味道都没有,只好随便写一两行,并无别的意思,聊以对付这雨天的气闷光阴罢了。

我们若将周作人悟雨的文段都摘来一读,或许会更能同意他与王照圆的隔代相知。1924年,他在北京给孙伏园写信,曰《苦雨》,其中也颇有王照圆解读的《风雨》式的诗意结构:

但这只是我的空想,如诗人的理想一样靠不住,或者你在骡车中遇雨,很感困难,正叫苦连天也未可知……①

周作人说的"空想",正与王照圆说的"设辞"同妙。他在民国甲申年八月写的《雨的感想》中又写道:

秋季长雨的时候,睡在一间小楼上或是书房内,整夜听雨声不绝,固然是一种喧嚣,却也可以说是一种萧寂,或者感觉好玩也无不可,总之不会使人忧虑的。吾家濂溪先生有一首《夜雨书窗》:"秋风扫暑尽,半夜雨淋漓。绕屋是芭蕉,一枕万响围。恰似钓鱼船,蓬底睡觉时。"②

在上述不同时期写下的几段话中,周作人体悟到雨天的"寂寞"与雨天幻想的"愉快"、"好玩"之间的悖论,以上述这些颇为独特的情怀,参照他对《风雨》一诗的理解,就发现,周作人认同的,只是一位留下只言片语的女性。

---

① 周作人:《泽泻集·过去的生命》,河北教育出版社2002年,页31。
② 周作人:《立春以前》,河北教育出版社2002年,页26。

他欲以这样的资源,来解构古典《诗经》阐释学中各种"比"的主流传统,从而回到诗经中的"兴"的广阔天地之中。按王照圆的理解,风雨故人介乎来与不来之间,甚至只是诗人的"设辞",也有可能是"夫妇之辞",在她看来,一首诗可以蕴含不同可能性的情景,可以有内在的分歧,这得到了周作人的共鸣。在周作人诸多"苦雨"的文字中,我们可以看到这种融合诸多可能性的悖论修辞的呈现。这种悖论修辞的包容性恰恰是汉语白话文学要重新建立的,新文学草创期暂时的不足和远大的希望所在,恰如一句诗中呈现的悖论情境:"身体的孤寂 / 空旷得能盛下好几个身体。"①

相较之下,闻一多对《风雨》的理解就比较单一化,近似朱熹的理解:

> 风雨晦暝,群鸡惊躁,妇人不胜孤闷,君子适来,欣然有作。②

周作人对王照圆在《风雨》一诗中发现的悖论性的诗意修辞的理解和张扬,是前所未有的。周作人"苦雨"之"雨",是大时代与个体存在境遇的交错象征,更是排除已经石化的重重"比"的障碍,重寻白话汉语诗性空间的努力,从这个意义上来说,"苦雨"是一个极端的诗学姿态。

在闻一多的解释中,意义是单维的,既说明是"妇人",也说明了"君子适来"。这样一来,《风雨》就浅白无味,没有了周作人追求的"文学的"、"诗"的解释。关于如何读《诗经》,周作人有比较鲜明的看法,1936年11月在《读风臆补》一文中说:

> 我们读《诗经》,一方面固然要查名物训诂,了解文义,一方面也要

---

① [以色列] 耶胡达·阿米亥(Yehuda Amichai):《耶胡达·阿米亥诗选》(上),傅浩译,河北教育出版社2002年,页194。
② 闻一多:《风诗类钞乙》,《闻一多全集》第四卷,湖北人民出版社2000年,页508。

注重把他当作文学看,切不可奉为经典,去里边求教训。不将三百篇当作经而只当作诗读的人自古至今大约并不很多,至少这样讲法的书总是不大有……郝岚皋以经师而能以文学说诗,时有妙解,亦是难得。①

在这里,我们要特别注意以"文学"和"诗"的角度来解释《诗经》所独具的意义。近代以来,古已有之的"《诗经》出自民间说"慢慢被转换为"人民性",与白话文运动差不多同时期开始,很多人都有过将《诗经》翻译成白话的尝试。比如郭沫若、李长之等,这种尝试很大程度上与《诗经》的"人民性"阐释有关。在二十世纪二十年代顾颉刚发起的"古史辨"运动中,对《诗经》国风部分的解释也已经偏向其"民歌性"。②

三十年代后期至四十年代,民间文艺成为革命文学的重要资源之后,《诗经》被赋予更多"人民性",只有少数学者从学术的角度说明《诗经》国风作者的非"人民性",但这种观点始终没有被普遍接受,而背后的原因很大程度上是非学术的③。与此并存的,是许多知识分子将"风雨鸡鸣"作为自身处境的写照。

那么,将《风雨》作为文学来读,就显得不一样了。除周作人以外,废名、林庚也对此诗提出过有趣的理解。在1930年10月《骆驼草》22期连载的《莫须有先生传》第十章中,莫须有先生梦中吟唱"风雨如晦,鸡鸣不已"的句子④。1937年,他又在一篇名为《随笔》的小文中写出了对《风雨》

---

① 周作人:《秉烛谈》,河北教育出版社2002年版,页12—13。
② 参阅《古史辨》第三册,顾颉刚、钟敬文、刘大白等的文章和通信,上海古籍出版社1982年,页658-694。
③ 参阅朱东润1933年刊于武汉大学文哲季刊的《国风出于民间论质疑》,见《诗三百探故》,云南人民出版社2007年,页1—45。
④ 王风编:《废名集》第二卷,北京大学出版社2009年,页739。

的理解：

> 梦到鸡塞去了一趟，醒来乃听见淅淅沥沥的下着雨，于是就写着细雨梦回鸡塞远，就是时间与空间说，细雨与梦回也没有因果关系，大约因为窗外细雨，梦回乃有点不相信的神情罢了。实在细雨梦回乃是兴之一体，比"风雨如晦，鸡鸣不已"更为诗中有画……①

四十年代，林庚也有《风雨如晦，鸡鸣不已》一文，其中就此诗有一段长文：

> 鸡为什么叫？我们当然不知道，但它总是这样地叫个不停，便觉得有点稀奇，这时你才知道"如晦"的影响之大。真要是四乡如墨，一盏明灯，夜生活的开始，也就进入了另一个世界。偏是不到那时候，偏又像到了。于是，一番不耐烦的心情，逼着你不由焦躁起来。这是一片灰色的空虚，一点失望的心情，忽然有人打着伞来了。诗云："最难风雨故人来"，何况来的不只是故人，他是君子，他乃是"有女怀春，吉士诱之"的吉士，并不是什么道学先生。那么能不喜吗？然则到底是君子不来，所以才觉得"风雨如晦，鸡鸣不已"呢？还是真是风雨阴沉，鸡老不停地在叫呢？这笔账我们没法子替他算，诗人没有说明白的，我们自然更说不明白，然而诗只四句，却因此有了不尽之意，何况君子既来之后，下文便什么都不说。以情度之，当然没有什么可说的；以诗论之，却又回到风雨鸡鸣上。何况他们即使说了些什么，也非我们之所能知了。而你若解得，此时一见之下，早已把风雨鸡鸣忘之度外，一任他

---

① 废名：《废名讲诗》，华中师范大学出版社 2008 年，页 378。

们点缀了这如晦的小窗之周,风雨鸡鸣之所以便成为独特的景色。人无意于风雨鸡鸣,而风雨鸡鸣,却转而要有情于人。我们从上面读到这里,"既见君子,云胡不喜"二句愈来愈和我们没有关系。而再读三读,便似"雪狮子见了火",渐渐融化得没有了,只留下鸡不停地在叫,风雨不停地在吹打。我们现在来欣赏这诗时,相会的人儿已经是古人,相会的地方已不可再指出,却是昔日的风雨鸡鸣依然独在。①

林庚的解读就将"风雨如晦,鸡鸣不已"的悖理性解释得比较通透了:正是其中的悖理,使得诗句有了不尽之意,使得"风雨鸡鸣"脱离了诗歌的原发地,遗世独立,不被束缚于诗作编织的意义框架,成为一首超越时间的诗:"单首诗作具有多个彼此超越的意义层面,其中最后一个层面最终成了几乎无法理解的意义的可能性。"②

这里,我们要回到周作人关于《诗经》另一首诗的论述:

> 植物中间说到桃树,似乎谁都喜欢。第一便记起《诗经》里的"桃之夭夭",一直到后来滑稽化了,作为逃走的一种说法。《诗经》里原来说,"桃之夭夭,灼灼其华",又云"其叶蓁蓁",末了云"有蕡其实",可见花叶实都说到的,但后来似乎只着重在结的桃子了。
>
> 在果子中间,最为人所喜欢的,只有这桃子,我们只看小孩儿和猴子,在图画里都是捧着一个桃子,却不是什么苹果和梨,这就可以知道了。讲到桃子的味道,的确似在百果之上,别的不说,它有特别一种鲜味,是他种果品所没有的。水蜜桃在桃类不算顶好。因为那种

---

① 林庚:《风雨如晦,鸡鸣不已》,《唐诗综论》,清华大学出版社 2006 年,页 212—213。
② [德]胡戈·弗里德里希(Hugo Friedrich):《现代诗歌的结构:十九世纪中期至二十世纪中期的抒情诗》,李双志译,译林出版社 2010 年,页 82。

甜美还是平常。记得小的时候吃过什么夏白桃，大个白里带红，它特别有一种爽口的鲜甜味，是桃子所特有的，这令我至今不能忘记。还有一种扁形的，乡下叫它做蟠桃，也有特殊的风味。说到蟠桃，不知那种传说是怎么来的，说九千年结实，吃了可以长生不老，但也可见古人对于桃子的重看了。

陶渊明作《桃花源记》，虽说实有其地，历叙年代地方，当后世人读了，仿佛有一股仙气。他写景色，"忽逢桃花林，夹岸数百步，中无杂树，芳草鲜美，落英缤纷"，特别处理。也是讲桃花的，该非偶然。[1]

在这篇文章里，周作人强调了《桃夭》一诗中花和叶本身的美的重要性，并以陶渊明对"桃夭"的呼应，来说明《桃夭》一诗中"桃之夭夭"本身不依赖于果实的美。其意图显然是说，《诗经》之美在于起兴部分自在的丰富性和不确定性，而后人强调了"果实"亦即被确定的寓意，致使"桃之夭夭"本身的"仙气"丧失了。在著名的《中国新文学源流》中，周作人在论述宗教与文学的差别时也意味深长地说过：

譬如在夏季将要下雨的时候，我们时常因天气的闷热而感到烦躁，常是经不住地喊道："啊，快下雨吧！"这样是艺术的态度。道士们求雨则有种种仪式……他们是想用这种种仪式以促使雨的下降为目的的。[2]

在这里，周作人强调艺术的无目的性，事实上与对强调"兴"出于一辙，道士求雨的种种仪式及其目的，则正是"比"的另一种化身。这与他、废名

---

[1] 周作人：《木片集》，河北教育出版社2002年，页76—77。
[2] 周作人：《儿童文学小论 中国新文学的源流》，河北教育出版社2002年，页14。

和林庚强调"风雨如晦,鸡鸣不已"这一情景本身的丰富和不确定一样。他们在古老的《诗经》中,重新发现了一片扔弃一切"比"之后留下的可供无限书写的诗意空白,回到了"兴"原初的无限性,回到诗歌对物的直接摹写和命名——"诗所特有的材料是可信的不可能"①,如维柯早就说过的。这种突变性的作为,预示着一种新的诗意发端。《诗经》在历代连篇累牍的注疏堡垒外重获的诗意空白,也将有待新文学的肆意抒写。

而让我们久难忘怀的是,这一与民族主义情绪并行的别样诗意,却是来源于一位几乎被忘记的女性——当然只有五四对"人"的新发现,才能让她复活,不但复活一种过去,也将复活一种未来。她的理解在这样一群现代男性知识分子中获得的共鸣,让他们得到一种表达现代孤独的古典方式,让他们适时"回到冥思的房内,不要到骚乱的运动中和被称作'兄弟友爱'的自身出卖中去寻找幸福。"②也因此类共鸣,预示着承载新的心灵与现实世界的新诗歌的伟大诞生——即使它必将面临各种新的意识形态的笼罩,面临着更独霸的象征力的侵蚀。

于是,夜晚的诗学已经发生变革:当夜晚出现在穆旦笔下,已经变得寒冷,风雨鸡鸣之声已经消失。诗人笔下不再有"红泥小火炉"的温暖和孤单,而是连续抛出了两个问号。不远之处祖先睡了,故事讲完了,灰烬尚在,一切旧的器具,正在承受着雪花的飘落,这些,似乎就是汉语新旧诗之间递进、博弈、对立和宽容的象征:

火熄灭了么?红的火炭泼灭了么?一个声音说,

---

① [意]维柯(G. B. Vico):《新科学》,朱光潜译,人民文学出版社1987年,页167。
② 波德莱尔:《孤独》,《巴黎的忧郁》,亚丁译,生活·读书·新知三联书店2004年,页82。

> 我们的祖先是已经睡了,睡在离我们不远的地方,
> 所有的故事都已经讲完了,只剩下了灰烬的遗留,
> 在我们没有安慰的梦里,在他们走来又走去之后,
> 在门口,那些用旧了的镰刀,
> 锄头,牛轭,石磨,大车,
> 静静地,正承受着雪花的飘落。
>
> ——穆旦《在寒冷的腊夜里》[①]

随着白话汉语新诗的出现,如果有某种东西要传达的话,诗歌要传达什么,注定成为一个我们不得不面对的问题。但反过来问,古典诗歌又传达什么?《风雨》一诗要传达什么?许多杰出的古典诗虽然广为传诵,但其主题的含混和晦涩却没有得到足够的艺术探视。周作人等对《风雨》一诗的释读,只是试图敲碎古诗已经形成的种种释义桎梏,重新回到起点上,这正好是现代汉语新诗重建风格万千的"含混"王国之需。这个王国中,需要新的具体性来落实"含混",也就是将新的社会秩序、新的内心图景和个体的幽微之境,新的物性……纳入诗歌的源头活水之中。新旧交替的内在关系,正如当代学者耿占春归纳的:"诗歌语言既与传统的象征秩序或象征系统存在着批评与'解构'的关系,又力图揭示词与物的象征功能,激活这一创造象征的语言机能。"[②] 现代汉语新诗必须克服在落实这些具体性途中遇到的滞涩,寻找新的腾空而起的姿势,重现汉语命名世界的温暖和甜蜜,在白话汉语中开掘条条大道抵达"诗"。诗人戴望舒1936年就意识到有一

[①] 穆旦:《穆旦诗文集》第1卷,人民文学出版社2006年,页46。
[②] 耿占春:《失去象征的世界——诗歌、经验与修辞》,北京大学出版社2008年,页77。

种可以超越时代的"诗之精髓":"古诗和新诗也有着共同之一的。那就是永远不变的'诗之精髓'。那维护着古人之诗使不为岁月所斫伤的,那支撑着今人之诗使生长起来的,便是它。它以不同的姿态存在于古人和今人的诗作中,多一点或少一点;它像是一个生物,渐渐地长大起来,所以在今日不把握它的现在而取它的往昔,实在是一种年代错误。"①

那如何"把握它的现在"?这里就涉及"白话"诗如何重新回到"晦涩"(类似周作人的"朦胧")的问题。废名早就意识到现代诗的"晦涩":"我自己从经验了解,晦涩问题的产生,这实在是时代的问题,从前的人写诗如走路,现在的人写诗如坐飞机……"②

废名想说的,是诗歌面对新的经验世界,必须处理脱离古典诗歌修辞系统后遇到的自由之难,因为,重新认识到诗歌的内在生长需求以后,诗歌又回归其古老的悖论之中:"兴发于此,而义归于彼"(白居易《与元九书》),在一个白话之"说"的世界中,新诗必要寻找一种纯粹之"说",也如海德格尔分析诗歌语言所说的那样:"不是无所选择地去摄取那种随意地被说出的东西。在纯粹之说中,所说之话独有的说话之完成,是一种开端性的完成。纯粹之说乃是诗歌。"③从1917年前后开始,一个无限的"彼"所担负的"纯粹之说"艰难而兴奋、寂寞而寥廓,歧路纷纭地展开了,每一个岔路上,都将有发明诗歌的劳作。由此,现代汉语将发明和展示出五彩纷呈的隐喻世界,汉语与世界之间,正在形成种种新的交织状态。

---

① 戴望舒:《谈林庚的诗见和"四行诗"》,见《戴望舒作品新编》,王文彬编,人民文学出版社2009年,页239。
② 转引自陈建军《废名年谱》,华中师范大学出版社2003年,页266。
③ [德]马丁·海德格尔:《在通向语言途中》,孙周兴译,商务印书馆2004年,页7。

当语言拒绝说出事物本身时,仍然不容置疑地说。

第二章 石头的心,石头的口在歌唱

诗歌之「写物」

西方诗歌之「写物」

汉语古典诗的「写物」

蝴蝶翻开了空白之页

现代汉语新诗的「写物」

诗歌之"写物"

《风雨》一诗的接受史告诉我们,在不同解释模式中,诗歌的字面意义及其生成逻辑,诗歌的隐含意义及其暗示结构,二者间存在相互干涉的特征。不同的阅读语境,会导致字面意义指向不同的隐含意义。文本如一个天平,支撑起分踞两端的语境义和字面义,它们上下互相撬动。"风雨"一词的意义,正是在这种相互干涉和撬动中不断衍生和变迁的。"风雨"的意义的连续性特征表明,诗歌对物的杰出命名,可以让命名在其文化系统中成为物本身。同时,"风雨"意义结构的阐释变迁和分歧也表明,诗歌革命的本质起点正在于,诗歌的命名形式与被命名物之间的关系需要被强力解体。也就是说,"物"在其自身文化系统中获得的坚固命名及其意义衍生系统,在诗歌革命中会被迫重组。因为,这种被踏得铁实的"物"感,已经不再让诗歌命名与它所处文化的流动性之间的和谐关系不证自明。需要有新的关系,让"物"理与人"情"之间重新形成鲜活对称的关系网络。按刘勰精炼的话说,即"文变染乎世情"。也正如斯多葛学派哲学家艾比克泰德(Epictetus)所言:"骚扰我们的,是我们对事物的意识,而不是事物本身。"[1] 我们早已看到,现代中国产生了一种古典诗歌不能满足的诗意性需求,要求诗歌表达出一种关于事物的新意识,诗歌必须以新的言说满足时

---

[1] 转引自《论善恶之辩大抵系于我们的意识》,见《蒙田散文》,梁宗岱译,人民文学出版社 2009年,页30。

代凝聚的缺失。按照古典诗歌的术语，亦即"意"与"象"之间，需要以新的对称逻辑寻找对方，以成就新的彼此。学维柯的说法，现代汉语诗最崇高的任务，就是赋予新的感觉和情欲于新的事物。①

从语用学的角度说，诗歌命名事物作为语言行为具有的不及物性，只能通过命名不断更新来弥补。陆机在《文赋》中早就表达了这种困惑："恒患意不称物，文不逮意。"刘勰在《文心雕龙·神思》中也说："既乎篇成，半折心始。"这种困惑，某种意义上正是诗歌创作的永恒动力。与这种困惑对应，语言也有及物性的一面。比如，海德格尔面对这种困惑时，就强调诗作为语言的积极作用："诗是为存在及万物之本质命名的最初仪典——诗不仅仅是言说，还有某种特殊的东西。我们用日常语言讨论和处理一切，都由这特殊的东西首次加以敞现。"②同样，语言哲学家奥斯汀注意到"言以行事"的现象，在他看来，许多时候，语言本身就是行动。比如，我们说"谢谢"或者"抱歉"的时候，这些词语不只是语言，也包含了某种行为的同步完成，再比如，牧师宣布一对男女成为夫妻时，语言与它所描述的事物是同步完成的。③此外，在人类的谩骂之词中，则存在这种情况：人们认为语言一定是它所描述的事物。它们之所以能让施骂者痛快，让被骂者觉得难受，甚至想回击，就是因为，双方都以为谩骂之词包含的愿景一定程度上为真，语言及其所描述的事物是合一的，或者被认为是合一的。人与人之间的谩骂，可以追溯到早期人类的诅咒行为，诅咒的语言心理机制是，认为语言之

---

① [意]维柯：《新科学》，朱光潜译，人民文学出版社1987年，页98。
② [德]海德格尔：《系于孤独之途》，成穷、余虹、作虹译，天津人民出版社2009年，页301。
③ J.L.Austin How To Do Things With Word，外语教学与研究出版社 & 牛津大学出版社2002年。

说,可以变为真。联系我们在此谈论的诗歌"写物"的问题,我们可以说,在词与物之间,有一种神秘的连接,在某种特定的言语仪式下,说出事物的语言形式被认为是可以成为事物本身的。关于言以行事,最典型的例子可能是《圣经》的开头:上帝说有光,于是就有了光。在这里,词与物之间是浑融一体的,上帝创造万物的最初方式,是命名万物。与此相似,《老子》开篇也说,名为万物之始。某种意义上,这都是人们弥合词与物之间的裂缝的一种梦想。① 难怪语言学家马克斯·缪勒(Max Müller)曾认为,语言与事物之间的不对称,或者说语言自身的模糊性,是一切语言艺术,包括神话、诗歌产生的根源。② 刘勰说的"文之为德也大矣",正有褒扬语言(广泛意义上的语言)可以接近、呈现事物意思。在这个意义上,谩骂、诅咒或祝福之词的生成和传播的机缘,与诗歌分外相像:西方诗歌中有颂歌和哀歌的传统③,而汉语古诗也有"兴、观、群、怨"的传统。伟大的诗歌给人的魔力之一,就是以词语勾勒出的事物缘由和图画,让读者从生活语言的牢笼中跃进词语编织的虚境和节奏,感到对事物的言说成为事物本身,或超越了事物自身的限制。这也是诗歌革新的原始动力:对事物的已有命名,不

---

① 在我们强调这种统一性的同时,要注意到二者之间的区别。德里达认为,西方语言命名传统中,强调"说"。也就是他的理论中著名的"语音中心主义(phonocentrism)";刘若愚认为,中国的语言命名强调"写",即"文字中心主义(Graphocentrism)"。他对两者间的区分十分具有说服力。James.Liu, Language-Paradox-Poetics, Princeton University Press1988, p3–38。
② 转自[德]恩斯特·卡西尔(Ernst Cassirer):《语言与神话》,于晓等译,生活·读书·新知三联书店1988年,页31。
③ 法国汉学家特克依·费伦茨(F.Tökei)在《中国哀歌的产生》一书中用席勒对哀歌的定义解读屈原的《离骚》对哀歌的贡献,并认为:"哀歌是中国古代诗歌中最成功的,占主导地位的体裁。"他认为,在中国,直到出现了长篇小说和短篇小说为止,最适宜抒情和史诗意图的文学体裁是哀歌。参阅特克依·费伦茨《论屈原二题》,见钱林森编《牧女与蚕娘》,上海古籍出版社1990年,页134—153。

断地成为命名自身的空壳,因为事物不断地从中逃逸。

因此,诗歌如何写"物",主体的意向逻辑与"物"的逻辑之间如何相互投射,人的尺度如何通过词语隐匿在事物之中[①]——这些"无中生有"的关系,即诗歌作为语言行为所包含的心理部分与物理部分之间的融合。有感于现代西方的文化处境,晚期的尼采绝望地说,一切价值只是错误地被投射到事物的本质之中,把自身设定为事物的意义和价值尺度,始终是人夸张的幼稚性[②]。但人总是不断地尝试和发明这种价值投射行为;词与物的关系,是文化的核心问题之一。孔子说的"名正言顺",某种意义上也可理解为是对词与物之间关系的担心和梦想。词与物的关系,也是诗歌的核心关系之一,每一个时代的诗歌,所要发明的,正是对称于这个时代的词与物的关系。

词与物的关系常被喻为雕刻家与物之间的关系。南朝钟嵘在《诗品》中曾以"错采镂金"来形容颜延之的诗,贬斥他不如谢灵运来的"自然"。刘勰在《文心雕龙·神思》中曾以雕刻的技艺来比喻诗歌写作"刻镂无形"、"刻镂声律",他觉得诗人对语言形式的精心雕琢,正如雕刻家雕琢事物,将某个形象从内心"紧闭"的木石中拯救出来一般。作品的最高境界,就如汇集所有动物的优点,却不显身相的"龙"一样。他们都不反诗人的雕琢,只是强调雕琢的最高境界,应该是了无痕迹,几近于自然的"清水出芙蓉",按罗丹(Auguste Rodin)的话说,就是"让自然成为我们唯一的女神"[③],歌德(Goethe)赞美莎士比亚(William Shakespeare)时也说:"没有什么

---

① [德]雅克·马利坦(Jacque Maritain):《艺术与诗中的创造性知觉》,刘有元、罗选民译,生活·读书·新知三联书店 1992 年,页 17。
② [德]尼采:《权力意志》(下),孙周兴译,商务印书馆 2007 年,页 723。
③ [法]罗丹:《罗丹艺术论》,沈琪译,吴作人校,人民美术出版社 1978 年,页 1。

比莎士比亚的人物更为自然了。"① 也就是说,杰出的诗句本身就像事物自身天然的呈现一样,在这样的诗句中,词与物是混融一体的,隐喻成为事物本身,正如雕琢之痕已然被自身的高妙淹没一样。而不好的诗句,则让人感到了词与物之间的分裂,因为词语不能让事物自然地呈现。德语诗人里尔克(Rainer M Rilke)非常向往一种雕塑般的诗歌语言,因此曾给雕塑家罗丹做秘书,他说:"某种物能否成为一个生命,绝非取决于伟大的想法,而是要看人们是否由这个想法创造出一种手艺。"② 当代诗人张枣以别样的诗句总结了这种词语的愿景:"一件件静物,对称于人之境。"③ 某种意义上,我们可以将张枣的这句诗理解为对诗歌命名事物的概括,因为许多伟大诗歌"刻镂"的词与物的关系,已经烁古切今,成为钻石般的凝结之辞,振奋、照亮和总结着一切对于物的词语发明,使这种发明成为诗歌之"物",参与了人的世界感的修复、创造和更新。正如济慈(Keats)表达的诗人的自豪感:"有多少诗人把流逝的时间镀了金!"④ 他也用一种造物感来表达诗歌的魅惑力。

不同的语言和文化中,词与物的连接,意与象的搭配,样式千差万别。在中西诗歌源流中,诗歌"所写之物"与"所写之意",亦即物辞与物旨之间的关系模式区别很大,但我们也可以找到上面谈到的类型,找出其中的某种共通感。"诗人的最终目的和最大快感不在于描绘事物,而是通过给它们一个称谓(一个词)创造事物。因此诗人需要的是一种与事物之间尽可

---

① [德]歌德:《歌德文集》(卷10)人民文学出版社1999年,范大灿等译,页5。
② [奥地利]里尔克:《里尔克散文选》,绿原、张黎等译,百花文艺出版社2002年,页63。
③ 张枣:《跟茨维塔伊娃的对话》,见《春秋来信》,文化艺术出版社1998年,页107。
④ [英]约翰·济慈:《济慈诗选》,朱维基译,上海译文出版社1983年,页293。

能完美的和谐、一种吻合。"① 古今中外皆然。我们在考察现代汉语新诗中"写物"能力的重建时,需要从中西两种源流谈起,因为,它们的汇合,它们之间的共通感,促成了汉语新诗的发生和兴起。

西方诗歌之"写物"

在西方诗歌的"写物"史上,最早的经典,恐怕就是荷马史诗《伊利亚特》中关于英雄阿喀琉斯之盾的描写。为了更具直观性,我们且看史诗用一百八十行诗句描写出的这面盾牌。

阿喀琉斯的盾牌由奥林匹斯山著名匠神赫菲斯托斯铸造。女神忒提斯预知儿子阿喀琉斯战死的命运,请求跛足神匠赫菲斯托斯给她即将死去的儿子制作一面盾牌、一顶头盔、带踝扣的精制护胫和胸甲。阿喀琉斯原有的那一副,在他的忠实朋友在战场上被特洛伊王子赫克托耳杀死后,已被特洛伊人夺去。新造的盾牌共五层,盾面上绘有大地、天空和大海,不知疲倦的太阳和满月,还有密布天空的星座。

盾面的主体是两座城市:一座城市正在举行婚礼和饮宴,人们在火炬的闪光照耀下,正把新娘们从闺房送到街心,唱起响亮的婚歌。青年们欢乐地旋转舞蹈,长笛竖琴奏起美妙的乐曲,在人群中间回荡,妇女们站在各自的门前惊奇地观赏。另有许多公民聚集在城市广场,那里发生了争端,两

---

① [希腊]乔治·塞弗里斯:《关于诗的独白》,见《塞弗里斯诗选》,刘瑞洪译,译林出版社 2008 年,页 201。

个人为一起命案争执赔偿,一方要求全部补偿,向大家诉说,另一方拒绝一切抵偿。双方同意把争执交由公判人裁断。他们的支持者大声呐喊各拥护一方,传令官努力使喧哗的人们保持安静,长老们围成圣圆坐在光滑的石凳上,手握嗓音洪亮的传令官递给的权杖,双方向他们诉说,他们依次作决断。场子中间摆着整整两塔兰同黄金,他们谁解释法律最公正,黄金就奖给他。另一座城市正受到两支军队进袭,武器光芒闪耀,但意见还不统一:是把美丽的城市彻底摧毁,还是把城市拥有的全部财富均分为两半。居民们不愿投降,武装好准备偷袭。双方在河岸近旁摆开阵势,展开激战,不断互掷青铜投枪。争吵和恐怖跃扬于战场,要命的死神抓住一个伤者,又抓住一个未伤的人,再抓住一个死人的双脚拖出战阵,人类的鲜血染红了它肩头的衣衫。他们像凡人一样在那里冲撞、扑杀,把被杀倒死去的人的尸体拖拉。

除了这两座城市之外,盾面上还有耕地和农人,王家田地和国王,葡萄园和少男少女,牛群和牧场,舞场和欢乐的舞者。最后,顺着盾牌的边缘,赫菲斯托斯附上了伟大的奥克阿诺斯的巨大威力。①

盾牌上如此丰富动感的画面,引起后世诗人艺术家的不断瞩目。如德国美学家莱辛(Gotthold Ephraim Lessing)所说,荷马"描写它的材料、形式和上面一切人物形象,把这些都塞进盾的巨大面积里,而且描写得精确详细,使得近代画家不难照样子把其中的一切细节都复制出来"②。莱辛在分析诗与画的关系时,分析了荷马是如何通过诗歌展示物态的丰富的。他想搞清,诗歌作为词语之链,是如何克服语言符号的限阈,兜缚住作为物的

---

① 此处转述据徐迟《依利阿德选译》,上海群益出版社,1947年;也参阅了罗念生和陈中梅的译本。
② [德]莱辛:《拉奥孔》,朱光潜译,人民文学出版社2009年,页103。

盾牌,让读者感受到盾牌作为物本身的丰富和美。模仿刘勰的话说,即诗人是如何把盾牌"刻镂"为"声律"的。

或可以说,在荷马时代,词与物的界限某种意义上比现在更模糊,因为人们对于所吟诵的诗句指称的事物的体验更丰富。史诗在当时对于物的言说,甚至就是物本身,就像诅咒和歌颂一般。荷马写出了"词就是物"这一诗歌的永恒梦想,正如古斯塔夫·缪勒所描绘:"荷马以一种无限的激情和温柔来爱有限的甜蜜的人类生活。无论什么东西,只要他一触及,就会开始闪烁出意义的光芒,就如神拜访人的居所一样。"①

莱辛以荷马史诗为例,对艺术抵达物的方式的细致研究,显然有更深的意图:一面可以收纳世界的盾牌,被"写"在语言之中。这正是一个"词就是物"的永恒代表。它意味着,如奥尔巴赫(Erich Auerbach)谈论荷马时所言,作为词语的诗"什么都不隐瞒,这些诗篇没有什么大道理,没有隐藏第二种含义。人们可以分析荷马,就像我们在这里所做的阐释尝试,但不能对他的作品进行诠释,后来那些寓意流派也曾试图将他们的诠释本领运用到荷马作品上来,但没有成功。"② 词语对物体的杰出的描述,幻变成物本身。

我们可以在莱辛的带领下,细品荷马"写物"的方式:"荷马画这面盾,不是把它作为一件已经完成的完整的作品,而是把它作为正在完成过程中的作品。这里他还是运用那种被人赞美的技巧,把题材中同时并列的东西转化为先后承续的东西,因而把物体的枯燥描绘转化为行动的生动图画。

---

① [美]古斯塔夫·缪勒:《文学的哲学》,孙宜学等译,广西师范大学出版社 2001 年,页 5。
② [德]埃里希·奥尔巴赫:《摹仿论——西方文学中所描绘的现实》,吴麟绶、周建新等译,百花文艺出版社 2001 年,页 14。

我们看到的不是盾，而是制造盾的那位神明的艺术大师在进行工作。他带着锤和钳走到铁砧前，先把原铜锤炼成板，然后在他的凿刀之下，用来雕饰盾的那些图景就一个接一个地显现在我们面前。我们无时无刻不看到他，一直到他完工。盾做成了，我们对着那件作品惊赞，但是作为制作过程的见证人而惊赞。"① 荷马史诗中有许多写物之美，都把空间艺术的并置性，转换为文字艺术的连续性。从莱辛的考察中可以看出，荷马史诗开创了一种鲜活的"写物"风格，它显示出精微的具体性和丰富性。物本身被写出的美，显然没有被先入为主的意义主宰和推演。荷马笔下的盾牌到底有什么寓意？各种答案似乎都有道理，但荷马首先展示的，是一种工艺的美，一种人造器物的美，通过精确而"自然"的展现，人们感受到一种超越雕绘工艺本身的热烈的生命感，感到一种与神和英雄相连的崇高性，感到词语就是物本身。

在神与英雄远逝之后，这种描述同样不断让后世的画家和读者产生复制这一精美绝伦的唯一之盾牌的愿望。如巴什拉（Bachelard Gaston）说的那样，它作为"诗歌形象在我们心中生了根。我们接受了它，我们获得新生，就好像我们本来就可以创造它，我们本来就应该创造它一样。它变成我们的语言的一个新存在，它通过把我们变成它所表达的东西从而表达我们。"② 西方诗歌"写物"传统中这种紧贴于物本身的精确性所指向的，是一种神性。物乃神所造，"物"才能精微而茫然，就像苏格拉底跟伊安说诗是神灵附体的产物一样。荷马笔下的盾牌，成为一个艺术的崇高象征，让西方诗歌有了一个可以永远崇拜的"诗歌之物"。后来的诗人试图不断地

---

① ［德］莱辛：《拉奥孔》，朱光潜译，人民文学出版社 2009 年，页 103。
② ［法］加斯东·巴什拉：《空间的诗学》，张逸婧译，上海译文出版社 2009 年，页 9。

重复或改写荷马曾有过的梦想,最著名的冲动,就是维吉尔在《埃涅阿斯记》中对荷马的模仿,他因此受到莱辛的嘲笑。但这种模仿一直被后世诗人继续着。比如,英国诗人济慈在《希腊古瓮颂》中发明的精致的"瓮",可视为向荷马的"盾牌"致敬。雨果笔下的巴黎圣母院,也被诗人波德莱尔和诗人史学家米什莱描述为诗中的建筑,前者认为:"他的有力的激励通过博学的、热情的建筑师之手修复了我们的大教堂,加固了我们用石头做成的古老的记忆。"① 后者说,"维克多·雨果于那座古老的大教堂之外,建筑起了一座诗的大教堂,和原来的大教堂基础一样牢固,和它的两座钟楼一样高入云霄。"② 歌德也曾用最形象的诗句说出诗歌的这种功能:"诗人纯洁的手掬水,／水也会凝成球一样。"③

到现代西方的写物诗歌中,我们屡屡看到诗人不断发明神或神话的反辞,重获崇高性。这种意识和实践最早从德国浪漫派批评家和诗人那里开始。比如,德国浪漫派批评家小施勒格尔(Friedrich Schlegel)认为,现代诗的危机在于神话的消失:"现代文学落后于古典文学的所有原因,可以概括为这样一句话:因为我们没有神话。"但是,"我们很快就有一个新的神话。或者更确切地说,现在已经是需要我们严肃地共同努力以创造一个新神话的时候了"④。尼采也从价值再造的角度表达过类似的想法:"现在,这些价值的平庸来源得到澄清之际,在我们看来宇宙大全就因此贬值了,成

---

① [法]波德莱尔:《波德莱尔美学论文选》,郭宏安译,人民文学出版社 1987 年,页 95。
② 转引自《陈占元晚年文集》,人民文学出版社 2006 年,页 361。
③ [德]歌德:《诗歌与雕塑》,《抒情诗·东西合集》,杨武能译,安徽文艺出版社 1998 年,页 269。
④ [德]F·施勒格尔:《雅典娜神殿断片集》,李伯杰,生活·读书·新知三联书店 2003 年,页 230。

为'无意义'的了……但这只不过是一种过渡状态而已。"① 在情况更为严峻的二十世纪,现代德国诗歌批评家胡戈·弗里德里希在其批评杰作《现代诗歌的结构》中继承了浪漫派的基本思路,他这样描述兰波诗中的反辞:"在他的文本中,古典时代不时以被歪曲的方式出现,神话通过与庸常事物结合的方式登场'郊区小镇的酒神节',维纳斯为工人们送上烈酒,在大城市里牡鹿吮吸狄安娜的乳头……但这是一种并不取乐的戏仿。这种攻击是指向神话本身的,也即反对整个传统,反对美,是为了释放变异的欲望,但这种变异的欲望又具有足够的艺术性,以便在丑中刻印出某种风格逻辑的影响力。"② 奥地利德语诗人里尔克以写物诗闻名,他对古希腊残损雕像的描写,对罗马喷泉的描写,都可以说是"荷马之盾"的流变。美国现代诗人史蒂文斯的短篇名作《田纳西州的坛子》,艾略特《四个四重奏》中写到的"中国瓶"等对中国现当代诗人产生影响的,也正是其迷人的现代写物方式。英国现代诗人奥登(W·H·Auden)写《阿喀琉斯之盾》,以寻求与荷马史诗的对称和成为知音,更是绝好的例证,下面是其中的选段:

> 她从他肩上看过去
> 寻找比赛中的运动队员,
> 寻找扭动腰肢的男男女女,
> 甜甜蜜蜜地起舞翩翩,
> 快速、快速地合着音乐的节奏;
> 但是,在闪闪发光的盾牌上,

---

① 尼采:《权力意志》(下),孙周兴译,商务印书馆 2007 年,页 724。
② [德]胡戈·弗里德里希:《现代诗歌的结构:十九世纪中期至二十世纪中期的抒情诗》,李双志译,译林出版社 2010 年,页 51。

他的双手布置的不是舞厅,
而是布满枯草的田地的荒凉。
....
一个衣着褴褛的顽童,
在那空地漫无目的地独自闲逛;
一只鸟儿从真实的石头上溜之大吉;
两个姑娘遭到强奸,两个少年残杀第三个,
这就是他看到的公理,他从未听见,
任何世界会信守诺言,
或任何人因别人痛哭而呜咽。

锻造武器的赫准斯托斯,
长着薄嘴唇,离去时蹒蹒跚跚;
胸膛闪闪发光的忒提斯——
灰心丧气地大声哭喊,
责怪上帝迁就她的儿子——
力大无比的阿喀琉斯,
他铁石心肠,残忍地杀人,
但他已经无法永生。[①]

奥登在诗中以反崇高性的描述控诉了神和英雄的缺在,艺人赫菲菲托斯形象的变化,表明了诗人形象的变化:诗人不再有神灵可以依附,诗歌由

---

① 吴笛译:《世界诗库》第二卷,花城出版社1994年。

原来古典诗人神灵附体的迷狂,转变成现代诗人艰苦的词语劳作,如荷尔德林的哀叹:"我想与人歌唱,/但这般孤独,找不到一个神灵相伴。"① 波德莱尔也曾这样描述现代诗人:"对美的研究是一场殊死的决斗,在这里,艺术家只是在被战败之前恐怖地哀鸣着。"② "这并不是一个幸福的高度。他缺少真正的超验者,缺少众神"③——这种痛感,成为现代主义文学的重要特征。从荷马与奥登的互文方式中,可见西方现代文学生成之一斑:无论是荒原(艾略特)、无法抵达的城堡(卡夫卡)、中心的崩溃(叶芝),还是丧失了靶心(波德莱尔)……西方文学面临着神性的空白。④ 而这种"神性",不再是柏拉图所说的神灵或灵感给予的,它需要诗人和艺术家自己艰

---

① [德] 荷尔德林:《梅农为迪奥蒂玛悲歌》,见《追忆》,林克译,四川文艺出版社 2010 年,页 33。
② [法] 波德莱尔:《艺术家的"忏悔经"》,见《巴黎的忧郁》,亚丁译,生活·读书·新知三联书店 2004 年,页 19;美国心理学家杰罗姆·布鲁纳(J. S.Bruner)有一段话也可以作为很好旁证:"在人类从上帝的形象中看到自己的时代里,赞美上帝荣耀的作品创造为艺术家、工匠和有创造力的人的尊严提供了足够的依据。但是在实用主义成为主流价值、主要成就是复杂难懂的技术的时代里,仅仅有用是不够的。因为仆人会效仿自己的主人,所以当上帝是主人时,人是上帝的仆人,并在上帝的荣耀里进行创造。但是,机器是人类的仆人,效仿机器的功能不会给人类带来尊严。机器是有用的,使机器产生效用的系统是有效的,但人是什么?艺术家、作家、在某种程度上还包括科学家,都试图从他们活动的本质中寻找一个答案。他们创造或试图创造,这过程本身就被赋予了尊严。'创造性'写作和'纯'科学,都在自身的范围内为自己的生产者的活动进行辩护。"见杰罗姆·布鲁纳《论左手性思维——直觉能力、情感和自发性》,上海人民出版社 2004 年,彭正梅译,页 18-19。
③ [德] 胡戈·弗里德里希:《现代诗歌的结构:十九世纪中期至二十世纪中期的抒情诗》,李双志译,译林出版社 2010 年,页 82。
④ 晚期的艾略特从"荒原"的恐怖中逃出,投入了英国天主教神学的怀抱。某种意义上,可以视为他改变这一处境的另一种努力。当然,从政治意义上说,他不喜欢极权社会,也不喜欢许多人用来对抗极权的民主或自由,他觉得基督教原则更能从本质上抵制这些问题。关于艾略特的政治思想,参阅 [美] 莱昂内尔·特里林(Lionel Trilling)1940 年所写的《T.S. 艾略特的政治思想》一文,见《知性乃道德职责》,严志军、张沫译,译林出版社 2011 年。

苦劳动而获得。因此"诗歌散落在生活中,就像上帝游荡在人间。"[①]对这种转变,奥登曾经在一篇名为《希腊与我们》的文章中写了自己活生生的个人体验:在他识字之前,父亲已经给讲述希腊和特洛伊战争的故事,赫克托与阿喀琉斯就像他兄弟一样亲切,奥林匹斯山上的诸神的争吵,就像他叔叔阿姨们的争吵。他也深情而感伤地追述了希腊学在整个现代欧洲日常生活中的衰落。同时,也描绘了希腊精神在现代西方文学中深远而多元的影响。[②]

从荷马到奥登的变化,印证了西美尔(Simmel)对文化递变的杰出论断:"生命只能以特殊的形式表现自己;然而,由于它本质上是永不停歇的,所以它永远不停地同自己的产物进行斗争,这一点是不变的,不以它自己为转移。这个过程表现为旧形式为新形式所取代。这种文化内容,甚至整个文化风格的持续不断的变化,是生命无限丰富的标志。与此同时,它也标志着生命的无穷流动和生命所赖以延续的形式的客观有效性和真实性这两者之间的矛盾。"[③]如果我们将西美尔的文化递变逻辑微缩到文学兴废的逻辑,同样也会看到,人们也得不断发明新的文学样式,发起精神形式内部的斗争和协调,正如荷马的盾牌中既有战争,又有和平一样。具体到上述诗歌"写物"的传统中,对于物的抒情形态内部,也会因人与物的处境变化,因物给人带来的意义感的变化,发生剧烈的斗争和调整。

---

① [苏联]叶甫图申科:《叶甫图申科诗选》,蒲一平译,太白文艺出版社 1998 年,页 8。
② [英]奥登:《希腊与我们》,王敖译,见《新诗评论》2005 年第 2 辑。
③ [德]西美尔:《现代人与宗教》,曹卫东等译,中国人民大学出版社 2003 年,页 24。

汉语古典诗的"写物"

在中国诗歌源流中,这种对物的抒情形态彼此之间又是如何斗争和调整的?尤其是现代汉语新诗的诞生,如何建立起各种新的写物方式?后者是本章着重解释的问题。

我们知道,"诗骚"常作为先秦以来汉语诗歌正统的代称。《诗经》开创了"兴"的传统:"自古工诗未尝无兴也,睹物有感焉则有兴。"[①]《诗经》阐释传统中充满着内涵分歧的"诗言志"。通过第一章对《风雨》一诗阐释史的分析,我们知道,"兴"所写之物与"志"之间的关系是不稳定的,有不断增多的趋势。但有一个比较稳定的阐释内涵:即"写物"总会直接有一个明确的主体投射:"志"。在被简称为"骚"的另一汉语诗歌传统中,"写物"也有类似的特征。中国最早的汉语诗人屈原的写物名篇《橘颂》,就是一个典型的源头性的例子:

> 后皇嘉树,橘徕服兮。受命不迁,生南国兮。
> 深固难徙,更壹志兮。绿叶素荣,纷其可喜兮。
> 曾枝剡棘,圆果抟兮。青黄杂糅,文章烂兮。
> 精色内白,类任道兮。纷缊宜修,姱而不丑兮。
> 嗟尔幼志,有以异兮。独立不迁,岂不可喜兮。

[①] 李颀(宋):《古今诗话》,见《宋诗话辑佚》,中华书局1980年。

深固难徙,廓其无求兮。苏世独立,横而不流兮。

闭心自慎,不终失过兮。秉德无私,参天地兮。

原岁并谢,与长友兮。淑离不淫,梗其有理兮。

年岁虽少,可师长兮。行比伯夷,置以为像兮。①

第一章中分析过,诗经中"兴"最初是人神交接的象形,但后来"堕落"为一种与诗教相关的艺术形式。在楚辞中,有着大量人神交接的场景,它们的寓意是楚辞学中的重要争议点。在汉代以来的主流阐释中,楚辞作家的写物,是为了间接投射出一个明确的自我形象,即所谓"香草美人"的传统,今人饶宗颐名之为"骚言志"。②随着这一批评传统的主流化,楚辞中的名物序列有着愈发鲜明的人格形象。正如司马迁评价屈原的那样:"其志絜,故其称物芳。"(《史记·屈原贾生列传》),东汉的王逸开始用解读《诗经》的办法解释《离骚》和《九章》:"《离骚》之文,以《诗》取兴,引类譬喻,故善鸟香草,以配忠贞;恶禽臭物,以比谗;灵修美人,以媲于君;宓妃佚女,以譬贤臣;虬龙鸾凤,以托君子;飘风云霓,以为小人。"③刘勰也把《离骚》《九章》作为屈原最重要的作品,认为它们"朗丽以哀志"(《文心雕龙·辨骚第五》)。现代学者陈世骧在谈论中国的抒情传统时这样描述《离骚》:

---

① 屈原为楚人,甘橘树是楚地常见之物,屈原感同身受,当属常理。司马迁在《史记·货殖列传》曾记述:"蜀、汉、江陵千树橘,与千户侯等",足见古时橘子树遍及南方,带来了甜美和富庶。南方,尤其是湖北、贵州、四川、云南等地,至今仍是产甘橘的盛地。屈原把橘之美归结为人之美:"苏世独立,横而不流兮",甚至"行比伯夷"。诗人虽转移了意义的重心,但肯定有自身的成长经验包含其中。这种托物言志的描写,成了后世文学中的一个模式。但许多人以作者的心志挤占或替代了物之美,却难得有作者对事物的体验蕴含其中。所以,在许多诗文中,梅兰竹菊石等都不免成为某种品质的直接象征物,也就是我们常说的"意象",从而弱化甚至丧失了自身的物性之美。
② 转自胡晓明:《从诗言志到骚言志》,见《诗与文化心灵》,中华书局 2006 年,页 41—42。
③ 王逸、洪兴祖:《楚辞章句补注》,吉林人民出版社 1999 年,页 3。

"它,通篇近四百行,借用一句品评抒情诗的现代话来说,是'文学切身地反映的自我影象'。"[①]相较而言,楚辞的另一部分作品比如《九歌》《九辩》,在楚辞的解释史上,常常居于附属的位置,刘勰把《九歌》《九辩》列在《离骚》《九章》之后,并评价它们"绮靡而伤情",并提醒读者,读楚辞要"酌奇而不失其贞,玩华而不坠其实",也就是说,不能过分地被表面的言辞声色之美和它们呈现的事物迷惑,才能"顾眄可以驱辞力,咳唾可以穷文致",只有在"雅颂"和"楚篇"之间自由地出入取舍,才可以成为一个理想的读者。在这部分被视为"楚篇"的作品中,写物的方式显然与《离骚》《九章》有区别,大致从宋代开始,就有不少人读出了这种区别,宋代的严羽就认为,《九歌》比《九章》妙;明代王瑗也对王逸以来解读《九歌》的正统方式提出了质疑:"解楚辞者,句句字字为念君忧国之心,则楚辞亦扫地矣。"[②]

受人类学和现代上古史研究成果的启发,很多现代学者认为,雅颂与楚篇之间的区别来源于后者保存的民间气质和楚地的原始宗教文化元素,甚至认为它们是屈原删节改造过的楚地祭祀歌谣[③]。在《九歌》中,诗歌写物之美的寓意的确不像《离骚》《九章》那么明显。从秦汉时期开始,北方文化阐释传统成了文学阐释的正宗,以《毛诗》的准则来解读楚辞,成了历代意识形态建设的重要部分。宋代的洪兴祖试图用王逸式的阐释逻辑来解释《九歌》,但连他自己也觉得有些勉强:"上陈事神之敬,下见己之冤结,托之以讽谏。故其文义不同,章句杂错,而广异义焉。"现代楚辞研究家姜亮夫注意到,《九歌》往往因为其"歌词内蕴之所指不明"[④],而没有被

---

① 陈世骧:《中国的抒情传统》,见《陈世骧文存》,辽宁教育出版社1998年,页2。
② 马茂元主编:《楚辞评论资料选》,湖北人民出版社1985年,页362、364。
③ 姜亮夫:《〈九歌〉解题》,见《楚辞学论文集》,上海古籍出版社1984年,页271。
④ 姜亮夫:《〈九歌〉解题》,上海古籍出版社1984年,页271。

后来北方文化为正宗的中国诗歌阐释传统作为楚辞中的正品:"从《九歌》创作的作风看,是把两个神或者神与巫的感情放在里面,没有屈原个人的思想感情;单写场面上的感情,没有写他私人内心的感情。我这样说是大胆的,因为自从王逸以来,都把《九歌》里面表示男女之间的情感说成是屈原对楚怀王的情感。历来解释楚辞的人也大体是根据王逸的话来讲,看来王逸的话是过分迁就词底了。"① 苏雪林甚至认为,《九歌》写的是"九重天系统之神",是战国时代东西方神话交融的结果。② 无论《九歌》是由民歌演变而来,是祭祀礼乐,还是由屈原翻新创作,它都与政教化的诗歌阐释传统不太相匹配,却屡屡得到艺术家和诗人的喜爱。据姜亮夫统计,后世画家、书法家、诗词作家、元曲作家、音乐家、舞蹈家对《九歌》的再创作非常多,远远超过其他楚辞作品。③ 这大概是因为《九歌》没有明确的"词底"来束缚后人再创作的自由。而没有"词底",正是由于其言外之意模糊,最生动地呈现了人、神、物之间的象征关系。

但是,在由"诗骚"开始的解释传统中,无论是"诗"还是"骚",诗歌写"物"所指向的"言志"总是被强调。也就是说,诗歌所写之"物"一定要承载着"物"之外的明确含义。的确,在众多中国古典诗歌所写之物中,一定要有一个主体呈现,很多时候,他就是君子或圣人形象,而物即是这些完美人格的化身。回到上述的"写物"问题,解诗就是要解释出诗中所写之物的寓意。面对诗歌可能具有的多义性,正统的诗歌阐释总是要力排众议,寻找正宗的解释,即使"诗无达诂"表明了寻求诗歌阐释正宗性的不

---

① 姜亮夫:《楚辞今绎讲录》,北京出版社1982年,页105—106。
② 苏雪林:《屈原与〈九歌〉》,武汉大学出版社2007年,页121—143。
③ 姜亮夫:《楚辞今绎讲录》,北京出版社1982年,页106—108。

可能，但这一悖论，也是诗歌不断被阐释的激发点，成为一种被标榜的正宗性推翻另一种正宗性的理由。除《九歌》之外，最典型的例子，就是第一章中举隅论述过的《诗经》浩如烟海的注释。再比如，解释李商隐作品的诗意晦涩时，历代论家也习惯于回答出诗歌"到底说了什么"，或苦于不能回答诗歌"到底说了什么"，因此在李商隐的《无题》《锦瑟》等作品的阐释史上，出现了比兴寄托派与索隐派之间的长期争议。[①] 如元好问在《论诗》绝句中对李商隐的后世影响所感慨那样："诗家总爱西昆好，独恨无人作郑笺。"也就是说，对继承了李商隐诗歌多义性的"诗家"来说，诗指向的寓意本质上是自由的；而对于注家而言，诗歌内部并置的多义性，却是一个问题，他们阐释的目标，往往要指向某一种"理想"的诗旨。

从修辞层面上看，中国诗歌的漫长传统中，形成了情景交融，物我齐一的基本诗歌修辞结构，也就是"意"与"象"关系模式。物象描写与各种"志"和"意"之间，渐渐形成比较稳定的修辞结构系统，历代古典诗人着力的，是不断改写这种代表一整套世界观和诗教观念的结构。比如，李白写的"浮云游子意，落日故人情"，到杜甫那里，就改写成"峥嵘赤云西，日脚下平地"，如果我们认真追溯浮云和游子、落日和故人在李杜之前的意象连接形成的过程，就会发现，汉语古诗中的物象与"志"之间，慢慢形成一种习惯性的咏物言"志"（这里的"志"，应该广泛意义上的）机制。当代学者葛兆光对此诗"浮云"一句的注释，大致为我们呈现出这一意象机制的形成过程：

相传西汉苏武、李陵的赠答诗中就有"仰视浮云驰，奄忽互相逾。风波一失所，各在天一隅。"的说话，《文选》李善注说："飘摇不定，

---

① 刘学锴：《李商隐诗歌接受史》，安徽大学出版社2004年，参阅"中编"部分。

逮乎因风波荡,各在天之一隅,以喻人之客游飞薄尔",后来曹丕《杂诗》之二,徐干《室思》、应玚《别诗》之一、陶渊明《于王抚军座上送客》、《咏贫士》、江淹《还故国》等都用浮云作为游子漂泊的意象。①

这种例子很多,在中国古典诗歌的汗牛充栋的注释传统中,我们可以看到,许多意象的生成过程,即某一种写物方式,是如何从诗骚开始,在后来的历代诗人笔下经历无休止的"变形记"的。总之,由"诗骚"开创的各种对物的言说,经过数千年的发展,成就了一个伟大的传统:"凡咏物寄赠,率皆托意于物。"② 就诗歌写作本身而言,到明清时期,几乎所有所写之物与所言之志之间,已经形成了稳定的对应,这代表了一整套的世界观念:

  梅令人高,兰令人离,菊令人野,莲令人淡,春海棠令人艳,牡丹令人豪,蕉与竹令人韵,秋海棠令人媚,松令人逸,桐令人清,柳令人感。③

这样的例子在各种明清诗歌启蒙读物中很多。它们一方面表明,古典汉语诗歌对古典中国治下的事物,已经形成了一整套精致的、几近穷尽的诗意,经过几千年来无数诗人努力充实和拓展,它们源源不断地为古典中国的日常生活输出崇高感和美感,至今让人神往不已。另一方面,在天下体系崩塌,世界感剧变的近现代中国,这一完整的诗意系统,词与物之间形成的精致结构,也注定成了一种俗套的,渐渐与中国人的经验和心灵严重疏离的语言和诗意的牢笼。如王国维所说:"宋以后能感自己之感,言自己之言者,其唯东坡乎!山谷可谓能言其言矣,未可谓能感其所感也。遗山以下亦然。

---

① 葛兆光:《唐诗选注》,人民文学出版社 2007 年,页 118。
② 《古典文学研究资料汇编·杜甫卷·上编》中华书局 2001 年,页 214。
③ 张潮:《幽梦影》,中央文献出版社 2001 年,页 130。

若国朝之新城,岂徒言一人之言已哉?所谓'莺偷百鸟声'者也。"① 古典诗意系统完成了自身的使命,而新诗意系统正在形成之中。在语言必须重新面对全新的经验这一点上,中西诗歌写作在现代情景中的遭遇是有一致性的。那么,汉语新诗是如何渐渐构造新的写物方式,进而重新做到"即事会赋诗"(杜甫《西阁曝日》)的?

蝴蝶翻开了空白之页

由于现代汉语新诗的创建,与现代中国人的主体重建几乎同时发生,新诗的写物形态的创建,与诗人主体的重建相辅相成:新诗写物展开诗意的限度,取决于现代诗人主体心智的成熟度,反之,写物的诗意建设,也会促进现代中国诗人主体性建设。

接着前面的分析,我们继续在比较诗学的背景下看新诗的写物问题。在近代以来的全球化过程中,中西现代诗歌面临的问题有相似的背景:即古典诗的言说内容和言说形式,不再无条件地有效。在西方现代诗中,这普遍表现为对神性"空白"的修辞,即如何抒写尼采所说的上帝"死"后"虚无主义的降临"②——这是自浪漫主义以来整个西方现代诗歌的重要写作

---

① 王国维:《文学小言·十二》,干春松,孟彦弘编:《王国维学术经典集》(上),江西人民出版社1997年,页146。
② [美]丹尼尔·贝尔(Daniel Bell):《资本主义文化的矛盾》,赵一凡、蒲隆等译,生活·读书·新知三联书店1992年,页49。

主题；而在现代汉语新诗中,则表现为对失去古典诗所依赖的形而上学基础（比如,刘勰说的"原道""征圣""宗经"①）之后的"空白"的抒写。在古典诗歌与世界的亲密关系解体之后,现代汉语诗人如何迎向的诗意"空白"的世界,重建汉语的诗性空间,成为汉语新诗切实的困境。因此,现代汉语新诗的发生,不只经历了由语言变革引发的文化运动,也开启了创造白话汉语诗意的运动。其典型表现之一,就是现代汉语新诗创建写物形态的过程。

以研究想象力诗学著称的法国哲学家加斯东·巴什拉曾按亚里士多德的划分模式,将想象划分为形式想象和物质想象。他认为,在诗学阐释中,后者常常被忽视,而物的形象常常是想象的直接体现。他说:"诗歌形象是一种物质。"② 也就是说,诗歌形象的重心之一在于,在词语中创建物的言语形象,即诗歌的写物形态。虽然东西方关于物的观念不同,但汉语新诗中的物,如何逐渐具备不同于古典诗歌意象的写物形态,成就汉语新诗的物质特征,是一个值得展开讨论的话题。

在胡适的《尝试集》中,《蝴蝶》一诗经常被研究者提及。它虽简陋却不失意味,被视为汉语新诗草创期的名作。比如,废名有个著名的论点,说胡适《蝴蝶》这首诗里"有旧诗装不下的内容"。由此,他看出新旧诗的本质区别：新诗是散文的形式,诗的内容；而旧体诗则是诗的形式,散文的内容。③ 笔者也以此诗为切入点,来分析汉语新诗写物形态的初始特征：

---

① 这三个概念,分别是刘勰《文心雕龙》开始三篇总论的题名。堪称古典文学最重要的本体论基础。
② ［法］加斯东·巴什拉:《水与梦：论物质的想象》,顾嘉琛译,岳麓书社2005年,页2—3。
③ 废名、朱英诞:《新诗讲稿》,陈均编订,北京大学出版社2008年,页27。

> 两个黄蝴蝶，双双飞上天。
>
> 不知为什么，一个忽飞还。
>
> 剩下那一个，孤单怪可怜，
>
> 也无心上天，天上太孤单。

据作者关于此诗的后记和日记说明，此诗还先后有过《朋友》《窗口有所见口占》等题名。这种替换和犹疑，某种程度上表明作者对命名此诗的任意性和诗歌主题上的不确定。由此可知，"蝴蝶"这一关键意象的寓意，在胡适这里没有被固定下来。[①] 在一种语言中，寓意的获得常常依靠在传统文本和新的文本之间建立互文性，也就是用典。胡适是在践行自己"不用典"的诗学宣言？也许在他看来，在白话语境中袭用古典汉语语义系统中的蝴蝶寓意是不合适的。虽然梁实秋认为，此诗内容上不脱旧诗风味[②]，但也许只能从形式上能这么说。在内容上，它的确不像那些充满典故和严格音韵结构的古典诗，即使意义较为浅白，音韵结构相对随意的汉魏乐府，也与这首诗的味道相去甚远。中国古典文学中关于蝴蝶，有两个著名的典故，略有古典修养的人，看到蝴蝶，都能想起它们：一个是《庄子》中庄周梦蝶的故事。其中的蝴蝶，常被理解为灵魂自由的象征，也被理解为"相"的虚无。法国汉学家爱莲心（Robert E.Allinson）如此解释这个典故："这是一个强有力的形象化比喻，因为它预示着《庄子》的中心思想。你必须脱去陈旧的自我的观念，然后你才能获得一个新的自我。事实上，脱去旧的自我

---

① 《胡适作品新编》，胡明编，人民文学出版社2009年，页5。
② 梁实秋：《新诗的格调及其他》（原载1931年1月20日，《诗刊》创刊号），见杨匡汉、刘福春编《中国现代诗论》，花城出版社1985年，页141。

的过程,也就是取得新的自我的过程。"① 胡适在这里,似乎也想造就一个脱去原有自我观念的新"蝴蝶"。另一个著名的古典比喻,是将蝶恋花的场景比喻为情爱的自由。著名民间故事《梁山伯与祝英台》,就是一个关于此的著名典故。但在胡适笔下,一切原来被赋予蝴蝶的意义指向,都不再具有作为新诗的"新"意了。他没有被这两个典故诱惑,只写了两只不知何来何往的蝴蝶。如胡塞尔所梦想的,胡适将一切关于蝴蝶的已有寓意都悬置在诗意之外,对所见之物进行直观性命名。因此,与现代汉语需要重"写"的一切物一样,蝴蝶在白话汉语中只剩下自己,一个等待新的隐喻空间的自己。可以说,蝴蝶的无所依凭的"可怜"和"孤单",某种意义上象征着白话汉语寻找属于自己的诗意生长系统的孤单开始。这也可以理解为彼时中国"现实"的孤单,一个缺乏可以栖身的意义感的现代中国知识分子,开始朦胧地意识到了这种诗意的"空白"感。②

这种"空白"感作为一种与现代汉语诗人共同诞生的焦虑,不断地以各种方式被命名和说出,正如诗人林徽因笔下的石头发出坚强的歌唱:"石头的心,石头的口在歌唱。"③ 这句诗,可谓现代汉语新诗处境的形象写照。在汉语文化中,歌唱的石头常常是由女性伤心过度而变成的,比如望夫石。④ 蒙田(Montaigne)在他的散文中,曾经梳理过古希腊以来西方的女性是如

---

① [法]爱莲心:《向往内心转化的庄子:庄子内篇分析》,江苏人民出版社 2004 年,页 83。
② 这种意义"空白"可以这么理解:五四运动中,经学系统作为信仰的依据被瓦解了,进入了众家平等的子学时代;白话文运动,将古典诗意栖居的语言形式瓦解了;天下帝国模式的解体,民族主义焦虑的上升等等,都造成了诗意的"空白"感。
③ 林徽因:《山中一个夏夜》,见《林徽因作品新编》,人民文学出版社 2009 年,页 18。
④ 据说中国第一个变为石头的女性,是大禹的夫人涂山氏。刘禹锡有《望夫石》诗曰:"终日望夫夫不归,化作孤石苦相思。"李白、王安石等许多诗人都有过关于望夫石的作品。汉魏乐府《孔雀东南飞》中也有"心如磐石"之说,虽言坚贞,但也与伤心成石不无瓜葛。

何因为伤心而变成石头的。① 歌唱的石头,意味着一种极度伤痛而导致的死亡,也意味着一种酝酿中的艰难新生。就诗歌而言,我们可以将石头理解为诗歌对物的生命复活的呼唤,一块块充满心事的石头。孤独的处境促使现代汉语诗人不断创造词语的暗示结构,以新的方式伸展出言外之意。1937年,卞之琳在《车站》一诗里,写到蝴蝶之死。他也没有回到蝴蝶的古典意义上去:

> 我却像广告纸贴在车站旁。
> 孩子,听蜜蜂在窗内着急,
> 活生生钉一只蝴蝶在墙上
> 装点装点我这里的现实。

在卞之琳笔下,这种处境被写得更细微。虽然有来自英语诗人艾略特《普洛弗洛克的情歌》中相关细节的影响和启发,转化得很动人。蝴蝶之钉在墙上,不能化为新的事物,却只能作为尸体"装点"一种主体意义的阙如感;同时,这种装点也因诗人的清晰的"装点"意识,而获得一种否定性美感。这种双面性,形成一种在胡适作品中显得不够清晰的寻找的姿态:意义阙如的现代汉语诗人,尽心地编织着自己的意义"空白"感,通过展示主体位置的微茫而凸显主体的位置。戴望舒1940年5月写的一首小诗也叫《白蝴蝶》,直接地透露出这种用心:

> 给什么智慧给我

---

① [法]蒙田:《论悲伤》,《蒙田随笔全集》(三卷本)第一卷,马振聘译,上海书店出版社,页4—7;法国小说家马塞尔·埃梅也有一篇小说叫《穿墙记》,讲一个石雕像夜间嚎叫的故事,可聊作旁证。

小小的白蝴蝶,

翻开了空白之页,

合上了空白之页?

这里的"智慧"一词,是不是故意对庄子智慧的呼应?对于汉语读者来说,至少可有此联想。但作为现代诗人的戴望舒,却避开了这种可轻易获得的意义取向,他继续指向此前已经明示的"空白":

翻开的书页:

寂寞;

合上的书页;

寂寞。

这首诗歌收在《灾难的岁月》中,我们很容易就看出诗人作为个体在民族危机和战争处境中的诗意窘境,蝴蝶作为日常之物,它身上的古典象征意义(书页)已经不能与现代诗人的处境呼应,陆机总结的那种"颐情志于典坟"的古典诗文创作姿态,在身处战火和逃亡中的戴望舒这里,只能带来一种深刻的寂寞和茫然。但是,诗人正是以写出这种寂寞和茫然,表明他的"空白"意识和对此的写作姿态。而"蝴蝶"的诗意被重新写满,要等二十世纪最后二十年的诗歌来完成,比如:"我们不堪解剖的蝴蝶的头颅/记下夜,人,月亮和房子,以及从未见过的/一对喁喁窃语的情侣。"[1]

---

[1] 《张枣的诗》,人民文学出版社 2010 年第 2 版,页 118。

现代汉语新诗的"写物"

在现代汉语新诗中,有一类以器物为题材的诗歌,也典型地体现了诗意发明中的"空白"意识,它们可提供另一分析视角。为了理解汉语新诗抒写这些物的方式背后的玄机,可联系古典汉语诗学中的"比""兴"观念。前面,我们考察"兴"时已详细提到,现代文字学和考古学的推究,"兴"的本义之一为"举物环舞",而所举之物,是用于祭祀的圣物。如果我们把现代诗歌咏叹"器物"的言语行为,也视为一种"兴"的现代变奏,就可以打通观察现代汉语新诗的一个维度。

我们先随意看一首关于器物的作品。比如早期在日本追随浪漫主义和象征主义诗歌的冯乃超在1927年写的《古瓶咏》,这首诗显然受到英国诗人济慈名作《希腊古瓮颂》的影响。对于西方诗歌对现代汉语新诗的影响,已经有汗牛充栋的研究论著。我们只须注意,汉语诗人所择取和采集的西方诗歌技艺或元素,一定是现代汉语新诗的拓展和进步需要或缺乏的,此诗亦然。在西方近代科学兴起的时代,浪漫主义诗人纷纷付出各种努力,以寻找新的美学资源。他们主张以想象力创造新的艺术神话,来抗衡科学神话对于人类存在的诗性之美的侵蚀。[①] 济慈(Keats)将希腊古瓮上甜蜜的牧

---

① 关于想象力,济慈曾在给朋友的信中说,"我只确信内心感情的神圣性和想象力的真实性——想象力把它作为美捕捉到的一定是真。"《济慈书信选》百花文艺出版社2005年,王昕若译,页27—28;从施莱格尔兄弟为首的德国浪漫派,到柯勒律治开启的英美浪漫主义批评传统,都强调想象力的对于不同概念的综合作用。

歌和情爱画面塑造为一副永恒的神话,显示了一种针对时俗的自信和高贵。济慈对希腊古瓮凝聚着的永恒情操的发明和赞颂,在冯乃超这里,变为一种对历史断裂的悲哀和犹豫:

  金色的古瓶

  盖满了尘埃

  金泥半剥蚀

  染上了黯淡的悲哀

  ……

  金色的古瓶

  盖满了尘埃

  诗人的心隈

  蔓着银屑的苍苔

显然,古瓶与希腊古瓮具有某种同构性。诗人努力描写出关于古瓶的一幅幅画面,但各节画面之间缺乏一种穿越性的凝聚力。描写古瓶要表达的寓意不清晰,寻找寓意的姿态也是散乱的,这正是早期汉语新诗的普遍困难所在:汉语诗意的现代性与古典性之间,不容易实现有效的勾连。对这位把民族情绪直接转移到诗歌中的早期左翼诗人来说,面对业已毁弃的辉煌历史和满目疮痍的当下之间的断裂,他还不能通过清晰的寓意和命名机制将它们在语言中弥合。即诗歌所依存的现实内容,不能成功地转换为诗歌自身。相比之下,卞之琳二十世纪三十年代的名作《圆宝盒》,却是一次清晰而玲珑地说出"空白"的词语之旅,比起胡适笔下的自然物象"蝴蝶",冯乃超笔下的人工物象"古瓶",它发明了新的"空白"命名机制,为了方便

读者，我们不妨引全诗如下：

我幻想在哪儿（天河里？）
捞到了一只圆宝盒，
装的是几颗珍珠：
一颗晶莹的水银
掩有全世界的色相，
一颗金黄的灯火
笼罩有一场华宴，
一颗新鲜的雨点
含有你昨夜的叹气……
别上什么钟表店
听你的青春被蚕食，
别上什么古董铺
买你家祖父的旧摆设。
你看我的圆宝盒
跟了我的船顺流
而行了，虽然舱里人
永远在蓝天的怀里，
虽然你们的握手
是桥！是桥！可是桥
也搭在我的圆宝盒里；
而我的圆宝盒在你们

或他们也许就是

好挂在耳边的一颗

珍珠——宝石？——星？

诗开头,诗人没直接描述"圆宝盒"本身的特征,却通过想象中的珍珠,从大到小地给"圆宝盒"的内部世界赋予了三重内容：全世界的色象、一场华宴、"你昨夜的叹息",它们分别对应宇宙、人间和个体,圆宝盒因此成为一个"圣物"。为什么说是"圣物"？《易大传》中对圣的解释是"广大悉备",熊十力对此的解释是"夫广则无所不包,大则无外；悉备则大小精粗,其云无乎不在"①,巴什拉对于圆的奥妙的描绘,可作为熊十力关于"圣"概念的阐释的补充："浑圆的形象帮助我们汇聚到自身之中,帮助我们赋予自己最初的构造,帮助我们在内心里、通过内部空间肯定我们的存在。"②卞之琳在"圆宝盒"上凝聚了几层含义,却又不拘一格,使得它具有了"圣"的特征。

既然"圆宝盒"之义一开始就有如此派头,那么按古典释诗法则,肯定要寻找"圆宝盒"的寓意,也就是我们耳熟能详的"志"。而可以发现,此诗所展示的,是"圆宝盒"如何躲开各种可能的"寓意"之笼的美丽"行程"。诗人卞之琳对诗中的这种"躲闪"也毫不隐瞒,在《关于〈鱼目集〉》一文中,他如此描绘《圆宝盒》："因为这首诗,果如你所说,不是一个笨迷,没有一个死板的谜底搁在一边,目的并不要人猜。"③这正对应了戴望舒《烦忧》一诗中的美丽困惑："我不敢说出你的名字。"只是在卞之琳这里,"说不出"

---

① 熊十力：《原儒》,中国人民大学出版社2006年,页174。
② [法]加斯东·巴什拉：《空间的诗学》,张逸婧译,上海译文出版社2009年,页257。
③ 卞之琳：《关于〈鱼目集〉》,天津《大公报·文艺》,1936年5月10日。

的,呼应着对已"说出"的持续否定,从而形成了一种具有形而上学气质的"空灵"。现代哲学家冯友兰在描述形而上学的空灵特征时说:"真正的形而上学底命题,可以说是一片'空灵'。'空'是空虚,'灵'是灵活。与空相对者是实,与灵相对者是死。"①卞之琳诗中的连续否定带来的谜底的缺席和主题的"空灵",就像英国艺术家约翰·伯格(John Berger)论画时所说:"真正的画触及一种缺席——没有画,我们或许察觉不到这种缺席。而那将是我们的损失。画家持续不断地寻找所在,以迎接缺席之物。他若找到某个地点,便加以装饰,祈求缺席之物的'面孔'显现。"②在此诗中,卞之琳也不断地展示固定意义的缺席感,以此祈求缺席被填满。因此,一切没有说出的,都在呼求被肯定。而肯定的方式,就是不断地指出,诗歌已经说出的,远不是诗歌想要说出的。诗歌之说,最终目的是呼吁没有说出的部分。诗歌主题就在这种逐渐攀升的否定过程中,完成了对未说之意的构建。从这个意义上,我们可以将"圆宝盒"理解为诗歌自身以语言抵达事物的梦想,或者说,凝定于这个意象上的,正是词追逐物的生动场景。

如若把"圆宝盒"当作诗歌本身的隐喻,我们就可以展开对这首诗的辨析。这首诗显示了现代汉语新诗三重梦想:首先是对于现代世界的得体命名,包含了全世界的色相与人间的华宴;其次是对物、人的命名;最后,"你昨夜的叹息",则是前两层命名的具体化,甚至可以理解为一种情爱话语或知音话语,甚至是与自我的对话。因为,每个人都只能通过与最亲密的人或物的关系,来理解更广阔的世界,或者通过理解自己而理解世界。因着这三层命名意图的并置,可以看出,诗人不愿让诗歌的私语性局限于情爱话

---

① 冯友兰:《新知言》,生活·读书·新知三联书店2007年,页12。
② [英]约翰·伯格:《抵抗的群体》,何佩桦译,广西师范大学出版社2008年,页39。

语，如果联系现代汉语诗人的普遍处境，这种私语可以是个体的孤独，甚至是知识分子"风雨鸡鸣"式的孤独。抛开时代背景，则可以更多元地理解这种孤独。省略号在此很有意味：圆宝盒中可以容纳更多"珍珠"，恰好表明了圆宝盒的真正寓意的"缺席"。正是它的无所不包，导致了对它命名的困难，因此，"圆宝盒"对应的象征意义，即此前诗歌中的圆宝盒的象征意义，一一被诗人否定了：

> 别上什么钟表店
> 听你的青春被蚕食，
> 别上什么古董铺
> 买你家祖父的旧摆设。

沿着前面的分析，我们可以对这四行诗作如下误读：前两行，似乎是诗人对泛滥的新诗浪漫主义爱情话语的轻微嘲讽，而后两句则是对新诗因袭旧诗警惕，更具体地说，"圆宝盒"作为诗歌的隐喻，它应该全然不同于以往。当然，我们可以说，这四行提出两种否定的过程，正是诗歌自我展示的过程，展示本身也是一种悖论修辞：诗人尽力否定他展示出来的精美，让一切说出来的，旋即陷入不稳定，进而牵动其后的"说"。显然，他认为这一切已有的象征意义，仍然不够与他所幻想的"圆宝盒"匹配：

> 你看我的圆宝盒
> 跟了我的船顺流
> 而行了，虽然舱里人
> 永远在蓝天的怀里，
> 虽然你们的握手

是桥！是桥！可是桥

也搭在我的圆宝盒里；

"圆宝盒"所要包含的"我"、"蓝天"、"你们的握手"、"桥"之间的连接，呼应了本诗开始四行之间的关系。更细致地接近着对主体与世界之间的关系的新命名。可以看出诗中对汉语古典诗意的运用：永远在蓝天的怀里的舱里人，让人想起古人之"乘桴浮于海"、想起泛舟登天的典故："相传天河通海，有居海渚者见每年八月海上有木筏来，因登木筏直达天河，见到牛郎织女。"① 而诗人写的"桥"，显然也缘于牛郎织女鹊桥相见之"桥"。只是在这里，诗人把"你们的握手"与"桥"之间，直接用谓词"是"连接，产生了一种更具普遍性的联想效果，冲淡了典故中"握手"的情爱话语色彩（执手相看泪眼）。对于卞之琳化用古典诗的能力，有许多论家已经有过详述，在此不表。我想说明的是，如何借此化用，让这些代表古典诗歌崇高性的诗意结构与诗人的现代体验结合在一起？

因此诗人最终的难题出现了：他不知道最后应给圆宝盒什么样的定格，只能用一种情爱话语结束。同时，我们也可以如此理解：对此时的诗人来说，一切曾经足以与"圆宝盒"匹配过的象征意义，都不足以再与之匹配，也许只有情爱话语够得上成为圆宝盒的最后象征落脚点。但诗人依然不满于情爱话语的单一性，遂以疑问句结束：

或许他们也许就是

好挂在耳边的一颗

珍珠——宝石——星？

---

① ［晋］事见张华：《博物志》卷三。

结尾的问号,与诗开头的问号相呼应,而"星"字,也与"天河"呼应,让"圆宝盒"的暗喻指向偏离情爱话语,将整首诗引入一个修辞的谜团:"圆宝盒"到底"是"什么?它可能"是"的,都已经否定,它最后"是"的,也被怀疑。整首诗正是以悖论式的修辞展开,与其说它展开了诗人想说的"圆宝盒",不如说,它在展开与否定的交替中,一边把发生在不同时空中的事件和变故混合于现时刻,一边结束了作者对附着在"圆宝盒"上的崇高性的质疑和寻找,诗歌标题告诉我们的那个"圆宝盒"没有在语言中获得定型。这种语言体验,是现代诗人都深刻体会到的:"就是最好的字句也要失去真意,如果它们要解释最轻妙、几乎不可言说的事物。"[1]"它们将自己觉得重要的东西包裹在神秘之中,掩藏起来只留给自己;它们将其掩藏在深处,用这种方式来指明它和保护它。"[2]那么,如何理解这首诗的意义指向?斯宾诺沙(Spinoza)说:"凡是与他物有关的东西——因为自然万物没有不是相互关联的——都是可以认识的,而这些事物的客观本质之间也具有相同的关联。换言之,我们可以从它们推出别的观念,而这些观念又与另外一些观念有关联。"[3]卞之琳将诸多与"圆宝盒"有关联的事物一一玲珑地摆在我们面前,依靠这些事物,诗人驶向"空白",诗歌得以言说。由这些关联振起的重重暗示,让诗歌延展出一种参差流转的意义指向。如认知语言学家观察到的:"类比基于世界的部分结构的相对不可辨性。"[4]诗人

---

[1] [奥地利]里尔克:《给一个青年诗人的十封信》,冯至译,生活·读书·新知三联书店1996年,页20。
[2] [法]瓦雷里(Paul Valéry):《文艺杂谈》,段映红译,百花文艺出版社2002年,页33。
[3] [荷]斯宾诺沙:《知性改进论》,贺麟译,上海人民出版社2009年,页260。
[4] [美]E C 斯坦哈特:《隐喻的逻辑——可能世界中的类比》,黄华新、徐慈华等译,浙江大学出版社2009年,页1。

也以一连串不可辩的类比修辞结构,簇拥着那给未被直接肯定地具体化的"圆宝盒"——一个难以言说的"空白"。卞之琳喜爱的法国诗人马拉美早已指出现代诗的这一共性:"把一件事物指名道出,就会夺去诗歌四分之三的享受,因为这享受是来自于逐点逐点的猜想:去暗示它,去召唤它——这就是想象的魔力。"① 对于现代汉语新诗而言,因为古典诗中物与志,或者说象与意之间的意义禁锢,已经被白话文学革命解除了,现代汉语诗人必须在二者之间建立新的召唤和暗示关系。正如《圆宝盒》一诗展示的过程一样。但是现代汉语新诗针对的传统,与西方现代诗不同,因此召唤和暗示的对象和方式也有所不同。比如,瓦雷里有一首《圆柱颂》,与《圆宝盒》有一定程度上的同构性,也许卞之琳那一代诗人许多都读过。瓦雷里如此写圆柱的自白:"我们的黑眼睛里 / 有一座庙宇那便是永恒, / 我们不把上帝放在心上 / 而去朝拜神圣!"② 显然,瓦雷里指向的,是"缺席"的"上帝"和"神圣"。而卞之琳在谈论自己的诗时说:"至于'宝盒'为什么是'圆'的,我以为圆是最完整的形相,是最基本的形相。"

关于"圆"这一概念的意义源流及内涵,曾引起钱锺书的注意,从他的考证中,我们看出,无论在古希腊以来的西方传统中,在儒道释传统中,乃至在诸多中西诗歌作品中,对"圆"都有近似的用法和理解。③ 现代汉语新诗中重写的一切暗示和召唤,正是指向一种"最完整的形相"、"最基本的形相",而按照卞之琳自己的说法,这是一种不能看"死"的"内容",一切

---

① [法] 马拉美 (Stephane Mallarme):转引自《阿克瑟尔的城堡——1870 年至 1930 年的想象文学研究》,[美] 埃德蒙·威尔逊 (Edmund Wilson) 著,黄念欣译,江苏教育出版社 2006 年,页 15。
② [法] 瓦雷里:《瓦雷里诗歌全集》,葛雷,梁栋译,中国文学出版社 1995 年,页 82。
③ 钱锺书:《谈艺录》,中华书局 1987 年,页 111—114。

都是相对的,都寄于诗人的意识,诗人的"圆宝盒",① 寄于一种新的词与物的关系之中。谈论中西诗歌现代感表达机制的不同,就得重提新诗写作与传统的关系。对此已经有诸多论述,虽然角度不一,但大多只是以论证新诗的合法性为落脚点。关于卞之琳与古典诗歌的关系,也有许多论述,在此不一一复述。笔者只是想沿着诗人自己的思路,放开解释一下"圆"的意义,也许更能理解现代汉语新诗独立于中西诗歌传统的特性。哲学家牟宗三在谈论佛教中"圆教"翻译成西文的困难时曾说出了"圆"在汉语语境中的独特意义:不止是圆通无碍(round),还有圆满无尽(perfect)。② 如果我们梳理一下"圆"在汉语中的意韵,就不得不更加赞赏《圆宝盒》的对汉语新诗的意义:它表达出了一种不依赖革命象征体系,也不膜拜古典汉语诗意的新的汉语抒情的崇高感,这在现代汉语诗中并不多见。而与这个字相关的意象,在最好的现代汉语新诗作品中不止一次出现。比如,卞之琳的《白螺壳》,袁可嘉的《空》等诗作都显示出上述特征。

  为了更好地理解现代诗对"空白"经营,我们可以与一首古诗略作比较。《圆宝盒》的结构,让人想起古代汉语诗人"不落言筌"的诗学箴言。但在古代诗人那里,显然有一个对这一"空白"之物的共同理解机制。比如我们随手以杜甫年轻时写的《画鹰》一诗为例:

    素练风霜起,苍鹰画作殊。㧐身思狡兔,侧目似愁胡。

    绦镟光堪摘,轩楹势可呼。何当击凡鸟,毛血洒平芜。

这也是写一件艺术品的诗歌(如果我们把"圆宝盒"也视为艺术品的话)。

---

① 刘西渭:《咀华集》,人民文学出版社 2001 年,页 91—95。
② 牟宗三:《中国哲学十九讲》,上海古籍出版社 2006 年,页 252—253。

在这样一首诗中，可明显地感到，诗人在写鹰与写自己之间的界限是模糊的，因为诗人在诗中想要接近的，是一个理想的自我，正如《九章》《离骚》《毛诗》开创的寄托寓意方式那样。在此诗中，鹰作为一个艺术品在诗人笔下展示的物态，与诗人内心清晰的抒情自我之间，有着明显的互喻。但是，在字面意义上，我们看不出诗人自己的任何信息。因此，诗人的抒情的自我，也是一个"空白"，却是读者能轻易地读出的空白。因为，在杜甫和更多古代诗人那里，这个抒情的自我虽是变化的，却是清晰的，读者和诗人对此有一个清晰的"前理解"。少许的古典诗人曾经对这个清晰的抒情主体有了消极性的书写，发明了一个更为复杂、多面的抒情主体，如李贺、李商隐等，因此他们在现代诗人中获得的共鸣比较多。在现代汉语诗人这里，这一"空白"已经丧失了这个"共识"的基础，诗人和读者都要寻找这一"空白"，要通过无数次迂回曲折的寻找和命名，才能形成某种诗歌"共识"，这正如苏桑·桑塔格（SusanSontag）所说的灵性的命名："每个时代都必须再创自己独特的灵性（spirituality）。（所谓"灵性"就是力图解决人类生存中痛苦的结构性矛盾，力图完善人之思想，旨在超越的行为举止之策略、术语和思想。）"[①]因此，以展示崇高性阙如，来化解焦虑，这正如以砒霜治病一样，是现代汉语新诗中常见的修辞术。也就是把它将现实、经验升华为诗歌的焦虑，化解为一种诗歌语体或风格。

当然，我们也有理由漠视时代与文学之间的紧箍咒，而把《圆宝盒》理解为对词与物的关系的再一次改写。诗歌标题中的几个元素："圆"、"宝"、"盒"，前两个字让我们感到了诗人的汉语诗意理想，合在一起，就是用最吉

---

① ［美］苏桑·桑塔格：《激进意志的样式》，何宁等译，上海译文出版社2007年，页1。

祥、福乐,最饱含业已消逝的汉语之甜的字眼,来命名我们永远痴想着栖身的某个不能完全打开的语言盒子。里尔克说,真正的诗人的基本特征是"使可怜而疲惫的词汇焕然一新,使它们恢复处子之身,年轻而丰饶"[①]。卞之琳这首诗中的"圆宝盒"正是一个焕然一新的词。我们把隐喻中的原始情境与目标情境视为二元的话,那么这个诗歌隐喻既超越了原始情境,也超越了目标情境,形成了多于且不同于物理叠加的效果,形成了破二元的第三元。这就是语言的活力所在,也是第一章中所说的"诗歌之爱"。诗歌也有如禅宗的公案一样,只有通过否定或者超越一切已经说出来的言语,才能超越言语的意义层面,弃舟登岸,抵达不可言说的妙道。

这种对物的"空白"的精心编织,在冯至著名的《十四行集》的最后一首中,也表现得非常显著:

从一片泛滥无形的水里,
取水人取来椭圆的一瓶,
这点水就得到一个定形;
看,在秋风里飘扬的风旗,

它把住些把不住的事体,
让远方的光、远方的黑夜
和些远方的草木的荣谢,
还有个奔向远方的心意,

[①] [奥地利]里尔克:《永不枯竭的话题——里尔克艺术随笔》,史行果译,东方出版社2002年,页123。

都保留一些在这面旗上。
　　我们空空听过一夜风声，
　　空看了一天的草黄叶红，

　　向何处安排我们的思、想？
　　但愿这些诗象一面风旗
　　把住一些把不住的事体。

在这首诗中，冯至不像卞之琳那样，以各种可能的比喻来"接近"核心。反之，他以对不同"物象"的把握，来反复撑开同一个悖论性的题旨："把住一些把不住的事体。"——这被诗人作为二十七首诗的总结。同时诗人似乎也要表明，命名这些诗很难，正如诗歌对事物的命名很难。有些版本里，曾以第一行作为诗名，如李商隐对《锦瑟》的命名一样。而在更多的版本里，这首诗没有名字。卞之琳用整首诗的内容流转地"否定"命名，写成了一个"空白"的"圆宝盒"。冯至干脆就不直接命名。正如他先后写出的物象"瓶""风旗"，是企图"把住一些把不住的事体"一样，全诗是在命名一些没法命名的事物。悖论的迷人之处在于其内部的语义分歧。语言哲学中有许多经典的悖论，比如："所有真理都是相对的。""所有的话都是谎话。"[1]冯至在《十四行集》另一首诗中有一行诗也有比较浓厚的悖论色彩："给我狭窄的心／一个大的宇宙。"哲学家陈嘉映如此分析悖论："如果承认了命题 A，就会推出命题非 A，如果承认了命题非 A，就会推导出命

---

[1] 陈嘉映：《语言哲学》，北京大学出版社 2003 年，页 120。

题 A，于是就出现悖论。"①冯至的诗句也可以作如是观，卞之琳的《圆宝盒》也可以作如是观。而这两诗令人着迷之处，正在于这种以悖论修辞推进诗意的方式："当语言拒绝说出事物本身时，仍然不容质疑地说。"②对于现代汉语新诗来说，物缺乏可抽绎出的象征意义，或者意义缺乏可栖居的象征物，因此它们往往通过悖论修辞被焊接到一起。比如，在冯至的诗中，"瓶""风旗"两个意象都在抒写具体有限的事物与浩大无限世界之间的悖论关系：后者如何呈现在前者之中？具体到诗歌写作的年代则可以说，一个蜕变和新生中的民族，一个现代白话汉语的词语艺人，在古典传统分崩离析之后，如何以词语之躯重新把握浩大与无限？如何以个人的声音区别于集体主义神话？在诗歌观念上，许多论者已经谈论过里尔克诗歌中著名的"孤独的风中之旗"这一象征结构对冯至的影响，但为什么他受到的是这方面的影响，而不是别的方面？这种影响结果，显然与汉语诗歌自身的抒情需要有关。

在第一行中，我们隐约看到庄子笔下"秋水"的影子，接下来的"风旗"意象，似乎也可以让熟悉古诗的中国读者想到"尽日灵风不满旗"这样的晚唐诗句。这种潜在的互文关系的构造，更加促成一个明显的悖论：被椭圆的瓶子和风旗两个物象抓住的一切意义，恰好是不明晰的，诗人对这不明晰的部分的描写，是有意顾左右而言它："远方的光、远方的黑夜／和些远方的草木的荣谢，还有个奔向远方的心意。"诗句里的这些事物，可以理解为二十世纪四十年代上半期的中国知识分子迷茫与希望交织的象征；也可

---

① 陈嘉映：《语言哲学》，北京大学出版社 2003 年，页 42。
② ［法］莫里斯·梅洛－庞蒂（Maurice Merleau-Ponty）：《间接的语言和沉默的声音》，见《符号》，姜志辉译，商务印书馆 2005 年，页 56。

以理解为现代汉语新诗为事物寻找寓意本身的迷惘与希望，理解为对词与物的关系的思索的呈现；更可以只理解为诗歌描写的世界画面本身。与卞之琳写《圆宝盒》一样，冯至在诗歌中所写之物，也在寻求自身的意义。他们各自都写出了一种精致的"寻找"，而这精致本身，正是现代汉诗最值得称道的新传统。它们默默地道出了现代人与古人异曲同工的基本处境：不完美是我们的天堂。

"凤旗"在继续，比如1946年，同样受到里尔克影响的袁可嘉也写下了"我是站定的旌旗，收容八方的野风"[①]这样的句子，到1947年，诗人穆旦有一首名为《旗》的诗，与冯至、袁可嘉上述作品有部分同构性。但在"寻找"的姿态上，开始出现相反的情形："四方的风暴，由你最先感受，／是大家的方向，因你而胜利固定／我们爱慕你，如今属于人民。"在穆旦笔下，"旗"已经有了比较明晰的寓意。甚至已经有一种预设的主题在支撑整首诗的写作，他不再像冯至一样，在词语的建筑过程中，渐渐呈现一种对于寓意的精致的"寻找"。因此，在穆旦"新的抒情"的主宰下，现代汉语新诗中的因为古典诗歌的终结而形成的"空白"以及对空白的寻找消失了。蓄积已久的革命象征主义抒情早就开始侵蚀和改造这种"空白"，民族的、集体的意义和声音摆在诗人们面前，催迫他们以另一种书写，将这些先于诗歌本身的意义和声音，实现在诗歌的词语建筑中。穆旦认为，现代诗歌中必须有一种"新的抒情"，他批评卞之琳的《鱼目集》，甚至认为卞的《慰劳信集》也缺乏"新的抒情"：它就是"诗歌和这时代成为一个情感的大谐和……有理性地鼓舞着人们去争取那个光明的一种东西"。他赞美艾青的诗歌，认为其

[①] 见《中国新诗总系》第3卷，吴晓东主编，人民文学出版社2010年，页152。

诗作《吹号角》者正是"新的抒情"的代表,还将他与惠特曼歌颂新兴的美国相比。在穆旦的论述中,我们看到,新诗出现以来面临的"空白"得到了解决。本质的原因,是他认为"现实生活"自身的意义,足以取代语言中的虚构、建构和寻找。①诗歌的使命,正在于充分地呈现它们——在特殊的历史情景下,个人的未来感与民族想象的共同体、政治意识形态重叠,构成了一系列诗歌写作表现的主题。因此,如果允许我做简单的划分,那么五四以来形成了两类诗歌写作:一类在词语的建筑和发明中,寻找和经营"空白",它们常以否定式和悖论式的修辞方式来进行诗意言说,说出生命与世界之间的偶然和自由,发明让无限和浩淼显现于新的汉语世界中的能力;一类则努力将来自革命的、民族主义或政治乌托邦的意义和声音本体化,作为感物言诗的基础,这类诗在民族危机和革命话语中发挥了不可替代的抒情功能。事实上,联系我们第一章讨论过的问题,这二者之间的分歧,难道不可以理解为比兴传统的现代体现吗?

恩格斯在给考茨基的一封信中曾经这样谈论文学中的"倾向"问题:

> 悲剧之父埃斯库罗斯和喜剧之父阿里斯托芬都是强烈的倾向诗人,但丁和塞万提斯也是如此;而席勒的《阴谋与爱情》的主要价值就在于它是第一部德国的政治的倾向戏剧。现代俄国和挪威的写了最优秀的小说的作家们也都是有倾向的。但是我认为倾向应当是不要特别地说出,而要让它自己从场面和情节中流露出来。②

在获得了先在于诗意创造的"倾向"之后,诗歌写作需要做的,就是恩

---

① 穆旦:《穆旦诗文集》第2卷,人民文学出版社2006年,页48—58。
② [德]马克思、[德]恩格斯:《马克思恩格斯论艺术》,多人编译,人民文学出版社1960年,页6。

格斯所期待的那样，让它们"自己流露"出来。在下面的一章中，我们将以汉语新诗"祖国"抒情为例，探讨这类先在的"倾向"在美学上合法化、内在化的过程。

血肉之躯迫使你作出如下选择：
祖国或内心，两者水火不容。

第三章 "祖国"的隐喻

现代诗与"祖国"

在女性与神性之间

"祖国"意象的蔓延

"远方"的祖国景观

"祖国"复活与诗的"复活"

> 朋友们,祖国是永不停息的行动
>
> 正如这世界永不停息……
>
> ——博尔赫斯(J. L. Borges)《1966年的颂歌》①

现代诗与"祖国"

  穆旦式的"新的抒情",让汉语新诗写作获得一个先于诗歌的意义。消化这个意义的过程,让汉语新诗形成新的"写物"观念,同时,这也正是汉语新诗灌满诗意"空白"的另一方式。这就涉及第一章讨论过的诗歌与政治这一古老命题。

  孔子以来的诗教传统,柏拉图笔下的城邦与诗人之间的纠结,都涉及诗歌与政治如何相处这一命题。至现代,如政治哲学家阿兰·布鲁姆(Allan Bloom)在谈论莎士比亚戏剧和诗歌中的政治内涵时指出,受现代主义文学观念影响,我们往往会认为"诗的东西是超越基本的公共政治关切的;艺术家更接近于反政治的波西米亚而不是政客"②。在汉语现代文学中,因

---

① [阿根廷]博尔赫斯:《博尔赫斯文集》诗歌卷,陈东飚等译,海南国际新闻出版中心1996年,页141。
② [美]阿兰·布鲁姆:《政治哲学与诗》,张辉译,见《巨人与侏儒》,华夏出版社2003年,页112。

长期忍受文学工具化带来的伤害,类似的看法一度也影响了二十世纪八十年代中期以来的诗歌史观念,我们对政治保持足够的美学警惕的同时,却难免因此简化了汉语新诗史内部丰富的分歧性,致使现代汉语新诗史话语中出现盲点。比如,当代历史剧变中普遍性的个体损伤,导致了当代诗歌史话语中常常强调政治对于诗歌的压抑和分裂的一面,以此来衬托个体诗歌话语的美学价值和文学史价值。在诗歌写作中也如此,"文革"期间开始的朦胧诗歌中出现的抒情主体,都争相将受伤的个体形象摆到抒情前景中,此后,其他诗人的伤痕或反思性写作,也因为"归来"后渐渐占据政治、道德或美学上的优越感,而不约而同地指责此前长期占据主流的宏大抒情主体及其象征话语。朦胧诗之后,诗人经验的变化与诗歌处境的变化,促使汉语新诗写作以新的词语万花筒来展现抒情主体的反省和重构图式,诗歌对政治的关切方式,已匆匆地融入个体诗歌话语中,变异为前所未有的面貌。当代诗歌风尚如此地迅速变异和更迭,自然也影响到了整个现代汉语新诗史的描绘方式。

那么,从三四十年代开始酝酿的中国政治意识形态和集体/爱国主义话语曾经给新诗注入的那些持久的兴奋呢？如何从诗歌自身出发而不只是在诗歌社会学的意义上理解它们？遥想二十世纪七八十年代之交,作为当时的先锋诗歌的朦胧诗,受到了严重的质疑和批评。这虽是美学意识形态纷争的结果,但批评的声音中,自然也不乏来自上述那种持续的兴奋的余韵。这种真诚的兴奋,在今天看来可能十分苍白了,但其前身却曾长期作为汉语新诗的内在气质,支撑着汉语诗歌与事物对话的结构。的确,在新诗抒情主体"多元化"（这背后,也难免有隐秘的趋同性,"多元"在特定的情境中也会成为话语策略）的今天,理解这种兴奋似乎变得困难了,似乎它与当下的诗歌风尚不直接相关。但如果把汉语新诗划入二十世纪这一长时段中，可能就会发现，它们都与我们一直论述的诗意"空白"分别有着正反向的双重关联。爱国主义、民族主义和政治抒情诗中的诗意建构，与其他诗歌中的诗意组织，一直隐秘地互通有无。

在中西方，政治抒情都是重要的诗歌主题，尤其在近现代诗歌中。在指出由现代主义文学衍生出的狭隘诗歌观念之后，布鲁姆也进一步指出，政治是西方古典诗最有兴趣的话题。① 荷马史诗、《埃涅阿斯记》和《神曲》等许多西方伟大的诗歌都与政治有关，即使它们都以神话为基础，但政治蕴涵的各种力与美，的确让它们乃至更多的诗歌称心如意。今天看来，它们既表达了政治，也越过了政治的界限，成为自身。在西方古典诗中，国家抒写或政治英雄与神祈／神话话语往往自然地结合起来。维吉尔在《牧歌》说，"一切事物都充满着天帝约夫"，而德国古典神秘主义哲学家雅各布·波麦延续了柏拉图的诗学观念，称诗歌艺术为"通神学"②，这当然包括政治题材的诗歌，因为古典时期的政治可以直接关乎神灵或宗教。而西方现代诗则习惯以神话或情爱话语作为比喻来抒写祖国——西方现代诗歌羞于说出神，或者大多只从比喻意义上说出。比如在威廉·布莱克（（William Blake））《为英国人所作的战歌》这样的作品中，是通过比喻将"祖国"的事业与上帝／天国的事业等同起来的。③ 惠特曼（Walt Whitman）写道："先知与诗人，／一定还会保持自己——在更高的境界上，／一定会向现代、

---

① ［美］阿兰·布鲁姆：《政治哲学与诗》，张辉译，见《巨人与侏儒》，华夏出版社 2003 年，页 112。
② ［德］F·施格莱尔：《论文学》，李伯杰译，见《德语文学与文学批评》（第一卷），人民文学出版社 2007 年，页 34。
③ ［英］威廉·布莱克：《布莱克诗集》，张炽恒译，上海三联书店 1999 年，页 32。

第三章 "祖国"的隐喻　　/119

向民主调停——还向它们解释上帝和幻象。"① 这种比喻模式在西方现代诗中并不鲜见,也与西方现代政治构想互为表里。沃格林(Eric Voegelin)对于现代国家与宗教之间的关系的论述,可帮我们更清晰地理解二者间这种互为表里的关系:"要得到对政治与宗教的恰当的认识,我们必须扩大宗教的概念,不但要把诸种救赎性宗教包含在内,还要把伴随着国家发展而来的所有其他现象包含在内,因为我们认为它们具有宗教的性质。"② 的确,诚如布莱克诗句中表达的,祖国的事业具有宗教的性质。关于诗歌与政治的关系,歌德也有一个著名的言论:一个伟大的诗人可以让诗歌中的灵魂变成民族的魂。③ 歌德所言,是有感于诗歌在德意志以及欧洲其他民族近代化过程中所起的作用而发的。他特别谈及这段轶事:拿破仑提到戏剧诗人高乃依时,恨不能与之同时代,否则就要封他为王。惠特曼曾经生动地描述过诗歌、诗人与国家的关系:"在世界上古往今来的一切民族中美国人是具有最充分的诗人气质的。合众国本身实质上就是一首伟大的诗。在迄今为止的世界历史上,那些最大的和最生动的东西,与合众国的更加巨大和更加生动相比,便显得驯顺而守规矩了。""在世界各国中,其血管充满着新的素质的合众国最需要诗人,而且无疑将拥有最伟大的诗人并最大地发挥他们的作用。他们的总统还不如他们的诗人那样能成为共同的公断人。"④ 显然,他们都意识到,在一个民族的现代蜕变和独立过程中,诗歌对于个体

---

① [美]惠特曼:《〈草叶集〉1876年序》,《草叶集》(下),李野光、楚图南译,人民文学出版社1987年,页1127。
② [美]沃格林:《政治的宗教》,见《没有约束的现代性》,张新樟、刘景联译,华东师范大学出版社2007年,页177。
③ [德]艾克曼:《歌德谈话录》,朱光潜译,人民文学出版社2003年,页126。
④ [美]惠特曼:《〈草叶集〉1855年序》,《草叶集》(下),李野光、楚图南译,人民文学出版社1987年,页1161、页1165—1166。

乃至群体处境的词语化、象征化,起着非常的作用。如果一定要同意马克思意义上的文学作为意识形态的作用,那么,这种作用堪称其生动体现。

这种词语化和象征化,也是汉语新诗的重要功能。当然,在百年汉语新诗的历程中,问题也许更为复杂:由于文化和政治传统的关系,汉语新诗不是单向度地表达公共政治关切或呈现波西米亚气质,相反,二者间相互渗透,时而互为面具,时而互为敌人。这与中国古典诗歌有某种延续性,比如,现代诗人学者林庚注意到,汉语古典诗中的政治诗与山水诗一样发达,但政治诗歌能不流于口号,是深厚的抒情性才能完成的,山水诗的发达,促进了政治抒情诗的多样化。① 不同的是,汉语古诗通过君子/圣人/君主的结构来表达政治(家/国)愿望,即古诗中的抒情主体是个体意识上已经成型的臣民,而现代诗歌的抒情主体,则是建构中的、未完成的现代"人"——无论是五四启蒙意义上的人,还是革命象征话语中的社会主义新人,都具有某种未完成性。这正如当代诗人萧开愚指出的:"在古典诗时期,是美刺言志;新诗时期,是重建人与世界的关系。前者依据孔子西周王道模式的道德系统,后者期待'新民'与民主社会的理想实现。两者性质一致,均为'政治性'。"②

在汉语新诗中,政治与诗歌的互动,体现为诗歌对政治话语资源的汲取和诗意化,同时,诗学的虚构、对另一类世界的梦想,为政权和革命提供了条件。③ 比如,现代汉语新诗中形形色色的"祖国"抒情,就是其重要的体现。"祖国"抒情,让汉语新诗获得一种前所未有的抒情发力点和一个可以内

---

① 林庚:《唐诗综论》,《林庚诗文集》第七卷,清华大学出版社 2006 年,页 171。
② 萧开愚:《此时此地》,河南大学出版社 2008 年,页 391。
③ [爱尔兰]山姆斯·希内(Seamus Heaney):《诗歌的纠正》,潞路主编《标准与尺度》北京出版社 2003 年,页 470。

化的抒情主体,虽然它堵塞甚至取消了许多可能的诗歌方向,并让抒情主体趋同化,但也暂时撑住了现代汉语抒情表达上的许多困难,这对于现代汉语抒情话语的成型——即使我们对其已成之型不满,和现代汉语的诗意编织逻辑,都有着切实的影响。

笔者无意深究上述不同政治抒情传统及其异同,但稍微勾勒这样的背景,我们也许更容易理解,十九世纪以来的中西现代诗歌中,"祖国"何以渐渐成为一个半神化的诗歌抒情意象。同时,也为理解汉语新诗中的"祖国"抒情提供必要的参照。因为,汉语新诗在"祖国"抒情上有西方渊源。十九世纪以来,随着世界范围内的民族国家进程的加快,工业化进程以及殖民主义与反殖民主义运动的起落,东西方先后都出现了形态各异的爱国主义诗歌。建立民族国家作为一个风靡世界的政治理想,让人类各族群的文化感和世界感中,渐渐大面积产生有关"祖国"的想象共同体,"祖国"作为衬托、覆盖乃至淹没个体的新的背景,成为与政治美学伦理对称的集体生活理想。在欧洲,法国大革命的精神,昭示着知识分子开始在制造某种属于未来的政治形式——民族国家,黑格尔、马克思和恩格斯等建立的历史哲学模式,达尔文主义的盛行,也增强了制造新的政治形式的信心。这种理想和信心,也体现在许多当时的艺术家和诗人的赞颂中,它们成为浪漫主义新神话中的重要部分。比如英国诗人柯勒律治(Coleridge)就起来大声歌颂法兰西革命宣扬的自由,堪称另一种革命浪漫主义。[①] 维塞尔(Leonard P Wessell Jr)甚至说:"马克思的科学社会主义的观点本质上是变形的诗

---

① [英国]柯勒律治:《颂法兰西》,《柯勒律治诗选》,杨德豫译,广西师范大学出版社2009年。

歌……无产阶级构成了德国浪漫主义最重要的概念之一,它是'反讽'的化身。"①

西方与民族国家有关的诗歌抒情资源相当程度上影响了汉语新诗抒情形式。当然,汉语新诗中"祖国"抒情的诞生有其特殊语境。中国和其他亚洲被殖民国家十九世纪开始遭遇的民族生存危机,激发起知识分子拯救民族、制造一个新的国家的无数梦想。沃格林在描述西方灵知主义产生的原因时说道,西方古代的帝国解体后:"由制度、文明和种族凝聚力的崩溃所导致的意义的丧失召唤人们做出各种努力,要重新理解在一个既定处境之中的人的意义。"②沃格林的解释,似乎也可以部分借来解释现代中国民族情绪的兴起,和知识分子对中国历史与未来的大规模重构——这同样关乎个体和族群在千年未有之剧变中的意义感的重构。这种重构深刻地展示在随之而来的汉语新诗写作中。

关于人类对可能的政治生活模式的向往,虽然被哲学家赵汀阳戏谑为"在坏世界里幻想好世界,是典型的望梅止渴",③可就是个道理:深刻地意识到了现实缺失、乏味或艰难,才促使现代汉语新诗大规模地参与到旷日持久的现代"祖国"幻想运动中,用诗歌修辞构造各种可能的生活世界。当然,事情向来都是两面的:人类文化里的各种神都通过语言被描绘出来,又反过来拓展了语言的疆域,与此相似,近汉语新诗话语中的"祖国"修辞

---

① [美]维塞尔(Leonard P Wessell Jr):《马克思与浪漫派的反讽——论马克思主义神话诗学的本源》,陈开华译,华东师范大学出版社 2008 年,页 1。
② [美]沃格林:《科学、政治与灵知主义》,见《没有约束的现代性》,张新樟、刘锦联译,华东师范大学出版社 2007 年,页 18。
③ 赵汀阳:《坏世界研究——作为第一哲学的政治哲学》,中国人民大学出版社 2009 年,导言页 2。

运动,也反过来拓展了文学的世界,使之获得了不同于以往的抒情轴心和运转机制。

因此,现代诗歌中"祖国"抒情的诞生及其在美学上合法化、内在化的过程,导致文学中诸多新特质的出现。在抒情表达主体的呈现上,尤为明显。回顾世界现代诗歌的主要格局,对主体性的诗意表达有两种基本的方式。比如惠特曼、聂鲁达、马雅可夫斯基等,他们通过在个体与理想的民族国家模式之间建立诗意连接,在神性"缺在"的现代社会,获得了重构强大主体性和崇高性的诗意资源。英国当代学者乔恩·库克(Jon Cook)曾经精辟地谈论过这一脉络的特点,他甚至把庞德(Ezra Pound)、马里内蒂(Marinetti)也放入其中:"1926年的马雅可夫斯基将他的新诗学放到了革命的马克思主义政治学语境中。他的作品为用政治学作为传统之替代物的诗学提供了明确的样本。马雅可夫斯基将诗歌再现为一种无产阶级艺术,它有着自己的生产原则,原则之一是:艺术的价值被定义成,为阶级斗争做贡献,尽管在论文《如何创制诗?》中的反讽表明他对于进入这样一种宣言中的夸张的危险是有所察知的。庞德和马里内蒂,虽然路径绝然不同,但也都想象他们关于诗歌体制和能量的思想能够在法西斯主义中找到政治对等物。在每种情况中,诗歌都被认为,通过与政治联盟,诗歌具有了新的权力和价值。"[①]另一个脉络,也就是比较正典的欧陆诗歌,比如兰波、波德莱尔、马拉美、里尔克、艾略特、史蒂文斯等,他们则继承了欧洲诗歌中的哀歌传统和浪漫主义的"反讽"信条,通过对现代文明中神的"缺在"的深刻展示,来发明各种反崇高化的诗意资源。两个脉络之间虽常常相互

---

① [英]乔恩·库克:《二十世纪西方现代诗学要素论》,赵四译,见唐晓渡、西川主编《当代国际诗坛》2010年第3辑,作家出版社2010年,页291。

影响,但彼此特征鲜明。这两个脉络中的象征诗艺,对现代汉语新诗都产生了巨大影响,并使之渐渐具备了因地制宜的能力。

此前,我们已经探讨过现代汉语新诗面临的诗意"空白"处境,下面,我们进一步探讨的是现代汉语新诗面临的另一与此"空白"对应的处境:它需要重新锻造崇高性意象,而这一诗意锻造工程与"祖国"抒情相生相伴。在现代中国,抒情诗的语言、抒情主体与民族处境之间,如何相互激发,相互束缚,形成各种关于"祖国"的诗歌,因缘复杂。但有一点可断言,在关于"祖国"的抒情诗中形成的各种声音和意义,整体上给予了"现实"一套有效的修辞,表达了趋于统一的诸如启蒙、救亡和感时忧国等深切关乎个体存亡的集体/国家意志,诗歌抒情语言自身的改进有时虽貌似独立,却终归应和着上述意志,瓦雷里理想中的那种俨然不同于实践世界的语言世界(事实上,这种纯洁诗歌语言本身的理想,也有其向外的针对性),并没有义无反顾地被现代汉语新诗彻底写出。因此,如果我们简要地把汉语新诗中的众多"祖国"抒情诗视为集体/国家意志与个体诉求融合的修辞结果,那么,雅斯贝斯(Karl.T. Jaspers)从现代国家的产生过程中观察到的规律,某种程度上就可以解释现代汉语新诗的抒写动力:"国家意志必须在大量彼此竞争的国家中表达自己,同时,它又受制于种种内在的张力,这些张力来自要赋予国家以确定的历史形式的努力。"[1] 现代汉语新诗中的"祖国"抒情史,正是"祖国"在与西方列强竞争中被赋予新的历史形式的过程——这不只是现代中国历史学话语完成的工作,现代汉语新诗也深刻地参与到其中,发

---

[1] [德]卡尔·雅斯贝斯:《时代的精神状况》,王德峰译,上海译文出版社2003年,页97。

挥了不同的功能。由于中国人的世界感从"四夷"、"蕞尔小邦"、"泰西"、"西方列强"、"帝国主义"、"资本主义世界"到"地球村"的变化,"祖国"抒情也因时而异,"祖国"被赋予的形式——无论是关于过去的形式,还是关于将来的形式也不断发生变化,它们之间的不协调性导致的"祖国"想象的流动性,注定了诗歌中的"祖国"形象不断被重新发明,这也让"祖国"成现代汉语新诗中最为扑朔迷离的崇高意象之一,并呼唤出一系列前所未有的诗歌抒情主体形象。

的确,"祖国"作为一个民族危机和国家竞争中个体和集体自我救赎的理想,它身上缭绕着的母性感、人格感、神圣感、未来感、集体感,都让它足以承受词语巫术的各种咒念。在信仰和社会伦理功能上,它与西方古典社会依据的"神"或中国古典社会依据的"天",有着深刻的相似之处。比如,古罗马诗人卢克莱修(Lucretius)开篇就将国家与神与众生联系起来:"罗马的母亲,群神和众生的欢乐,/维纳斯,生命的给予者,/在悄然运行的群星底下,你使生命充满航道纵横的海洋,和果实累累的土地……"[1]中国古典政治思维中,政治行为是与天地万物之行常匹配的:"臣闻日薄星回,穹天所以纪物;山盈川冲,后土所以播气。五行错而致用,四时违而成岁。是以百官恪居,以赴八音之离;明君执契,以要克谐之会。"[2]古人发明、歌颂他们的天或神,现代诗人发明、歌颂他们的祖国。只是在时间形式上,后者从循环论伸展为直线论,从立体时间观变为线性时间观;在时间运转动力上,则从依靠超验的力量,变为依靠经验的、从人自身中展开的力量,如维柯所说:"人创造自己的历史",同样,现代诗人也依靠自己而非神力来创造

---

[1] [古罗马]卢克莱修:《物性论》,方书春译,商务印书馆1982年,页1。
[2] 陆机:《演连珠五十首》,见《刘孝标集校注》,罗国威校注,学苑出版社2003年,页183。

诗歌。

基于这种功能的相似性,我们可以说,"祖国"抒情,成为与现代诗歌控诉现代工业社会中神性的隐蔽或"缺在"并行的一种"在"。德国哲学家西美尔曾有一个名言:现代社会中,金钱的地位取代了上帝的地位[①]。他说出了金钱和上帝在实用功能层面上的相似性。同样,我们也可以说,现代抒情诗歌中,"祖国"的地位,赶上的神的高度,成为被歌颂或怨诉的对象。如沃格林指出的:"神圣的头颅似乎被砍掉了,国家取代了作为终极条件和自身存在之源的、超越世俗的上帝"[②],成为西美尔所言的"核心观念":尽管它会"无休止地被修改、被搅乱和受到反对,但它却始终代表着这个时代的'神秘存在'"[③],因为,它"有可能堕落而为无秩序的原始暴力,也可能高扬而为以人性为目标去获取权力的意志之理想。"[④]在西方前资本主义社会或者早期资本主义社会,君权神/天授,依然是国家或政权表明自身合法性的理由,而现代国家已不能再以此证明自己的合法性。正如雅斯贝斯分析的那样,现代国家逐渐有了新的魔术纹身:"国家是人的意志的表现,是每个个人都参与其中的普遍意志表现。"[⑤]在中国,列国争雄的两千多年前,孟子已经将民/百姓的普遍意志视为王/天道的体现,所以有"朗朗乾坤"之说,杜甫诗里最喜欢用"乾坤"二字:"乾坤万里眼""乾坤一

---

① [德]西美尔:《金钱、性别、现代生活风格》,刘小枫编,顾仁明译,学林出版社2000年,页12。
② [美]沃格林:《政治的宗教》,见《没有约束的现代性》,张新樟、刘景联译,华东师范大学出版社2007年,页178。
③ [德]西美尔:《现代人与宗教》,中国人民大学出版社2003年,页26。
④ [德]卡尔·雅斯贝斯:《时代的精神状况》,王德峰译,上海译文出版社2003年,页99。
⑤ [德]卡尔·雅斯贝斯:《时代的精神状况》,王德峰译,上海译文出版社2003年,页100。

草亭"、"乾坤一腐儒"、"乾坤日夜浮"、"无力正乾坤"、"朗朗乾坤大"①。但到近现代,政治伦理也发生了转换,孟子时代的"天下"或杜甫相信的"乾坤"观念,在近代变成了国家观念,与雅斯贝斯看到的一样,"五族共和"、"中华民国"或"中华人民共和国"等命名上,凝聚的也是"人民的普遍意志",虽然它许多情况下仅停留在命名层面。

"祖国"抒情与这种转变有潜在的同步性。在有神或有天命的时代,政治抒情将神或天命作为抒情的崇高性焦点,甚至可以用来与怨诉或歌颂神/天相互替换。当神/天从人心中被抹去,祖国或民族取而代之,就形成了另外的诗歌崇高性焦点。爱尔兰大诗人叶芝在面对爱尔兰独立运动时,曾敏感地预言这种转变:"一种可怖的美已经诞生"。②雅斯贝斯也不约而同地看到了相似的景况:"人类活动的世界在国家现实领域中所具有的恐怖,将以其充分的残酷性表现出来。"③可以说,一百多年来中国的蜕变和诞生,正是这种可怖和残酷的生动展示。

十九世纪后期开始,尽管在未来的框架设计中,理想的中国形象一直被涂抹和修改,但在它的图腾化过程中,诗歌起了不小的作用——在现代汉语新诗里,持续地出现关于"祖国"的修辞盛宴。众多形象化的修辞,将日常经验与宏大抽象的祖国观念结合起来。当然,因为理想的"祖国"形象一直在变,"祖国"在二十世纪的不同时期也有着不同的内涵。比如晚清时期,康有为曾上书光绪,建议中国应殖民巴西,建造另一个新中国,这是对祖国的一种展望。谭嗣同有一句诗无意中应和了康有为绝境中的梦想:"四万万

---

① 《古典文学研究资料汇编·杜甫卷·上编》中华书局 2001 年,页 213。
② [爱尔兰]叶芝:《1916 年的复活节》,见《叶芝抒情诗选》,太白文艺出版社,袁可嘉译,1997 年,页 183。
③ [德]卡尔·雅斯贝斯:《时代的精神状况》,王德峰译,上海译文出版社 2003 年,页 101。

人齐下泪,天涯何处是神州?"[1]而到1902年前后,已经沦为半殖民地的中国常被比喻睡为梦中的"雄狮"。[2]这个时期出现了大量的诗文都将中国比喻为狮子[3]。五四时期的郭沫若,则将中国面临的历史巨变比喻为"创造一个新鲜的太阳"或凤凰的浴火重生。[4]在艾青二十世纪三四十年代的诗歌中,常常用黑暗与光明的对比,将未来/祖国塑造为一种民族精神的图腾。与此对应,同时期汉语诗人笔下的祖国,常常是一位需要拯救和抚慰的

---

[1] 谭嗣同:《题江建霞东邻巧笑图诗》(其三),见《谭嗣同诗选注》,刘玉来注析,经济日报出版社1998年,页226。

[2] "睡狮—醒狮"可以说是一对孪生隐喻,自它们诞生以来,传播迅速而广泛,影响极为深远。以"醒狮"命名的杂志,先有创刊于1905年8月的《醒狮》,首篇论著开场,就是一歌词:"美哉黄帝子孙之祖国兮,可爱兮。北尽黑龙,西跨天山,东南至海兮,除盗贼兮。皆我历代先民所经营开拓兮。如狮子兮奋迅震猛雄视宇内兮。诛暴君兮,除盗臣兮,彼为狮害兮。自由兮,独立兮,博爱兮,书于旂兮。惟此地球之广漠兮,尚有所屈兮。我黄帝子孙之祖国,其大无界兮。"(张静庐辑注《中国近现代出版史料》(近代初编),上海书店出版社2003年,页98。)后来又有创刊于1924年的《醒世周报》。它以宣传国家主义为己任,是当时所谓国家主义派出版的刊物,因而国家主义派又称"醒狮派"。田汉主编的《南国特刊》1925年8月问世之初就是以《醒狮周报》附刊形式出版的。恽代英、肖楚女曾先后发表《评醒狮派》《显微镜下之醒狮派》等文章与之展开激烈的论战。转引自袁伟时编著《告别中世纪:五四文献选粹与解读》,广东人民出版社2004年,页21。)"醒狮派"和《醒狮周报》影响之大由此可见一斑。在教育领域,作新社于光绪三十年(1904)四月出版的《教育必用学生歌》里就有《醒狮歌》:"狮兮,狮兮,尔乃阿母之产,百兽之王。胡为沈沈一睡千年长,世界反复玄为黄,虎豹叫嚣凌天阙,龙蛇上陆恣强梁,杜鹃血尽精卫丧,尔乃葑日戢耳敛牙缩爪一任众兽戏弄相拍张?!堂堂金鼓震山谷,骎骎日月发光芒,尔鬣一振慑万怪,尔足一步周四方,丁甲待汝司号令,仙灵待汝参翱翔。……"(胡从经:《晚清儿童文学钩沉》,少年儿童出版社1982年.页126);"睡狮"作为中国的隐喻,在诗歌中出现较早的当推黄遵宪作于光绪29年(1903年)的《病中纪梦述寄梁任父》,这是一首五言古体长诗,其中有句云:"我今托中立,竟忘当局危。散作枪炮声,能无惊睡狮?睡狮果惊起,爪牙将何为?"(黄遵宪著,钱仲联笺注,《人境庐诗草笺注》下册,上海古籍出版社1981年,页1078)。有陈天华所作小说《狮子吼》和何香凝的著名国画《睡狮醒》。柳亚子题诗曰:"国魂招得睡狮醒,绝技全闻妙铸形,应念双清楼上事,鬼雄长护此丹青。"(柳亚子:《磨剑室诗词集》上册,上海人民出版社1985年,页599)。

[3] 单正平:《晚清民族主义与文学转型》,人民出版社2006年;页113—141。

[4] 郭沫若:《郭沫若全集》文学编1,人民文学出版社1982年,页8。

受伤女性（母亲或情人）。五十年代末,诗人郭小川夜晚站在长安街头,想着如何把"长安街的灯火/延伸到远方；让万里无云的夜空/出现千万个太阳",①时隔不久,席卷中国大地的那场空前的大饥荒尸骨未寒,他又在《乡村大道》一诗中描述了他理想中的乡村大道,暗示了一个理想的"祖国"秩序。这也是一个更加具象的"祖国"面孔。就在同时期,大量的诗人写出了许多关于边疆少数民族的诗歌,在语言中参与了新中国的"建设"。"文革"后期的朦胧诗中,祖国常常被比喻为一个老态龙钟的病人,或劫后余生的女性。而到了诗人海子那里,祖国转变为诗人超越政治崇高性的语言乌托邦,类似于瓦雷里理想中的"纯诗"世界,只是海子希望它是汉语的。在流亡海外的诗人多多笔下,祖国也依然与土地、母亲互喻："从指甲缝中隐藏的泥土,我/认出我的祖国——母亲"②。在长期寓居西方的诗人张枣的作品中,"祖国"则被曲折地缩微成一只"从云朵嘴里落地破碎的空酒瓶"③这已是全球化时代的汉语流亡者的祖国隐喻,同时也是"祖国"一词头顶的"圆光"消失后的隐喻。到了二十世纪九十年代,在更极端的诗人笔下,个体与祖国之间的关系,被比喻为小偷与警察、嫖客与妓女的关系。他说出了在这个彻底去乌托邦化的时代,关于"祖国"的另一种实况。百年汉语新诗中关于"祖国"的抒情重心的移动和抒情逻辑的变化,以及与之呼应的抒情主体的变化,深刻地暗示了汉语新诗的崇高性资源的变化,同时,也以别样的面貌,生动地呈现出汉语新诗的现代特质生成的状貌和过程。

---

① 郭小川：《望星空》,《郭小川诗选》人民文学出版社2004年,页105。
② 多多：《在英格兰》；《多多诗选》,花城出版社2005年,页161。
③ 张枣：《祖国丛书》,《张枣的诗》,人民文学出版社2010年第2版,页183。

在女性与神性之间

据笔者初步考证,汉语"祖国"一词最早现于东晋释道安《西域志》:"罗卫国东西四百里,至波丽越国。波丽越国,即佛外祖国也。"[①] 明史里也出现过:"默德那,回回祖国也。地近天方。"(《明史》(三三二)西域传)[②] 另见天顺五年(1461)写定的《大明一统志》:"默德那国……即回回祖国也。"[③] 魏源也说:"巴社者,回回祖国"(《圣武记》卷六)。穆斯林在元明清三代的迁徙意识和流亡意识,以及融入中国文化的过程,似乎让他们产生了"祖国"意识。由此可见,"祖国"一开始就是一个与流亡、迁徙和危机感有关的自我认同性命名。到了近代,秋瑾《柬某君》诗云:"头颅肯使闲中老,祖国宁甘劫后灰?"梁启超有《祖国大航海家郑和传》一文[④],都是知识分子民族危机感的体现。李叔同东渡日本时写了《金缕曲·东渡日本留别祖国》:"行矣临流重太息,说相思刻骨双红豆"[⑤],用情爱话语来表达祖国情怀;李大钊在东渡日本途中回望祖国时,也写下了这种伤感:"春日载阳,东风解冻,远从瀛岛,反顾祖邦,肃杀郁塞之象,一变

---

① 《太平御览·卷七百九十七·四夷部十八·西戎六》:"波丽越"条。
② 《辞源》,商务印书馆1988年,页1231。
③ 姚大力:《"回回祖国"与回族认同的历史变迁》,《中国学术》2004年第1辑。
④ 梁启超:《饮冰室合集》专集第三册,《饮冰室专集之九》,中华书局1937年。
⑤ 姜耕玉主编:《20世纪汉语诗选》,上海教育出版社1999年,第一卷,页36。

而为清和明媚之象矣。"①有意思的是,纵览中西现代诗,"祖国"抒情诗的修辞学基础,大都是将祖国人格化或具象化。

  从五四运动到1949年以前,现代汉语新诗中"祖国",常常被肉身化地比喻为情人或母亲。而用两性关系来呈现的个体与祖国的关系,在世界各国的近现代爱国主义诗歌中很常见。比如,诗人荷尔德林(Hlderlin)在《恋爱》中写道:"恋人的语言/当是祖国的语言,/恋人之魂,人民的心声!"②海涅(Heine)在《德国,一个冬天的神话》中,把诗人与祖国之间的关系,比喻为古希腊神话中巨人安泰与大地母亲的关系。③华兹华斯(William Wordsworth)对自己的祖国写道:"如果一位诗人不时在心内/对你的千思万虑中把自己当成/你的情郎或孩子,有什么稀奇!"④叶芝在《致未来爱尔兰》一诗中,则把爱尔兰比喻为一位穿红玫瑰镶边服饰的神秘女神(这是叶芝以毛特·冈为原型描绘的爱尔兰),他把自己对神秘的、永恒美的歌咏与对祖国的歌咏对等起来。⑤在沙俄时代,普希金在其名作《致恰达耶夫》中把诗人倾听祖国的呼唤,比作一个年轻的恋人在等待他的真情约会。⑥布宁(Ivan Bunin)在《致祖国》一诗中,则把祖国比喻穷苦疲惫的母亲。⑦莱蒙托夫(Лермонтов)在《祖国》一诗中写道:"我爱祖国,但用的是奇异的爱情!"聂鲁达在《在我的祖国正是春天》一诗中,把祖国比

---

① 李大钊:《青春》,《李大钊全集》第二卷,河北教育出版社1999年,页381。
② [德]荷尔德林:《追忆》,林克译,四川文艺出版社2010年,页14。
③ [德]海涅:《海涅诗选》,魏家国译,安徽文艺出版社1996年,页196。
④ [英]华兹华斯:《"我记得是什么驯服了伟大的国家"》,见《英国历代诗歌选》,屠岸译,译林出版社2007年,页346。
⑤ 叶芝:《叶芝抒情诗选》,袁可嘉译,太白文艺出版社1997年,页42。
⑥ [俄]普希金:《自由颂——普希金诗歌精粹》,查良铮译,人民文学出版社2008年,页58。
⑦ 艾略特等:《诺贝尔文学奖获得者诗选》,多人译,中国文联出版社,1986年,页42。

喻为自己的妻子:"什么时候呀,祖国／你才能成为我的妻子,／你长着水波似的眼睛,戴着白雪似的帽子。"① 这样的例子不胜枚举。如劳伦斯(D. H. Lawrence)诗中所写的,背叛一切,也不会背叛自己的祖国。②

从神话学角度看,将"祖国"比喻为女性,一方面,是因为女性是生殖和繁衍的直接承载者,将这种身份象征化,在语言艺术中比较常见;另一方面,因为两性情感是灵与肉的融合,因此,如俄国诗人布罗茨基(Joseph Brodsky)曾说的:"对象一旦被用爱情的语言道出,它便获得了一个非凡的、近乎神圣的称谓,我们在接近我们爱的对象时,我们在《圣经》中寻求上帝是什么的真谛时,就会有这样的体验。爱情就本质而言就是一种无穷对于有穷的态度,对这一态度的颠倒便构成了信仰或诗歌。"③ 此前,我们曾经谈论过许多布罗茨基意义上的"颠倒":汉语古典诗中曾用两性修辞话语来形容君臣关系和人神关系,也有"邦如父母"或"父母之邦"的修辞传统④;欧洲诗歌传统中,藏语和维吾尔语古典诗歌中,都常用情歌来表达人神关系。到现代诗歌中,这种修辞技艺转化为用女性身体修辞话语来将祖国具象化,堪称异曲同工。

基于自身的神话资源,在现代汉语新诗中,用来比喻祖国的女性形象有时候来自佛教中的女神。在论及现代汉语新诗的写物性时,我曾谈论过"圆"的特殊意义及其与佛教思维的关系。除卞之琳之外,有好几个现代

---

① [智利]聂鲁达:《聂鲁达诗选》,邹绛、蔡其矫等译,四川人民出版社 1983 年,页 264。
② [英]劳伦斯:《我嘛,是个爱国者》,《劳伦斯诗选》,漓江出版社 1988 年,页 153。
③ [俄]布罗茨基:《哀泣的缪斯》,见《文明的孩子》,刘文飞译,中央编译出版社 1999 年,页 125—126。
④ 比如,《论语·微子第十八》中就有"父母之邦"的说法;董仲舒《春秋繁露·立元神之十九》中有"邦如父母,不待恩而爱"的说法;《五代史》中也有"父母之邦"的说法(见《太平御览》卷二百五十五·官职部五十三·刺史下)。

汉语诗人热爱"圆"。可以说,现代汉语新诗中出现的一组以"圆"为中心的形容词,将现代诗人共有的处境和愿景词语化了。林徽音二十世纪三十年代初在《笑》一诗中写道:"笑的是她的眼睛,口唇,/和唇边浑圆的旋涡。"这里与《圆宝盒》中的"圆"略有不同,这里的"圆"是用来形容具体的人物形象的。闻一多不但在《心跳》一诗中写"这神秘的静夜,/这浑圆的和平",还在《奇迹》中呼唤出"一个戴着圆光的你",这个形象非常像佛教中的观音菩萨。圆光是佛、菩萨及诸圣神顶后的光圈,表示佛法威仪。圆光内常有莲花、卷草、石榴、团花、半团花或几何纹样等。丁福保编的《佛学大辞典》中"圆光"一条释义为:"放自佛菩萨顶上之圆轮光明也。观无量寿经曰:'彼佛圆光如百亿三千大千世界,于圆光中有百万亿那由他恒河沙化佛'。"台湾《佛光大辞典》中"圆光观音"一条释义为:"三十三观音之一。相当于《法华经·卷七》普门品所载(大九·五七下):'或遭王难苦,临刑欲寿终,念彼观音力,刀寻段段坏'之观音化身。其形像为背负炽盛之火焰。"闻一多笔下这个女性的最初原型,应该是这一女菩萨,因为他写到了火焰:

> 我便等着,不管等到多少轮回以后——
> 既然当初许下心愿,也不知道是在多少
> 轮回以前——我等,我不抱怨,只静候着
> 一个奇迹的来临。总不能没有那一天
> 让雷来劈我,火山来烧,全地狱翻起来
> 扑我,……害怕吗?你放心,反正罡风
> 吹不熄灵魂的灯,愿这蜕壳化成灰烬……

在许多民间语言中,也常常用女菩萨来形容美丽善良的女性。古代词牌"菩萨蛮",就起源于用观音形象来比喻善良美丽的女性的习惯。据杨宪益考证,这类比喻最晚在唐朝就开始了。① 在此,闻一多细腻地改写了这个比喻,呈现了一个神性与世俗性结合的女性形象。

这个"你"在闻一多的诗歌写作谱系中多次出现,他把"奇迹"的梦想,落实到一位与佛像相媲美的女性聆听者上,形成了一种有趣的述说形式。英国艺术评论家约翰·伯格谈论马雅可夫斯基时,对诗歌的述说形式有个精练的总结:"述说的形式是指诗人对聆听的你的姿态。这个你也许是一个女人、上帝、一个党的领导,但是诗人向着这个被述说的力量表达其人生的方式是类似的。"② 巴赫金在批评诗人艾吕雅时也曾有类似言说:他拿一些爱情诗,写给女人的诗,改造成革命诗,把"心上人"换成"革命"。③ 在现代汉语新诗中,这一聆听者形象,也曾在女性、祖国和政治人物之间生成和转换,形成了一系列相互激发的诗歌崇高意象。闻一多在最好的几首诗作里,都关涉到这个著名的"闻一多命题":诗人与战士角色之间挣扎和转换。在诗歌里,它集中体现为情爱话语、象征话语与"祖国"话语之间的纷争,有时直接就是聆听者之间变换。在《奇迹》这样的诗里,情爱话语有开放的象征空间,其含混的特征,以及其中出现的对话者,让诗歌中的情爱动机有了一种超越爱情的象征力。我们可以读出,《奇迹》与《圆宝盒》有某种共同感。首先,像《圆宝盒》一样,它也是一首充满否定的诗,现代汉语诗人很少在同一首诗中如此多地采用否定词。连续的、不断升级的否

---

① 杨宪益:《李白与菩萨蛮》,见《译余偶拾》,生活·读书·新知三联书店 1983 年,页 5—15。
② [英]约翰·伯格:《讲故事的人》,翁海贞译,广西师范大学出版社 2009 年,页 296。
③ [俄]巴赫金:《诗学与访谈》,白仁春等译,河北教育出版社 1998 年,页 413。

定,不但展示了诗人诗艺的圆熟,同时也通过一个半神化的倾听者照亮了一个新的抒情主体。其次,在这个主体发出的声音里,诗人内心社会角色的挣扎和美学上的不满足感浑然一体,在否定词的迭砌中,因"不"而来的"空白"感被诗意化。诗人不断呼唤新的言外之意,同时清晰地呈现它的"不在"。这一"不在",最后被一个神秘的菩萨般的女性具体化:

> 不碍事,因为那,那便是我的一刹那
> 一刹那的永恒——一阵异香,最神秘的
> 肃静,(日,月,一切星球的旋动早被
> 喝住,时间也止步了)最浑圆的和平……
> 我听见阊阖的户枢然一响,
> 传来一片衣裙的窸窣——那便是奇迹——
> 半启的金扉中,一个戴着圆光的你![1]

闻一多在谈论他喜爱的英国诗人罗塞蒂时曾说,"神秘性根本就是有诗意的"[2],这其实也是在说自己的诗,强调现代汉语新诗重写神秘性的必要性。他对这"最神秘"形象的图示化,不由得让我们想到鲁道夫·奥托(Otto Rudolf)对神秘的精当描述:"被理性概念图示化了的非理性的神秘事实,使我们产生了'神圣'这一本身非常复杂的范畴,富有情感,非常完美,而且具有丰富的意义。"[3] 的确,从以往研究者的解读中,此诗最后抵达的主语"你",至少有三层暗示。第一层是爱情指向。据裘樟松先生回忆,方令孺自己说过,此诗是闻一多为她而作的,她也透露了闻描写的是一个菩萨

---

[1] 《闻一多作品新编》,姜涛编,人民文学出版社 2009 年,页 103。
[2] 《闻一多全集》第 2 卷,湖北人民出版社 1993 年,页 160。
[3] [德]鲁道夫·奥托:《神圣者的观念》,丁建波译,九州出版社 2007 年,页 107。

形象①。陈子善的考证也认为，诗歌结尾的那个女性形象以方令孺为原型。②第二层暗示，是诗歌本身的最高志向，也就是词语的"奇迹"。比如，在苏雪林对此诗的解读中，就将"你"理解为诗歌奇迹的化身③。可以说，这个代表"最高情感"的女性形象，是一个现代汉语新歌孕育和诞生的寓言。第三层含义，可以说这个"你"中暗示着一种民族国家的希望。将此诗与闻一多其他作品对照，便可读出这层意思。

莱辛曾将寓言分为简单寓言和复合寓言，他认为，从简单寓言中，我们在虚构的事件中只能引出一个普遍的真理，而从复合寓言中，我们形象地看出的真理，还能进一步用在一个的确发生过的事件或一个假定是的确发生过的事件上。他也指出，简单寓言和复合寓言之间，很容易实现转换。④如果将《奇迹》视为复合寓言，那么，闻一多另外一些关于女性的诗，就是简单寓言了。

诗人林徽因在闻一多发表《奇迹》之后几个月写了一首《激昂》，似乎他们不约而同地被类似的形象所着迷，只是林作为现代中国女性，其对话者的寻找方式跟闻一多不同，她写的，可能是另一个自己：

  斩断这时间的缠绵，

  和猥琐网布的纠纷，

---

① 裘樟松：《方令孺先生轶事》，《点滴》，2010年第2期。
② 陈子善：《闻一多集外情诗》，《边缘识小》，上海书店出版社2009年，页58—69。
③ 苏雪林："……作者所要求的'奇迹'在《死水》里是果然寻到了。然而这又谈何容易啊，经过了'雷劈'、'火山的烧''全地狱的罡风乱扑'，他才攀登着'帝庭'在'半启的金扉'后看见一个头戴圆光的'你'出现。假如没有作者那样对艺术的忠心，奇迹哪会轻易临到他呢。"《论闻一多的诗》，《现代》第4卷第3期，1934年1月1日。
④ ［德］莱辛：《论寓言》，张玉书译，见《德语文学与文学批评》，人民文学出版社2009年，张玉书、卫茂平等编，页70。

剖取一个无暇的透明，

看一次你，纯美，

你裸露的庄严。①

在林诗中，我们再次看到，现代汉语新诗通过虚构一个倾听者或对话者，来重构现代汉语"阙如"的崇高性的尝试，重构抒情主体，是成熟诗人的常见做法，也是现代中国人寻找和建构自我的诗歌体现。林诗也同样使用佛教话语，来抒写诗歌诉说与倾听的复合寓言。但是，在闻一多别的诗歌里，比如《一个观念》中，我们虽然可以看到一个类似的女性形象，但是，因为它被赋予了"祖国"的寓意，就变成了一个简单寓言：

五千多年的记忆，你不要动，

如今我只问怎样得抱紧你……

你是那样的蛮横，那样的美丽！②

在《奇迹》的三层含义中，不同语境的读者能够有所选择。甚至可能有这样一种阅读，认可三种意义的并存，就像我们第一章中提到《风雨》一诗的歧义，它们合起来唤起了一种更远的意义，呼应着某种此三种含义不能覆盖的意义"空白"地带。哈特曼（Geoffrey Hartman）分析叶芝的诗时指出，诗歌的虚构"用一种精巧的和明显的诱惑欺骗我们，我们已经感到惊讶，并趋于卷入这种诱惑的纠缠之中，或者希望更完全地处在这种纠缠之中"。③某种意义上，闻一多用"奇迹"来命名诗歌的字面意义和言外之意构成的

---

① 《林徽音作品新编》，陈学勇编，人民文学出版社2009年，页6。
② 《闻一多作品新编》，姜涛编，人民文学出版社2009年，页73。
③ [美]杰弗里·哈特曼：《荒野中的批评——关于当代文学的研究》，张德兴译，天津人民出版社2008年，页25。

复合寓言,可以说也是企图制造一种更完全的"诱惑"和"纠缠",或者如哈特曼所言,诗人的"虚构自身也带有一种解释学的困惑",[①]因为诗人尚不知如何来分解它们。

为了进一步理解这种"诱惑"和"纠缠"带来的诗歌言说特征,我们可以从寓言转回"言外之意"的问题。在汉语古典诗歌认识论中,孔子说"不学诗,无以言",是因为诗除了可以作为政治和社交雅言之外,还可以培养"引譬连类"能力。通过联想来理解事物,在不同物象与事情之间的思维跨越,是人最基本的认知和诗性行为,在西方文学中,有变形记(Metamorphosis)的神话传统,它表明,不同事物之间建立起的共同感,是认知能力的重要基础。帕斯卡尔认为,"真理是通过比喻被认识的",因为人有过多的"肉欲性"而无法理解精神概念的抽象,这时就有使用隐喻的必要。[②]康德也认为,知识的基础,是在不同的概念之间建立起关系。但建立关系是如何成为可能的?他提出的问题至今没有统一的答案:"当我们要超出概念 A 之外,去把另一个 B 作为与之结合的概念来认识时,我们凭借什么来支撑自己,这种综合又是通过什么成为可能的呢?""当知性相信自己在 A 的概念之外发现了一个与之陌生、而仍被它视为与之连结的谓词 B 时,支持知性的那个未知数 =X 是什么?"[③]康德提出的问题,某种意义上可以理解为隐喻的问题。无论人的隐喻能力从哪儿来,如当代认知语言学的开拓性学者莱考夫和约翰逊(Lakoff & johnson)认为的那样,隐喻

[①] [美]杰弗里·哈特曼:《荒野中的批评——关于当代文学的研究》,张德兴译,天津人民出版社 2008 年,页 23。

[②] 转自[英]戴维·E·库珀((David E. Cooper):《隐喻》,郭春贵、安军译,上海科技教育出版社 2007 年,页 5。

[③] 康德:《纯粹理性批判》,邓晓芒译,杨祖陶校,北京:人民出版社 2004 年,第 10 页。

不只是一种语言修辞现象,更是一种普遍的思维方式。具体地说,隐喻即用彼事体来理解、体验此事体,也就是以较具体、简单或与身体直接相关的事体,来理解和体验较抽象、复杂的事体的语言和思维过程。[①] 同样,许慎在《说文解字·序》中曾也说过"厥谊不昭,爰明以谕",就是指用比喻来说明说不清的事物。诗歌中以此言彼的基础是,要在比喻的本体和喻体之间,创造某种令人惊奇的共通感。比如,汉语古典诗中,月亮与人的分离处境之间的互喻(比如李白:举头望明月,低头思故乡),梅花与往事和思念之间的互喻(比如《西洲曲》:"忆梅下西洲,折梅寄江北",在当代诗人张枣笔下,幻化为著名的《镜中》的开头:"每当想起一生中后悔的事/梅花便落了下来"),心与物之间的对称、结合,让它们超越了各自的意义界限,突破了二元结构而开辟一个有机的第三元,形成了古典诗中的主要诗意模式。古典诗歌批评中形成"言外之意"的传统,正是基于诗歌的这种功能。汉语新诗也不断尝试建立自己的寓意结构,比如在闻一多《奇迹》一诗中,三层含义的结合产生的神秘感,正开始于上述的意义"空白"之处,我们终究不能确定它的寓意。透过此诗我们可以看到,在古典诗歌已经凝固的心物/意象模式被果断地抛弃之后,现代汉语新诗需要建构新的体物模式和由此生出的主体表达模式,但这二者都得依赖词语自身的创造来孕育,它随着词语的奇迹而展开,而不是由某先在强大意义的推动或引导而展开,这正是现代汉语新诗刻录现代灵魂的经验、塑造新的诗人主体、创造汉语灵境的过程。其重心在于以改善语言和命名而改善关于世界的知识,写作正是在语言和命名中体现出的艰难而兴奋的酝酿。即使是诗歌的外在意

---

① Lakoff & johnson,Metaphors We Live By, Chicago and London Univercity of Chicago Press,1980。

义,也需具有内在于词语的鲜活性和生成性,如我们已经讲述过的荷马笔下制造盾牌的过程一样。因为,现代汉语诗人不再拥有古典诗人所拥有的由圣君/圣人/君子人格体系所派生出的清晰的主体想象模式,以及与此对应的崇高诗意结构作为展开写作的前提。法国诗人谢阁兰(Victor Segalen)在晚清朝廷任职时写过如下诗句:"景仰那些公认的贤哲,清点那些正人君子,向所有的面孔反复陈述那些人曾经活过,而且品德高贵,仪态端庄。"① 诗句所表达的意思,恰可以误读为古典诗人和古典文学写作中的主体想象模式。

古典中国世界的黯淡,现代中国的来临,让现代汉语诗人面临塑造全新的抒情主体的任务。而这个主体的建构,需要一个聆听者,即使是微茫的、虚拟的、生长中的聆听者。在古典中国文化结构中,个体、国家、天下和宇宙之间的稳定结构支撑着诗的"兴寄"逻辑指向,而闻一多在《奇迹》里展示出的坚决的系列否定词,正是对自己内心那个古典诗人的否定,因为世界显然正在剧烈地变化,新的诗歌言说主体也一直在形成的过程中,它必定"不再是通过词让人理解的东西,而是在词上形成的东西"。②

然而,当闻一多在《一个观念》中将诗歌中这一意味着混沌、灵动的情爱动机,替换为一种爱国动机时,他的诗歌中那个曾经难言说"空白"的奇迹,就被一个固定的观念填满了。其诗歌结构形态也发生逆转,变成基于某种关于世界的知识来改善语言。因此,在这样一个寓言结构中,诗人创造了一个清晰而宏大的倾诉对象,以此参与到现代汉语新诗中的另一象征传统中——对现代汉语诗人来说,这几乎是致命而强大的诱惑。在那里,有一个

---

① [法]维克多·谢阁兰:《碑》,车槿山、秦海鹰译,上海人民出版社 2009 年,页 23。
② [德]杜夫海纳:《美学与哲学》,孙非译,中国社会科学出版社 1985 年,页 163。

清晰的、先在的言外之意供诗人们任意雕刻,而不需面临"空白"地在词语雕刻中建构诗意。因此,一个比较清晰的诗意化的自我就可以建立起来。闻一多内心多个游移不定的自我,因之而被锻炼成了一个爱国主义战士。在爱国主义抒情传统中,我们看到的是,诗歌修辞如何尽可能地将一个宏大的主题具体化、肉身化,甚至情色化,建立起一种正向的象征机制。现代汉语诗人经受西方浪漫主义诗歌到现代主义诗歌的技艺熏陶后,足以完成这些转换。纵然诗人承袭的传统和诗人个性有千般不同,但在这种转变的推动中,他们无疑都获得了一个赋予现代汉语新诗崇高性的先在意义。

闻一多的诗歌中"你"的变换,让我们回想到第一章中分析过的《风雨》一诗的阐释传统中包含的情爱话语和政治话语之间的博弈,以及后者在现代诗歌阐释中占上风的过程。对闻一多和更多现代汉语诗人来说,意识形态这一古老的诗歌魔咒再次降临,它不但成为爱国主义和民族主义话语的核心,而且在他们身上绽放为一种足以支撑诗意的崇高感,和将苦难诗意化的巨大能量。因此,他们再次将祖国和民族肉身化、情色化。在前面举例的中外现代诗句中,我们已经看到,将"祖国"具身化(embodiment)在诗歌中屡试不爽。一旦"主体(agent)在日常情景的认知里理解自己身体的角色",[1] 就可以用某种身体经验形象地描绘抽象的事物,二者之间的相互映射,将提高对于抽象事物的认知度。鲁道夫·奥托在论述神秘事实的表达时,曾谈论过事物之间建立关系的心理过程:"只要彼此相似,一种观念就可以激发另一种观念,并将其召唤到意识中去。在感觉中,也存在完全相

---

[1] Raymond Gibbs: *Embodiment refers to understanding the role of an agent's own body in its everyday, situated cognition. Embodiment and Cognitive* science, cambridge university press, 2005, P1。

似的规则。一种感觉,就像一种观念,可以在心灵中引起类似的感觉;一种感觉在我们的意识中时,或许正是我们同时接受另一种感觉的时机。"①在闻一多这里,祖国与神秘的女性形象之间,形成了一种相互激发的建构性关系。后者越迷人,它表达的寓意也越迷人。在闻一多著名的组诗《七子之歌》中,这种关系达到了极致。

此前,闻一多所喜爱的诗人郭沫若早就开始将祖国女性化了。比如,在1920年写就的《炉中煤》一诗中,郭沫若也以年轻女郎为倾听者,激烈地表达了"眷恋祖国的情绪",他笔下著名的女神,混杂着歌德的永恒女性、楚辞中开始出现的女神形象和佛教中的女神形象,幻化为一种新的民族精神的象征。康白情1922年写的《别少年中国》也在继续这种将祖国女性化的修辞:

> 我的妈呀!
> 我的婆呀!
> 愿把我青春的泪
> 染你们的白发,
> 愿我五六年后回来
> 摩挲你们青春的发呵!②

还有俞平伯《三唉歌(思祖国也)》也把祖国情人化:

> 得不到她的消息是怔忡

---

① [德]鲁道夫·奥托:《神圣者的观念》,丁建波译,九州出版社2007年,页99。
② 原刊上海亚东图书馆1922年版《草儿》;参阅《中国新诗总系》第1卷,人民文学出版社2010年。

得到了她的消息是烦苦,唉!

(1924年5月 巴黎)

闻一多的爱国主义名作《七子之歌》,则把祖国比喻母亲。此后,现代诗歌读者所熟悉的艾青的名作《大堰河》中的儿子与母亲的关系,以及他笔下最著名的哭泣的鸟与受伤的土地,都是以具身化的语言来描绘个体与民族国家之间的关系。方志敏1930年代在自传《可爱的中国》里说"中国是生育我们的母亲"[①],胡风1937年在《为祖国而歌》一诗中更加单一而激烈地表达了类似的母子情绪。1941年,穆旦在《中国在哪里》一诗中,也把祖国的痛苦比喻为母亲的痛苦[②]。不久后,在香港身陷囹圄的戴望舒在《我用残损的手掌》(1942年)一诗中,也用自己与恋人、与母亲的关系来比喻个体与国家的关系:

在那上面,我用我用残损的手掌轻抚,

像恋人的柔发,婴儿手中乳。[③]

1948年,穆旦《饥饿的中国》一诗里,也用身体受难的比喻,来抒写民族危机。在更多的诗人笔下,"祖国"常被比喻为一个被西方列强和日本帝国蹂躏的女性。

美国社会学家米德(G. H. Mead)在分析爱国情感产生的过程时说:"正是'主我'与'客我'能够从某种意义上发生融合之处,出现了特定的、属于宗教态度的爱国态度和兴高采烈感。"[④]与此类似,在现代汉语新诗中,

---

① 方志敏:《可爱的中国》,人民文学出版社2004年,页14。
② 穆旦:《穆旦诗文集》(卷1),人民文学出版社2006年,页214。
③ 王文彬编:《戴望舒作品新编》,人民文学出版社2009年,页145。
④ [美]乔治·赫尔伯特·米德:《"主我"和"客我"在社会活动中的融合》,霍桂桓译,见《米德文选》,社会科学文献出版社,页89。

因为身体获得祖国寓意,使得最个体的肉身感觉与最宏大的事物之间,建立起了一种诗意连接机制。实现了一种"主我"与"客我"的融合。这是一个影响深远的变化。以祖国为寓意的一系列身体意象的出现,意味着抒情主体找到了一种可扩充或变形的姿态,表明汉语诗歌找到了自己的"崇拜"对象,找到一个对话者,或者说,形成了一种新的能容纳乐观情绪"诗教"。此后相当长的时间内,即从二三十年代产生的爱国主义新诗,到七八十年代的朦胧诗,汉语新诗所依据的崇高性逻辑基本是一致的。或者说,它们大多都有一个先于诗歌的崇高化指向,引导着诗歌抒情的崇高或反崇高修辞。以"祖国"抒情为中心的隐喻模型,顽强地贯穿着这类崇高性修辞。

"祖国"意象的蔓延

"祖国"与个体之间的融合,形成苦难中的"兴高采烈",相关的象征系统也同时展开。二十世纪三十年代中后期开始,发明与祖国相关的象征系统,成为现代汉语新诗处理复杂现实境遇的重要方式。大量被革命象征主义灌满的崇高化物象被不同的诗人写出,最为典型的是艾青1937年以后的诗。以他为首的诗人,大规模地改变了现代汉语新诗中的写物方式。无论是"祖国"的具身或具象化,还是与之对应的抒情主体的宏大化和崇高化,都产生一系列前所未有的崇高意象。比如至今都耳熟能详的太阳、土地、雪、手推车、礁石、波浪等,经过革命象征主义和爱国主义诗意的洗礼,都获得了不同于以往的寓意。

第三章 "祖国"的隐喻

许多研究者已经注意到,艾青在 1937 年春写《太阳》一诗中,有些突然地展示出一个激越而自信的抒情声音:"于是我的心胸 / 被火焰之手撕开 / 陈腐的灵魂 / 搁弃在河畔 / 我乃对于人类再生之确信。"在这个自信的声音中,诗人深信一种苦难中的复活。而在此前,他与闻一多有相似的转变。比如,《死水》时期的闻一多,身上有一个中国化的波德莱尔,而此前的艾青身上也曾有一个波西米亚:"我也是个 Bohemien 了! /——但愿在色彩的领域里 / 不要有家邦和种族的嗤笑"[1],如果把诗人的民族现实处境理解为"真",那么作为艺术虚构的"美"与"真"之间的纠结,公共关切与波西米亚之间的纠结,一直是现代汉语诗人要面对的。诗人牛汉曾回忆,艾青这首诗中表达的纠结,正是自己决定到延安的心理动因。[2] 在这种纠结中,艾青也试图找到理想的抒情主体。比如,在二十世纪三十年代前期的散文诗《海员的烟斗》和《灰色鹅绒裤子》[3] 中,我们看到,艾青将两位心仪的诗人,惠特曼和马雅可夫斯基的抒情姿态消化为己有,显示了他当时理想中的诗人形象。但自己身上彻底释放出一个得心应手的写者,要在获得这个他"确信"的抒情声音之后。

从获得这个声音开始,他逐渐形成一种清晰的主体意识——这正是现代汉语诗人一直寻找和建构的。它再次作为写物的支撑,让现代汉语中太阳、土地、女性等成为"祖国"的各侧面的具象,同时,让白浪、煤、火把、礁石……等都成了一个清晰地融合了个体和"祖国"的抒情主体的化身。这与古典汉语诗歌中源远流长的《橘颂》式的咏物传统很相似,其中常常呈

---

[1] 艾青:《画者的行吟》,1933—1934 年间在狱中作,据叶锦《艾青年谱长编》,人民文学出版社 2010 年,页 31。
[2] 牛汉、郭宝臣主编:《艾青名作欣赏》,中国和平出版社 1993 年,页 56。
[3] 这两首诗系艾青狱中作,最早发表于《新语林》1934 年第五期。

现某个清晰的抒情主体被客观化、物化的过程。在这样的写作中,不同诗人间的高下,不仅在于抒情主体的差异和高下,更在于将抒情主体客观化的诗艺的较量。因为前者已经是既定的,甚至是诗人笃信的。相信某种外在于诗歌言说的崇高性,寻找言说方式去与之匹配,还是深刻意识到诗歌崇高性的缺席,以词语言说接近和命名这种缺席,造成的诗艺结构也截然不同。前者可以更容易地征用古典诗"比"的诗艺资源,因此,我们在爱国抒情诗和革命抒情诗的脉络中,可以读到上面说过的许多典型意象,它们一直顽强地活在后来的政治抒情话语中,甚至延续至今。

诗人艾青继郭沫若《女神》之后,最为成功地将一个被殖民和侵略的民族的诗人形象清晰地诗意化。他创设了一个典范性的抒情主体,让现代汉语圆熟地表达了这一主体。前者给许多迷茫的现代汉语诗人塑造了足以作为坚实抒情基础的"自我",后者则提供了诗艺的典范。这对现代汉语如何抒情的问题,作了从内至外的实践性回答。在这种抒情主体发出的声音及其渐渐成熟的发声方式中,作为民族国家的化身的大写的抒情主体,创造了一系列全新的意象关系。这个过程经历了几个阶段,同时在不同身份和年龄的诗人那里,显示出后浪推前浪的景象。

比如,22岁的陈辉曾于1942年写出的《为祖国而歌》(下为节选):

……
当我抬起头来,
瞧见了你,
我的祖国的
那高蓝的天空,

那辽阔的原野,

那天边的白云

悠悠地飘过,

或是

那红色的小花,

笑眯眯的

从石缝里站起。

我的心啊,

多么兴奋,

有如我的家乡,

那苗族的女郎,

在明朗的八月之夜,

疯狂地跳在一个节拍上,

……

祖国呵,

你以爱情的乳浆,

养育了我;

而我,

也将以我的血肉,

守卫你啊!

也许明天,

我会倒下;

……

祖国呵，

在埋着我的骨骼的黄土堆上，

也将有爱情的花儿生长。①

这首诗将身体、祖国、个体处境、两性关系、死亡都清澈地溶合在一起，显示了一种民族危机中的壮烈美感。西蒙娜·薇依（Simone Weil）在谈论牺牲和善时，如此说道："牺牲就是接受痛苦，拒绝服从自己身上的动物性，并以自愿的受难去救赎受难之人的意愿。每一位圣徒都拒绝了那使他与世人的苦难相分离的一切幸福。于是，善就是那种运动，借由它，人们摆脱作为个体的自我，即自我动物，而显现为人，即神的分有者。"②在艾青式的革命抒情话语中，陈辉可以完全将个体通过宏大的话语而展开，最后一切天真、经验和幻想都服从于这一语言的指令。个体及其牺牲、杀戮和爱恨生死因此都获得了新的意义，成为人民为祖国（孩子为母亲）而革命的神圣感的显现。

当然，艾青不像陈辉和其他后来诗人，因他以前的写作观念过于坚固，个体与宏大的、代言祖国的抒情主体之间，不时出现分裂，这曾让他有深刻的不及物的危机感③，这是现代汉语爱国主义诗歌面临的最大困境，只是不同诗人身上体现不一样。艾青诗歌中的这种分裂，曾被身有同感的闻一

---

① 陈辉1942年8月10日于今北京郊区的拒马河畔八渡村写下《为祖国而歌》，后被选入《革命烈士诗抄集》；具体参见网址：http://xy.eywedu.com/zhongguo/%E9%9D%A9%E5%91%BD%E7%83%88%E5%A3%AB%E8%AF%97%E6%8A%84/mydoc053.htm。

② ［德］西蒙娜·薇依(Simone Weil)：《西蒙娜·薇依早期作品选》，徐卫翔译，同济大学出版社，页17。

③ 艾青直到晚年的回忆中，仍然说自己不太会写颂歌，某种意义上，正是这种分裂感的呈现。周红兴：《艾青研究与访问记》，文化艺术出版社1991年，页202。

多敏锐地发现。闻一多如此评价艾青的诗:"他表现人民及战争,用我们知识分子最心爱的,最崇拜的东西去装饰,去理想化。如《向太阳》这首诗里面,他用浪漫的幻想,给现实镀上金……"①闻一多注意到,艾青的贡献正在于他将受西方诗歌潮流洗礼的现代汉语新诗所内化了能力,用于对"现实"的抒写。这里说的"装饰"、"理想化",可以说就是艾青在新的"意"和"象"之间,建立的新关系。有研究者将艾青诗歌中的意象系统分为三个系列:土地系列、波浪系列和太阳系列。②这些意象广为接受,并被后辈诗人沿袭和发扬,甚至幻化为一种对主流政治话语和诗歌话语影响深远的文艺腔调。其实,艾青本人对诗歌是否能够为现实"镀金",曾有过强烈疑问。在1937年写下的那首著名的《雪落在中国的土地上》中,典型地显示了艾青式的分裂感。诗人一方面在"雪"这个物象与无边的民族苦难之间形成比喻,同时,也在结尾表达了诗句能否缓减它们描写的苦难的怀疑:

中国
我的没有灯光的晚上
所写的无力的诗句
能给你些许的温暖么?③

艾青后来的回忆中透露出写作此诗的状态:"我是以悲哀的心情来写的,因为战争到了最危险的时候,国民党内投降派又主张和谈了。"④在残

---

① 闻一多:《艾青和田间》,见《闻一多作品新编》,姜涛编,人民文学出版社2009年,页165—166。
② 骆寒超:《论艾青诗的意象世界及其结构系统》,见《艾青作品国际研讨会论文集》,花山文艺出版社1992年,页162。
③ 《艾青诗全编》(上),人民文学出版社2003年,页148。
④ 艾青:《诗论》,复旦大学出版社2005年,页269。

酷的现实处境中,中国现代文学功用论者好心造出来的文学的"现实意义",常常让诗人感到诗歌与"现实"之间的紧张感。即使这种紧张感常以各种方式被正面地化解,但它常常无意地显示在诗人们的言辞中:个体的声音如何能表达大众的意愿?个体与祖国、集体之间如何建立起象征关系?语言如何切中事物?闻一多就对艾青的象征手法提出了批评,其实他也是自责:"对于赤裸裸的现实他还爱得不够","用心是好的,要把现实装扮出来,引诱我们认识它、爱它,却也因此把自己的狐狸尾巴露出来了"[1]。闻一多认为,田间比艾青更勇于抛弃知识分子的灵魂,投身现实。正如田间自己说的:"人民,每一分钟在前进着,我必须每一分钟跟着人民前进,为着取得我与人民的共鸣,——谨防为一朵花而耽误,谨防为一杯酒而耽误,谨防落伍,要不断地改造自我。"[2] 其实,托洛茨基早在1923年就精确地表达了田间们所实践的理想:"这一时代的艺术将整个带有革命的标志。这种艺术需要新的意识。这一意识首先是与公开或伪装为浪漫主义情调的神秘主义不相容的,因为革命的出发点是这样一个中心思想:集体的人应当成为唯一的主人,他的力量的大小取决于他认识和利用各种自然力量的本领。这一意识与悲观主义、怀疑主义及所有其他种类的精神沮丧也是不相容的。它是现实主义的、积极的、充满着能动的集体主义和相信未来的无限的创造信念……"[3] 冯雪峰也指出,艾青诗歌对象征派诗歌形式和用语的采用,对他的诗歌是有损害的,因为,抗战和无产阶级革命需要中国现代诗歌有新的精

---

[1] 闻一多:《艾青和田间》,见《闻一多作品新编》,人民文学出版社2009年,页165—166。
[2] 田间:《拟一个诗人的志愿书》,见杨匡汉、刘福春编,《中国现代诗论》,花城出版社1985年,页415。
[3] [苏联]托洛茨基:《文学与革命》序言,刘文飞等译,外国文学出版社1992年,页6。

神以及与之匹配的形式。① 而艾青的回应是,"我希望我们的批评家所非难的是象征主义,却不是诗的象征手法。②"艾青对自己的诗歌手法的认识是对的,因为象征主义是以语言来创造和建设诗意,如叶芝谈象征主义时所说的,"当声音、色彩、形式和谐地组合在一起的时候,它们仿佛变成一种声音、一种色彩、一种形式,各自激发出不同的情感,却又浑然一体。每一件艺术作品中的每一部分都存在这种组合,无论它是一部史诗还是一首歌曲。这种组合越是完美,促成其完美的因素就越是多样,所激发出的感情也越强烈。因为情感只有找到其表达方式才能存在,才能成为感觉得到的、生动的东西"③。也就是说,正统欧洲象征主义诗歌中的象征技艺与诗歌意义呈现之间是平等共谋的关系,而在汉语革命象征主义诗歌中,象征手段,只是为了表现好某个先于诗歌的意义,并把它雕刻为诗意的核心。

闻一多觉得,知识分子们因自身的"缺陷",故只能欣赏艾青而不能欣赏田间。这个"缺陷",就在于他们的语言过于间接。也许闻一多会认为,自己正是一个去神秘主义与去消极浪漫主义的典型诗人,艾青的自我怀疑,以及来自闻一多和其他左翼批评家的诘难,都表明革命象征主义诗人内部,一直存在"美"与"真"的分歧(在西方现代文学那里,这种分歧一开始就得到了和解,一如济慈《希腊古瓮颂》中的名句所言:"美即真,真即美。")(即使在阿多诺的著名论断"奥斯维辛之后(用德语)写诗是可耻的"之后,保罗·策兰仍然就集中营的苦难写出了《死亡赋格》,"黑色的牛奶"

---

① 冯雪峰:《论两个诗人及诗的精神和形式》,见杨匡汉、刘福春编《中国现代诗论》,花城出版社 1985 年,页 378—384。
② 艾青:《诗论》,复旦大学出版社 2005 年,页 85。
③ [爱尔兰]叶芝:《诗歌中的象征主义》,见叶芝散文集《生命之树》,生活·读书·新知三联书店 1997 年,赵春梅、汪世彬译,页 175。

成为继"恶之花"之后最为惊人的诗歌意象,显示了诗歌反思和总结人类苦难的能力①)。也就是说,在获得一个强有力的言外之意的支撑以后,作为语言的诗歌对它的表现如何避免诗歌自身的弱化或消解,成为处理诗歌与现实之间关系的诗艺焦虑。在左翼文学到1949年后几十年的诗歌纷争中,这个分歧始终存在。作为这一抒情声音代表的艾青,也不断在调整自己的发声点。他一生不同时期都有关于太阳和土地的诗,它们内部的美学结构的变化反复,也表明了这种分歧。或可以说,艾青诗歌的贡献,正在于将这种分歧的很好地修辞化。当然,无论是艾青、胡风、田间还是郭小川、贺敬之等,他们的写作难题都在于:他们不断真诚地自我调整,建立起的"革命浪漫主义"和"革命现实主义"修辞呈现出"理想"与"现实",总是赶不上"浪漫"与"现实"标准的变幻。那个先在于诗歌的意义(它也在变化),渐渐不可避免地压抑了诗歌作为语言对经验的捕捉、反思和展开能力。

当代学者李洁非等在分析现代知识分子在延安的转型时指出:"许多中国知识分子对现代以来的文化、文学的无序状况,也不真正喜欢,他们内心其实仍然向往秩序的重建,向往一种能够结束二十世纪以来中国文化、文学精神种种混乱之处,使之重新统一稳固起来的力量。"②的确,从三四十年代到五十年代,诗歌中的"祖国"比喻发生了很大的变化。一些更年轻

---

① 南非作家J.M.库切在一篇关于保罗·策兰的文章中谈论过这首诗:"《死亡赋格》有着重复、锤击的音乐,对其题材的态度是力求达到诗歌可能达到的直接。它还对在我们时代诗歌有能力做什么或应有能力做什么作出了两项未言明的重要宣称。一项是语言能够描写任何不管是什么样的题材:不管大屠杀多么难以言喻,但有一种诗歌可以道出它。另一项是,语言,特别是曾经在纳粹时期被委婉语和某种假大空话腐蚀得病入膏肓的德国语言,有能力道出刚过去的历史的真相。"《内心活动:文学评论集》,黄灿然译,浙江文艺出版社2010年,页126。

② 李洁非、杨劼:《解读延安——文学、知识分子和文化》,当代中国出版社2010年,页126。

的诗人已经没有艾青式的写作纠结,他们从四十年代开始就自觉融入新的秩序里,以一种少年布尔什维克的乐观情绪"飞驰在祖国神圣的天空上了。"[1] 闻一多、穆旦、艾青等诗人等见证苦难的诗人,大概会出乎意料,与他们抒写忧郁和苦难的诗歌的同时,郭小川式的少年英雄主义幻觉中,已经形成一种更新的抒情,其中有对"枪"的赞颂,对战争死亡的乐观主义描写,显示了一种温柔的残酷。在下面这节诗中,一个战死的士兵最后发出的声音,乃至更多战死士兵的坟场发出的声音,都因为被纳入祖国的合唱,成为一种具有盛大仪式感的乐观主义式死亡:

> (就这样
> 你安详地睡了……)
> 随后,你祖国草原的风暴,
> 模拟的声音而歌唱。
> 你的祖国天空的飞行合唱队——
> 那小鸟群也追踪着你,
> 以童贞的音带唱它铿锵的生命之歌。
> 你的伙伴们在辽阔的坟场,
> 响起了撼天的凯旋的大合唱。[2]

1949年,民族和"阶级"危机解除之后,中国大陆社会主义国家引领的未来幻想,折服了历经苦难的各种知识分子。一时间,他们的诗歌里形成

---

[1] 郭小川:《草鞋》(1941年7月写于延安),《郭小川诗选》,人民文学出版社2004年,页14。
[2] 郭小川:《一个声音》,首刊于《诗创作》1942年2月20日,《郭小川诗选》人民文学出版社2004年,页10。

的比较统一的"祖国"的声音。① 诗人郭小川代表了共和国新生的人们写道:"公民们！/这就是//我们伟大的祖国。"② 并教导"在祖国的热烘烘的胸脯上长大"的年轻公民"向困难进军"。③ 尽管这里的公民意识、高昂的"我"都受到了马雅可夫斯基的影响④,但因为这种兴高采烈与当时主流情绪之间的呼应,让这首诗歌在当时具有广泛的影响。但有意思的是,其中"公民"一词以及诗歌中大声说话的"我",都遭受时人的批评。他们的疑问至今看来仍然很有意味:公民是否就是社会主义新人？诗有什么资格这么大声对人民说话？

洪子诚等研究者在重新解读《望星空》等一些诗歌时,曾指出郭小川五十年代诗歌中的"自我"是如何渐渐被规训,同时,也指出其"自我"曾在诗歌中秘密萌动的情状。这种观察体现了一种当下的诗歌史视角。⑤ 在谈论郭小川与贺敬之的区别时,洪先生细心地读出,埋在这个理想化的我及其宏大的声音中难言的个体性的诗歌史意义:"在处理个人—群体,个体—历史,整体个体—历史本质之间的关系上,贺敬之从不(或极少)表现其间的裂痕,冲突。他不会承认这种裂痕,冲突的思想价值。在他的诗中,抒情主体已是充分本质化了的,有限生命的个体融入了整体,由于对历史本质的

---

① 这集中地体现在郭沫若给新的政权颂歌《新华颂》、何其芳写开国大典的《我们最伟大的节日》,还有《到远方去》(邵燕祥)、《和平的最强音》(石方禹)、《祖国,我回来了》(未央)、《告诉我,来自祖国的风》(蔡庆生)、《黎明出航》(闻捷)、《放声歌唱》(贺敬之)、《中国的道路上呼唤着汽车》(邵燕祥)等为这个时代领唱的诗歌中。
② 郭小川:《投入火热的斗争》(1955 年),《郭小川诗选》人民文学出版社 2004 年,页 22。
③ 郭小川:首刊于《中国青年》1956 年第 3 期,见《向困难进军》(1955 年),《郭小川诗选》人民文学出版社 2004 年,页 26。
④ 常文昌:《马雅可夫斯基对中国新诗的影响》,《兰州大学学报》1996 年 4 期。
⑤ 洪子诚:《个人"本质化"的过程》,《诗探索》,1996 年 3 期;此外,同期还刊登了数位论家的讨论。

把握,进而转化为有着充分自信的无限存在。在他的诗中,难以发现不协调的因素,和情绪,心理的困惑,痛苦。而在郭小川那些值得重视的作品那里,个体实现本质化的过程的矛盾,得到关注。克服精神上的危机和实现转化,当然也是他的一些重要作品的主题。但是,在情感上对个体价值的依恋,对人的生活和情感的复杂性的尊重,诗中并不完全回避,且理解地表现了矛盾的具体情景,而具有某种情感的丰富性,使人的心理矛盾,困惑,他经受的磨难,焦虑,欢欣,不安,获得审美上的价值。"① 郭小川诗歌中的自我的声音被压抑,可以代表了千万被压抑的个体,但如果相反地看,郭小川乃至更多五六十年代诗歌中的那种兴高采烈的语调,也建构了另一种辽阔的汉语象征风景。有学者在新世纪的郭小川诗选工作中,曾发出如下感慨:"郭小川使用的诗歌的话语,除了那同样被别的诗人所反复使用的大自然的话语之外,我们甚至在当时的社论和中央文件都可以找得到,这些是在当时干部的报告和学生的作文中千百遍地重复使用着的话语,是在人们不断重复中变得干瘪和枯萎了的教条式的话语。但在郭小川那些为数并不太少的优秀诗歌作品中,却没有失去诗意的汁水。"② 可以说,"诗意的汁水",正是从一种内在"兴高采烈"中流出的,同样可以用现代诗的普适法则描绘它们:

"从日常语言的普通行列中冒出来的语言冲动是生命冲动(élan vital)的缩影。"③ 他们那一代诗人面临的修辞困境和修辞努力,一直是如何在语言中实现自我与祖国/集体/人民之间的融合,而不是将它们剥离开。因此,一切事物都可以浸染祖国的气息:

---

① 洪子诚:《中国当代文学史》北京大学出版社 1999 年,页 76—77。
② 王富仁:《郭小川精选集》序,北京燕山出版社 2006 年。
③ [法]加斯东·巴什拉:《空间的诗学》,张逸婧译,上海译文出版社 2009 年,页 13。

> 我也爱过少女的纯情：
> 那朝花一样的纯情啊
> 她使我的血液更暖
> 她使我的力气更真
> 她使我的劳动更有香味
> ……
> 她使祖国的土地和大气更有香味[1]

诗中以自己的私人性记忆来表达对祖国的情绪，也就是说，最为私人的部分，也可以属于"祖国"，就像青年人的情书开头也要先歌颂祖国或祝福领袖一样。再回头看艾青，主流诗歌史论中，常常强调他的"忧郁"或"知识分子气"是如何被压抑住的，但那种起到压抑效果的力量，除了包含外在的政治压力，也有一种来自诗人的内在的兴奋和狂喜。就像《埃涅阿斯记》歌颂罗马帝国的诞生，贝多芬《英雄》曾经要献给拿破仑一样，在建国前后的一段短暂的时间里，艾青、胡风、郭小川……等人的诗歌中，也有真诚虚拟的抒情主体和宏大的集体倾听者，一时间，所有的力量都暂时忘却一切地融入到国家劫后重生的欢天喜地之中。艾青在《想念我的祖国》中，通过莫斯科的形象看到了祖国母亲的"灿烂远景"[2]，在《新的城市》、《有朋自远方来》等建国后三四年间的作品中，艾青都充满了压不住的狂喜。

贺敬之1979年给郭小川的一本被翻译为英文的诗选写序时，如此描述郭小川诗的特点："作为社会主义的新诗歌，郭小川向它提供了足以表明其

---

[1] 胡风《月光曲》(1951年)，见《中国新诗总系》(第4卷)，人民文学出版社2010年，页312。
[2] 《艾青诗全编》(中)，人民文学出版社2003年，页767。

根本的特征的那些具有本质意义的东西，……诗人的'自我'跟阶级、跟人民的'大我'相结合；'诗学'和'政治学'的统一；诗人和战士的统一"[1]。郭小川如何理解这个诗人的"自我"呢？他在回应批评时也说，诗歌中的我，"不一定是真实的自己"，也就是说，它可以是一个虚构的声音。郭小川对于二十世纪五十年代的民歌运动非常热衷，这不只是外在的政治压力，也来源于他的诗歌美学观念。他认为朗诵可以为诗歌塑造一种特殊的声音，通过朗诵出诗歌的声音，可以提高人们的情操，培养共产主义思想。[2]因此，在郭小川的诗歌中，我们读到了一种新的、圆润的抒情主体。这种近乎狂喜的声音，在此后的汉语新诗中很少出现，却大面积地出现在许多当时诗人的笔下，可以说它完成了现代汉语新诗崇高性的一种塑造。1950年，年轻的诗人牛汉跟胡风谈起他正在孕育的诗："他，每天黑早醒来的时候，好像听见了全国各地汇集到了北京的各种各样的声音。有的是亮着伤疤走来的，有的是包着头伤走来的。有的是挂着受伤的手走来的，有的是跛着脚走来的，有的甚至是流着血爬来的；它们，这些声音，心里充满着幸福的暖流汇集到了北京，汇集到了祖国的首都，汇集到了祖国的心房……诗人底对于祖国的爱情，是活在一种血肉的感觉里面了。"[3]值此特殊的时刻，连宗白华也禁不住回想起年轻时写的诗《问祖国》，"悲感交集、惭感涕流"地高呼万岁。[4]弗洛伊德在描述集体心理生活时认定了一个"基本事实"，可以作

---

[1] 贺敬之：《贺敬之谈诗》，人民文学出版社2004年，页43。
[2] 郭小川：《关于〈致青年公民〉的几点说明》，《谈诗》，上海文艺出版社1984年，页101—103。
[3] 胡风：《祝福祖国，祝福人民！》1950年12月28日，见《胡风诗全编》，浙江文艺出版社1992年，页674—675。
[4] 宗白华：《从一首诗想起》，1951年7月1日刊于南京大学《南大生活》，见《宗白华全集》第三卷，安徽教育出版社1994年，页1—2。

为我们理解上述激动的旁证:"在一个集体中,一个个人由于受到集体的影响而在他的心理生活方面发生了往往是巨大的变化。他的情感倾向会变得格外激烈,他的智力能力则显著地下降,这两个过程显然是要朝着接近于该集体中其他成员水平的方向发展。"① 的确,与这个时期的小说家调动各种叙事资源来抒写革命史一样,这个时期的诗人集体性地倾倒于祖国新生这一革命抒情反复描绘的崇高性,丧失或自动放弃了表达和辨析刚刚过去的历史真实的能力。

这些声音里表达的关于"祖国"的一切,也成为主流语言中新的存在。"那是一个大解放、大翻身的时代,是中华民族激情迸发、水晶般透明、烈火般火热的时代。大多人都感到由衷的幸福欢乐,放声歌唱共产党,歌唱社会主义,这是没有半点虚假的人民情感。"② 郭小川歌颂着乡村大道,描写着一个个"祖国"诞生的具体而微的场景,试图将每一个体、每一种事物和经验都承纳到这一崇高的塑造工作中。当代诗人王敖阅读郭小川时,读出了郭小川对汉赋的有意学习,以及他诗歌显示出的"帝国幻想"。③ 对于这种的真诚,耿占春有较为周全的解释:"在革命象征主义的'正题'阶段,经济与政治或社会组织方面的现代化,与文化艺术、思想和感受力方面的现代主义仍然是一致的。它预设了审美与生活的统一,现代技术与现代精神的统一,现代社会组织与人的自然本性的统一,政治经济学与欲望的统一,在

---

① [奥地利]弗洛伊德:《弗洛伊德后期著作选》,林尘、张焕民等译,上海译文出版社 1986 年,页 94。
② 贺敬之:《贺敬之谈诗》,人民文学出版社 2004 年,页 99。
③ 王敖:《怎样给奔跑中的诗人对表——关于诗歌史的问题与主义》,见《新诗评论》北京大学出版社 2008 年,第 2 辑,页 38—48;

革命象征主义的视野内,将现代生活视为一幅乐观主义的整体图景。①

诗人张枣将1949年后的现代汉语新诗写作变化归纳为"白话汉语诗歌系统中敞开的现代性追求的中断",他指出:"当社会历史现实在那一特定阶段出现了符合知识分子道德良心的主观愿望的变化时,作为写者的知识分子便误认为现实超越了暗喻,从此,从边缘地位出发的追问和写作的虚构超渡力量再无必要,理应弃之。"② 1955年诗人贺敬之在纪念席勒逝世150周年的文章中的一段话,可以用来印证张枣的判断:"席勒将会羡慕我们:我们这一代的人民比敌人强大。我们将会把正义事业的胜利表现在今日的现实中,而不是只可能表现在浪漫主义的理想中。"③ 但事实上,在"表现今日的现实"的过程中,形成的许多诗意结构,一方面因为抒情惯性,另一方面由于意识形态越来越多的规训,越来越与诗人的基本生活经验疏远,流于浅陋而可复制的语言游戏。现代汉语新诗自身作为暗喻的展开,其本质是一种认知的展开。在展开过程中,一开始就形成了一种对经验的反省和过滤能力,在诗歌摄取经验的语词结构中表达的认知,将重新唤醒和划分读者的天真与经验,虚构一种内蕴于生活现实的敞开和反省,如君特·格拉斯(Gnter Grass)所言:"诗人的任务是阐明,而不是遮掩;当然,有时也必须将灯熄灭,以便能看得清灯泡。"④

但是,这种敞开和反省,由于二十世纪五十年代的抒情的公式化而慢慢

---

① 耿占春:《失去象征的世界——诗歌、经验与修辞》,北京大学出版社2008年,页101—102。
② 张枣:《朝向语言风景的危险旅行——当代中国诗歌的元诗结构和写者姿态》,见陈超编《最新先锋诗论选》,河北教育出版社2003年;页457。
③ 贺敬之:《贺敬之谈诗》,人民文学出版社2004年,页8。
④ [德]君特·格拉斯:《与乌托邦赛跑》,林笳译,上海译文出版社2008年,页11。

被取消了。正如有研究者已指出的:"政治抒情诗的修辞通常停留在理性综合的平面上而难以进入个人意识的幽深……事实上,在政治抒情诗大量出现的时候,围绕着红日、战鼓、东风、青松、红旗、春燕、风暴、大海所出现的比喻和象征迅速沦为惯用的政治代号,形成一种程式。这不仅是想象力的贫困,同时还是口耳交流的病态后果。"① 同样,在这种诗歌逻辑中,"祖国"隐喻无论是女性化,还是物象化,都成了一种陈旧的公式,它与真正的主体化的"祖国"经验已经渐渐无关。因祖国而来的崇高性,也就成了一种背离抒情主体内心的假大空。这再次证明了一个被许多诗人认定的真理:"从诗歌的自我创造到政治身份之间的道路罕有直路通途,因为在一定程度上其所欲求的身份一旦获得,就会变成它的内在的束缚。"② 但从五十年代开始,大多数诗人对于这种束缚的敏感没有成功地转化诗本身,反倒是对于这种敏感一直持否定和自嘲态度:"苦求精致成颓废,绮丽从来不足珍"。③

"远方"的祖国景观

在既有新诗史视野中,汉语诗歌从自我创造走向政治身份之间的道路上,有另一重关系常常被忽视:即当代汉语诗歌对中国少数民族文化资源

---

① 南帆:《抒情话语与抒情诗》,《文艺研究》1996 年第 2 期。
② [英]乔恩·库克:《二十世纪西方现代诗学要素论》,赵四译,见唐晓渡、西川主编《当代国际诗坛》2010 年第 3 辑,作家出版社 2010 年,页 291。
③ 何其芳:《忆昔之三》(共十四首),1975 年作,《何其芳文集》(第一卷),人民文学出版社 1982 年;《忆昔》副题标明这组诗旨在纪念《延讲》发表 33 周年。

的汲取。1949 年以后,由于政治和民族主义崇高性表达,以及主流抒情表达模式的惯性和需要,诗歌自身得继续寻找陌生化的经验资源,以缓解政治意识形态和革命美学可能导致的诗意的枯燥。在民族国家的重建和复原的过程中,这种资源在少数民族地区找到了。

从地域上看,中国境内的少数民族大多处于非中原地区,尤其是在西北、东北、西南等挨近边疆的地区。从 1949 年开始,中国在军事、政治、经济和文化上向西北、西南等地区的少数民族文化地带渐渐推进,伴随着这个过程,主流诗歌中的国家乌托邦想象和乐观情绪与中国各少数民族文化和地方性知识发生了复杂多样的融合,多民族国家的形象,也随之在诗歌中渐渐被描绘出来。我们很容易就发现,1949 年之后的不少重要汉语诗人,都曾不同程度地借助少数民族文化以及地方文化元素来写作:一方面,文化和地域的差异性隐喻,给汉语诗歌带来了新的美学活力;同时,这些诗歌也满足了表达各种属于祖国的"异域"和"远方"的需要。也就是说,它们既满足了诗歌自身的需要,也满足了先于诗歌的意义的需要。

当代新诗的这种重写国家形象的功用,在整个汉语诗歌史上都是少见的。历史地看,从《诗经》开始,汉语诗歌里就有以中国内地与周边民族战争为题材的诗歌。从中我们可以看出当时的主流文化对"他者"的想象方式。比如,其中对于猃狁、夷狄、楚、郑、卫的大量描绘[1]。屈原的部分作品,

---

[1] 直到明清时期的小说《痴婆子传》开头还说,故事是由一个郑卫之墟的 70 老妪回忆的。当然,对"边地"或者"异地"的差异性认知,往往也成为文化新变的突破点。《痴婆子传》中的老太太,以第一人称回忆了自己的性经验史,这在中国小说乃至所有历史文献中都少见。关于这种女性自传体历史渊源,参阅王立:《〈痴婆子传〉的自传文学特质、来源及叙事先导》一文,见王立《中国古代文学主题思想研究》,天津教育出版社 2008 年,页 185—197。

可以说也是对当时边地的想象和描绘。从汉魏到清代,有大量的边塞诗描绘了帝国丰富的边地,"边塞"在汉语古诗留下不可重复的诗歌"形象"。从清末到1949年,中国的版图经历了许多动荡和变化,"边塞"地区犹然。更重要的是,近代以来中国人的帝国(天下或乾坤)想象体系的崩溃,中国的"中心感"丧失了,曾经的中华帝国体系内的民族关系格局也发生较大变化。汉语古诗中描绘"远方"的词汇和诗意结构已经失效,因此,重新发明"远方"诗意的努力,随着新中国的建立而有趣地展示在1949年以后的诗歌写作中。

"祖国"劫后新生,激发着各种新的国家神话抒情和与此相关的运动。与"远方"抒情直接相关的,是新中国成立后发起的许多社会主义建设工程[1]、二十世纪五十年代的反右运动和六十年代开始的知青上山下乡运动。诗人李季1954年在《旗》一诗里写道:"在这座连飞鸟也不来临的高山上,/是谁把一面耀眼的红旗插在这里?……荒凉而又富饶的柴达木呵,/是这面红旗把母亲祖国的关怀带给你"[2],这强烈地象征着"祖国"重新来占有"蛮荒之地",它们的关系也再次被比喻为母子关系。这个时期先后被"母亲"派遣或流放边地的诗人有闻捷、阮章竞、田间、李季、昌耀、公刘、白桦、高平、顾工等,在他们笔下,"革命浪漫主义"和"革命现实主义"的诗歌抒情开始蔓延到"远方",并在少数诗人笔下发生裂变。

---

[1] 彭金山:"新边塞诗的繁荣,是从50年代开始的。……50年代初,国家在西北投资了一批大型建设项目,如兰州炼油厂、兰州化学工业公司、白银有色金属公司等都是在那个时期开始兴建的,玉门、克拉玛依油田的扩建与开发、大规模的屯垦戍边、戈壁的防风治沙等工程,也都在那个年代拉开了战幕。西北边塞的开发与建设极大地吸引了一大批志在边疆的建设者,也吸引了一批诗人和作家。"《新边塞诗流变概观》,《西北师范大学学报》2000年第1期。

[2] 《李季诗选》,人民文学出版社2006年,页48。

当然，歌唱"远方"的方式有直接的话语资源。首先，自《在延安文艺座谈会上的讲话》之后，中国作家对民间文化进行了大量的改写。这种改写发明了一套新的"民间"语言，在对少数民族文化的吸纳和改造上，这套语言起到重要作用。二十世纪五十年代开始，民族学和人类学学者依据三四十年代开始本土化的民族学知识系统，对少数民族的各方面进行大规模的调查研究。其间进行了大规模的少数民族文学尤其是诗歌整理和翻译，这些依靠《在延安文艺座谈会上的讲话》精神所推崇的民间语言翻译出来的"少数民族诗歌"，有相当的局限性。许多翻译让诗歌自身魅力的丢失，削弱了"多元一体"（费孝通语）中的"多元"在文学领域的真正活力。政治化了的民间语体选中和翻译的"多元"作品，本身就很大程度上成了政治抒情诗或新生国家形象的另一种隐喻，有效地生产出一套关于祖国"远方"的诗歌常识。在各种主流媒介和艺术形式的推助下，它们渐渐定型为一套关于少数民族的抒情话语方式。可以说，当代汉语主流文化常识中描绘少数民族群体的形象所依据知识，有相当一部分源于五十年代开始的汉语边地抒情诗。有意思的是，在这整个当代文化史上，主流抒情文化的更新，也时常戏剧性地依赖它所择取的地方性知识、少数民族文化和抒情资源。这种互动在当代政治文化生产中的不断进行，构建出一个社会主义新中国大家庭的"想象共同体"。

那么，此间的"远方"的少数民族形象是怎么被汉语诗人表达的？这个问题在当代诗歌研究中尚没有得到有力回答。维柯曾说："每逢人们对远方的未知的事物不能形成观念时，他们就根据近的习见的事物去对它们进行判断。"[1] 新中国初期的汉语诗人对于祖国的"远方"尚没有可依赖

---

[1] ［意］维柯：《新科学》，《西方文论选》下，伍蠡甫主编，人民文学出版社1964年，页534。

的观念——新中国的"一切"都等待他们"发明"。汉语诗人的"习见"是什么？在最具代表的诗人及其作品中，我们或能找到答案。闻捷是社会主义中国诗人里，最早抒写新疆生活的诗人。他的《苹果树下》一诗，是五六十年代广为传诵的作品：

苹果树下那个小伙子，
你不要、不要再唱歌；
姑娘沿着水渠走来了，
年轻的心在胸中跳着。
她的心为什么跳啊？
为什么跳得失去节拍？

……春天，姑娘在果园劳作，
歌声轻轻从她耳边飘过，
枝头的花苞还没有开放，
小伙子就盼望它早结果。
奇怪的念头姑娘不懂得，
她说：别用歌声打扰我。

小伙子夏天在果园度过，
一边劳动一边把姑娘盯着，
果子才结得葡萄那么大，
小伙子就唱着赶快去采摘。

满腔的心思姑娘猜不着,
她说:别像影子一样缠着我。

淡红的果子压弯绿枝,
秋天是一个成熟季节,
姑娘整天整夜地睡不着,
是不是挂念那树好苹果?
这些事小伙子应该明白,
她说:有句话你怎么不说?……

苹果树下那个小伙子,
你不要、不要再唱歌;
姑娘踏着草坪过来了,
她的笑容里藏着什么?……
说出那句真心的话吧!
种下的爱情已该收获。

  这首诗被视为二十世纪五十年代兴起的"新边塞诗"① 的代表作之一。正如有论者早已描述过的那样:诗中"没有那种失恋的痛苦、离情的怨恨、没有那种凄婉的抒情,感伤的哀吟,也没有那种呼天抢地或悱恻悲愁的氛围,更没有那种铺锦列绣或穷妍极态的脂粉气;诗人笔下的爱情生活,总是

---

① 诗人周涛最早提出这一命名,见周涛《对形成"新边塞诗"的设想》,《新疆日报》1982年2月7日。

那样的天真活泼,健康明朗,自然秀美,富有憧憬和理想色彩"[1],气质上真有点像希腊神话里黄金时代的人类:"无忧无虑地生活,无需劳作,只吃橡树上的果子、野果和树上滴下来的蜂蜜……永远不会变老,一天到晚舞蹈、欢笑。"[2]当然,诗中的理想爱情故事,某种意义上也可以理解为对"祖国"新生的纯洁化的隐喻,它剔除了现代文学产生以来的一切消极意义和颓废感(这是革命浪漫主义的主要作用之一),它的人物和情感模式显然经过了"习见"精挑细选,有意味的是,似乎只有其背景设在边疆或少数民族地区,这样的故事和场景才具有"真实"和"浪漫"的双重性质——正如在对革命史的重构中,敌与我、压迫阶级与被压迫阶级、英雄与落后分子等脸谱化的二元对立,才能衬托革命的正确性一样。在新生的"祖国"里,得有生动情节将宣讲社会主义新生活的抽象口号形象化、诗意化,少数民族地区的浪漫爱情故事显然可以胜任。再者,由于政治语境的风险和禁忌,诗人也许不太愿意从内地的生活经验萃取出类似的细节。在少数民族文化里提纯出这些理想浪漫的爱情细节,则两方面都可应对。最重要的是,这样的抒情策略,可把少数民族纳入到主流政治文化的想象疆域,被提纯的符号或情境,正好能作为它们在"祖国"大家庭命名系统中的代称,即它们可体现诗歌崇高性与完美国家想象之间的统一性。比如,在诗人下面这首名叫《告诉我》的诗中,我们很容易看出这一点:

  告诉我,我的姑娘!

---

[1] 周政保:《闻捷的诗歌艺术》,新疆人民出版社1986年,页10。
[2] 英国诗人、作家罗伯特·格雷夫斯语,转引自〔美〕杰罗姆·布鲁纳(Jerome Seymour Bruner):《论左手思维——直觉能力、情感和自发性》,彭正梅译,上海人民出版社2004年,页41。

当春风吹到吐鲁番的时候，
你可曾轻轻呼唤我的名字？
我守卫在蒲犁边卡上。

我常常怀念诞生我的村庄，
那里有我幼时种植的参天杨；
在淡绿的葡萄花丛中，
你和百灵鸟一同纵情地歌唱

此刻，我正在漫天风雪里，
监视着每一棵树，每一座山岗；
只要我一想起故乡和你，
心里就增添了一股力量。

当我有一天回到你身旁，
立即向你伸出两条臂膀，
你所失去的一切一切，
在那一霎间都会得到补偿。

告诉你，我的姑娘！
我过去怎样现在还是怎样，
我永远地忠实于你，
像永远忠实于祖国一样。

从这首诗里可以分解出几个抒情元素：青年男女的恋情，对祖国的忠诚。古代汉语诗人在写戍边士兵的爱情时，常有类似于"可怜无定河边骨，犹是春闺梦里人"的悲情哀歌，也就是说，自从《诗经》以来，边塞题材的诗歌，一直有一种来自时间、生死的消极性，来否定个人事功的梦想和国家开疆拓土的愿望，这成为古典汉语诗中最为凄美的情感类型之一。而在闻捷的诗里，两性之爱一旦获得与祖国同等的神圣性，就可以具有同样的神圣性和永恒性。在这种将个体现实的有限性融入祖国的无限神圣性的抒情结构中，个体在时间面前的易逝，在万物面前的渺小，以及因此生发的一切精神和肉体的颓废和痛苦，都被过滤掉了。男女之爱与个体对祖国的忠诚的并列，延续了现代汉语新诗中的重要比喻结构：女性/祖国的互喻，在这首诗里，它变成了中国左翼文艺理论称之为"革命现实主义"与"革命浪漫主义"相结合的具体呈现。

但是，在上述诗歌中，我们很难看到日常生活经验层面上的内容。这些"诗歌把生活描绘得到处'粉白、透明'，'芳香、寂静'"[①]，普通人在大历史的缝隙中动人、哀伤或幸福的生活细节呢？我们看不到。我们看到的只是日常生活的乌托邦——社会主义新生活；被格式化了的恋爱情节——爱情与革命生产的结合，爱情话语与爱国主义话语的结合；看到了工业生产中集体性的、符号化的人。真实的体验和细节在哪里？下面是一位当代维吾尔作家对自己二十世纪七八十年代南疆生活的童年记忆，或许能够略微补充我们对于上世纪南疆日常经验幻想：

在我的心目中，喀什葛尔一直是世界上最大，最神秘，也是最神圣

[①] 洪子诚：《当代中国文学的艺术问题》，北京大学出版社2010年，页203。

的城市。我15岁就离开家乡,去过很多比它大好几倍的大城市,先后在北京,乌鲁木齐等大城市生活,但在我的心目中,喀什葛尔依然是世界最大的城市,是世界的中心。也许因为童年时期听到的关于喀什葛尔的无数传说,也许因为对这座城市的漫长向往,也许因为在我成长的阿图什,人们把喀什葛尔直接就叫城里,把阿图什看成是乡村。不知喀什葛尔的形象从何时开始在我脑海中形成,但我知道,在我的童年记忆中,它是世界上第一个出现在我内心的对城的命名。也许,因为维吾尔语中喀什葛尔一词的发音与城市一词的发音相近,城市和喀什葛尔,在我童年的词语中几乎是同义词。

读小学时,同龄小孩中几乎没人去过喀什葛尔。当去过喀什葛尔的那些小孩满心夸耀地给我们讲述他们的体验时,我羡慕得无法压住妒意,并根据他们的描述,尽情地发挥想象力,徒劳地让吐曼河、艾提尕尔清真寺和人民公园在脑海浮现。但这些图像仅是无数个由我真实经历中细小的碎片构成,像流水中的倒影,模糊而捉摸不定、破碎不堪。它们越模糊,我将其变为现实的欲望就变得越强烈。我9岁里的一天,父亲突然说他想带我到喀什观光。我高兴得彻夜难眠。但因为他学校里的工作非常忙,抽不出空,我只好等到暑假。但是,到了暑假,过度劳累的父亲大病一场。虽然我成长的阿图什离喀什葛尔只有40多公里,但在我的心中,这座城市变得比童话中的仙境还遥远。我越向往,喀什葛尔就变得越神秘越虚幻,似乎现实中并不存在。我只好继续听别的小孩炫耀,等待下一个假期。

终于有机会看到大城市,那是1979年,当时我十岁。父亲带我去喀什葛尔,那天我一生难忘。大城市给一个儿童的第一个感觉,就是对走失的恐惧。因此,我紧紧握住父亲的手指头不放,直到完全走出这座城市。对喀什葛尔的这种感觉,在我身上一直保留到现在。现在我已经30多岁,结婚成家,但一旦到喀什葛尔就感觉异样。虽然这里的人再多,也比不上北京王府井或乌鲁木齐大十字的茫茫人海,虽然对这里的环境和人们都很亲切,但我总是以警惕的眼光看着周围,总有莫名其妙的感觉缠绕心头,仿佛进入曲曲折折、纠缠不清的迷宫或童话里的神秘仙境。很长时间里,我无法理解自己为什么会有这些感受。在我身上从未有过广场恐怖症或社交恐怖症的迹象。我15岁离家孤自一人去北京,远方大城市完全陌生的环境,异族陌生的面孔,都没有象在喀什葛尔那样让我感到神奇;我去过中国最大广场天安门,进入过王府井的茫茫人海,但从未感觉到在喀什葛尔那样走失的危险;故宫、颐和园的奇特建筑,也没像喀什葛尔那一条条古老街道那样给我心灵带来震撼。喀什葛尔人山人海的集市、眼花缭乱的坊巷七拐八弯,纵横交错,至今还屹立于此的高台民居亲切而神秘。只有对自己的肉体,人才会有这种感觉:对你来说,你的血管、内脏比世界上任何外在的事物都亲近,但生命在其中的骚动比任何外在的事物都陌生。

10岁到喀什葛尔之前,外面的世界仅仅存在于书本上和残疾的姑妈给我讲的童话中。我父亲给我买了里面有维吾尔童话故事的两本书,其中一本还有一张插图。其中画的公主和王子背后有着雄伟的宫殿。仅有一张,我看不过瘾,却非常迷恋。因此,我每天找一些比较薄的纸放在上面,用铅笔描红。当我看到艾提尕尔清真寺,看着它冠似圆顶,就像进入童话之中,就非常兴奋的问父亲:那是不是宫殿?父亲告诉我:那就是著名的艾提尕尔清真寺,但他没有说它不是宫廷。后来长大以后我才认识到，那是我们永恒的精神宫殿。在艾提尕尔清真寺周围，我看到几个小孩在玩，穿着整齐干净，并且随口尊称，相敬有加，仿佛童话中的王子。偶尔穿梭而过的头盖面罩的女人，愈加增加了这座城市的神话色彩。

从 15 岁上大学那年起，喀什葛尔的形象，就与我的悲痛和眼泪纠缠在一起。由于阿图什地方政府非常贪钱，公交公司不出售学生票，因此每年暑假结束返回北京，我们只好从喀什葛尔出发。每到这时，父亲就陪我来喀什，在公交公司招待所住一晚，第二天清晨送我走。在缓缓移动的车窗里，我的泪水渐渐将父亲的身影和喀什葛尔茫茫的屋顶、烟囱、拱北、坊街冲得越来越模糊。

最近几年，喀什葛尔的市容经历了很多变化。我站在艾提尕尔清真寺旁边，看到最经典、历史最悠久的建筑物已成废墟，感到那个又神秘又亲切的喀什葛尔正离我远去。从前，父亲每次和喀什葛尔送我远行，而现在，是我在送走他们。我每次离开尚能返回，但离我而去的喀什葛尔好像永远回不来了。1997 年，父亲突然车祸去世。我依然每年都去喀什葛尔，但从那以后，我不敢去那个公交公司，怕那离别的场景再映入眼帘。

然而这次，我逃避多年的记忆，曾有的离别之悲痛，常涌上心头，比以往更强烈，让我的心无声地颤抖。眼睁睁地看着喀什葛尔像我遇到车祸的父亲一样，全身粉碎，面目全非地躺在人们的脚下。就在这一刹那间，我领悟到了我对喀什葛尔的敬畏感的源头。因为，就在那里，我看到的一切，触痛了祖先留给我潜意识里的无数神话原型；唤起了并不是在我头脑里而是在血液里流动的远古的记忆；激起了我自己非常陌生,但始终控制我一举一动和每一份感情的深层欲望。①

读完诗人这段凄美的回忆,我们可能都会有许多感慨、惊奇甚至陌生。这是作者从另一"中心"展开的经验记录。喀什是南疆最大的城市,也是南疆的经济、政治和文化中心。笔者曾经在那里逗留过一段时间,这里是历史上数个王朝的首都,这里有中亚最大的清真寺,有闻名世界的突厥文化经典《突厥语大词典》的作者默罕默德·喀什噶里的墓地,有保留完好的突厥古城,最重要的是,这里世代生活着维吾尔人,他们有着悠久辉煌的古典文明。现代以来,与世界上所有古老民族一样,他们也历经各种现代化的洗礼和现代性的折磨。在过去五十年里,一定有更多类似的故事被写下,默念或忘记。但是在闻、李和更多的汉语诗人笔下中,具有优先意义的,不是这些日常化的细节。而恰恰是提纯过的诗歌,成为我们关于"远方"和"边疆"的常识——整个汉语文化对于它们"不假思索的判断"。②

"远方"在另一名诗人李季笔下,则大量体现为对西部石油开发的赞颂。在《玉门诗抄》、《玉门诗抄二集》、《致以石油工人的敬礼》等作品中,诗人真诚地用当时流行的战争话语赞颂了石油工业和在为中国石油工业"战斗"的人们。要更好地理解这种赞颂,最好回顾现代艺术中的两个分支:一个分支从十九世纪以来,一直以各种方式批评现代工业及其包围渗透的世界。比如,十九世纪的法国诗人波德莱尔,他比较早地写巴黎的现代城市化和工业化,他写出了在工业生产链条上,在巴黎街头看到的人的精神的麻木和工具化,颇有深意的是,这几乎与马克思开始看到工人阶级的力

---

① 吐尔逊·帕尔哈提:《喀什葛尔,我的眼泪》,载《凤凰周刊》2009 年 18 期。
② [意大利]维柯:《新科学》,朱光潜译,人民文学出版社 1986 年,页 87。

量几乎同时。如本雅明（Walter Benjamin）通过波德莱尔观察到的那样："在这个漫无边际的人群中,谁都看不清对方,但又没有谁是暗不可察的"。[①]二十世纪著名的英语诗人艾略特的诗《波士顿晚报》里,也有一个类似比喻：傍晚城市街头公园读晚报的人们,就像晚风中摇摆的玉米一样。[②]他们都较早地注意到现代工业社会中,人的主体性丧失后的社会景观。另一分支,是左翼文学艺术。在这个传统里,诗歌对工业进行了大规模的赞美。比如苏联诗人马雅可夫斯基、伊萨柯夫斯基等,与马克思的梦想——共产主义社会里工作和劳动作为人的第一需要——的观点一致,他们的诗歌非常激烈地表达对工业的赞美,对"劳动人民"的新生活的赞美。他们分别对艾青和1949年前后成名的主流汉语诗人有很大影响。

就这样,在大量的诗人笔下,"远方"作为"祖国"和社会主义进程的一部分,不断被主流诗歌抒情强化。现代汉语新诗中产生了一种前所未见的"远方"情结。即使在全国性灾荒正在发生的1960年,诗人依然被这种到达祖国"远方"的激情灌满：

> 呵,祖国的万里江山！……
>
> 呵,革命的滚滚洪流！……
>
> 一路上,扬旗起落——
>
> 苏州……郑州……兰州……
>
> ——贺敬之《西去列车的窗口》
>
> （一九六三年十二月十四日,新疆阿克苏）

---

① ［德］瓦尔特·本雅明：《发达资本主义时代的抒情诗人》,王才勇译,江苏人民出版社2006年,页46—47。
② 《诺贝尔文学奖得者诗选》,中国文联出版社1986年,多人译,本诗为裘小龙译,页161。

作为新生不久的"祖国"的主人和公民（如郭小川大声对年轻人说的那样），诗人代表"人民"对"远方"发出了上述豪情壮志，却"省略了革命的血腥"（多多诗《当人民从干酪上站起》）。在上述提到的三位最具代表性的中国社会主义诗人笔下，"远方"和被"挑中"的少数民族文化元素与祖国和社会主义话语相融合，产生了一种由集体语势支撑的崇高性表达。

与闻捷、李季在新疆等西部地区写诗差不多同时，五十年代开始，边地也成为许多人的精神和身体的流放之地，其中有大量的诗人和作家。当代杰出汉语诗人昌耀，就是因错划为"右派"而长期颠沛流离于青海垦区。他的五十年代的作品，就显示出跟上面提到的作品不同的精神品质。比如，他写于五十年代的《鹰·雪·牧人》：

　　鹰，鼓着铅色的风
　　从冰山的峰顶起飞，
　　寒冷
　　自翼鼓上抖落。

　　在灰白的雾霭
　　飞鹰消失，
　　大草原上裸臂的牧人
　　横身探出马刀，
　　品尝了初雪的滋味。

还有一首《高车》：

从地平线渐次隆起者
是青海的高车

从北斗星宫之侧悄然轧过者
是青海的高车

而从岁月间摇撼着远去者
仍还是青海的高车呀

高车的青海于我是威武的巨人
青海的高车于我是巨人的轶诗

在这些昌耀早期的诗中，我们可以看到，诗人借用西部地域文化意象，是为了象征个体精神的独立和高贵。在《高车》这样的诗歌里，我们甚至可以感觉到其中贯穿着的悲剧性的时间观念（这与整个现代中国所鼓吹的进步的、线性的历史观念是相反的。而思想史以及其他领域对这个问题的反省，要到八九十年代），诗人立取的是一个"特殊"的地域性物象，因为在主流诗歌意象里，所有的消极意义已经被剔除。在从七八十年代开始的朦胧诗和后朦胧诗运动中，这类借用更是成规模的，大量诗人以少数民族文化元素标新立异，发明新的诗意性，"在中国这个环境之内寻求着新的能源"，[1]来对抗主流诗歌抒情语势的枯燥，表达个体的苏醒。在朦胧诗诗人中，杨炼

---

[1] 杨炼：见《传统与现代》（多人对话录），《当代国际诗坛》，作家出版社2010年，页200。

有不少作品显然运用了藏族文化元素。比如,其著名长诗的《诺日朗》,写的是四川的一处瀑布,藏语中诺日朗意指男神,也有伟岸高大的意思,因此诺日朗瀑布,意为雄伟壮观的瀑布:

> 我是瀑布的神,我是雪山的神
>
> 高大、雄健、主宰新月
>
> 成为所有江河的唯一首领
>
> 雀鸟在我胸前安家
>
> 浓郁的丛林遮盖着
>
> 那通往秘密池塘的小径
>
> 我的奔放像大群刚刚成年的牡鹿
>
> 欲望像三月
>
> 聚集起骚动中的力量

充满了整首诗的这个崇高的言语者,来自于藏族文化中的神。也许只有依附这样的声音,才可以让诗歌摆脱对政治崇高性的依赖,并传达和延续同样强度的抒情,如诗人自己所言:"我当时尝试写《诺日朗》,其中非常重要的体验就是被少数民族原始生命力所撼动,然后形成了所谓冲击汉文化的结构关系。"其中的情绪包括对人民、历史的失望,对生命力、黑暗的极端强调。[①] 另外,许多人注意到后朦胧诗运动中南方方言的作用,却不大注意少数民族文化元素的重要作用。近来有研究者注意到海子诗里的"胡汉合流的气质":"基于对汉文化的反思,……跟游牧文化的那些'因缘',海子将目光投向了塞外。游牧文明中有他倾心的伟大观念,有某种对汉文明的

---

① 杨炼:见《传统与现代》(多人对话录),《当代国际诗坛》,作家出版社 2010 年,页 199。

'矫正'力量,有铁血的诗意,还有让他铭心刻骨的爱情,和无限销魂的诗歌游历。对于一个具有史诗抱负的浪漫主义诗人,这些因素无疑是写作最需要的材料和能源。"[1]在海子《太阳·弥赛亚》一诗中,曾经有一个背负着受伤的陌生人远行的形象:"——1982/ 我年刚十八,胸怀憧憬 / 背着一个受伤的陌生人 / 去寻找天堂,去寻找生命。"某种意义上,这个形象可以理解为当代所有远游的汉语诗人的缩影:周涛、席慕容、三毛、马丽华、王小妮、沈苇、李亚伟、马骅、蒋浩等(这个名单可以更长)众多诗人都长期在边地逗留和漫游,其他许多重要的内地诗人亦有相当数量的关于边疆地区的作品。按照李亚伟的说法,他们"西出阳关,走在知识的前面 // 使街道拥挤、定义发生变化"[2],不同程度地借用少数民族文化和地方性知识传统,寻找关于"远方""原始""神灵""自然"的诗句,造化出别样崇高性修辞或"另外的诗":

> 这样的人翻过了天山
>
> 像是一心要为葡萄干而死,我管不了他
>
> 他纯粹不需要自己,只想利用自己渡河
>
> 红花在天山里开了又开
>
> 他又骑了一匹含情脉脉的马
>
> 这样的人,正是我的兄弟
>
> 渡河之前总来到信中
>
> ——李亚伟《天山叙事曲》[3]

---

[1] 秦晓宇:《海子:胡汉合流的民族诗学》,《新诗评论》(第十辑),北京大学出版社2009年。
[2] 李亚伟:《野马和尘埃第一首(自大者和渺远的风景1989)》,见李亚伟博客:http://blog.sina.com.cn/s/blog_488156f9010007v4.html;
[3] 同上。

下次黎明点燃雪峰,

我的诗稿将同时烧毁。

请玛尔巴和那罗巴原谅,

我赞颂了珠宝和黑帽,

赞颂了我们的新神灵。

——萧开愚《另外的诗:1122年,米拉日巴在拉萨》[①]

李诗用新疆风土人情彩绘出一个浪漫主义者的形象,而萧诗则借一位藏族伟大诗人的声音,来发明某种当代汉语诗中已不再容易说出的形而上学感。即使要表达现代都市人内心的颓靡和对自然的体悟,也常常要回到这一贯的边地情结中。比如:已故诗人马骅在云南少数民族山村里支教时写的诗句,写出了一种现代诗人陷入自然中的感觉:

风从栎树叶与栎树叶之间的缝隙中穿过。

风从村庄与村庄之间的开阔地上穿过。

风从星与星之间的波浪下穿过。

我从风与风之间穿过,打着手电

找着黑暗里的黑。

——《风》[②]

总之,二十世纪从五十年代开始,政治地理学上的边疆概念在一个新的国家地图上重新被勾勒出来的同时,不同时期的汉语诗歌,也不断地以不同

---

① 《萧开愚的诗》,人民文学出版社2004年,页91。
② 马骅:《雪山短歌》,作家出版社2008年。

的美学需要将少数民族文化元素和文学传统抒写进汉语诗歌的地理谱系,一个诗歌中的"祖国"形象也随着不同的时期而发生变形。

当然,无论在左翼集体抒情话语中,还是在八十年代以来诗歌话语中,对少数民族文化和地方文化,都缺少了一种跨主体性的抒写。这某种意义上,也是所谓"主流"文化与非"主流"文化关系的一种折射。西川在诗中表达了这种对"隔阂"的惶恐:"我的感官不足以生发出与那五彩的群山相称的诗句,我的理智不足以厘清突厥汗王国颠三倒四的历史。我的经验不足以面对喀什城中那同样属于人间的生活。"[①] 但他的表述让人隐隐感到,他在把"理智"和"经验""不足以面对"的少数民族历史和经验象征主义化,即将它们雕琢为与诗歌言说对称的难言之隐。这未尝不是一种好办法,但是,对于许多民族文学传统中生长起来的诗人来说,汉语诗歌的抒写,就是外来者的抒写。与汉语诗人在边疆地区四下寻求异质性元素的同时,一些优秀少数民族诗人笔下,则表达了因地制宜的现代性追求,他们沉默地讽刺了对于异域文化先入为主的猎奇者:

> 卡夫卡临终时要求朋友
> 烧毁他的一切作品
> 以免把真谛的秘密泄露给世人
> 但朋友背叛了他
> 卡夫卡给父亲写过
> 一封永远寄不出去的信
> 当所有的人得知地球是圆的

---

① 西川:《南疆笔记》,《深浅》,中国和平出版社 2006 年,页 131。

他到了世界的尽头
他发现世界不在几何学范围之内
他的幻想比现实还要真
所以患有多种恐怖症
总是听到大地的哀号和太阳的尖叫
除他以外没人能听到这些声音
这世界上没人能够像他那样绝望
突然一天我也听到了
从此我也想成为他那样的作家
但我仅仅变成了他的一个词
卡夫卡不是个失败者
他从来没有挑战过
这就是他所有痛苦的根源
我总能听到卡夫卡无声的呐喊
无声的呐喊是最痛苦的呐喊
无泪的哭是最痛苦的哭
卡夫卡把笔尖刺入自己的伤口
因此他肿胀的花朵像他隐秘的爱
暴露在人们面前并遇到奸污。
爱属于孤独者,爱需要隐藏。
他并不像超越自身成道的悉达多
从女人的右侧生出来
遇到父亲的凌辱时,没有出家

没有在菩提树下绝食七天七夜

但还是达到了精神的开悟

很多年前我也出家了

但怎么也摆脱不了感官的引诱

曾坐在塔里木河边

一想到无边的沙漠就哭了。

若有人问：帕尔哈提·吐尔逊在哪里？

请告诉他：在枯井里，在沙漠深处。①

作为一个汉语读者和写作者，我没有能力探知更多的少数民族写作中的现代性艺术。但仅凭此诗中诗人与卡夫卡的对话，我们就可以窥见，在维吾尔语文学乃至更多的少数民族诗歌话语中，正以另一种我们陌生的方式写着"祖国"。那里，无数位"沙漠中的卡夫卡"正秘密地"失败"和"呐喊"，把笔尖刺进自己玫瑰般的伤口。

"祖国"复活与诗的"复活"

如果说，二十世纪初叶以来关于"祖国"的诗歌修辞，大多以一种"未来"主义逻辑贯穿的话，那么无论是热爱还是怨诉，它们都是关于祖国的积极修

---

① 吐尔逊·帕尔哈提：《沙漠中的卡夫卡》，见沈苇主编：《大地向西》（新疆肖像文库·诗歌卷），新疆人民出版社 2006 年，页 106。作品原为维吾尔语，汉语为诗人自译。

辞。相较革命象征主义诗歌,"文革"期间开始的朦胧诗对"祖国"的抒写,已经转为一种怨诉性的修辞。[①] 诗歌与政治乌托邦之间的密切关系在继续,然而其中充满了继往开来的意味:从十七年时期对于"新生"祖国的欢呼,变成了对于浩劫后祖国"复活"的祈祷。

年轻一代的诗人们渐渐感觉到,那个他们曾为之欢歌的神圣祖国"丢失"了。这是最早的觉醒:"从那个迷信的时辰起,/祖国,就被另一个父亲领走"(多多《祝福》,1973)。从早期朦胧诗可读出,虽然年轻的知识精英们全盘信仰的那个祖国已经被另一个"父亲"带上歧路,但"祖国"依然是他们在政治和民族乌托邦意义上的崇高理想。他们的丢失感,以消极的方式延续了对祖国神话的信仰。它显示了早期的朦胧诗依然在依靠某种先于诗歌的神圣性发言,延续着革命象征主义的诗意逻辑。比如诗人芒克1973年的《天空》一诗,依然写身体和国家之间的共同感:"天空,天空!/把你的疾病/从共和国的土地上扫除干净。"[②] 这首诗和多多的诗一样,依然含有某种国家信仰,只是共和国生"病"了,需要"天空"来"医治"。若按照古典的诗意理解方式,可以把天空视为一种神圣清洁力量符指,那么,芒克就是在重写关于拯救和复活的旧故事:在耶稣复活、大地的复活、狄奥尼索斯的复活等古老的复活原型中,都有某个来自上方的圣洁而巨大的力量,拯救沦落或枯萎的大地,促使生命万物的复活。这种复活神话,一直以各种形态存活在诗歌或其他抒情仪式中。在汉语新诗中,从艾青早年的《向太阳》到晚年的《光的赞歌》,某种意义上都是写"祖国"复活的母题,

---

[①] 根据齐简的回忆,这种怨诉从1967年左右开始在年轻的朦胧诗作者中间普遍出现:"从领袖到学生普遍膨胀的理想主义与严酷的现实开始对撞,产生了一种无可奈何的喟叹。"刘禾编《持灯的使者》,广西师范大学出版社2009年,页4。

[②] 芒克:《芒克诗选》,中国文联出版社1989年,页9—10。

从文革后期开始,这一主题在朦胧诗中得到前所未有的蔓延。只是在这里,祖国开始具有了某些消极特征,比如疾病、衰弱、甚至暂时的死亡等。芒克希望有一种圣洁的力量来拯救生病的"共和国",但这种力量本身,往往也可能是疾病的源头。天空作为一个大词,代表了主体的自我修复的愿望;标志着"兴高采烈"的集体/祖国诗歌话语,开始反思以往的欢呼对带来的损毁,开始寻找新的崇高性话语来对抗政治美学。然而,这种修复和反思依赖的,依然是由诗歌咒语般宣布的乌托邦的"复活"。即诗歌的诗意来源于祖国复活神话的重构。除芒克之外,北岛、舒婷、江河等诗人笔下,也先后出现了关于"祖国"复活的抒情。

比起多多和芒克,北岛和江河比较强烈地援引历史的文明作为崇高话语资源,来对抗革命象征主义式的祖国情绪。北岛《祖国》一诗,将祖国比喻为一位生锈的、老丑的女性图腾:"她被铸在青铜的盾牌上/靠着博物馆发黑的板墙"。相较之下,在北岛笔下,此前郭沫若、闻一多、艾青等诗人笔下那个女神般的、受伤的祖国女性形象显得比较黯淡,但铸在青铜盾牌上的"她",似乎凝聚着辉煌故去和文明沦落的悲哀,也预示着某种"复活"。有意思的是,朦胧诗延续三四十年代左翼诗歌声音模式的同时,也会通过对于古典帝国辉煌的追忆,来吟唱关于"祖国"的挽歌。诗人江河笔下有一个著名的"祖国"形象,他也写到了象征中国古典文明的"青铜":

　　看着青铜的文明一层一层地剥落
　　像干旱的土地,我手上的老茧
　　和被风抽打的一片片诚实的嘴唇
　　我要向缎子一样华贵的天空宣布

> 这不是早晨,你的血液已经凝固
>
> ——《祖国啊,祖国》

江河一方面哀叹中国历史文明的不再,哭泣大地的干涸,同时像芒克一样用"天空"这一意象,来呼吁"祖国"在新的情景中的复活。朦胧诗对古典文明的呼吁,一方面暂时给诗歌找到新的崇高内核,祖国的复活,被改写为对辉煌的历史和文化的哀悼和呼唤;另一方面,也暗含了爱国主义和民族主义的情绪,以及对现代化的梦想。在二十世纪的大部分时间里,这两方面是现代汉语新诗中最重要的内容,当然也是百年现代中国最为纠结的两个问题。舒婷在她广为流传的《祖国啊,我亲爱的祖国》一诗中,也塑造着一个"祖国"复活的神话:

> ——祖国啊
> 我是你簇新的理想
> 刚从神话的蛛网里挣脱
> 我是你雪被下古莲的胚芽
> 我是你挂着眼泪的笑窝
> 我是新刷出的雪白的起跑线
> 是绯红的黎明
> 正在喷薄

舒婷试图在诗中重新建立个体与祖国之间的关系,她一方面强调祖国的灾难体现为对每一个个体的伤害,同时,也暗含了个体对于祖国复活的关键作用。对这两方面内容的诗意化,应和了二十世纪七八十年代之交中国的整体社会风向:政治经济改革和个体的解放。

这些1980年前后浮出历史水面的朦胧诗人,都不约而同重写"复活"的诗歌,给予刚发生历史和当下的现实一种象征性的救赎形式。在复活历史文明、呼吁个体解放两个方面,他们及时地表达了当时的社会情绪。但事实上,这与郭小川等诗人在建国初期的祖国颂歌逻辑有一致性,郭小川等诗人歌颂"祖国"的诞生,舒婷们则呼吁"祖国"的复活,二者间只有颂歌和哀歌的区别。因此从某种意义上说,朦胧诗里的"祖国",是对此前几十年中形成的集体"祖国"抒情说反话。批评家朱大可有一段精辟的狠话,可作为这种延续性的绝好解释:"'今天派'是从乌托邦内部崛起的感伤主义者和教士,他们行进在诗歌的废墟上;而他们的诗歌则行进在种族的废墟上,像先知的文告,对今天的岁月实行宣判,命令它死亡,而后歌唱出对于新祖国及其人民的玫瑰祝福,把我们的视线引领到未来的崇高事物上去。"① 如果说,从二十世纪二十年代开始的汉语"祖国"抒情诗,进行的是一场革命象征主义的正向实践,那么朦胧诗所完成的就是一种反向实践:"大家不约而同地做的同一件事就是在诗歌里删除了那些空洞的、摸不着也没有含义的政治大词,社会主义、共产主义等等。再次让语言变成可以摸到的、感到的甚至是某种意义上相当传统的一套词汇:土地、石头、月亮、水、血、生和死等。"② 对这种反实践,耿占春有精辟论断:"文学话语创造了一种特殊而复杂的社会表征系统,将被压抑的政治话语和社会话语转换为文学——诗歌话语。……这个时期的文学话语以特有的方式将多重社会话语熔铸于自身,不仅丰富了文学话语,也因为将政治和社会话语象征化,

---

① 朱大可:《话语的闪电》,华龄出版社2003年,页76。
② 杨炼:见《传统与现代》(多人对话录),《当代国际诗坛》,作家出版社2010年,页183。

使社会问题具有了更深刻的内涵。"[1]

如许多研究者注意到的那样,从诗歌的崇高性追求来看,朦胧诗与此前的革命象征主义诗歌依靠的元素基本是相同的:

一次又一次,已经千年

在中国,古老的都城

黑夜围绕着我,泥泞围绕着我

我被叛卖,我被欺骗

我被夸耀和隔绝着

与民族的灾难一起,与贫穷、麻木一起

固定在这里

陷入沉思

——杨炼《太阳每天都是新的》

加入钟声响了,

就请用羽毛

把我安葬;

我将在冥夜中,

编织一对翅膀——

在我眷恋的祖国上空

继续飞翔。

——顾城《假如……》[2]

---

[1] 耿占春:《失去象征的世界——诗歌、经验与修辞》,北京大学出版社 2008 年,页 30。
[2] 顾乡、于奎潮编:《顾城的诗,顾城的画》,江苏文艺出版社 2009 年,页 48。

虽然他们从语义上将革命象征主义诗歌中的兴高采烈的理想主义修辞转换为集体受难的修辞，但"祖国"本身的崇高性没有弱化。这也体现在诗歌修辞的延续上，诗人西渡曾指出，在今天派的朦胧诗中，意象的表现法是朦胧诗人最核心的艺术手段。意象的表现相对当时主流诗歌标语口号式的程式写法，已经大大增强了诗歌表现感性的能力，拓展了诗歌的审美空间，但它也存在一个模式化、雷同化的趋势。[①] 事实上，今天再回头看，就与"祖国"对应的比喻来说，朦胧诗并没有发明超越革命象征主义的象征元素和象征逻辑。比如在江河《苦闷》一诗里，我们似乎可以读出艾青《太阳》一诗中表达过的情绪和修辞特征：

> 土地的每一道裂痕渐渐地
> 蔓延到我的脸上，皱纹
> 在额头上掀起苦闷的波浪
> 我的眼睛沉入黑暗
> 霞光落下
> 城市和乡村关紧窗户
> 无边无际的原野被搁置着
> 像民族的智慧和感情一样荒凉
> 寒冷的气流把我吞没
> 头颅深处
> 一层层乌黑的煤慢慢形成

[①] 西渡：《〈致橡树〉和朦胧诗——答郑义广老师》，见《语文学习》2010 年 9 期。

> 我痛苦地掩埋着声音
>
> 拾起祖先生锈的铁铲、镐
>
> 那些发光的日子
>
> 镐和锄头闪成一片
>
> 开垦过，反抗过
>
> 挥舞着阳光
>
> 使我沸腾

诗中土地与"我"的同质化，将它与一个集体的、民族的、祖国的声音联系起来，隐喻地讲述了一个祖国"复活"的故事。综上所引的诗作，祖国复活的内容，至少包括四个方面，对文革伤痕的抒写，呼吁个体解放，追怀古典帝国文明，对于现代化的梦想。当然，朦胧诗的迷人之处，是那种因针对外在于诗歌的力量而发出的硬碰硬的声音，它是由民族主义和集体主义发出的充满着残酷之美的抒情的纪念碑式的回响。朦胧诗美学范式的迅速历史化，标志着汉语诗歌在围绕政治崇高性而生发出来的诗意性，已经够不上白话汉语已经敞开的诗意追求，必须有更体贴的象征力来响亮地、或者从容地表现和修复人的复杂处境。因此，朦胧诗之后，"祖国"在诗歌中的意义发生了大转移。此前祖国包含的语义内容逐渐被置换，往往只剩一具徒有崇高性标签的词语空壳。

首先，对于诗意更高远幽深的向往，民族主义和政治崇高性的正反修辞，都不再能满足汉语的诗意性追求，诗人们纷纷把诗歌之箭射往更广阔的天地；另外，汉语方言和地域性知识传统（比如四川、湖北、湖南、上海等地的诗人群体）也给当代新诗注入了新的声音和意义资源。里尔克式的现代抒情诗观念渐渐普及为一种诗歌常识:"一种以愤怒或赞许的姿态与当前无足轻重的时事相伴左右的艺术——不管它多么爱国——就是一种押韵的或用画笔画出来的新闻,尽管它的教育和文化价值不应遭贬低——但它却不是艺术。"① 正如研究者注意到的,八十年代的汉语诗歌中开始大面积出现新的形而上学的词汇:神、上帝、高处、远方、老虎、玫瑰、宝剑、麦地……② 这些充满整体性的词汇,显现了与革命象征主义崇高性之间的某种延续——"祖国"正反面的修辞都耗尽了,得有新的核心观念来替换由"祖国"语义衍生出来了象征幻想,以建立新的高处和远方,这意味着一种新的崇高性的寻找和命名的开始。因此,海子广为流传的作品《祖国,或以梦为马》一诗中的"祖国",成了一个瓦雷里所说的"俨然不同于纯实践世界的关系世界"③,诗歌作为语言现实的优越性开始得到恢复:

> 万人都要将火熄灭　我一人独将此火高高举起
> 此火为大　开花落英于神圣的祖国
> ……
> 万人都要从我刀口走过　去建筑祖国的语言

到海子这里,"祖国"复活的神话,由政治意义上的复活,变成了语言意义上的复活。"祖国"的政治崇高色彩,被借来表达汉语诗歌的理想,"祖国""开花落英",成为一个生机盎然的诗意复活寓言,其中似乎融化着屈原的语言、

---

① [奥地利]里尔克:《现代抒情诗》,见《永不枯竭的话题——里尔克艺术随笔》,史行果译,东方出版社2002年,页46。
② 敬文东:《追寻诗歌的内部真相》,见《激情与责任》,臧棣等编,人民文学出版社2002年,页267。
③ [法]瓦雷里:《瓦雷里诗歌全集》,葛雷、梁栋译,中国文学出版社1995年,页303。

陶渊明的语言。其膜拜者,也就是抒情主体,也变为修复语言间的隐秘道路的词语艺人。其倾听者也不同于北岛们所想象的大众。有一种宏大性虽然被延续下来,但已经由一个集体的代言人转换为一个大声的、迫不及待的独语者:

> 飞翔的祖国的群狮　携带着我走遍圣火燎烈的城邦
> 如今是秋风阵阵　吹在我暮色苍茫的嘴唇上
> ——海子《秋天的祖国》
> 我的身体像一个亲爱的祖国,血液流遍
> 我是一个完全幸福的人
> ——海子《日出》

骆一禾也大声宣布:"你若是中国的诗人／你就要创立大地的艺术／看联翩的凤凰火焰的舞蹈。"(《凤凰》)研究者在考察八十年代的汉语新诗时注意到,这种高音量带出来的可能后果就是独白,但这种特殊的独白又是以面对众人发言的姿势来表现自我的。"有一个圣人／用一只浆／拨动了海洋／蒙昧的美景／就充满了灵光"(骆一禾《浆,有一个圣者》)。八十年代热衷于制造过高情景的汉语诗歌,却采取了一种面对大众的奇怪姿势,显示了海子们与朦胧诗在"宏大叙事"品貌上具有相似性。[①] 诗人钟鸣回忆过这一场热闹的词语盛宴:"诗人层出不穷地歌颂着美人、大海和石头,还有朦胧高原、天堂和上帝,以及从未分清楚的麦子和燕麦。"[②] 当然,不久之后,海子们对"祖国"严肃的大声独语很快被降低下来。比如,诗人柏桦笔下,

---

[①] 敬文东:《追寻诗歌的内部真相》,见《激情与责任》,臧棣等编,人民文学出版社2002年,页275。
[②] 钟鸣:《旁观者》(第二卷),海南出版社1998年,页737。

也常出现祖国的诗思。在他的《祖国》一诗中,"祖国"的意义已经成为一种关于自我的隐喻:

祖国啊,祖国
春节的祖国,雷锋的祖国
人民的祖国,没有公社的祖国
太多了,不是吗?

当然不是一封信的祖国
也不是二郎山的祖国
祖国听之任之
祖国从不发愁

我站在街口,中国
遍地祖国开花
当一个农民走过
祖国停在他的上空

当祖国不!
当祖国在运动
当我不是一个农民
当我拿起电话

> 我就是一个祖国①

对于柏桦这样的诗人来说,此前的各种"祖国"都"太多了",被"毛泽东思想武装起来"的他们只需要"不"②,只需要自己就是一个祖国。李亚伟也高呼道:"我是我瞥见而又忘记的脸／是祖国的现在、过去和将来／是黄帝、是死者,主要是活人"③。也有诗人1991年的作品中,就极端地表达了他自己的"祖国",这是一个圆光褪尽、嬉皮笑脸、语言上充满流氓色质的"祖国":

> 祖国啊,当你的脸肿得
> 什么也不是的时候
> 你愿意从具体的现在回到抽象的从前
> 让人民以嫖客的方式爱你么?
> ——《犯人的祖国》(1991年8月3日)

柏桦在另外一首诗中也曾幽默而苦涩地把诗人比喻为祖国:

> 他头发潦草,像一个祖国
> 肥胖又一次激动桌面
> ——柏桦《老诗人》(1991年)④

差不多节奏相同,八十年代后期开始寓居海外的诗人笔下,"祖国"也悄悄地发生变化。许多漂泊域外的汉语诗人甚至与波德莱尔、茨维塔耶娃

---

① 谢冕,唐晓渡主编:《以梦为马——新生代诗卷》,北京师范大学出版社1993年,页8。
② 柏桦:《左边:毛泽东时代的抒情诗人》,江苏文艺出版社2009年,页52。
③ 李亚伟:《我是中国》,见《第三代诗新编》,长江文艺出版社2006年,页126。
④ 柏桦:《山水手记》,重庆大学出版社2011年,页141。

等的体验产生共鸣:"祖国,我不知道它在什么地方。"[1] "祖国,仿佛我的厄运,/到处都是,哪怕天涯海角。"[2] 1989 年底,诗人多多因此前被迫滞留欧洲,在"被失去的地点"(多多《在英格兰》),在阿姆斯特丹的河流上,他产生了祖国的幻象,它显示了一种特殊经验拼接逻辑:北京的旧式院落、诗人的少年记忆、故乡的秋天,以及诗人眼前入夜的阿姆斯特丹的景色:"秋雨过后/那爬满蜗牛的屋顶/——我的祖国//从阿姆斯特丹的河上,缓缓驶过……"(多多《阿姆斯特丹的河流》)。与多多略有不同的是,在另一位八十年代中期开始寓居欧洲的诗人张枣笔下,"祖国"充满着的莫名的乡愁、寂寞和陌生,都被化为一片有待抒写的诗意"空白"。主体的自省和自嘲姿态,都被诗人雕刻为一种元诗结构。与此呼应,王家新说"母语即祖国","祖国从诗中开始"(《伦敦随笔》),"流亡的人把祖国带在身上/没有祖国,只有一个/从大地的伤口迸放出的黄昏"(《布拉格》)[3];蔡天新说,"诗人因热爱母语而更加热爱祖国"[4]。总体上,在朦胧诗之后,在最优秀的诗人那里,"祖国"获得一个新的莫名的语境意义——诗意乌托邦的难言的比喻之一。无论海子、柏桦还是张枣的"祖国",都具设置了各自的寓意"空白"风景。近一百年来,祖国隐喻贯穿汉语新诗,显示了现代中国人个体和集体认同过程中的焦虑。它给诗歌命名带来的惯性,到二十世纪九十年代

---

[1] 波德莱尔:《巴黎的忧郁·陌生人》,亚丁译,生活·读书·新知三联书店 2004 年,页 14。
[2] [俄]茨维塔耶娃(Цветаева Марина Ивановна):《茨维塔耶娃诗集》,汪剑钊译,东方出版社 2011 年,页 300。
[3] 以上引用诗句兼见王家新《未完成的诗》,作家出版社 2009 年,在我的阅读经验中,是东欧诗人把祖国、语言和母亲联系起来,比如,波兰诗人切·米沃什说:"语言是我的母亲,它当然也是我的家园,我带着它在世界各地流徙。"具体参见《米沃什词典》中的词条"波兰语"。西川、北塔译,生活·读书·新知三联书店 2004 年,页 208–209。
[4] 西渡、王家新编:《访问中国诗歌——中国 23 位顶尖诗人访谈录》,汕头大学出版社 2009 年,页 174。

以来终于退却了：

  孤独多少，寂寞多少，祖国又多少。

  哭湿了内裤，一宵念《人民日报》。

        ——萧开愚《左派夜争》[①]

  不管明月等不等佳人

  难以丈量的夜色苍茫，是我的祖国

        ——黄梵《祖国小颂》[②]

在萧开愚的诗里，个体与祖国已经完全分裂开，他含蓄而幽默地嘲笑了二者被统摄到一起的那个外在的力量，同时也包含了对它的警惕和怀想。而黄梵则与海子以来的许多诗人一样，把诗人与祖国之间的关系，扭转为诗人与幽暗的诗意之间的关系。这样一来，就转了一个轮回，无论诗艺有了多少弯曲和进步，"祖国"终归重新回到闻一多《奇迹》式的寓言结构中，这意味着现代汉语新诗完成一个轮回：

  祖国肖像下的诗人们

  思想者的彼岸

  咏叹之后，已不会诉说告别和平安

        ——王寅《忧郁的赞美诗》[③]

  在大地的远方，令人吃惊的

  祖国的绿宝石闪着不应有的光芒，

[①] 民刊《新诗》2002 年第 2 辑，蒋浩编，萧开愚专辑：《收拾集》。
[②] 宗仁发选编：《2006 年中国最佳诗歌》，辽宁人民出版社 2007 年，页 434。
[③] 王寅：《王寅诗选》，林贤治主编，花城出版社 2005 年，页 3。

自风暴的中心驱散了风暴

　　　　　　　　　　　　——清平《童年的素歌》[①]

　　从祖国蒸发的牛魔王
　　在西天游上赌桌,取经人
　　迷路,夜夜取道高老庄。

　　　　　　　　　　　　——韩博《登高向往》[②]

"当你想祖国一下时,请不用情感用事。"[③]在一首诗中,诗人臧棣也如是说。是的,如诗人所劝诫,今日的诗歌,已经不再将情感轻易用在"祖国"上,即使他们都曾经或即将"祖国"。尼采谈论现代虚无主义的登场时说过的一段话,可以借来描述上述心境:"根本上,人已经失去了他对自身价值的信仰,如果没有一个无限宝贵的整体通过人而起作用的话;这就是说,人构想了这样一个整体,为的是能够相信他自身的价值。"[④]对于当代中国来说,诗歌中的祖国信仰作为一个"无限的整体"走向幽暗,变成"被驱散的风暴",偶尔成为揶揄的对象,意味着一种中国式的虚无主义时代的逐渐到来。

　　当然,在治好了"革命崇高症"[⑤],失去了"祖国"这一整体之后,诗人们依然在塑造着可以替代的象征性整体。比如,在跨过象征"祖国"的无数"旗帜"(穆旦、艾青到后来许多祖国颂歌中,旗帜都是典型的"祖国"象征符号)之后,诗人张枣的《风向标》一诗,以同构的面孔向冯至十四行诗最后一首中"风旗"意象的致敬,并加强了前者奠定的象征空间。它把

[①] 臧棣、萧开愚、孙文波编:《激情与责任:中国诗歌评论》,人民文学出版社2002年,页118。
[②] 韩博:《借深心》,作家出版社2007年,页155。
[③] 臧棣:《祖国学丛书》,见《慧根丛书》,重庆大学出版社2010年,页164。
[④] [德]尼采:《权力意志》(下),孙周兴译,商务印书馆2007年,页721。
[⑤] 钟鸣:《旁观者》(第二卷),海南出版社1998年,页777。

被穆旦、艾青落实为祖国标志的"旗帜",重新拉回到"圆宝盒"式的"空白"象征体系中来。当然,也可以说,这是一份为百年乌托邦"诗教"结束而写的绝妙悼词:

  它低徊旋转像半只剥了皮的甘橙
  吸来山峰野景和远方城市的平静
  一切的欣欣向荣一切的过客逆旅,它都
  酝酿一番,将无穷的充沛添给自己的血液

  我铭记过然而又回到了天上的东西
  我少年的纽扣,红领巾青春彗星的骄傲
  我都愿意重新交给它,心爱的风向标

  幽会的时候我沉思着想给它一个
  比喻:它就是我的手吧,因抚摸爱情
  才混沌初开,五指鲜明而具备了姿形

  夜深了我还梦着它似乎单纯的声音
  象它会善待宇宙,给它合乎舞台的衣裙
  宇宙也会善待圣者,给他一颗奥妙的内心
  (1988.5.18)

它说出了另一种脱离了祖国话语的崇高性,也说出了当代诗人对汉语进行重新酝酿的志向。诗歌中出现了"甘橙""无穷""天上""宇宙""圣者""奥妙"

等词汇,它们蕴含的事物之甜、个体经验、情爱话语、宇宙意识等都被诗人融汇为一种流转与奥妙,具体而邈远,呈现出一种区别于政治崇高和民族主义的形而上学气质,即回到了浪漫主义一开始的梦想:不断在个体与事物、个体与宇宙、有限与无限之间建立起新的神话,创造新的直观性命名。

这种轮回,不禁让我想起西美尔一篇哲学小品中的格言:"玫瑰继续生活在自我欢娱的美丽中,以令人欢欣的默然对抗着所有的变迁。"[1]"祖国"面对自身内部的语义竞技场,又何尝不是这样呢?在近一个世纪里,汉语新诗长期吸食革命和民族主义话语的兴奋剂,以至长期癫狂,以至语言欢娱的惯性将所有天真与经验,高温发酵成一种剔除或转移了私人性的、高浓度的乐观主义甜美和壮烈,而在这个过程中,"祖国"及其衍生的崇高语义系统具有了一种整体性的诗意统摄力,而随着它固化为一种必然性,这一统摄力也随即被扬弃。现在,承载它们的词语终于乐极生悲地冷却,被偷梁换柱,去往新的象征乐园。剥除了工具性的铠甲,汉语新诗开始如释重负地、空空如也地享受着寻找自己名字的激烈、不安和泰然。正如二十一世纪初诗人臧棣在《咏物诗》中宣言般写下的:

> 每棵松塔都有自己的来历
> 不过,其中也有一小部分
> 属于来历不明。诗,也是如此。
> 并且,诗,不会窒息于这样的悖论。

---

[1] [德]西美尔:《金钱、性别、现代生活风格》,刘小枫编,顾仁明译,学林出版社2000年,页106。

而我正写着的诗,暗恋上

松塔那层次分明的结构——

它要求带它去看我拣拾松塔的地方,

它要求回到红松的树颠。[1]

"来历不明",是汉语诗歌经历了一个世纪的政治/民族意识形态渗透之后基本的消极性处境,因为,古典崇高性和现代以来的政治崇高性,都不再可能成为诗歌言说的基础,消费主义的时代精神亦不可能。每一首诗,都得基于自己的"来历不明"而写下。从二十世纪八十年代开始,汉语诗人们就开始从言说自身出发,持续为自己的"来历不明"写下新的证词。

---

[1] 谢冕、孙玉石、洪子诚:《新诗评论》(2005年第1辑)北京大学出版社2005年。奚密认为,"中国传统的咏物诗以借物抒情或托物言志为主要表现方式;"物"与"我"之间往往是比喻的关系。臧棣的新咏物诗除了比喻还有转喻的运用。诗和松塔既是喻旨和喻体的关系,也是两条平行存在又交错的线索"。见《"浅"的深度:谈臧棣的〈咏物诗〉》,谢冕、孙玉石、洪子诚:《新诗评论》(2005年第1辑)北京大学出版社2005年。

无数秘密的诗意的线索,
凝动于高飞的众鸟合唱中。

第四章 天鹅,或合唱队

「天鹅」:打开的言路

邂逅天鹅

天鹅,那是你吗

「天鹅」的N种死法

仍有一种至高无上

"天鹅"：打开的言路

从二十世纪六十年代末到八十年代初，汉语诗歌的声音与政治声音之间渐趋不协调。如果说朦胧诗主要是通过对政治崇高性的否定式"依赖"，来抒写自己的崇高性，那么，后朦胧诗则很快就开始寻找一种与政治"无关"的崇高性，作为自己的皈依。也就是说，遭受了政治和革命的"积极"语义的充血和蹂躏之后，汉语诗歌亟需找回语言本身的能力来处理消极性。这种寻找生发的诗意言说，在当代汉语新诗中铸就了一系列新的抒情风景。具体表现之一，即汉语新诗的崇高性表达的焦点，渐渐从对凝聚着政治意识形态和民族情感的"祖国"话语的消化和搏击，转到在语言自身的探究中锻造新的崇高对等物。这种貌似已获得研究界共识的转变，如何体现为一系列新的象征结构？它们的诞生有着各自秘密的"历史"，同时也包含着更为复杂的诗学问题。比如，当代诗歌如何接受西方诗歌的影响，并克服和反思哈罗德·布鲁姆意义上的"影响与焦虑"？当代汉语诗歌对西方诗歌作品的择取，包含了它自身的什么需要？在西方诗歌的阴影下，当代诗歌如何因地制宜地发明汉语自身的"象征花园"？

显然，最晚从二十世纪七十年代开始，当代汉语新诗在新的历史语境里再次以"拿来主义"的逻辑整合、汇聚中西诗歌的精华。这么说，是因为此前现代汉语中的革命象征主义诗歌受外国诗歌的影响程度，并不亚于现代或当代的其他诗歌风尚——它也是中西文明和帝国碰撞的产物之一。①八十年代,来自西方的诗歌资源一度被视为"精神污染"之一,多半因为它们曾是推翻和摒弃革命象征主义的帮手。它们为当代诗歌提供了新的崇高话语资源,促使其内部形成了新的隐喻结构和命名系统,为当代汉语诗意的困境冲开了新的言路。这个交替的过程,正如诗人雪莱(Shelley)讲过的道理:"诗人的语言主要是隐喻的,……他指明事物间那以前尚未被领会的关系,并且使这一领会永存不朽,直待表现这些关系的字句,经过悠久岁月变成了若干标志,……如果没有新的诗人来创造新的联想,语言就不足以表现人类交往中比较崇高的目的了。"② 新的联想,就是发现事物之间被遮蔽或未知的关系,也就是建立新的隐喻模型。那么,铺开新的言路的"新的联想",在新的汉语诗歌中是如何被创造的?在群星璀璨的当代诗歌里,我们可以读到许多"新的联想",但其中有一重要现象似与本书一直谈论的诗学问题密切相关:从八十年代初期开始,当代诗人笔下大量地涌现关于"天鹅"的作品。

无论从内容还是方法上看,这在汉语新诗史上都是一个有深意的现象。"天鹅"的意义空间及其展开方式,所针对和确认的事物,依托和展开的抒情主体,都酝酿和包含着汉语新诗的重要转变。同时,它包纳的文化意蕴和诗意空间,也凝聚着汉语新诗史上并不多见的"标志性"诗歌能量。根据

---

① 学者刘禾认为,文明之间无所谓冲突可言,而历史上大规模的冲突都是在帝国之间发生的。参阅《帝国话语政治》导言部分,北京三联书店 2009 年,页 3;革命象征主义诗歌、民族主义或爱国主义诗歌,也有其西方的渊源,在更多意义上堪称帝国碰撞的产物。马雅可夫斯基、科萨科夫斯基、惠特曼、后期的聂鲁达等都对中国革命象征主义诗歌有过影响。
② [英]雪莱:《诗之辩护》,《缪灵珠美学译文集》第三卷,中国人民大学出版社 1998 年,页 137。

笔者保守统计,在短短十多年里,至少有十多位重要诗人的作品直接以"天鹅"为题,别的诗人关于天鹅的抒写还有很多。这一当代汉语诗人集体性痴迷的意象,肯定有其诱人的锋利棱角,也关乎当代汉语诗人的某种"集体无意识"。为了理解这一现象,需要先从"天鹅"这一特殊动物的文化意蕴说起。

按照《辞源》的解释,天鹅就是中国古时所说的"鹄"[①],它曾是庄子笔下著名的鸟:"鹄不日浴而白。"(《庄子·天运》)司马相如《子虚赋》里也有"弋白鹄,连驾鹅"。《史记·陈胜吴广列传》里说的"鸿鹄之志",虽多被理解为世俗意义上的"高远理想",但它的本义,肯定与鹄带给人们的对高处和飞翔的形而上学想象有关。至于"天鹅"一词,除汉语古诗歌中的特例李商隐《镜鉴》"拨弦惊火凤,交扇拂天鹅"之外,我们更容易想到它在西方文化里深远的渊源。

在古希腊神话里,天鹅是宙斯的幻象之一,比如,在关于丽达与天鹅的故事里,讲述了作为神的宙斯化为天鹅强暴丽达的著名故事,这次神对人不负责任的强暴,随后酿成了许多人间悲剧。英语诗人叶芝在其名作《丽达与天鹅》中,重述过这一事件。柏拉图笔下的苏格拉底,也有对天鹅的大段表述:"天鹅平时也歌唱,到临死的时候,知道自己就要见主管自己的天神了,快乐得引吭高歌,唱出了生平最动人的歌。可是人只为自己怕死,就误解了天鹅,以为天鹅为死而悲伤,唱自己的哀歌。""天鹅是阿波罗的神鸟,我相信它的预见,它见到另一个世界的幸福即将来临,就为自己的来日唱出生平最幸福快乐的歌。""我相信我和天鹅是同一个主子,献身于同一位天

[①] 《辞源》,商务印书馆 1988 年,页 1925。另外,诗人任洪渊 1980 年写的《天鹅的歌声》里曾注意到鹄与天鹅的同物而异名。

神,我也从我的主子那儿得到一些天赋的预见。"① 从苏格拉底的话里,我们得出两层推断:从古希腊开始,天鹅之死就常常被理解为具有悲剧意义的高贵之死;同时也可以读出,天鹅作为神物,能接近阿波罗,即接近这一理性、光明、永恒和幸福的象征。此外,天鹅也往往是圣贤或智者的象征。据拉尔修记载,在柏拉图第一次去见苏格拉底的前一晚,苏格拉底梦见了一只天鹅飞来停在他的膝盖上,翅膀很快就长大,然后就引吭高歌。② 本·琼孙(Ben Jonson)把死后的莎士比亚比喻为飞升天庭化为星辰的天鹅,这里的天鹅既有哀悼之义,也是永恒的象征。③ 法国作家布封在散文《天鹅》中说,"大自然对任何鸟儿,也没有赐予这样的高雅和婉妙,令人联想到最美妙的造物","从野天鹅的鸣叫中,确切地说,从那嘹亮的声音中,能听出一种歌声,抑扬顿挫,宛如嘹亮的军号,不过声音尖利而少变化,远远比不上那些鸣禽的美妙婉转、清脆悠扬的鸣唱","古人不仅把天鹅描绘成奇妙的歌手,还认为在一切能知生死之将至的生灵中,惟独天鹅在弥留之际还能歌唱,以和谐之音预示它最后的一息"。布封说。"天鹅之歌的传说,甚至控制了古希腊人敏锐丰富的想象力,无论诗人、辩士,还是哲人,无不认同,觉得这个传说实在是太喜人,谁也不愿意怀疑其真实性。"④

质言之,天鹅身上悖论式地存在着悲欣交集的意义。这种意义含量,如荷尔德林感觉到的语言身上的悖论:它既是人"最危险的占有物",又是人

---

① [希腊]柏拉图:《斐多》,杨绛译,中国国际广播出版社 2006 年,页 103、104。
② [德]黑格尔:《哲学史讲演录》第二卷,贺麟、王太庆译,商务印书馆 1983 年,页 154。
③ [英]本·琼孙:《莎士比亚戏剧集题词》,见《卞之琳译文集》(中卷),安徽文艺出版社 2003 年,页 48。
④ [法]布封:《布封散文》,李玉民等译,人民文学出版社 2010 年,页 134—147。

所从事的活动中最为"纯真者",[①]因此他在写到天鹅与自己的关系时,将它比为柏拉图《斐多》中的女先知迪奥蒂玛:"我失去了她也就是失去了自己。"[②]现代法国哲学家加斯东·巴什拉以性别话语总结了天鹅的复杂性:"天鹅的形象是两性体的。天鹅在静观明亮的水时是雌性的,而行动中是雄性的。对无意识而言,行动是一种行为。只有一种行为……诗人联想起行为的形象在无意识中必定会从雌性发展为雄性。"[③]这样的洞见可谓与荷尔德林有异曲同工之妙。

在与古希腊文化有密切渊源的印度文化传统中,天鹅就包含有语言的意义。大梵天的坐骑是天鹅,它们喜欢在莲花丛中游戏。天鹅又是语言之神和文艺女神的别名,檀丁在《诗镜》开篇就写道:"愿四面天神的颜面莲花丛中的天鹅女,极纯洁的辩才天女,在我的心湖中永远娱乐吧。"按金克木先生的解释,这句诗也可以理解为诗人希望诗歌能让读者的心陶醉。[④]也就是说,天鹅也是诗或诗人的化身。另外,与此相关,在遍及世界的天鹅处女型民间故事里,天鹅又是美丽的仙女或神女的代称。美丽的仙女或神女到人间,变成美丽的天鹅或其他鸟在水里游玩,被某个人间的男子看见,这是天鹅处女型故事里的一个经典场景。[⑤]

基于上述文化资源,现代以来,许多对汉语新诗影响巨大的外国诗人,

[①] [德]海德格尔:《系于孤独之途》,成穷、余虹、作虹译,天津人民出版社2009年,页291。
[②] [德]荷尔德林:《梅农为迪奥蒂玛悲歌》,见《追忆》,林克译,四川文艺出版社2010年,页32—33。
[③] [法]加斯东·巴什拉:《水与梦——论物质的想象》,顾嘉琛译,岳麓书社2005年,页41。
[④] [印度]檀丁:《诗镜》,金克木译注,见《古典文艺理论译丛》(第十册),中国社会科学院文学所编,知识产权出版社2006年,页18。
[⑤] 笔者写到此处,恰好看到日本作家长谷川四郎的散文《天鹅湖》(汪剑钊主编《最新外国优秀散文》,春风文艺出版社2002年)里,写了一个现代人如何渴望和梦想天鹅降临湖面的故事。

都曾有关于天鹅的杰作,更不必说音乐家中有圣桑、舒伯特和柴可夫斯基等关于天鹅的音乐作品和其他艺术形式的作品了。这些诗作主要脱胎于天鹅的挽歌、丽达与天鹅、天鹅湖（天鹅处女型故事里的场景）这三个原型性的题材。具体信息如图示：

作　　品	作　　者	国　别
丽达	普希金	俄国
天鹅在哪里？——天鹅已飞走	茨维塔耶娃	苏联
天鹅	波德莱尔	法国
浮士德（第二部）	歌德	德国
生命的一半	荷尔德林	德国
天鹅	马拉美	法国
天鹅	瓦雷里	法国
柯尔庄园的野天鹅	叶芝	爱尔兰
丽达与天鹅	叶芝	爱尔兰
丽达	里尔克	奥地利
天鹅	里尔克	奥地利
勒达篇	艾吕雅	法国
对天鹅的诅咒	史蒂文斯	美国
天鹅	苏利·普吕多姆	法国
天鹅	弗兰克·斯图尔特·弗林特	西班牙
扭断天鹅的脖颈	马丁内斯	墨西哥
天鹅湖	聂鲁达	秘鲁
天鹅、勒达	鲁文·达里奥	西班牙
天鹅之死	娜斯 (Ase-MarreNesse)	挪威

上述西方现代诗里天鹅主题的诗作图目，基本上以现代汉语诗人和翻译家对外国诗歌的翻译为视点作统计。其中，许多作品都有两个以上的译本。这些诗人大多对现代汉语新诗产生了巨大影响。这个统计肯定有遗漏，但通过它们，可大致勾勒出"天鹅""飞"到当代汉语诗中的线路图。

下面表格中显示的，是当代汉语诗歌对本属于西方诗歌传统的"天鹅"的大量重写或续写之作，据笔者的不完全统计，二十世纪八十年代以来，汉语新诗中以天鹅为题的作品很多，下面只是举要列出：

作品名称	作者	写作时间
天鹅湖	艾青	1980 年
天鹅的歌声	任洪渊	1980 年
天鹅之死	叶文福	1980 年
天鹅之歌	陈敬容	1982
天鹅	艾青	1983 年
在那个冬天我看见了天鹅	西川	80 年代
天鹅之死	欧阳江河	1983 年
一只苏黎世的天鹅	杨炼	不详
白天的天鹅	张枣	1987 年
天鹅十四行	臧棣	80 年代
天鹅	海子	87 年—89 年间
丽达与天鹅	张枣	88 年左右
天鹅	南野	不详
天鹅	戈麦	1990 年
天鹅	张枣	88 年左右

续表

作品名称	作者	写作时间
圣桑《天鹅》	昌耀	1992年
十二只天鹅	西川	1992年
玄想中的天鹅	雷格	1992年
十只天鹅	宋琳	1993年
天鹅	吕德安	1994年
在丹麦遇见天鹅	于坚	1996年
寄情崇偶的天鹅之唱	昌耀	1997年
天鹅	西渡	1997年
新天鹅湖	翟永明	2001年
天鹅	萧开愚	2002年
天鹅新闻学丛书	臧棣	2009年

仅上述这些作品中,就有许多是当代诗歌史上的名作。从统计表中,我们可以大致看出,天鹅相对集中地出现在八十年代到九十年代中期的诗歌中。显然,以"祖国"隐喻为中心的诗歌抒写主体,及其采撷的外来诗歌抒情资源的方式,已然渐渐让位于以建构新的抒情主体为中心的隐喻体系。具体地说,个体与祖国/女性(母亲或情人)的抒情主体结构的式微和稀释,上述诗歌中以"天鹅"为象征核心的诗人的抒情建构的兴起和繁衍,典型地表明了基于五四到文革以来的文学写作分歧:通过一个外在的声音和意义来构建诗意,还是通过语言自身对灵魂和世界的探索来建构诗意?当代诗歌开始重新思考诗人、语言、民族国家和社会之间的关系,以建构新的有效诗意,"天鹅"正是这一思考的重要象征凝聚点。它标志着汉语诗歌吸收

外来诗歌资源的方式发生了某种变化,也暗示了当代汉语诗歌内部的整体性象征漂移。

那么,如我们在两个图表中可以感觉到的疑问,西方强势文化和强者诗人的"天鹅"诗篇是如何在汉语中复活和变形的?[1] 它们如何鼓励和催生出一种新的汉语诗歌形态,同时又被汉语诗歌"夺胎换骨"、"弃舟登岸"?

如何用前人诗中的活性形式,来盛纳"现在"的写作处境,已经是诗歌传递过程中的老问题了。一首诗的杰出,正在于曾有另一首诗的存在。陆机曾在《文赋》中说,写作的要诀之一,是如何"颐情志于典坟"、"收百代之阙文,采千载之遗韵"。在后来的许多诗人那里,被通俗地称为"随身卷子"。相似地,巴赫金也说,"任何一篇文本都吸收和转化了别的文本"[2]。前人作品中的经典情境,总是诱惑后来者将自身的体验嵌套在其中,就像看画的人,想变成画中人一样。就此,歌德就嘲笑法国剧作家身上"沉重的希腊盔甲",[3] 刘勰提醒过诗人和作家,做诗文要自成机枢,不可寄人篱下,黄庭坚则梦想着从前人那里夺胎换骨,点铁成金。艾略特把这种关系统统视为传统与个人才能之间的纠结,布鲁姆更是以文学强人之间的搏斗来形容这种关系,他津津乐道地讨论诸如这样的问题:莎士比亚之后的作家是如何逃避或抵抗来自莎士比亚的压力的?布鲁姆有一个俏皮却足以安慰后来者的回答:卡夫卡也许是把《唐吉诃德》改成了一个冗长而苦涩的犹太笑话,而陀思妥耶夫斯基《白痴》中的梅思金公爵就是以堂吉诃德为原型

---

[1] 这里是借[美]哈罗德·布鲁姆在谈论莎士比亚时的著名说法。见《影响的焦虑——一种诗歌理论》,徐文博译,江苏教育出版社 2006 年,页 15。
[2] [法]蒂费纳·萨莫瓦约(Tiphaine Samoyault):《互文性研究》,邵炜译,天津人民出版社 2003 年,页 4。
[3] 《歌德文集》(卷 10),范大灿等译,人民文学出版社 1999 年,页 3。

的^①。当代汉语诗人昌耀总结了这个苦涩的幽默:"唐吉诃德的军团仍然在前进"——这一幽默,却可能化自惠特曼的诗句"行进中的军团"[②]。

他们从正反两面涉及的是同一个问题:诗人如何把一首诗发明成为另一首诗? 或许是受到爱伦坡小说《瓶中信稿》的启发,曼德施塔姆把这种诗歌之间的秘响旁通比喻为漂流瓶,这是一个生生不息的疑问:一首好诗乃至任何一件杰出的艺术作品散发出的秘密火焰,是如何被另一个作家接受和传递的? 虽说不同处境下,写作的花样不同,但写作的幸福和困境,都在于如何找到和打开前人的漂流瓶,塞进自己的秘密,再次将它抛进时间的川流。从这个角度而言,当代汉语诗歌追求自强自立所面对的由历史、政治和现实处境构成的诗意镣铐,最终也体现为类似的纠结。化解百年历史剧变凝结于汉语中的革命和政治语义禁锢,在中西诗歌再次融合的背景下,拨开已有诗歌丛林的迷雾,因地制宜地变幻出新的诗意世界,写出另外的诗,一直是当代汉语诗歌写作的梦想和实践。因着这种需要,当代以来,许多杰出的诗人都依凭各种诗歌传统,传递和发明着各色诗歌秘密,幻化出新的宽广、高妙和穿透现实的想象力。解答为什么这个时期"天鹅"在汉语诗歌中变得如此具有通约性,就能具体地回答这个问题。

为了让我们的回答可以依据一个更为纵深的背景,我们先要阐明几重关系。

首先,在前面的简单回溯中我们知道,无论在"天鹅湖"、飞往太阳的天鹅形象里,还是在作为神的暴力的象征的天鹅形象里,天鹅都与神有关;或者说,都是通过人与天鹅的关系来表达人与神之间的关系:神化为美丽的

---

① [美]哈罗德·布鲁姆:《西方正典》,江宁康译,译林出版社2005年,页97。
② [美]惠特曼:《草叶集》(上),楚图南、李野光译,人民文学出版社1997年,页513。

天鹅诱惑人,或化为永恒的、脱离了肉体形式,融入阿波罗的光辉,象征人对于光明、理性和幸福的永恒向往;或神变成天鹅,为自己的快感而强暴人,致使人间孕育了所有的美丽和苦难。

其次,如我们前面所言,在古老的印度诗歌里,天鹅本身就是诗歌语言的代称。在当代汉语诗人笔下,也常常出现这个比喻。与此相关,许多研究者和诗人都谈论过的八十年代汉语新诗的"语言"转向(比如诗人韩东说"诗到语言为止")。

另外,因为汉语里神的形象特有的暧昧和尴尬,所以当代汉语新诗中的天鹅形象与新诗中的祖国与女性、女神之间的互喻传统之间,也有某种"上下文"关系。如我们在前一章讨论过的,八十年代以来,为了消除革命和政治语义的笼罩,汉语诗人甚至将"祖国"形象系统转换为少数民族文化中的"神"的形象。"祖国"意象即使还被继续使用,也成为"纯诗"或语言乌托邦意义上的祖国。作为语言或诗的象征的"天鹅"出现,与这类变化具有同构性。不同的是,后者成为一个在当代诗歌话语中更为强大的隐喻模型。

基于无数西方诗人关于天鹅的杰作,当代汉语新诗中升起了大量关于"天鹅"的词语风景,来疏远、抵消和漠视凝聚着政治崇高性的抒情。换言之,在全球化和现代化的语境里,在对西方文学梦幻式向往中,当代诗歌开始小心翼翼地寻找另一秘密的对话者和自我的象征物,即使在一种更为强大的传统中建立、甄别自己的传统,必然面临别的困难,但当代汉语新诗中依然产生了许多神采奕奕之作。

邂逅天鹅

也许有些令人惊诧,二十世纪八十年代初对"天鹅湖"或"看见天鹅"场景的重写,始于"归来"的老诗人艾青①:

羽毛的振动

难于捕捉的轻盈

洁白的跳跃

如光在林间飞奔

爱情的追逐

羞涩的逃逸

欢娱的颤抖

深情的牵引

柔软如黄昏的湖水

朦胧如环湖的树林

象星光在夜空闪动

---

① 笔者最近读到,诗人陈建华六十年代后期的诗歌里,也零星写到天鹅,但没有作为主题抒写。参阅《陈建华诗选》,花城出版社 2006 年。

音符似的飘忽不定

（1980年5月5日）[1]

若把艾青描写的"天鹅"回放到1980年前后的具体背景中看,会非常有意思。艾青关于天鹅的诗里有着一种倾向：完全偏离了祖国、政治、民族等他曾长期忠实的书写对象和忠实的"言外之意"。在这首诗里,他把诗意的崇高性建立在对天鹅形象的纯粹描写上,这个形象一反艾青以前的大部分作品,变得"没有寓意",只剩下一种"难于琢磨的轻盈",也就是说,那高于诗歌的主宰性意义消失了（与此对照的,是这个时期的朦胧诗,它们正在明确地建构各种基于革命和政治语义的新的寓意结构。比如,也就在1980年,诗人叶文福诗作《天鹅之死》中,天鹅意象依然和祖国直接相连,诗人把"看见天鹅"的经典场景抒写为天鹅"在时代微寒的晓风中,飞进了我的祖国"[2]而艾青则一度作为官方美学的代言人,批评朦胧诗运动）。相较于艾青沉郁涩重的诗歌史形象,这首诗似乎卸下了所有的"重量"。然而,我们也可以发现,在抛弃"寓意"的同时,艾青也抛弃了对经验的直接描写——把个体和社会经验象征化,是他此前那些著名的诗篇的最感人的地方。现在,他以旁观或间接的姿态来描写天鹅,他笔下的"天鹅"的每一个"动作",在时间上都是平行的,或者说,都变得没有时间感,没有过去,没有未来,没有具体生活情景,只是一段时间的"停顿"或"陷落",一种对情景的综合立体的描写,一种对于革命乌托邦意义上的线性时间感的漠视。老诗人似乎想通过诗歌来反对自己的"经验",只专注那些幻想和虚构的美。

---

[1] 艾青：《艾青诗全编》（下），人民文学出版社2003年,页1357。
[2] 叶文福《天鹅之死》写于1980年12月,参见谢冕主编《中国当代文学作品精选·诗歌卷》,北京十月文艺出版社1999年,页787。

他 1983 年写的短诗《天鹅》里也如此:

  你天外的来客

  多么自由自在

  完美的造型

  轻盈的体态

  崇高而又温柔

  比雪花更洁白

  湖上的浪花

  天上的云彩

诗人简单明快地点染出天鹅具有的神性和崇高,但依然缺乏个体经验的掺入。他此前的写作依据的民族苦难历史和革命经验,以及后来遭遇的"文革"经历,都没有和天鹅形象发生直接的关系,这是一种有意的回避?或者说,也暗含着一种影响的"焦虑"?艾青晚年不少作品,都显示出类似的抒情倾向,似乎预示着某种新的诗歌的诞生,但也显示出某种空洞:因为诗人对诗意空白缺乏有力而精确的回应。全诗没有突破肤浅诗意的束缚,缺乏对于社会和历史的有力回应和深度熔炼,这似乎是革命象征抒情的后遗症,也是晚年诗人艾青的遗憾。

  在同时期更年轻的诗人任洪渊《天鹅的歌声》一诗里,天鹅开始跟诗人的经验发生关联,"我"与"你"的对话,使全诗在人称上有了主体化的姿态,天鹅也因之成为诗人自身的处境的象征:"注定了,莫非这就是我的命运/你飞旋,我只能望着你的远影独吟唱"……"让我就是白云,与你联翩／我自由舒卷的旋律,是你鼓翅不息的精神"……"我在奋飞的节奏里永生——共你不死的歌魂"。相较艾青而言,年轻的诗人没有来自历史的内伤,可以更无所顾忌地表达自我。天鹅的出现也是一个标志,汉语新诗的历史上,诗人终于为自己和诗歌找到一个可兴寄的非政治化的物象。蒙田说,假如不给灵魂某种攀附的东西,它就会在自身中迷路[①],这可以借来形容攀附天鹅的诗人们。因为这个物象具有的神话学基础,它在后来许多诗人的笔下,都被抒写为诗人和诗歌的各种化身。

比如,"天鹅"也让海子所梦想的"落英缤纷的祖国"在他笔下有更为内敛的、经验化的书写。在海子的《天鹅》一诗中,他将个人的爱情际遇,与作为神、语言的象征的天鹅与人之间的关系,融为一体。他如许多年轻诗人喜欢的那样,将个人的爱情体验和伤痛神圣化,或者说将神圣性溶解在个体的情爱经验之中。在个体经验与神圣话语之间,他建立起了一种"新的联想":

  夜里,我听见远处天鹅飞越桥梁的声音
  我身体里的河水
  呼应着她们

  当她们飞越生日的泥土、黄昏的泥土
  有一只天鹅受伤
  其实只有美丽吹动的风才知道
  她已受伤。她仍在飞行

---

① ［比利时］乔治·布莱(George Blay):《批评意识》,郭宏安译,百花洲文艺出版社,页275。

而我身体里的河水却很沉重
就像房屋上挂着的门扇一样沉重
当她们飞过一座远方的桥梁
我不能用优美的飞行来呼应她们

当她们像大雪飞过墓地
大雪中却没有路通向我的房门
——身体没门,只有手指
竖在墓地,如同十根冻伤的蜡烛

在我的泥土上
在生日的泥土上
有一只天鹅受伤
正如民歌手所唱

海子将民间故事里天鹅女与人间男子之间的故事,变成了一个孤单的、充满思念的自我的故事。当代汉语诗人所写的天鹅诗里,没有哪首比海子写得更加纯美动人了。比起此前新诗中那些著名女性形象,海子在此发明的这个女性对话者,已与"祖国"无关,或者说,在海子这一代诗人的身上,诗意的源泉及其呈现姿态,诗歌的赞颂与哀伤,都无关外在于诗的政治或民族宏旨,诗人丢开了一切可能与诗歌无关的"器件"和"装饰",实践着一种全新的建构,这个意义上的诗人和诗歌,与之前的大部分新诗全然不同。

在海子的诗里,我们先要注意这个比喻:"我身体里的河水"呼应着"受伤的天鹅"。前面说过,天鹅与水的关系,寓意着读者与诗歌或语言之间的关系,也寓意着文艺女神和诗人心灵之间的关系。在海子这里,它们被天才地融为一种初恋情愫。情爱、神爱、诗歌之爱融为一曲哀歌,所以,初恋情愫除了是它自己之外,也可以理解为是诗歌对原初性命名的梦想的一种具象化,二者联合让诗人的经验更加接近诗性本源。如果把恋爱与诗歌之间的映射视为一个隐喻的话,由于这个隐喻的高明,隐喻的源域和目标域重组了它们置身的构架,源域和目标域周边概念群扩大了,二者产生了令人惊奇的、有趣的、感觉畅快的关联和相互阐释。[①] 再比如,将身体里的"河水的沉重",喻为"房屋上挂着的门的沉重",该比喻贯穿第二节和第三节,显示出一种南方乡村冬季生活经验,将天鹅想想与乡村经验结合的做法,在《两种村庄》《汉俳·风吹》《四行诗·哭泣》等作品中也体现得比较明显。这种因地制宜,让诗人与天鹅的关系,更加属于海子梦想的汉语祖国。

这时期天鹅与诗人或诗歌的互喻,被许多诗人热爱。他们都乐此不疲地寄居在天鹅的美丽和孤独中来"思考"诗的问题。比如,诗人戈麦在《天鹅》一诗里,就明确将天鹅与诗歌或语言互喻:

> 除了梦幻,我的诗歌已不存在
> 有关天鹅也属于上一代人没有实现的梦想
> 我们日夜于语言之中寻找的并非天鹅的本质
> 它只是作为片断的华彩从我的梦中一晃而过

[①] [美]约翰·霍兰(John Holland):《涌现:从混沌到有序》,陈禹等译,上海科学技术出版社2006年,页212。

1990.11①

戈麦将天鹅比喻为诗歌片段地闪现的象征,他有意识地营造这个比喻中不落言诠的力量。按阿伦特谈论隐喻时的说法,在隐喻类比结构里的"现象世界"中,我们能想起"非显现"的事物,这种简单的事实能够被视为相互关联的精神、思维和感官经验、不可见的事物和可见事物相互"协调"的一种"证明"。② 也就是说,当代诗歌开始慢慢回到由卞之琳、冯至等诗人开创的传统里:汉语的诗意必须与不可见的事物发生关系。让一切不可见的事物敞开,这是诗歌值得追求的使命。在诗人南野的《天鹅》一诗里,也有类似的比喻:

神奇的大天鹅,在湖面上居留

它雪白的胸在绿波上,犹如沉眠

犹如诗人,沉睡湖底

安静地流血③

天鹅在水面的美丽身姿,犹如诗人在自己的沉湖中"流血",这样的比喻,很容易让人想起李商隐笔下啼血的杜鹃。在更多的诗人笔下,"看见天鹅"是一个常见的情景,它成为诗神降临或诗思涌现的象征:

在那个冬天我看见了天鹅

大天鹅,背脊肮脏

---

① 戈麦:《彗星——戈麦诗集》,漓江出版社1993年,页287。
② [美]汉娜·阿伦特(Hanna Arendt)《精神生活·思维》,姜志辉译,江苏教育出版社2006年,页119。
③ 谢冕,唐晓渡主编:《以梦为马——新生代诗卷》,北京师范大学出版社1993年,页155。

在水面回游，神色苍凉

——西川《在那个冬天我看见了天鹅》[1]

十二只天鹅

那闪耀于湖面的十二只天鹅

没有阴影

——西川《十二只天鹅》[2]

你呀，兀傲的孤客

只在夜夕让湖波熨平周身光洁的翎毛。

此间星光灿烂，造境遥深，天地封闭如一胡桃荚果。

你丰腴华美，恍若月边白屋凭虚浮来几不可察。

夜色温软，四无屏蔽，最宜回首华年，钩沉心史。

——昌耀《圣桑〈天鹅〉》[3]

或许只有一只，变形的天鹅

我在远处它如夜的目光中冥想

天神的气质———面

不确定的镜子……

——宋琳《十只天鹅》[4]

---

[1] 西川：《西川诗选》，人民文学出版社1997年，页10。
[2] 西川：《西川诗选》，人民文学出版社1997年，页129。
[3] 昌耀：《昌耀的诗》，人民文学出版社1998年，页245。
[4] 宋琳：《门厅》，北岳文艺出版社2000年，页1。

> 它牵着黑夜的大船来了它是头
> 后面是羽毛 城堡 海呻 岩石
> 它贴着水皮划过桥洞
> ——于坚《在丹麦遇见天鹅》①

> 而这些天鹅，十几只，没有飞远，没有害怕，
> 也没有羞怯，任凭岁月悠悠的模样；
> 仍旧期待着，期待着房间恢复光亮，而我看见
> 风吹落了它们羽毛上的黑暗，
> 纷纷扬扬还带着降雪的迹象……
> ——吕德安《天鹅》②

尽管天鹅对这些钟爱它的当代诗人来说，的确是"一面不确定的镜子"，这表现为它的"肮脏""苍凉""阴影""黑夜""期待"等具有消极之美的各种特征。但经过多次"看见"之后，"看见"本身的寓意，似乎有些变得僵化或寻常了，成了一种容易复制的模型，或者"兴"沦为一种"比"。因此，到本世纪初的萧开愚笔下，对上述比喻有了解构式的描述，他虽依旧以"看见"结尾，却对此作了明确的反讽：

> 柴氏叶氏没错，
> 奉载之绿是真实的，

---

① 于坚：《于坚的诗》，人民文学出版社 2000 年，页 92。
② 吕德安：《适得其所》，重庆大学出版社 2011 年，页 108。

> 走红飞白是道德的,
> 加起来就是美学的。
> 我很少看它,
> 很少想要看它。
> 它不是水面闲逛的大理石,
> 不是香火单传的默哀。
> 我见过,它醒着一只,睡着两只;
> 高颈狐疑,霎时是象手。
>
> ——萧开愚《天鹅》

"道德""美学""大理石""不是""单火相传",都让整首诗所针对的天鹅形象,充满了"狐疑"。当然,无论"看见"的姿势是正是反,以"天鹅"之诗来展示元诗意识,是上述诗人,包括萧开愚共享的重要命题。他们不约而同地将诗人的写作,诗人与语言或神性的关系,比喻为人与天鹅的关系。

在萧开愚的诗里,他提到了柴可夫斯基和叶芝。明确地展示了汉语中的"天鹅"是中西诗歌对话的产物。这种关于"天鹅"的中西诗歌对话,最为持久而有力的实践者,是诗人张枣。从二十世纪八十年代到九十年代,一直到二十一世纪,他都在诗歌中表现了对这种对话的思考。在众多咏唱"邂逅天鹅"的当代诗人中,我以为张枣是最独特的一位。

天鹅，那是你吗

  我们先以张枣为例，来论述天鹅在当代汉语诗中的方方面面。在他的笔下，天鹅都被赋予了第二人称"你"，与上述所有诗人相比，有奇异的区别和开阔。如果细读他关于天鹅的诗，就发现，他的咏唱有一种明确而持久的针对性。他关于天鹅的几首诗，很自觉地以汉语的优异性来与西方天鹅诗篇平等地对话，显示出特别的气质。理解这一点，就能更好地理解天鹅在当代汉语诗歌中"飞行"的姿势。张枣曾发出这样的自我追问，"我们的美学自主自律是否会堕入一种唯我论的排斥对话的迷圈里？对来自西方的现代性的追求是否要用牺牲传统的汉语性为代价？"[1]在他关于天鹅的诗里，最能体现对这种追问的实践和回答。

  张枣诗中最早出现"天鹅"，是在1987年他刚到欧洲不久写成的一首诗里："陌生的果实飘然坠地；而那常传闻的／天鹅，正可怕地，贴着凉水游向你，似乎／它们的内心含着一个惟一的地名……"（张枣《选择》1987年1月）。从作品本身来看，这首诗包容了古今中外诗意资源的秘密融合，也显示出一种迎向艰难的原创意识和文明沟通的构想。在《选择》中，他对陌生的"天鹅"的"可怕性"的敏感，精美地表达了漂泊异国的处境，也摆出对内心含有唯一的命名的"天鹅"的美学抗拒。可谓将生活"选择"，

---

[1] 张枣：《"Anne-Kao 汉语诗歌创作奖"受奖辞》，《从最小的可能性开始》，萧开愚、臧棣、孙文波编，人民文学出版社2000年，页249。

化为一种诗意的内心纷争；把真实的艰难,转喻为词之于物的艰难。两个月之后,张枣将这种"选择"的艰难聚焦于《白天的天鹅》一诗中,更加具体地敞开了内心境况：

  白天的天鹅,令人呕吐

  我含泪的、二十四岁的四肢

  被你踩躏得何其疲倦

  好像我再也不能

  回到远雷清脆的世界

  你吮走了天下的雨露

  只留下干涸和敌人

  炙热地围绕我的身边

  真的,天鹅,我不理解

  为何你一贯如此固执

  我已经穿过了无尽的病房

  映在干涸里的敌人也丧了胆

  你为何还要摸到我的跟前

  像情侣玩着器官一样

  柔肠寸断地享受我的

  疲倦中的疲倦

          （1987.3.12 Königstein）[①]

  从字面意义看,诗人描写天鹅对诗人的过度"踩躏"和"掠夺"所使

---

① 此处引用的张枣作品都根据《张枣的诗》人民文学出版社2010年第二版。

用的语言,让人想起西方现代艺术家面临的困境:上帝逃遁,神性光芒也黯然失色,世界进入茫茫黑夜,比以往任何时候都更加贫乏。① 此诗写于1987年,张枣已在德国一年,对西方现代诗歌传统应该有更为切身的体会。西方文学语境中的天鹅是神迹的象征,所以此处对天鹅的歌颂或怨诉,某种意义上就是对神的歌颂或怨诉,也是对于诗之言说的反思。当然,在这位优秀汉语诗人对西方文学传统的续写里,也有着某种秘密而自觉的偷星换月。

首先,他继续把这个西方诗歌最优良、却几近耗净的元素,改造为对自身处境的暗喻:和《选择》一诗里的"陌生"、"可怕"、"包含着唯一命名"的天鹅一样,在《白天的天鹅》里,我们仍能看到,对年轻的诗人而言,离开母语和故土,某种意义就是一种"蹂躏"和"疲倦","白天的天鹅"这一形象,是诗人处境的形象化或客观化。张枣的好友,曾长期旅居欧洲的诗人宋琳,讲述过诗人寓居海外的精神处境与写作的关系,他的话可以作为张枣诗中的"疲倦"、"干涸"和"敌人"的绝好注释:"由于置身西方现代性观念发源之地,文化的可通约或不可通约之悖谬处境,为这些诗人制造了必须通过写作去实现精神突围的现实困境。"② 这种困境被张枣幻化为"摸到我的跟前"的"天鹅";其次,"白天的天鹅"那种在人间的孤独之美,天物暴殄于白天的不适、尴尬和踉跄,就像波德莱尔笔下的落魄巴黎街头的天鹅,也是现代诗人和现代诗歌的象征。"白天"之天鹅,不就是现代之于诗人么?此外,"天鹅"作为已背负着无数"诗意"的崇高物象,它们不可撼动的"顽固",让诗人产生了如"情侣玩着器官"般的"疲倦中的疲倦"——这个比喻非常有力度,用性话语和颓废的情绪来描述天鹅与诗人之间的悖

---

① [德]海德格尔:《系于孤独之途》,成穷、余虹、作虹译,天津人民出版社2009年,页100。
② 宋琳:《域外写作的精神分析》,《中国新诗评论》2009年第1辑,页205。

论,可谓用心良苦。

　　理解上述几个层面的"疲倦",我们就能理解墨西哥诗人马丁内斯为什么要"拧断天鹅的脖子",美国诗人史蒂文斯何以发出"对天鹅的诅咒"。因此,"干涸"、"敌人"不仅仅是诗人远游异国他乡面临的"干涸"、"敌人",也暗示了诗人体悟到的西方现代艺术处理困境的方式,以及所有现代诗人的共同处境,现代诗人每次写作的成果,都必须克服神性的缺在,都是与"干涸"或"敌人"搏斗留下的"残骸"。按张枣自己的话,每一首杰出的诗都是"空白练习曲"。

　　当然,理解张枣在西方世界感到的"疲倦中的疲倦",我们某种程度上也就能理解汉语诗歌的世界处境。因为,把这首诗放到当代汉语诗歌的脉络里,"天鹅"就可以有另外的含义:当代汉语诗歌中革命和政治语义资源被朦胧诗最终从反面耗尽之后,汉语诗歌开始寻找新的内在对话者,构造新的抒情主体,也就是重新"写"的问题。因此,张枣注意到当代汉语诗歌中的所谓"元诗"意识:即诗人把对"写"诗的思考,有意地、完整地展示在诗歌写作之中,这样,诗歌写作就不再全然依赖于某种外在的崇高感(比如革命、祖国、未来、爱情、自然等阶级、民族情感或伪浪漫主义情调),而每每要展示诗歌是如何写出来,诗意如何发明,也就是以对写作及其方法论的焦虑、反思和辩解的展示,作为诗歌写作的逻辑核心。[①] 张枣此诗对"天鹅"象征意义的攫取,正是将这种寻找、发明及其困难极端而不失优雅地显形于词语的流动和锻造中——因为在丧失了天意、神意、政治或反政治的崇高性的刺激和支撑之后,发明新的诗意,往往充满"疲倦",如从前的"陶醉"或

[①] 张枣:《朝向语言风景的危险旅行》,见《最新先锋诗论选》,河北教育出版社,2003年,页458。

"迷狂"一样。在后来的《天鹅》一诗中，诗人更为集中地展示出，摆脱这种"疲倦"，也就是诗人与诗歌之间相互"看见"和"敞开"的过程：

尚未抵达形式之前
你是怎样厌倦自己
逆着暗流，顶着冷雨
惩罚自己，一遍又一遍

你是怎样
飘零在你自身之外
什么都可以伤害你
甚至最温柔的情侣

怎样的恓惶，大自然
要撵走你，或者
用看不见的绳索，系住
你这还不真实的纸鹫

宇宙充满了哗哗的水响
和尚未泄漏的种族的形态
而，天鹅，天鹅，那是你吗？
而明天，只是被称呼为明天的今天

这个命定的黄昏

你嘹亮地向我显现

我将我的心敞开,在过渡时

我也让我被你看见

此诗续写了邂逅天鹅的故事。读第一节,尤其是"形式"一词,我就立即想起苏格拉底的一个著名比喻:"热爱知识的人开始受哲学领导的时候,看到自己的灵魂完全是焊接在肉体上的。它要寻找真实,却不能自由观看,只能透过肉体来看,好比人在监狱的栅栏里眺望"[①];想起庄周化蝶或丁令威化鹤的故事;想起波德莱尔"想成为另一个"的自我变形记;也想起里尔克的名作《豹》里的灵魂的困境:"它的目光被那走不完的铁栏／缠得这般疲倦,什么也不能收留。／它好像只有千条的铁栏杆,／千条的铁栏后便没有宇宙"(冯至译);诗歌剥离词语和事物的累赘的过程,正是诗歌实现自身的过程,也是灵魂摆脱羁绊,寻找和实现自身的过程。这个过程,在张枣所钟爱的里尔克的名作《天鹅》里,已经被写过:

在尚未完成的苦活中跋涉,

我们仿佛绑着腿,一路蹒跚,

就像行走的天鹅那样笨拙。

而死去——放下一切,不再感觉

我们每日站立的坚实的地面——

就像天鹅降落湖水时的忐忑。

---

① 柏拉图:《斐多》,杨绛译,中国国际广播出版社2006年,页95。

等待它的是水温柔的迎接,
仿佛充满了敬畏和愉悦,
分开的细流守候在两旁;
而它,无限沉默,无限清醒,
尊贵,优雅,冷漠如冰,
开始在新的国度里滑翔。

(灵石译)[①]

张枣的诗显然是对里尔克此诗的改写。他自己曾谈过里尔克的天鹅描写对他的启发:"为什么写这样的事物?里尔克为什么觉得天鹅那么了不起,把天鹅转化为一个工作者?"[②] 两首诗歌都写天鹅抵达自身的过程,也就是天鹅回到属于自己的领地中。张枣着魔于里尔克的这一比喻,但也对其有秘密的转移。里尔克所写的抵达形式本身的梦想,以及抵达过程中的蹒跚和辛劳,无不是对现代艺术家作为劳作者(如罗丹教导里尔克的那样)的比喻。张枣对里尔克最明显的改写之处,首先是人称的变动。里尔克诗中的"我们"与"它",被张枣变幻为"我"与"你"。这导致了两首诗意义不同的指向。里尔克将"我们"比喻为天鹅,这里的"我们",可理解为诗人与诗歌的合体,同时也可以理解为诗歌的西方读者,因为,将"我们"与地面之间的关系,比喻为天鹅与湖水之间的关系;将天鹅从陆地上蹒跚地迈进入水中,直接比喻为诗歌和诗人自身的实现,比喻为人生死之际灵魂的

---

① 引自:http://www.aiwoqi.com/content.asp?id=9120;
② 颜炼军、张枣:《"甜"——与诗人张枣一席谈》,《名作欣赏》2010 年第 4 期。

轻逸和涅槃,这些在西方文化里都有坚实而深远的文化背景。而张枣将这种关系改写为"看见天鹅"和"被天鹅看见",尤其是改成"我"与"你"之间的对话,就让诗意具有了汉语古典诗中"相看两不厌"的气象,同时也生发出一种文化对话的姿态:这"天鹅"是属于汉语的"天鹅"么?犹疑中,透露出为汉语采集诗意的私密和孤单。"你是怎样/飘零在你自身之外"本身不就是现代诗人的境遇吗?这是对"我"与"你"的关系的另一种描摹,也可以作为张枣自己处境的象征:漂泊他乡异国,就是飘零在自身之外。当然,我们能为这样的诗句动情,是因为每个人是自己,更是自己的异国他乡,我们无一例外地漂泊在我们之外,都在为抵达自己的"形式"蹒跚行进。在里尔克的基础上,张枣借汉语潜藏的诗意能量,炽烈地总结了这种隐秘而普遍的灵魂处境,将之锻炼为一段天鹅深入和抵达自身的艰难历程。为了让"天鹅"成为自己的"天鹅",他甚至常常运用暴力和色情语素来强化诗歌中对话性。

这种狠劲儿,让人想起他另外在《丽达与天鹅》中对古典汉语两性情爱话语资源的借鉴和发扬。在丽达与天鹅的故事中,神将自己的情欲充满暴力地强加到人身上。叶芝就此写了其名作《丽达与天鹅》。张枣对这种混融了温柔、暴力和神圣的力量的迷恋,以及对这首诗歌改写入汉语的自信,让他打了一把赌,写下这首与叶芝同题的诗:

> 你把我留下像留下一个空址,
> 那些灿烂的动作还住在里面。
> 我若伸进我体内零星的世界,
> 将如何收拾你蹽突过的形迹?

唉,那个令我心惊肉跳的符号,
浩渺之中我将如何把你摩挲?
你用虚空叩问我无边的闲暇,
为回答你,我搜遍凸凹的孤岛。

是你教会我跟自己腮鬓相磨,
教我用全身的妩媚将你描绘,
看,皓月怎样摄取汪洋的魂魄。

我一遍又一遍挥霍你的形象,
只企盼有一天把你用完耗毁——
可那与我相似的,皆与你相反。

在文学史上,这种文学优异性的竞争并不少见。比如,荷马与维吉尔之间对于英雄所使用的盾牌的不同描写,就是最有名的较量。从莱辛在《拉奥孔》里对维吉尔的嘲笑中,我们可以看出这种比赛的残酷程度,有意思的是,我们前面提到过的现代诗人奥登,也写了一首名为《阿喀琉斯之盾》的诗向两位前贤致敬;在中国,李白《凤凰台》与崔颢《黄鹤楼》之间,也有过这种较量。张枣在别的诗歌里,也干过这种美学比赛,比如,早年的《何人斯》,正是以《诗经》里的情境为基础,借庞德式的化古语调,精确而柔情万种地展开了命名"那在外面的声音"的杰出尝试,在某些诗歌里,他还不露痕迹地改写或借用过《世说新语》和宋词里的情境,这与叶芝以新的文明史观重写希腊神话有异曲同工之处。事实上，重写古典诗歌是很艰难的工作，五四以来对古典诗进行再创作的尝试不少，但成功者并不多。此外很少有人注意到，张枣不少诗都有意地与现代汉语诗人的杰作进行对话和较量，比如鲁迅、何其芳、闻一多和冯至的作品，在张枣诗里都被重写过，他一方面采集他们挣脱了古汉语之后发明的一鳞半爪的诗意成果，同时也常常化用甚至放大他们处理古典汉语的种种心得。在上面这首《丽达与天鹅》的"战场"上，他的对手是现代最杰出的英语诗人之一。

在希腊神话里，丽达是斯巴达王后，她被宙斯变成的天鹅诱奸生下了海伦。[①]此后，拥有绝世之美的海伦，引发了十年特洛伊战争。战争结束后，特洛伊城被毁灭，胜利的希腊联军统帅阿伽门农从特洛伊凯旋而归，却被其妻谋杀。这是西方家喻户晓的希腊神话故事。叶芝的《丽达与天鹅》"不着一字"地重写了这个神话，诗中充满着野蛮、兽性和血腥，"天鹅神的超自然性，自然而然地激发了我们超自然的思想"，"由于其想象的大胆和特殊的组织，违反文化规则的事物仍然吸引着我们"。[②]

细致对比两首诗，可以发现许多微妙处。首先，为了展示对叶芝诗作的精确续写，张枣在分节和行数上，基本都与叶芝保持了对等。其次，与叶芝一样，张枣的诗中也没有直接提到"天鹅"或"宙斯"，如果不看标题，我们甚至不知道诗中主人公是谁，所谓"不着一字，尽得风流"。叶芝的诗结尾表达的疑问是：人是否因为神的强暴而获得知识？到张枣诗的第一节中，疑问在继续："如何收拾你躜突过的形迹？"但主题的重心却发生转移：

---

① 与海伦一起生下的人是谁，希腊神话里有不同说法。参考[苏联]：鲍特文尼克等编：《神话辞典》，黄鸿森、温乃铮译，商务印书馆2015年，页183。

② [美]杰弗里·哈特曼（Geoffrey Hartman）：《荒野中的批评——关于当代文学的研究》，张德兴译，天津人民出版社2008年，页39—40、42。

他写的是天鹅（宙斯）强暴丽达完毕飞走之后的情形,即神强暴人之后,在人间剩下的快感、虚脱和灾难。此外,叶芝只写"他"和"那摇晃的女子"之间发生的故事,像一个异国习俗的观察者般描绘这个神干扰人的过程。而张枣的诗里,却再次将叙事关系转变为"我与你"的关系。叶芝身处希腊和荷马的传统中,我们可以说,他自外于这个影响深远的神话事件的讲述方式,是为了"违反文化规则"地发明一种新的对话结构,如逆子出家,却离不开家。但作为汉语诗人,张枣整首诗里没有出现"神"或别的与西方神话直接有关的字眼,仅由此,就可以看出他是如何小心翼翼而精确地将自己划定在"汉语之内"和"欧洲之外"。"我与你"的关系,一方面将标题中显示出的神与人的关系具体化、情色化,将叶芝的暴力话语变成了一种温柔的两性怨诉话语或仿闺怨情调,进而与汉语古典诗歌传统发生了一种秘密的关系,获得了某种"风骚"的气质。在中国古典闺怨诗传统里,两性思念的话语,往往被置换为人神关系、君臣关系（比如屈原、宋玉或曹植的作品）。可以说,中国古典诗里丰厚的政治抒情传统,多与闺怨诗歌有关。这种"我与你"的关系,是中国古典诗歌呈现崇高性的核心关系,古典诗歌里对友谊或知音关系的抒写也如此。到了现代汉语新诗里,它常常转化为"我"与祖国（母亲或情人）的关系。而张枣试图借西方诗歌的对话结构和形而上学模式,促进汉语新诗与古典汉语诗歌伟大的对话或唱和传统对接。

波德莱尔说:"为了使任何现代性都值得变成古典性,必须把人类生活无意间置于其中的神秘美提炼出来。"[①]张枣这首诗作的"提炼",既是文

---

① ［法］波德莱尔:《波德莱尔美学论文选》,郭宏安译,人民文学出版社1987年,页485。

明对话的杰出尝试,也是发明古典性的典范。对诗人身处其中的汉语诗歌传统,这样做的效果正如马丁·布伯(Martin Buber)所说:"一旦讲出了'你','我—你'中之'我'也就随之溢出。"①,而对诗人面对的西方诗歌传统而言,正如诗人自己说的那样:"可那与我相似的,皆与你相反"。张枣正是以这样的细心,来解决他所钟爱的另一位诗人曼德斯塔姆提出的现代诗人面临的问题:"诗人与谁交谈?一个痛苦的,永远现代的问题。"②

"天鹅"的N种死法

从另一角度看,张枣《丽达与天鹅》所写的"天鹅"离去之后"丽达"的处境,展示的其实是人面临神意"空缺"的消极性处境。对消极性的呈现,是现代文学的核心主题,也是当代中国诗歌中最重要的主题,不同诗人面对这一主题形成了不同的修辞风格。张枣的风格,是借助古典汉语传统的风雅,来将空缺"甜蜜"化。他的诗歌也因此常给人"古典"的错觉,许多人甚至就迷恋上这种错觉。事实上,他是借此来精心呈现消极性的崇高之美。这与张枣只身海外的处境相关,也与他自身的"别材"和湘楚文化背景相关。

对于更多身处中国当代历史剧变旋涡中的诗人来说,这种消极性的呈

---

① [德]马丁·布伯:《我与你》,陈维钢译,生活·读书·新知三联书店2002年,页2。
② [俄]曼德尔施塔姆(Мандельштам):《曼德尔施塔姆随笔选》,黄灿然等译,花城出版社2010年,页20。

现,更多地展示在对"天鹅之死"的抒写中。

　　天鹅之死之所以成为一个经典的文学场景,与天鹅自身象征的崇高、神性和纯洁有关。在古希腊美学中,悲剧之美就在于代表崇高、神性和纯洁的事物的死亡。比如,阿喀琉斯因为自己天生的缺陷而死;大力神海格里斯因为穿人马怪兽的锦袍中毒,在柴火堆上自焚而死;美少年阿多尼斯之死;俄尔甫斯被狂醉的女人们撕碎;耶稣被钉死在十字架上,文艺复兴以后,大量绘画中表现的历史英雄之死也是对这种悲剧精神的延续。在中国文化传统中,巍峨绝伦的阿房宫被烧毁;项羽在楚汉之争中与心爱的美人一起自杀;三国故事里诸葛亮和蜀汉的失败;等等。都留下了令人扼腕的千古绝唱。美好事物的毁灭,英雄及其事业的覆灭,都能引起人们严肃的同情、伤感和对自身反思。崇高事物的死亡,也常意味着重生,比如,凤凰涅磐、俄尔甫斯化身为万物的歌唱,耶稣的复活,还有我们前面提到的苏格拉底讲述的天鹅之死。重生和复活,当然包括因万劫不复的毁灭或死而被铭记或被传唱的方式。波德里亚(Jean Baudrilltard)的相关描述,就考虑到它们与诗歌的关系,"他们此后就以这种状态四处流动,成为社群一体化的象征物质,神名在能指的死刑中被碎尸万段,分解为音素成分,他们以这种状态出没于诗歌,按照碎片的节奏重新组合诗歌,但永远不会恢复原状。"①

　　天鹅之死这一情境被诗人抒写的频繁度过高,以致于招来巴什拉的嘲讽:"天鹅之死的隐喻是各种隐喻中陈旧的一种。这是一种被矫揉造作的象征主义否定了的隐喻。在拉封·登的诗中,天鹅在厨师的刀下唱着最后的歌时,诗意便荡然无存,不再让人感动,也失去了它自身的意义而为一种

---

① [法]让·波德里亚:《象征交换与死亡》,车槿山译,译林出版社2006年,页299—300。

常见的象征主义,或是为已过时的现实主义意义所用。"① 但出乎巴什拉的意料,天鹅之死在当代汉语诗歌中获得了某种复活。

当代汉语诗歌中多处写到天鹅之死,它伴随着汉语新诗歌对于"消极性"抒写的深化。八十年代初期,诗人陈敬容就写过天鹅之死:

一曲哀歌

寂静中徐徐升起

那是你最后的歌

升向星群

升向悲悯的月亮

时间因你的歌声

而停住不流

虽然听歌的我

依旧浮在噪音的海上

——《天鹅之歌》②

与艾青一样,历经革命和历史苦难的老诗人陈敬容也杜绝了对自身历史经验的直接呈现。作为"九叶"诗人之一,她以清晰的象征话语,及时唏嘘地表达了对时代厄难的挽歌。在"未来"主义时间观仍然流行的二十世纪八十年代初,她写出了"时间因天鹅的歌声而停住"这一场景,显示了某种不同于朦胧诗情调的自我形象的觉醒姿态。如陈敬容所言:二十世纪八十

---

① [法]加斯东·巴什拉:《水与梦:论物质的想象》,顾嘉琛译,岳麓书社2005年,页42。
② 杜运燮、蓝棣之选编,《新鲜的焦渴:陈敬容诗选》,人民文学出版社2000年,页168。

年代的诗人和诗歌,的确是一片"噪音的海"。八十年代前期最有名的"天鹅之死",是欧阳江河写的《天鹅之死》①:

> 天鹅之死是一段水的渴意
> 嗜血的姿势流出海伦
> 天鹅之死是不见舞者的舞蹈
> 于不变的万变中天趣自成
>
> 或仅是一种自忘在众物之外
> 一个影子摇晃一座围城
> 使六面来风受困于空谷
> 使开过两次的情窦披露隔夜之冷
>
> 谁升起,谁就是暴君
> 战争的形象在肉体中逃遁
> 抚摸呈现别的裸体
> ——丽达去向不明

欧阳江河这首诗融合了天鹅之死和丽达的典故。以他向来迷恋的矛盾修辞和强硬的词语焊接扭转技术,把许多典故扭结在一起,将革命象征主义和朦胧诗中一向主题明确的言说秩序,打散成一种言说的自由,一片"噪音的海"。通过"天鹅之死"这一神话性主题,也暗示了在革命和祖国抒情落幕之后,当代汉语诗人在崇高性"缺席"的消极处境中,建构新诗意秩序的

---

① 欧阳江河:《事物的眼泪》,作家出版社 2009 年,页 3。

梦想。当然,在后革命时代,这种建构本身也很快地成为被反思的对象。比如,到九十年代,诗人西渡《天鹅》一诗也以"天鹅之死"作为高潮性的结尾:

> 她白皙的裸体沉醉于某种境界
> 胳膊的支持越来越无力,因此
> 她最感疑惑的问题是:在那样的境界中
> 她是怎样失掉她的翅膀的?
>
> (1997.6.25)

在西渡这里,天鹅之死被转喻为"失掉翅膀"。诗人想表达这样一个悖论:最完美的事物是如何丧失自身最关键的部分的。或者说,诗歌深入自身的过程,某种意义上也是丧失自身的过程。这也是人类所有的一切美好事物的宿命,它们总是在实现自身的同时丧失自身。西渡的诗中也通过悖论修辞隐含地表达了一种美学上的警惕和反思能力:令人沉迷的美,某种意义上也会毁弃一切。当代汉语诗从主题为导向的写作,腾跃至以语言为导向的写作后,逐渐具备了一种充满警惕之美,即对语言狂欢的"噪音之海"的警惕,这是上世界九十年代以来诗歌的新出发点。西渡的"天鹅之死"可以视为对欧阳江河式的"天鹅之死"的一种修正,相较而言,前者迷恋消极修辞本身的力量,后者更明显地把消极性和建构性都主题化,压缩了语言狂欢的部分,增添了自省和自律的诗歌意识。

这种倾向也成了重建诗歌言说及物性的重要手段。比如,在诗人臧棣几年前写的《天鹅新闻学丛书》一诗中,我们看到了某种不同于以往任何天鹅之诗的气质:

> 新闻里不会有麻雀。麻雀

更像是小人物。麻雀肉壮阳,
但还要看怎么做;料酒要是没配好,
效果根本出不来。所以,主要角色
必须在外形上对得起"雪白而美丽"。
如此,天鹅遇到悲剧的几率越来越高。
源于人性,天鹅似乎比麻雀更优美,
但这还不是关键所在。天鹅之死
会比麻雀之死更逼近一种底线,
但这仍不足以解释我们的无神论。
关于天鹅在鄱阳湖上的遭遇,你可以
闭上眼睛说瞎话,却不会说错——
一晚上,它们被捕杀了三百只。最多的一次,
大约是2003年,五小时里,他们用他们的聪明
干掉了一千二百只天鹅。至于后果,
鄱阳湖这么大,没人能管得过来。
想想看,要是把没人换成美人呢。
毕竟,天鹅肉不是猪肉。谁吃过,
应该从脸上能看得出来。到悲哀为止
也是有多方面原因的,因为他们对天鹅做过的事
没人能用同样的方法对他们去做。

2009.3.

这首诗一反当代以来所有天鹅题材诗歌的象征形式,把神话式的天鹅

之死,替换为当代中国的天鹅捕杀事件,似乎是一首生态题材的诗。"新闻学"这题名充满反讽意味:我们所理解的新闻,是被某种意识形态逻辑选择出来的信息,常常以屏蔽或遗漏更多的信息为代价。正是这样的新闻支撑着社会信息构成,左右人们的视听。质言之,新闻堪称当下诗歌乃至所有文学形式的劲敌。那诗人如何发布自己的"新闻"呢?诗歌的当代处境,注定了其"新闻"的沉默和边缘,但正是这种处境,让诗的"新闻"不同凡响。从西方古典时期到中国当代诗歌中,"天鹅之死"都是崇高性的悲剧,象征着美丽的死亡和落幕。比如欧阳江河八十年代初笔下的天鹅之死,某种意义上可理解为一个时代故去后的伤痛和虚无。在臧棣笔下,天鹅之死的古典意义成了联想性背景,但诗人着力的是当下人与自然的关系中,象征力量的丧失。千百年来人类赋予事物的幻美和意蕴正在消褪,对自己崇拜了几千年的神物,如今可大规模捕杀和猎食。其间的悲剧性和消极性无以复加。面对这样的处境,如耿占春说的那样,"当我们越来越多地面对纯粹物的世界,象征的修辞就让位于再现的修辞,也就是再现式的话语取代了象征语言,再现的意义取代了象征的意义……现代诗歌的功用就是要协调这种分裂。"[①]在臧棣的诗中,我们可以读出这种协调的力量。诗中依然充满元诗语素,通过对各种文化元素和诗意元素的反讽式调动,天鹅身上缺在的象征意义得以弥补。比如,麻雀与天鹅之间的比较,戏仿了庄子"燕雀"与"鸿鹄"的对立结构。"雪白而美丽"是对伪文艺腔调和此前天鹅抒情的戏仿,同时表明这首天鹅之诗依然努力地以某种方式,对称于此前的天鹅之诗。诗人对神性和崇高被彻底毁坏的展示,让"天鹅"本身的寓意得到

---

① 耿占春:《失去象征的世界——诗歌、经验与修辞》,北京大学出版社2008年,页39。

了某种恢复。"没人"和"美人"之间的转换和比较,巧妙地把神话元素与现实语境结合在一起。这些做法正如布鲁姆说的那样:"诗比其他任何一种想象性的文学更能把它的过去鲜活地带到现在"[①],这样的诗便可偏离"新闻"姿态,把生存的现实困境,转化成语言困境。"新闻学"因此具有了"丛书"的意义,即具有远多出新闻的意义。

仍有一种至高无上

在当代汉语诗歌中的"天鹅"以各种姿态"死去"的同时,天鹅所属的鸟类所具有的象征性,也在当代汉语诗中也不断"解体",成为"最后的幻像"(欧阳江河语)。从古希腊和印度诗歌和神话中的鸟国、阿波罗神话,庄子笔下的大鹏开始,鸟在人类的意识中一直代表着来自上方的启示和安慰,它们总是参与着人类梦想的建设。如诗人周伦佑在《想象的大鸟》(1989年12月)[②]中总结的那样:"鸟是一个比喻。大鸟是大的比喻/飞与不飞都同样占据着天空"。

但在一个工业化和城市化的时代,诗人最早意识到人与鸟之间的关系,人对事物的亲近方式,都发生了质的变化:"为什么非得是鸟儿不可? /我对于像鸟儿一样被赞颂感到厌倦了"。他们把对这种关系的抒写,作为诗歌自身的隐喻。"将鸟与火焰调和起来的/是怎样一个身体?"(欧阳江河

---

① [美]哈罗德·布鲁姆等:《读诗的艺术》,王敖译,南京大学出版社2010年,页14。
② 周伦佑:《周伦佑诗选》,花城出版社2006年,页1。

《风筝火鸟》)某种意义上,我们可以说,风筝火鸟本身,也是诗人对于"天鹅"的纯洁的反讽,诗人似乎放弃了天鹅式的象征空间,把它的神性气质丧失的过程,作为诗歌表现的对象。正因为对于这种放弃本身的悲剧化处理,让"风筝火鸟"具有了新的象征意义。而如何在种种消极性的废墟里,重建汉语新诗的诗意空间,正是当代诗歌写作需要处理的普遍问题。

我们依然以张枣诗中对于鸟的描写为例。从八十年代后期开始,也就是出国之后不久,张枣在改写"天鹅"所代表的诗意系统的同时,将对"汉语性"的诗思慢慢转移、凝聚到他钟爱的燕子、鹤等物象上。身处域外而有意识地回归和开拓汉语自身的意义网络,是许多海外汉语诗人的选择。在张枣看来,基于此的诗意发明和突破,才能为汉语新诗勾画出更为深远、清晰和广阔的背景,如曼德尔施塔姆有些极端的宣言:"诗歌必须是一种古典主义。"[①]在张枣这里,"古典主义"就是恢复汉语之"甜"。不管这种诗歌梦想是否如张枣所愿的那样,已经很好地实现,但他就此开拓的诗歌的文明对话空间,在他的关于燕子、鹤的作品中得到了深入集中地展开。在许多诗人对来自上方的"鸟类"不知所措地"厌倦"时,他试图继续追寻某种鸟所象征的"至高无上"。

如果说"天鹅"是当代诗人与西方诗歌展开平等对话和竞争的媒介,那么,燕子就是诗人因地制宜地言说"汉语性"的标记。燕子是张枣非常热爱的物象,在他为数不多的作品中,随处可见燕子"飞翔"的身影。比起"天鹅",汉语诗人可以更为放心地写"燕子"。因为,燕子飞翔的世界也像张枣写的苹果一样,"也许看不见里面血液的流动/也没有一双臂膀和

---

① [俄]曼德尔施塔姆:《曼德尔施塔姆随笔选》,黄灿然等译,花城出版社 2010 年,页 124。

腰身／你却可能听见唐代的声音"(《苹果树林》)。在汉语古典诗里,燕子是一个象征日常场景的物象,也是一个与时间和寂寞有关的物象。比如,"细雨鱼儿出,微风燕子斜"(杜甫),"旧时王谢堂前燕,飞入寻常百姓家"(刘禹锡),"无可奈何花落去,似曾相识燕归来"(晏殊)。燕子在中国尤其是南方比较常见的物象。中国诗人对它的敏感,有点儿象西方诗人对天鹅或信天翁的敏感。西方诗人也偶尔会写燕子,但不似汉语诗歌中已经形成一种传统。燕子在汉语中暗示了寂寞、闲愁、虚无、时间或季节轮回乃至惊喜,堪称意蕴无穷。在张枣 130 多首作品中,有十多处写到燕子,而且相关作品之间的时间跨度很长。

几乎与发现"天鹅"的"唯一命名"同时,张枣也写出"当燕子深入燕子"(《老师》,1987 年)这样的诗句,它散发着一种汉语的回甜,同时不让人觉得陈旧。这不仅由于我们有相关经验被唤醒,更因为诗人在"燕子"里发明的新逻辑:"燕子深入燕子"既是感觉上生动的画面,一个引发文化记忆的诗歌情节,也可以在其中读出某种戏剧化的主体性——事物在深入自身,或者说,诗人的工作就是让词语深入事物的灵魂。在这句诗里,所有深入自身的事物,都轻逸地具象成我们熟悉的燕子;一切看不见的,都在熟悉的飞翔中敞开。对这种"深入"的迷恋,在另外一首诗里被进一步揭示为燕子与我们之间的秘密:"是不是每个人都牵着／一个一模一样的人,好比我和你／住在这个燕子往来的世界里?"(《惜别莫尼卡》),诗人在这里把戏剧化的、分裂的自我,与燕子飞翔的世界配对,把无形的幻想、闲愁,婉转地闪现于有形的飞翔和线索。在这样的诗意结构中,就不必像处理天鹅意象那样,处处面对、提防和化解人神二元关系在汉语中出现的尴尬和纠结。如此,诗人不但可精心营造亲昵婉转的"自我的戏剧",也可沉醉于亲昵婉转本身：

瞧，地上的情侣搂着情侣，
燕子返回江南，花红草绿

——《吴刚的怨诉》

你打开燕子的眼睛
通过石桥走进城市

——《断章》

雷雨前低飞这么多
燕子。湘江翻起白浪

——《断章》

你的臂膊迎风跳荡
那是你吗，我的燕子？

——《断章》

在上面这些燕子的身影里，可读出诗人追忆逝水年华的心迹，对于南方事物的迷恋。比起"看见天鹅"的"疲倦"，"看见燕子"所放大和定格的这些诗意瞬间更自然松弛，堪称天真与经验的美妙总结，因为它有文化前提和经验共鸣空间。特别值得品味的，是在诗人的许多诗句中，这种诗意瞬间的升华："燕子"脱离亲昵婉转的"风景"或单纯的"自我的戏剧"，如西方诗歌中"飞来"的天鹅那样，被诗人发明为一种元诗隐喻：

你那不可解剖的核心
正是燕子求爱的居窝

——《断章》

一边哭泣一边干着眼下的活儿
自由,燕子一般,离开了铁锤

——《而立之年》

从正面看,我是坐着的燕子,
坐着翘着二郎腿的燕子。

——《同行》

隐身于浩淼,燕子
正瞄准千里外一枚小分币迁飞,
我们却被锁在屋外山影的记忆里

——《献给C.R.的一片钥匙》

在这些诗句里,燕子的千姿百态成为诗意发明和纠结的象征,兼具清晰的事理性和圆润的隐喻魅力。对诗的沉迷,对世界的沉思,对时间的感慨,对于事物的精确刻录,对诗人劳作的反省,总能在这一形象中无限展开。

张枣在最为杰出的长篇组诗《云》中,集中地写出了他钟爱的悠远而具体的"燕子"。在这首诗里,诗人、燕子、元音和事物被贯穿到一起,显示出一种神奇的回响与逍遥,表明了诗人作为汉语写作者的自信和自觉:

>一片叶。这宇宙的舌头伸进
>窗口,引来街尾的一片森林。
>德国的晴天,罗可可的拱门,
>你燕子似的元音贯穿它们。

诗中精妙地显示了诗人融汇中西的开阔和转化日常生活的能力。张枣晚年接受一家环保杂志的访谈时,曾经表达过这种对于汉语诗的自信:"我认为现代汉语已经可以说出整个世界,包括西方世界,可以说出历史和现代,当然,这还只是它作为一门现代语言表面上的成熟,它更深的成熟应该跟那些说不出的事物勾连起来,这才会使现代汉语成为一门真正的文化帝国的语言,也就是我们的绿色语言。"① 《云》这首长诗某种程度上可以说实现了他的梦想,"燕子"就是一个把说不出的无限事物呈现在汉语中的象征。

在上引的片段里,由开头的句子可以重新回味从屈原"洞庭波兮木叶下"到杜甫"无边落木"的悠久传统,也难免想起荷马"人生世代如落叶"的感慨,想起一切"一叶落而知天下秋"般见微知著的永恒高妙的艺术。张枣这样的诗句是它们的变形和传承,是对它们所凝聚的人与时空之间关系的杰出重写。这不禁让人相信,所有杰出的诗句,都属于同一首诗。这微小事物所引来的跨越时空、跨越伟大诗歌的风景,是被诗人发出的"元音""点睛"的,"燕子"与"元音"之间的譬喻,从容不迫,充满妙趣,发挥了词语的联想潜能。本体与喻体原有的意义被拨往新的方向,汉语语义的丰富性被恢复了。"元音"引发的意义响动至少可以包括:词语回到自身响亮的梦想,诗歌回到事物开端的梦想,语言回归纯形式的梦想等义项,

---

① 白倩、张枣:《绿色意识:环保的同情,诗歌的赞美》,《绿叶》2008 年 05 期。

而这些义项却不落言筌地被"燕子"贯穿于"德国的晴天"和"罗可可的拱门"之中,组成一个中国诗人自信地的抒写西方事物的隐喻,另外,"德国"和"罗可可",也包含了对精确和丰富的想象。可以说,这是汉语新诗说出的最贴切的梦想,堪称杰出发明,它再次精彩地展演了"对存在及万物之本质命名的最初仪典。"①

然而,诗人追求着更高的因地制宜。到九十年代中后期的作品中,张枣的"燕子"发生了变异。那个曾被作为"元音"的贯穿一切的燕子,幻化为某种"警告"的象征,这似乎暗示着诗人对自己诗歌观念的某种修正。或者说,诗人更着力地将现代世界无所不在的消极性,还原到他所钟情的燕子飞翔的轨迹上。在诗人笔下,不断闪过的生活、诱惑、警告……都化归在这一曾经无限灵动、温婉和俏皮的物象中,让它具有一种"恶之花"的意味:

> 像只西红柿躲在秤的边上,他总是
> 躺着。有什么闪过,警告或燕子,但他
> 一动不动,守在小东西的旁边。
>
> ——《边缘》

当然,如果联系张枣此前的燕子形象,那么可以说这依然是一场更为隐秘的自我的戏剧——张枣对自我戏剧性的呈现在许多其他作品中都非常明显。但在这一出自我的戏剧里,燕子所代表的,也许是诗人已完成的诗意性发明,杰出诗人往往感到自己以往的诗意世界,是对自己创新的束缚,超越自己是最难的事儿。张枣说:"我相信一个作家最隐秘的动力就在他最困难的地方,它就是我们生存的悖论,就是我们生存的困境,每个作家从来都

---

① [德]海德格尔:《系于孤独之途》,成穷、余虹、作虹译,天津人民出版社 2009 年,页 301。

是在这种经历中写作。作品只是对这种恐怖的偶尔战胜。每一部作品某种意义上是一个退而求其次的东西,是一种疯狂的状态,在这种疯狂的状态中间,你感觉它满足了你,但是这种满足是一次性的,你不知道下次要等到什么时候。"① 张枣晚年曾跟汉学家顾彬感慨,他内心的诗意已经写尽了。② 这种感慨,正是他诗歌观念的一种写照。他一直认为诗就是"空白练习曲",就是对没有诗意的世界和没有诗意的内心的抵抗。他曾多次在课堂上讲这个看法,在与旅欧画家苏笑柏的对话③和我对他的访谈中,他都转述过罗丹对里尔克说的话:伟大的艺术家,就是在没有灵感时依然可以写作。在《世界》一诗里,"燕子"正是这样被提升为一种抵抗"空白"的力量:"没有的燕子的脸。/ 正因为你戴着别人的 / 戒指,/ 我们才得以如此亲近。""燕子的脸"正是我们求之不得的那个"自己",也是缺在的"你",因带着"别人"戒指而亲近的"我们",是"我们",同时也是"我们"的缺在。"世界"正是由这充满悖论的"我们"运转。我们的缺在和空白笼罩着我们,正是我们渴望诗歌的根本原因。"没有的燕子的脸"是我们根本处境的写照,也是缘于对原初意义上的"我与你"的世界的梦想和赞美——诗人说过:"人类的诗意是发自赞美,而不是发自讽刺。"④ 因此,诗人深信通过燕子的飞翔说出的一切:"燕子,给言路铺着电缆,仿佛 // 有一种羁绊最终能被俯瞰……"(《告别孤独堡》)。

对这种消极性的赞美式的哀歌,充满了张枣中后期的作品。最有意味地体现了他诗歌理想的,是"鹤"这个意象。"鹤"在张枣诗歌中已经孕

---

① 颜炼军、张枣:《"甜"——与诗人张枣一席谈》,《名作欣赏》2010 年 04 期。
② [德] 顾彬:《最后的歌吟已远逝》,肖鹰译,中华读书报 2010 年 11 月 5 日。
③ 录音整理稿,未刊。
④ 白倩、张枣:《绿色意识:环保的同情,诗歌的赞美》,《绿叶》2008 年 05 期。

育多时:"阳光鹤立台阶"(《断章》),"我感到革命正散发着异样的芳香/研究的鹤把松柏林烧得大热"(《夜色温柔》),"凉水上漂泊船帆,不可理喻。/稳坐波心的官员盼着上岸骑鹤"(《空白练习曲》),"黄鹂沿着琴键,苦练时代的情调"(《一个诗人的正午》),"她起床,叠好被子,去堤岸练仙鹤拳","四周,吊车鹤立。忍着嬉笑的小偷翻窗而入"(《祖母》),"我心中一幅蓝图/正等着增砖添瓦。我挪向亮处,/那儿,鹤,闪现了一下"(《春秋来信》),《大地之歌》中更是以"鹤"为诗歌抒情的主线。越到后期,"鹤"身上凝聚的消极美感越浓厚。"鹤"一直伴随张枣走到生命的尽头,弥留之际,他依然将自己比喻为"鹤"。

为了理解张枣的笔下的鹤,我们可以回溯一下现代汉语文学中关于"鹤"的文本。最有影响的,恐怕就是何其芳在《画梦录》里改写过丁令威化鹤归来的故事了:

> 丁令威忽然忘了疲倦,翅膀间扇着的简直是快乐的风,随着目光,从天空斜斜的送向辽东城。城是土色的,带子似的绕着屋顶和树木。当他在灵虚山忽然为怀乡的尘念所扰,腾空化为白鹤,阳光在翅膀上抚摩,青色的空气柔软得很,其快乐也和此刻相似吧。但此刻他是急于达到一栖止之点了。
>
> 轻巧的停落在城门口的华表柱上。
>
> 奔向城门的是一条大街,在这晨光中风平沙静,空无行人,只有屋檐投下有曲线边沿的影子。华表柱的影子在街边折断了又爬上屋瓦去,以一个巨大的长颈鸟像为冠饰。这些建筑这些门户都是他记忆之外的奇特的生长,触醒了时间的知觉,无从去呼唤里面的主人了,丁令

威展一展翅。

　　只有这低矮的土筑的城垣，虽也迭经颓圮迭经修了吧，仍是昔日的位置，姿势，从上面望过去是城外的北邙，白杨叶摇着象金属片，添了无数的青草冢了。丁令威引颈而望，寂寞得很，无从向昔日的友伴致问讯之情。生长于土，复归于土，祝福他们的长眠吧：丁令威瞑目微思，难道隐隐有一点失悔在深山中学仙吗？明显的起在意识中的是：

　　"我为甚么要回来呢？"他张开眼睛来寻找回来的原故了：这小城实在荒凉，而在时间中作了长长旅行的人，正如犁过无数次冬天的荒地的农夫，即在到处是青青之痕了的春天，也不能对大地唤起一个繁荣的感觉。

　　"然而我想看一看这些后代人呵。我将怎样的感动于你们这些陌生的脸呵，从你们的脸我看得出你们是快乐还是痛苦，是进步了还是堕落了。你们都来，都来……"当思想渐次变为声音时，丁令威忽然惊骇于自己的鹤的语言，从颈间迸出长嘴外的高朗然而噪急的长唳，停止了。

　　但仍是呼唤来了欢迎的人群，从屋里，从小巷里，从街的那头：

"吓，这是春天回来的第一只鹤，"

"并且是真正的丹顶鹤，"

"真奇怪，鹤歇在这柱子上，"

　　并且见了人群还不飞呢。在语声，笑声，拍手声里，丁令威悲哀得很，以他鹤的眼睛俯望着一半圈子人群，不动的，以至使他们从好奇变为愤怒了，以为是不祥的征兆，扬手发出威吓的驱逐声，最后有一个少年提议去取弓来射他。

弓是精致的黄杨木弓。当少年奋臂拉着弓弦时,指间的羽箭的锋尖在阳光中闪耀,丁令威始从梦幻的状况中醒来,噗噗的鼓翅飞了。

人群的叫声随着丁令威追上天空,他急速的飞着,飞着,绕着这小城画圈子。在他更高的冲天远去之前,又不自禁的发出几声高朗然而噪急的长唳,若用人类的语言翻译出来,大约是这样:

"有鸟有鸟丁令威,去家千年今始归,城郭如故人民非,何不学仙冢累累。"①

在何其芳作品中可读出如下心灵悖论:我们如何脱离现有的时空形式,抵达理想境界?亦即我们如何实现期待中的生命方式?一旦愿望实现,又如何面对被丢下的另一个我引发的失落?故事表达的是个体蜕变过程的痛苦,而蜕变某种意义上是每个人年轻时都要经受的痛苦。如果回到作者写作的年代,把这种实现新的生命形式的需求,以及实现后的失落与现实相联系,那也可以说,它们体现的,也正是现代中国人的痛苦。因为他们面临的,正是这样一种迷茫与蜕变。可以说,"鹤"身上凝聚着一种回归故地的时空错失的美感。引何其芳的全文,是因为我认为作为张枣后期诗里的重要意象,鹤也是诗人去国十多年后归来的错失感的隐喻。在阅读张枣诗的过程中,我常常想起他曾跟我讲述过的他对于现代汉语新诗的兴奋点所在,熟悉现代汉语新诗传统的张枣,肯定特别注意过何其芳的这个关于"化鹤归来"的著名文本。以我对张枣诗学的揣测,张枣对现代汉语新诗传统中重新发明汉语古典诗乃至古典文化的尝试和得失,有着精细独到的钻研和思考,他常常将现代汉语新诗里一鳞半爪的成果作为自己发明古典,创造中

---

① 《何其芳作品新编》,人民文学出版社 2010 年,页 122—124。

西诗歌对话形式的起点,这一点对理解张枣的诗很重要。

"鹤"在中国古典里有着深远的传统:"鹤鸣于九皋"(《诗·小雅·鹤鸣》),"鹤胫虽长,断之则悲"(《庄子·外篇·骈拇第八》),"腾群鹤于瑶光"(《楚辞·刘向·九叹·远游》),"鹤,似鹄长喙"(《广韵》),"羡尔瑶台鹤,高栖琼树枝"(李白《赋得鹤,送史司马赴崔相公幕》),"我本海上鹤,偶逢江南客"(白居易《代鹤》),"莫笑笼中鹤,相看去几何"(白居易《题笼鹤》),"鹤有不群者,飞飞在野田"(白居易《感鹤》),"主人一去池水绝,池鹤散飞不相别"(王建《别鹤曲》),"晓鹤弹古舌,婆罗门叫音"(孟郊《晓鹤》),"盘空野鹤忽然下,背翳见媒心不疑"(陆龟蒙《鹤媒歌》)……不胜枚举。作为一个古典修养丰厚的新诗人,张枣对古诗也有丰富体验和创见,他对"鹤"的文化和诗歌渊源肯定有着丰富的理解。关于"鹤"的音韵学和文字学知识,可以帮助我们理解张枣诗歌中出现的"鹤"转向:鹤、鹄(天鹅)、鸿在古典汉语文本中常常是相提并论的,三个字的声母相同,在生物学分类不明晰的古代,三者甚至常常交替使用。此外,中国古典有"凫鹤从方"、"凫短鹤长"、"断鹤继凫"、"惭凫企鹤"等说法,西方有丑小鸭和白天鹅的故事,这些都可与西方"天鹅湖"、"天鹅之死"等典故作有意味的联想。在这样的背景下反观张枣笔下的"天鹅",以及他后期诗歌选用的"鹤",就别有洞天了。

如果说张枣前期笔下出现的"鹤",充满着一个旅居欧洲的中国诗人的孤僻甚至怪癖式的"高雅",那么他后期最重要的作品《大地之歌》中处处隐现的"鹤"形象,就象征了诗人回归"祖国"时的充满"错失"的心境。诗人像一只闪亮而优美的鹤,逆行于变幻的"祖国",跟跄地穿越于拥堵繁忙的城市中,隐忍于"生活这件真事情":

逆着鹤的方向飞,当十几架美军隐形轰炸机
偷偷潜回赤道上的母舰
……

人是戏剧,人不是单个。
有什么总在穿插,联结,总想戳破空虚,并且
仿佛在人之外,渺不可见,像
鹤……

……
(他们看不见那故障之鹤,正
屏息敛气,口衔一页图解,踯立在周围)
……

鹤之眼:里面储存了多少张有待冲洗的底片啊!
……

我们得发誓不偷书,不穿鳄鱼皮鞋,不买可乐;
我们得发明宽敞,双面的清洁和多向度的
透明,一如鹤的内心;
……

鹤,

不只是这与那,而是

一切跟一切都相关;

……

——《大地之歌》

虽然整首《大地之歌》充满"鹤"的哀鸣,但依旧如诗人说过的那样:"在处理自身悲哀的同时,赞美了生存。"① 直到病逝前不久,他还以"鹤君"为自况:"别怕,学会躲藏到自己的死亡里去"。在最后留下的只言片语里,他依然从容驾"鹤",悠悠吟哦着病痛和死亡在自己内部释放的过程:"鹤?我不知道我叫鹤。/鹤?天并不发凉/我怎么就会叫鹤呢?"② 这弥留之际的自我追问,正印证他对人生和死亡的描述,人生包含了别离,就像苹果之间携带了一个核,就像我们携带了死亡一样。它值得我们赞美,讽刺在它面前没有一点力量。③

从天鹅、燕子到鹤,张枣依据广阔的文明背景、语言资源和高妙的才华,不断淘洗出各色汉语精华,将无数秘密的诗意的线索,凝动于高飞的众鸟合唱中。这就是他向往的"永不伤感"④ 的合唱队,"宽敞,双面的清洁和多向度的透明"(《大地之歌》),它们透过诗行与说不出的事物联姻,比诗歌存心要说的更多,因而呈现了诗人的清晰流转的面孔,也呈现了汉语新诗在一个方面的高度:它所面临的"空白"之中"仍有一种至高无上"(《大

---

① 白倩、张枣:《绿色意识:环保的同情,诗歌的赞美》,《绿叶》2008 年 05 期。
② 宋琳:《今天》(2010 年夏季号)张枣纪念专辑《编者按》。
③ 白倩、张枣:《绿色意识:环保的同情,诗歌的赞美》,《绿叶》2008 年 05 期。
④ 张枣 1991 年 3 月 25 日写给柏桦的信里曾引用庞德的话:"我发誓,一辈子也不写一句感伤的诗。"(由柏桦提供,未刊稿)。后收入颜炼军编《张枣诗文集·书信访谈卷》,四川文艺出版社 2021 年,页 96。

地之歌》),值得我们继续吟哦和赞美。当代以来最杰出的汉语诗歌写作,依然在不断地修复和解决人与事物之间的对立,让诗歌中的事物成为美和无限的亲证。

有两声『不』字奔走
在时代的虚构中。

第五章　公共生活的抒情变形

杜甫，或「正午的镜子」

「我」与「我们」

发明一对「亲爱的」

杜甫，或"正午的镜子"

如何以诗歌处理所遭遇事物，化解人与世界之间的龃龉与对立，始终是写作要克服的问题。如果说，关于"祖国"的隐喻让汉语诗歌在特定的历史条件下，具备了一种穿越事物的特殊能力，足以把它们都贯穿在其象征网络之中，把所有人的声音都笼入一种声音的话，那么，天鹅以及它引领的鸟的合唱队，则让汉语诗歌重新回到对诗歌自身角色的省识上，不但重新反思诗歌与看不见的事物之间的关系，开辟了新的形而上学的倾向；也让抒情个体从集体幻觉中分离，形成新的自我象征方式。二者都以不同步骤，形成了比较稳定的象征模式。

由于历史的巨大变化，二十世纪九十年代开始的汉语诗歌中，自我与集体之间的关系模式，渐渐发生了复杂的变化。似乎所有出色的诗人，都把诗意的展开建立在对这种关系的警醒之上。这类似于第二章中论述的现代汉语新诗中出现的倾向：对建立某种寓意结构的小心翼翼——诗人总要努力地展示他是如何"小心翼翼"的，因为他们身处无边的民族危机和千年不遇的文化蜕变，以及彻底的诗歌革命。在这种处境下，任何一种诗意建构所倚靠的意义基础，无论"祖国"、"天鹅"的象征系统，还是对这些建构基础的反思本身，都有可能是脆弱的。如前面诸章论述的那样，个体抒情对集体和大历史的依恋与觉醒，几乎构成了汉语新诗的全部诗学悖论。

二十世纪九十年代以来的许多诗歌杰作中,这种"小心翼翼"转换为诗歌对于公共生活的各种变形,其背景变幻为喧闹而苦海无边的消费世界与风险社会,它们渗透进生活的每一个心思和动作中,成为我们自我建构的前提。此前关于政治的修辞和反修辞,以及依然在微弱地延续的"天鹅"式的诗歌信仰,都不足以让诗歌在这样一种诗性空白的时代逆流而行。十九世纪初,近代科学主义刚开始让欧洲的人文知识分子感到不安时,小施莱格尔曾经把诗歌分为通俗的诗和深奥的诗,他认为,后者能取消诗与科学之间应该被诅咒的割裂,能重新创造神话,"把平凡生活中同诗对立的成分加以诗化,并击退这种东西的抵抗。"① 虽然后来的事实表明,施莱格尔们高兴得太早了,但他们提出的药方一直为后来的艺术家吸收采纳。

　　对于九十年代以来的汉语诗人来说,"击退"的任务似乎面临前所未有的艰难,如王家新在 1989 年预感到的那样:"当语言无法分担事物的沉重 / 当我们永远也说不清……"(《瓦雷金诺叙事曲》)。因地制宜地让"现实"内化为有效的诗意,重新书写与生活对称的诗②,成为这个时期诗人们的总体性问题。诗人柏桦有段话说出了这种反思:"现在的情况是一定要认识自己的祖国,要了解他,爱他,哪怕是憎恨他都可以,但是要认识,这是任务……你必须认识你的处境、历史、国家,要对祖国了如指掌。"③ 这

---

① [德] 施莱格尔:《论文学》,李伯杰译,见《德语文学与文学批评》(第一卷 2007 年),人民文学出版社 2007 年,页 40。
② 比如西川说,"80 年代末 90 年代初……我就一直觉得我们的诗歌离生活太远了,没法和生活对称——我把这叫对称,因为文学作品不一定反映生活,但必须有一种关联……",见西渡、王家新编:《访问中国诗歌——中国 23 位顶尖诗人访谈录》,汕头大学出版社 2009 年,页 183。
③ 西渡、王家新编:《访问中国诗歌——中国 23 位顶尖诗人访谈录》,汕头大学出版社 2009 年,页 63。

肯定不只是对于政治或爱国主义语义中的"祖国"的反讽,更意味着诗歌言说面临的将复杂、尖锐和枯燥的历史和生活诗化的任务。

这种写作处境,催生了一个有趣的诗学幻觉:九十年代以来,许多诗人开始以各种方式的怀念发明了自己的杜甫。杜甫卓越而全面的诗艺,对天下的热爱和对现实的宽广而伟大的抒情能力,作为诗人在伟大的乱世中的坚韧品质,使他成为许多诗人向往的楷模。不少诗人写杜甫,比如西川《杜甫》,萧开愚《向杜甫致敬》,梁晓明《杜甫传第二十七页》,廖伟棠《新唐宋才子传》,黄灿然《杜甫》等。[①]诗句中零星写到的则不胜枚举。许多诗人不约而同地谈论到杜甫的当下性:

> 杜甫的批评态度不像现代知识分子对待主流社会主流文化的批判性态度,他不是抱一个在边缘的态度,而是担当大义,以主流自任。我自己写诗从来就以主流自任,我不用在边缘的态度思考问题,我正面地看待问题。可以说从 80 年代开始,西方知识分子理论传到中国以后,对人这是一个很诱惑很危险的选择。……杜甫本人并没有做过什么起作用的官,也没有做过什么对当时社会真正有益的事情,他唯一的事情就是做自己的本职工作。我们起码是现代诗人,知道本分就是写诗。比任何时候都独立、孤立。独立是现代诗人和现代诗的先决条件。不做官,不能做官,是帮助诗人和诗真正、卓然地独立的伟大改变。
>
> ——萧开愚[②]

[①] 已经有研究者对这些作品的意义表述方式进行了阐释,比如,张松建有过细致的疏理,据他统计,现代以来至少有十一首以杜甫为题的诗作。见《一个杜甫,各自表述 冯至、杨牧、西川、廖伟棠》,北岛主编:《今天》杂志 2008 年春季号。

[②] 凌越:《诗在弱的一面——萧开愚访谈》,《书城》,2004 年 02 期。

……特别是杜甫,我一直对他的生活感兴趣,他的一生都可以说是在大动荡中度过的,而他的写作,在当时完全可以被称之为边缘写作,他的确在生前没有感受到那种写作带来的荣誉,甚至没有因为写作获得过好的生活。在他活着的时候,他是否也觉得自己是生活在一个文化"荒漠"的时代呢?

——孙文波[1]

杜甫一辈子都身处逆境,但是他临死前还说,"正是江南好风景,落花时节又逢君"。李龟年在宫廷里是拿假嗓子清唱歌剧,他本身就代表美好记忆和繁华,因为他的歌声太美。我们往往会把这句诗理解为凄惨,但是它带给我们的美感远远大于凄惨。李龟年最爱唱的歌就是"红豆生南国"、"清风明月苦相思",都是王维的作品。王维经常赞美别离,因为人生包含了别离。就像苹果之间携带了一个核,就像我们携带了死亡一样。它值得我们赞美,讽刺在它面前没有一点力量。……波德莱尔纯粹是一个二元对立的诗人,但杜甫不是。杜甫许多伟大的作品写的是处境和现实之恶,但是他最后依然落实到赞美。

——张枣[2]

杜甫在"烂醉是生涯"中,如同"醉了的野火"("Life whirls past like drunken wildfire",这是美国诗人 Kenneth Rexroth 所译的

---

[1] 西渡、王家新编:《访问中国诗歌——中国 23 位顶尖诗人访谈录》,汕头大学出版社 2009 年,页 104。
[2] 白倩、张枣:《绿色意识:环保的同情,诗歌的赞美》,《绿叶》2008 年 05 期。

"烂醉是生涯"这一句,译成中文便是:生命飞逝如同醉了的野火。译得真是璀璨传神,惊心动魄,此人不愧为我一直乐道的杜甫之美国传人)享受着他的自虐,享受着他的苦难。终于,杜甫为我们完成了一个崭新的形象:他是这样的一个诗人,他在自虐式的极乐中获得了永生。

——柏桦[1]

杜甫在中国诗人中最能显示人格的深沉博大;惠特曼则最典型地显示了灵魂的复合状态,在他身上活跃着无数的灵魂,并通过他的歌唱得以表现。他们影响我的灵魂状态甚于具体的写作。

——西渡[2]

杜甫与卡夫卡就是不相容的吗?我并不这样看。多年前,我曾写过"为了杜甫你还必须是卡夫卡",今天我还想补充说,在杜甫身上或许本来就包含了一个卡夫卡。

——王家新[3]

还有许多当代诗人曾在不同的场合讲到杜甫的当下诗学意义,上面摘取的只是一小部分,他们分别提出几个不太相同的杜甫形象。当然,杜甫的意义远非当下论述和诗歌所能覆盖。比如王嗣奭说,杜诗中"有名世语,有

---

[1] 柏桦:《烂醉是生涯——论杜甫的新形像》,《中文自学指导》2005年第3期。
[2] 西渡:《诗歌是灵魂的倾心告白》,《南方都市报》,2003年10月17日。
[3] 汉乐逸、王家新:《"为了杜甫你还必须是卡夫卡"——中国当代诗歌之旅》,中华读书报2011年4月6日。

经世语,有维世语,有醒世语,有超世语,又有涉世语"①。仇兆鳌发现,不同时代评价杜甫的侧重点也不同:唐人常欣赏杜甫词气豪迈而风调清深,强调他诗艺的完美;宋人则称他为"诗史",强调他的诗论世知人的一面;明人则强调他是"诗圣",因为他"立言忠厚,可以垂教万世也"。② 现代学者洪业在所撰的杜甫传记中说:"一方面,那些主张对权力以维持现状的人士以杜甫为号召,因为他始终不渝地站在政府的立场上,毫不犹豫地反对叛乱。另一方面,那些支持流血革命的极端左翼人士也援引杜甫为例证,因为他描绘出了最为催人泪下的苦难场景,大声呼喊出对不公平现实的最为愤慨的遣责。一方面,研习文学的老派学生崇拜杜甫繁复典雅诗文中反映出来的渊博知识,那些词汇、典故来自于各种各样的历史和文学典籍,恰如其分地被用于他所要描写的主题和情境。他们如痴如醉于杜甫既能严格遵循不同诗歌体裁的格律,又能灵活变通地加以拗救处理。而另一方面,提倡打破旧习的学生,又为杜甫从形式和语言上大胆地涉及新内容而感到欢欣鼓舞。本国文学鼓吹者指出,传统文学束缚鲜活的情绪和创造性的思想,而杜甫常常使用方言俗语,由此他们骄傲地宣称杜甫是最早挑战僵死的文学传统语言的大师之一。"③ 美国汉学家宇文所安曾总结过杜甫的综合魅力:"杜甫是律诗的文体大师,社会批评的诗人,自我表现的诗人,幽默随便的智者,帝国秩序的颂扬者,日常生活的诗人,及虚幻想像的诗人。他比同时代任何诗人更自由地运用口语和日常表达;他最大胆地试用了稠密修饰的诗歌语言;他是最博学的诗人,大量运用深奥的典故成语,并感受到语言的

---

① 王嗣奭:《杜臆》,转自仇兆鳌《杜诗详注》第四册,中华书局1979年,页1635。
② [清]仇兆鳌:《杜诗详注》(第一册)序,中华书局1979年,页1—2。
③ 洪业:《杜甫:中国最伟大的诗人》,曾祥波译,上海古籍出版社2013年,页2。

历史性。"① 如此多方面的长处,当代诗人需要的是哪一个杜甫?这是个难以回答周全的问题。我由此想说的是,在百年新诗史上,诗人们先后建立了熔炼词语与事物为诗的技艺,但没有哪个时代,像九十年代以来,社会大时代与诗歌之间渐渐形成了如此激烈的相互"否定",对该时期的诗人来说,克服这种否定性的处境,就成了诗歌写作的本质源泉。回望古典汉语诗歌传统,杜甫无疑是诗人作为个体如何以精湛的诗艺转换"广阔现实"的诗学榜样,也为诗人提供了克服各种生命、生活和社会困难的精神资源,所谓"寂寞壮心惊"(杜甫《岁暮》)者也。当然,寻找杜甫,也意味着全球化导致的对汉语诗歌共同体的想象性重构,渐趋严峻的处境里,诗人们都不约而同地回头认领自己的祖先。②

　　针对上述情形,诗人张枣曾提出一个非常重要的"元诗"概念,来描述当代诗歌写作中的某种共同特征。其要义,即诗歌对于现实的思考,转换为对词与物之间的关系的焦虑和思考——它们成为诗歌写作的对象。他曾有如下提问:"如何使生活和艺术重新发生关联?如何通过极端的自主自律和无可奈何的冷僻的晦涩,以及对消极性的处理,重返和谐并与世界取得和解?这些都是二十一世纪的诗歌迫切需要解答的课题。也许答案一时难

---

① [美]宇文所安:《盛唐诗》,贾晋华译,生活·读书·新知三联书店2004年,页210。
② 比如,杨炼说:"从屈原的《天问》精神到杜甫以非常完美的方式传达的'言志'和'传道'精神,再到晚唐的李商隐,实际上已经把诗歌声音里的纯美学形式的因素,从道和志的传达里提炼出来了,发展成为一种语言哲学意义上的东西。这个意义已经是非常当代的。"见《传统与现代》(多人对话录),《当代国际诗坛》,作家出版社2010年,页183;西渡也说,"在一种崭新的意识的烛照下,他们重新发明了古典文学的伟大传统:萧开愚、臧棣发明了一个新的杜甫,黑大春发明了他自己的陶渊明、李白和王维……"西渡:《时代的弃婴与缪斯的宠儿》,见《灵魂的未来》,河南大学出版社2010年,页122。

得,但去追问,这本身就蕴含了我所理解的诗歌本质。"[1]也就是说,只有通过对诗歌本质的追问和实践,才是解决诗歌外在困难的根本途径。

如我们已讲述的那样,在此前许多的新诗中,民族危机、祖国梦想及其衍生的崇高情状,集体主义幻觉与乌托邦化的生活,对个性解放和语言解放的过度想象等,都容易成为诗歌歌颂、哀伤或指责的对象,因此诗歌对自身本质无暇深入追问。但从九十年代开始,诗歌已没有某个集体性力量作为支撑,如下问题渐趋明显:诗歌与生活之间的关系,不再"自然"接洽,有效的诗意需建立在对此的反思和顾虑之上:诗歌凭什么可以展示这些事物?具体到九十年代社会语境,即消费社会里的诗歌凭什么而写?如诗人西渡说的那样,"诗歌的立场与资本的立场从来就是对立的"[2]。与爱国主义、民族主义、集体主义等截然不同,无论意识形态化的资本,还是资本化的意识形态,都严丝合缝地构成了与我们内心愿望相逆的生活,因此,诗人首先应该承担时代加于个人的那份生活,[3]埋伏在街头的诗歌才可能随时扑向我们。[4]

西渡九十年代后期不太被注意的一首诗作《为大海而写的一支探戈》,就很典型地展示了诗歌作为内心生活与资本/意识形态化的公共生活之间悖论,以及克服这种悖论的诗歌路径:

> 海风吹拂窗帘的静脉,天空的玫瑰
> 梦想打磨时光的镜片,我看见大海

---

[1] 张枣:《"Anne-Kao 汉语诗歌创作奖"受奖辞》,《从最小的可能性开始》,萧开愚、臧棣、孙文波编,人民文学出版社 2000 年,页 249。
[2] 西渡:《灵魂的未来》,河南大学出版社 2010 年,页 229。
[3] 西渡:《灵魂的未来》,河南大学出版社 2010 年,页 248。
[4] 参阅《博尔赫斯谈诗论艺》,陈重仁译,上海译文出版社 2008 年,页 3。

的脚爪,从正午的镜子中倒立而出
把夏天的银器卷入狂暴的海水

你呵,你的孤独被大海侵犯,你梦中的鱼群
被大海驱赶。河流退向河汉
大海却从未把你放过,青铜铠甲的武士
海浪将你锻打,你头顶上绿火焰焚烧

而一面单数的旗帜被目击,离开复数的旗帜
在天空中独自展开,在一个人的头脑中
留下大海的芭蕾之舞,把脚尖踮起
你就会看见被蔑视的思想的高度

大海的乌贼释放出多疑的乌云
直升机降下暴雨闪亮的起落架
我阅读哲学的天空,诗歌的大海
一本书被放大到无限,押上波浪的韵脚

早上的暴风雨从海上带来
凉爽的气息,仍未从厨房的窗台上消失
在重要的时刻你不能出门,这是来自
暴风雨的告诫,和大海的愿望并不一致

通过上升的喷泉,海被传递到你的指尖

像马群一样狂野的海,飞奔中

被一根镀银的金属管勒住马头

黑铁的天空又倾倒出成吨的闪电

国家意志组织过奔腾的民意

夏天的大海却生了病。海水从街道上退去

暴露出成批蜂窝状的岩石和建筑

大海从树木退去,留下波浪的纹理

而星空选中在一个空虚的颅骨中飞翔

你打击一个人,就是抹去一片星空

帮助一个人,就是让思想得到生存的空间

当你从海滨抽身离去,一个夏天就此变得荒凉

(1997.7.1)

如果不考虑具体的历史语境,我们当然可以说,这首诗在重写一个永恒的诗歌主题:个体借助语言劈开日常事物的束缚,语言利器凿开生活之路。这也是诗歌想象的古老功能:朝着最遥远的隐喻开放,为事物寻找新的言语秩序。按古话说即"思接千载,视通万里",让一切彼处的事物和时间都涵咏为词语的亲在。但如果我们注意到这首诗歌的写作时日——香港回归日和建党节,就会对这首诗与其生成的语境之间的关系感兴趣。我们至今仍可以想象,在诗人所居住的北京所能感受的举国上下普天同庆的气氛。

在这样的日子里，如置身原始时代的盛大巫术，人群陷入群氓化的激动，周围弥漫着历史、政治、爱国主义等构成的无所不在的庆典：喜庆的锣鼓、舞蹈、赞歌……充满爱国主义激情的声音，"祖国母亲"发出的各种"召唤"，构成了汪洋大海淹没每一个体。此时此刻，诗人在闹市一隅的某个室内将自己分离出来，或者说丢失在自己所在的之处，在诗句中发明了另一出大海的舞蹈。换言之，诗人在表达一种私人领域与公共生活之间彼此否定的诗学激情。

因为现代汉语新诗与意识形态长期的一致性，诗人往往甘作意识形态的辅助者和赞同者，新诗史上从来不缺乏从正面呼应政治和集体庆典的作品。比如，胡风的《时间开始了》、贺敬之的《雷锋之歌》等都是其中的巅峰之作。在九十年代以来的历史与个人处境下，诗歌抒情却有意识地赞成和促进二者之间的"疏离"感，并以此作为诗意的起点。也就是说，个体从政治乌托邦、消费神话和爱国主义幻象中觉醒过来后，诗歌也不再攀附于这些现代意义上的"神力"或"巫术"，它必须以诗歌之名写出个体所面临的虚无感和价值重构的需求。西渡诗中的这种疏离感，堪称90年代以来中国个体日常生活与意识形态或资本化的公共生活之间对立的缩影。其实，现代汉语诗人也有过类似处境，但在他们那里，这是一个同意与否的矛盾，比如闻一多最好的诗作之一《心跳》中，就激烈地再现了个体生命空间与国家苦难、民族大义和公共生活之间的矛盾——这也是现代汉语诗的重要主题。在当代诗里，这个矛盾转变为一种自觉与无边经济和政治意识形态对垒，以及对此的呈现。

在这个承载着巨大的爱国主义和意识形态的欢乐美学的时间点上，诗人如何才能"梦想打磨时光的镜片"？我们需要注意，第一节里有个特别重要的意象:"正午的镜子",可以作为我们谈论的诗眼。钱钟书在阅读无数关于镜子的文学作品后说:"以水、镜照己,常会发生误认自己为别人,或误认别人为自己的幻觉,于是中外文艺家以这种精神惝恍意识流动的心理现象,创出许许多多自爱自怜自仇自怨的文章来。"① 确实,镜子是汉语古典诗中一个经典的物象,比如,"水中月,镜中花"是古典诗歌的经典意境之一。诗人周伦佑曾写道:"一面镜子在任何一间屋子里 / 被虚拟的手执着,代表精神的 / 古典形式。"② 镜子常常与自我确人或发现有关,古希腊神话中的纳喀索斯只相信水镜中的自己;许多西方现代诗人也很迷恋被镜子分割出去的"世界",以及镜子中展开的自我。比如,乔治·布莱发现,波德莱尔对镜子有特别的感受:"在他看来,镜子的闪烁如同一种阴郁而邪恶的活动,其中自我向自我呈现形象层出不穷到令人眩晕的程度。"③ 博尔赫斯诗歌和小说里的迷宫中也常常会借用镜子的魔力。当代诗人张枣也有好许多关于镜子的妙论:"你无法达到镜面的另一边"(《苹果树林》)、"前方仍是一个大镜子"(《椅子坐进冬天……》)、"大地仍是宇宙娇娆而失手的镜子"(《空白练习曲》)④,其他许多当代诗人都曾写到镜子。它在诗中频频出现,显然与它虚构的"真实"有关,按照古希腊式的摹仿论,"镜子"事实上具有诗歌的特征,它总是以颠倒而逼真的秩序把现实纳入到自身微小而无穷的世界。具体到个体与镜子之间的关系,镜子意味着每个人的自我形象中虚构的部分,有待认识和解放的部分——按拉康的说法,我们

---

① 钱钟书:《钱钟书论学文选》第 4 卷,舒展选编,花城出版社 1991 年,页 7。
② 周伦佑:《镜中的石头》,见蔡天新:《现代汉诗100首》,生活•读书•新知三联书店 2007 年,页 122。
③ [比利时]乔治·布莱:《批评意识》,郭宏安译,百花洲文艺出版社 1993 年,页 20。
④ 所引张枣诗句兼见《张枣的诗》,人民文学出版社 2010 年 9 月。

都经过各种镜像来认识自身。因此镜子是对虚无的冒犯,也是对存在的冒犯。①

西渡诗里的"正午的镜子",显然不是写某一面正午的具体镜子,而是把诗人在正午时分的坐落其中的欢腾的世界比喻为一面镜子,他以镜子的玄妙或虚构性,来比喻个体与世界发生关系的媒介。与午夜或别的时间点不同,"正午"并非一个冥想式、适合个体自然觉醒的时间点,而是个体最容易沉没于公共生活和常识中的时间点。它是白天的高潮,是意识形态的"阳气"最盛的时刻。是上述特殊历史庆典的高潮,是公共生活发挥强大的渗透力的好时候。而与此相反,"镜子"敞开的,是虚构的世界及其映照的个体镜像。这个比喻本身,就暗含着一个难以调和的悖论。因此,打磨这一时间点上的"时光的镜片",是这首诗低调而骄傲的诗意宣言:一方面它表明个体的觉醒,同时也暗示了另一个意图,要在诗歌中强力地挪用这个时间点所凝聚的一切公共意义,让一切喧闹都收摄于词语敲打和磨洗的"镜子"敞开的世界。诗人桑克也写过这种个体与时间的关系:"我,一个人,抓住这个时辰。/ 抓住我的孤单。我拥抱它,仿佛它是风,充满力量,然而却是 / 那么虚无。"② 在西渡这里,虚无就是镜子,它是摄取现实魂魄的临界面。

通过镜子的虚构性,诗人将世界颠倒:在国家意志和组织起来的沸腾的民意的浸染和伴奏中,关于大海的一切倒立地从镜中伸出——镜像与实物之间,左右是的颠倒的。西渡长诗《雪》里写过这种特点:"镜子和镜像

---

① 孙文波:《与无关有关》,重庆大学出版社 2011 年,页 10。
② 桑克:《海岬的揽车》,见蔡天新编:《现代汉诗100首》,生活·读书·新知三联书店 2007 年,页 288。

合而为一。/左和右,两个嫉妒的侍女/捐弃前嫌,水中的月/变成了天上的月,镜中的花伸展到枝头。"[1] 镜中的自我因颠倒而被凸现出来,并牵扯镜中一切虚构的形象。经过对这一特殊时间点的反思和打磨,真实世界在时光镜片中颠倒、变形为大海的形状。在孤处室内的诗人看来,这喧闹喜庆的正午,如一面巨大的镜子。通过"正午的镜子"对世界的反视,诗歌将室外喧闹的一切强力地转换为一股汹涌的诗歌的力量,幻化为词语的舞蹈和风景,抵抗和消解着意识形态化的公共生活对个体的覆盖。诗意的效力,正在于重新组织我们身处其中的事物秩序和意义秩序——发明一面连通个体与世界的"正午的镜子"。

粗看起来,"夏天的银器"是一个突兀的意象,它却是理解第二节的关键。一方面,它在色彩上与"正午的镜子"构成互文,象征着喧闹夏日里被漠视的自然光亮和响动,同时也是对集体欢腾之声的挪用。正午在诗人的感觉里成为一面巨大的、对喧闹的现实具有颠倒能力的镜子,"夏天的银器"才能被照耀出来,并被大海"侵犯"。"侵犯"在这里具有双关义:因为"大海"既可以理解为公共生活中的喧闹,也关乎"现实"被诗人的"镜子"颠倒后释放的诗意力量,因此"夏天的银器"被"侵犯"的过程,也是诗在各种力量的角逐中诞生的过程。从"夏天的银器"被焚烧的火焰锻打为"青铜铠甲的武士",正是一种元诗意识的集中呈现:有效的诗意从来都诞生于生存与语言的困境中。按阿多尔诺的说法,即社会整体以一个自身充满着矛盾的统一体出现在优秀的作品中,这种作品符合社会的意愿,又超越了它的

---

[1] 西渡:《草之家》,新世界出版社 2002 年,页 82。

界限。① 正如这首诗激昂饱满的声音里,充满了对节日庆典的戏仿和变形:"一面单数的旗帜被目击,离开复数的旗帜"——前面分析关于祖国的诗歌时,曾谈论过汉语新诗中"旗帜"的意义之旅。这里的"旗帜",被改写为个体对抗和改写公共生活的符号载体,它的展开与后面"多疑的乌云"形成事理上的严密和连续。

总之,经过"正午的镜子"的连通,室内阅读者、国家意志、奔腾的民意、生病的大海、无限的天地之间,密集地组成了一场意义的博弈和声音的共振。"万事销身外,生涯在镜中"([唐]李益《立秋前一日揽镜》),这面特殊时刻显现的镜子,涉及当代诗歌的一个重要命题:如何将公共生活的化约到个体抒情之中?按诗人的话说,如何以呈现"夏天生病的大海",来获得某种"帮助"?如何用诗歌打磨出一面私人领域对公共生活形成有效地颠倒和虚化的"正午的镜子"?

"我"与"我们"

私人领域与公共生活之间的矛盾及转化,在许多当代诗人的"镜子"中都得到有意识地表现。他们面临共同的主题是:个体与社会对立的抒情性化解。当代诗歌在这方面的办法,展示了二十世纪九十年代诗歌最困难、也最有成效的部分。按诗人臧棣的话说:"九十年代的诗歌主题有两

---

① [德]阿多尔诺:《谈谈抒情诗与社会的关系》,蒋芒译,见刘小枫选编《德语诗学文选》(下),华东师范大学出版社2006年,页424。

个：历史的个人化和语言的欢乐。"① 关于"语言的欢乐",可借德国现代诗人本恩(Gottfried Benn)的话来理解,诗歌尝试"在内容普遍的颓败之中,把自身当作内容来体验,并从这一体验中开一种文体之先河。技艺(ARTISTIK)正是这个尝试,它针对价值普遍性的空虚,设立一种新的先验:创造性快感的先验。"②

　　从社会学的角度看,个体是一个包含悖论性的特殊概念:它意味着"人海何由慰寂寥"(王国维诗《拼飞》)或"寂寞中的独体"(牟宗三语);同时,个体却总得寂寞于天地之间,寂寞于社会历史之中,"在个人的心理生活中,始终有他人的参与。这个他人或是作为楷模,或是作为对象,或是作为协助者,或是作为敌人"③,弗洛伊德已为我们揭示个体内部的无序性和复杂性,以及它们与社会经验之间的混乱化干涉机制。按伊壁鸠鲁派的说法,任何灵魂的治疗和关心,都需要追溯到他们的生活源流中。结合上面的诗歌分析,诗歌社会学意义上的自我,无论如何都必须以某种显而易见或隐秘的集体性作为背景。个体的诞生是一个复杂的话题,如弗洛姆对西方历史观察到的:"在中世纪,人认为自己是社会和宗教团体的一个内在部分,在个体还没有完全成长为一个个体之前,他是在社会和宗教团体内表现自己的,自近代以来,当人作为一个个体而面临着自我独立的考验时,人自身的同一性就成了一个问题。"④ 法国社会学家莫斯科维奇(Serge

---

① 臧棣:《人怎样通过诗歌说话》:《风吹草动》,中国工人出版社2000年,页2。
② [德]本恩:《抒情诗问题》,见刘小枫选编《德语诗学文选》(下),华东师范大学出版社2006年,页278。
③ [奥地利]弗洛伊德:《弗洛伊德后期著作选》,林尘、张焕民等译,上海译文出版社1986年,页73。
④ [美]弗洛姆(Fromm Erich):《为自己的人》,孙依依译,生活·读书·新知三联书店1992年,页134。

Moscovici)也说,近代西方社会最重要的产物,就是个人。[①]当然,虽然宗教中觉醒的个体,禁欲主义中觉醒的个体,农奴或封建制度中觉醒的个体,政治乌托邦或爱国主义中觉醒的个体,消费神话中觉醒的个体,资本意识形态中觉醒的个体,等等的具体形态不同,但每个时代都需要有诗歌或别的艺术力量,来抒写个体被淹没的危险、痛苦,表达其觉醒的快感和寂寞。在考虑了康德和弗洛伊德之间的对立性之后,理查德·罗蒂(Richard Mckay Rorty)说:诗的进步,也源于自私性的强迫性观念与公共需要间偶发的巧合。[②]罗蒂强调的,正是现代诗歌写作所包含的个体性与公共性之间的对立统一性。现代诗是个体觉醒和自我发现的产物,但不同时期的个体,与各自的群体或集体性背景之间的相互参照和凸显的关系,却是所有时代诗歌的同一性所在。如果说诗关乎灵魂的真理,那么它要尝试的,正是一种让个体抵达主体之外的世界,解开主客体之间死结的言语行为,如福柯所言:"为了达至真理,主体必须改变自己,转换自己,在一定程度上与自身不同"[③]。戈蒂耶(Gautier)所回忆的巴尔扎克,大概早就是一个福柯理论的文学践行者:"巴尔扎克酷似印度教三相神中的毗湿奴,具有化身的功能,就是说,他能够在不同的人身上附体,想附多久就附多久。……虽然到了十九世纪还这么说好象有点奇怪,但我们还得说,巴尔扎克是个通灵者。他观察事物的能力,察言观色的水平,作家天才,都不足以解释《人间喜剧》里大大小小三千个人物怎么能人各一面。……用巴尔扎克的话说,他笔下的人物是可以有户籍的。这些人物的血管里流淌着的是血,而不是像一般作家那样,

---

① [法]塞奇·莫斯科维奇:《群氓的时代》,许列民等译,江苏人民出版社 2006 年,页 16。
② [美]理查·德罗蒂:《偶然、反讽与团结》,徐文瑞译,商务印书馆 2003 年,页 38。
③ [法]福柯:《主体阐释学》,佘碧平译,上海人民出版社 2005 年,页 17。

往他们创作的人物身上注入墨汁。"①从这个意义上讲,诗歌乃至一切杰出的文学,都是化解对立的共鸣剂。

在中国古典文学传统中也有各种个体的觉醒模式。庄子和陶渊明就曾对自我进行有意的戏剧化,前者在《齐物论》里提出了著名的"吾丧我"的命题,后者曾在一组诗作中分别以"形""影""神"之间的问答,表达了自我内部的分歧及其与社会之间的对立统一性。现代文学中,鲁迅在《影的告别》中重写了这个主题。从二十世纪二三十年代至今,截然不同的历史阶段和社会结构,也致使汉语新诗发明出不同的自我形象,它们与不同"集体性"之间,也曾建立化解隔膜的方式。但是,由于诗歌之外的集体性力量(比如民族危机)的强力介入,诗歌可兴高采烈或者颓废哀伤地被时代的核心命题充实,将个体性附着其上,这种抒情模式基本上可不顾及诗歌本体论疑虑。

大概只有二十世纪九十年代以来的汉语新诗,因为其生成的特殊语境,才对"我"与"我们"之间的分裂特征进行了充满本体性质疑的、成规模的书写,展示了新的特征。诗人清平九十年代初期的作品《鱼》,虽不太被研究界提及,却比较典型地显示了当代诗歌的个体意识结构:

在水上
一条鱼度过老年时光
它脱下心爱的衣裳和
皮,肉,骨头

---

① [法]泰奥菲尔·戈蒂耶:《浪漫主义回忆》,赵克非译,人民文学出版社2011年,第92—93页。

挂在水草上
一条鱼把随身携带的事物分给大家
变成一条更小的鱼
属于它自己。①

在此前的汉语新诗中,似很少见这样关于自我的寓言:希望通过剥离所有附加于自我身上的时间、色彩等与"大家"有关的事物,以达成一种对于自我的纯粹梦想——二十世纪大部分时期的诗歌中,自我形象天然地与宏大的事物,比如革命、祖国、解放、光明、明天、远方、梦想等"相信未来"的愿景相关,并衍生关联的隐喻系统。被革命乐观主义和未来主义灌满的大众与个体之间,形成了高度的一致性。通过对公共生活的参与,诗歌抒情主体可完善的自我形象。甚至到了海子这样的诗人笔下,依然充满巨大的、高音量的自我形象。敬文东师就此有精确归纳:八十年代的诗歌大多"嗓门奇大"、"似乎人人真理在握"地"对着人间众生说话"②。

在这一切随着历史的变幻而烟消云散之后,诗歌如何重新修复在这个过程中破损的抒情主体?凭什么再来描写事物和"大家"?九十年代的汉语新诗一边还原和剥离出"更小的自己",同时也针对新的社会和历史语境,抒写新的诗意化的自我;以新的姿态出发,走进别人或"大家"。"自我所由产生的过程是一个社会过程,它意味着个体在群体内相互作用,意味着群体的优先存在。"③比如,诗人朱朱1992年的一首诗中就展示了一种对于人群的特殊的"看":

---

① 清平:《一类人》,作家出版社2007年,页61。
② 敬文东:《道旁的智慧——敬文东诗学论集》,秀威出版社2010年,页35—36。
③ [美]乔治·H·米德:《心灵、自我与社会》,赵月瑟译,上海译文出版社2008年,页147。

雨中的男人,有一圈细密的茸毛,

他们行走时像褐色的树,那么稀疏。

整条街道像粗大的萨克斯管伸过。

——《小镇萨克斯》[1]

这仍是从"更小的自己"发出的"看",按诗人自己的说法,观看者是"一个为经验所限的观察者"[2]。看者与被看者之间虽是近距离,却是目光与背影或侧影之间的关系。作为泄露被看者灵魂的脸,没有正面出现。人与人之间的关系,被虚化成为人与风景(树)之间的关系,成为灵魂的萨克斯在默默"演奏"的一种象征,而非"我"与"我们"之间的正面相遇。这暗示了诗歌抒情主体与抒情对象之间关系的一种特征:即便是近处的人群,近处的事物,只有通过"萨克斯"(如"正午的镜子"一般)才能被纳入到诗人的"看"之中。诗人阿吾九十年代初期也写道,"这里没有意义,只有言语/这里没有个人,只有人群"[3],"意义"和占有它的"个人"都随着宏大事物在诗歌中的寂灭和解体而消失了,只剩下"言语"和"人群",像风景一样参与诗人独自的"演奏"。可以说,经过八九十年代之交的历史转折,诗歌之"看"逐渐退回"有限"的观察里:个人与群体之间已经丧失了此前普遍存在的阶级同情、革命友谊、人民情感或集体情绪等,这都曾是汉语新诗善于展示的内容。九十年代的诗歌抒情里,诗人开始调整观察人群的词语姿态。诗人王小妮绕了个弯子说,诗人作为看者之所以不能"走进"他人,是因为其背后的"神的盲目"。在九十年代初期的作品中,她展

---

[1] 朱朱:《枯草上的盐》,人民文学出版社 2000 年,页 19。
[2] 朱朱:《枯草上的盐》,人民文学出版社 2000 年,页 173。
[3] 阿吾:《足以安慰曾经的沧桑》,湖南文艺出版社 2007 年,页 201。

示了看者之"神"的不确定,即使面对着"多好的人群",神也成了善恶不分的盲者:"神 / 你的光这样游移不定 / 你这可怜的 / 站在中天的盲人 / 你看见的善也是恶 / 恶也是善。"①在现代汉语新诗史上,有许多力量让诗歌之"我"与"人群"融合,它们某种意义上就是"攫住了民众和胆大的城市"②的现代"神力"。现在,一切"神力"烟消云散,"我无法判断他们的孤独是否和我的相似"③:

> 她在……
>
> 她,就在她们中间
>
> 还有他,他们
>
> 她回头时,也在所有逝者中间
>
> ——周瓒《1995年,梦想,或自我观察》④

个体之间、个体与集体之间丧失了抒情上的共通基础后,诗歌如何表达"神的盲目"留下的空白?诗人只能说,"诗只满足小众,首先满足写诗的人自己,它就足够了,不能要求它不胜任的。"⑤也就是说,"看"是为了勾勒出自我的风景,或者说,是自我从人群中分离出来的过程,是落落寡欢的、有些冷漠地在室内不经意地向外看,而不是兴高采烈或满怀希望地进入"大家"。即使诗人对劳动者进行观察,也倾向于将劳动简化为诗艺的象征,而非马克思意义上异化的劳动,比如多多写道:"闪电是个织布的人,毫不理

---

① 王小妮:《等巴士的人》(1993年),《有什么在我心里一过》,作家出版社2008年,页19。
② [德]荷尔德林:《人民的声音》,见《追忆》,林克译,四川文艺出版社2010年,页76。
③ 臧棣:《哑剧的轶事》,见《燕园纪事》,文化艺术出版社1998年,页141。
④ 周瓒:《松开》,作家出版社2007年,页92。
⑤ 王小妮:《半个我在疼痛》,华艺出版社2005年,页223。

会/午后一阵高过一阵的劈柴声。"① 西川写道:"喧闹世界的隐蔽的法则通过我的女邻居传入我的耳朵,冷酷地打击我的温情。所以当尘土弄脏了我的白手套,我不起诉,不抱怨,而是像牛一样费力地想象它们怎样洁白地戴在灵魂的手上。"② 即使诗人"看"到的,是街头拾垃圾的女人,想表现的也是一种迷醉地献身于"自己"的冲动:

> 在一排深绿色的垃圾箱跟前
> 驼背的老妇人正谦恭地
> 俯身于她喜悦的发现
> 她忙碌的前臂隐蔽在铁盖背后
> 而她的蛇皮口袋,胃口大开
> 她那双被灰色毛裤紧箍的瘦腿
> 又直又长,像用旧了的船桨
> 从背后看去,她肩骨高耸
> 固执地贴近她的工作,从那里
> 捕捞、赞叹、欢乐……
> 她的身体分裂出细小的动作
> 正散发着我能看到的幸福,她的幸福
>
> ——周瓒《1995年,梦想,或自我观察》③

在这里,拾垃圾老妇人被诗人看到的也是背影:"驼背"、"背后"等组成形象,都表明了一种看的尴尬。"她"的头和脸,都隐藏在垃圾桶中,如果眼睛是

---

① 多多:《小麦的光芒》(1996),见《多多诗选》,花城出版社2005年,页230。
② 西川:《鹰的话语》,《深浅·西川诗文录》中国和平出版社2006年,页61。
③ 周瓒:《松开》,作家出版社2007年,页94。

灵魂的窗户,那看者与被看者的灵魂并没相遇,诗人虽尽可能地细致描绘下层女劳动者艰辛工作的情景,但她想写的,显然是"另一个我",把"她的幸福"变形为"我能看到的幸福"。像波德莱尔写过的拾垃圾者一样,这里的"她"也是现代诗人的自我幻像。虽然诗人张曙光说,除了美好的事物,诗歌还"应该成为一只垃圾箱/包容下我们时代的全部生命",[①] 但在现代都市里,诗歌描绘的是"有限观察"视野中的"垃圾"部分,并非要让个体融进"大家"之中。因此拾垃圾者的形象,事实上是诗人劳作的形象。在周瓒笔下,知识分子与底层劳动者之间,不是启蒙与被启蒙的关系,也不是广场上为某个崇高的信念呼喊奋战的战友,而是有限的看与被看的关系。被看的边缘人群常常背对着那些享有正常都市生活秩序公众和人群,把脑袋和眼睛都藏在了不易察觉的阴暗或肮脏之处;这样的处境与诗人有一种精神上的一致性:即使面对茫茫人海中的无数盲目的眼睛,黑暗也无处不在:"黑暗的中午/我们走过王府井大街/突然,一条蜥蜴闪电一样/在人群中穿过。"[②] 1997 年炎热的夏天,诗人西渡面对北京城里奔忙而密集的建筑工人,写下了这样的诗句:"戴安全帽的城建工人/像奔忙的蚂蚁,费劲地/拖曳着春天巨大的尸体。"[③] 某种意义上,诗人面对的都市现实,正是"春天巨大的尸体",他们的写作,也是一种在炎热的现实里的"拖曳"。诗人描写室内的劳动,也具有类似的方式,张枣 1995 年写的《厨师》一诗,这样来写厨师的劳动:

  未来是一阵冷颤从体内搜刮

[①] 张曙光:《垃圾箱》,《小丑的花格外衣》文化艺术出版社 1998 年,页 161。
[②] 西渡:《轮回》,《雪景中的柏拉图》,文化艺术出版社 1998 年,页 56。
[③] 西渡:《为白颐路上的建设者而写的一支赞歌》,见《草之家》,新世界出版社 2002 年,页 23。

而过,翻倒的醋瓶渗透筋骨。
厨师推门,看见黄昏像一个小女孩,
正用舌尖四处摸找着灯的开关。
室内有着一个孔雀一样的具体,
天花板上几个气球,还活着一种活:
厨师忍住突然。他把豆腐一分为二,
又切成小寸片,放进鼓掌的油锅,
煎成金黄的双面;
    再换成另一个锅,
煎香些许姜末肉泥和红艳的豆瓣,
汇入豆腐;再添点黄酒味精清水,
令其被吸入内部而成为软的奥妙;
现在,撒些青白葱丁即可盛盘啦。
厨师因某个梦而发明了这个现实,
户外大雪纷飞,在找着一个名字。
从他痛牙的深处,天空正慢慢地
把那小花裙抽走。
从近视镜片,往事如精液向外溢出。
   厨师极端地把
头颅伸到窗外,菜谱冻成了一座桥,
通向死不相认的田野。他听呀听呀:
果真,有人在做这道菜,并把
这香喷喷的诱饵摆进暗夜的后院。

> 有两声"不"字奔走在时代的虚构中,
> 像两个舌头的小野兽,冒着热气
> 在冰封的河面,扭打成一团……①

在这首里,尽管张枣对于厨艺进行了精确描述,但厨师的劳动已经成为一种元诗暗喻。观看豆腐制作的过程,让我们不由得想起阅读阿喀琉斯之盾的制作过程。"有两声'不'字奔走在时代的虚构中",显示了持有这种劳动观的诗人的坦然。类似的作品,还有欧阳江河的《毕加索画牛》。以艺术家甜蜜而傲慢的劳动,来抵御或漠视工业消费社会中劳动的枯燥,是现代艺术家回应现实的一种办法。在臧棣看来,这种纯粹的劳作可以不顾及"人群"中观看或倾听,他称之为"哑剧":

> 现在谁是倾听者?在哪里倾听?
> 对我来说已并不重要。或许
> 我只是对自己诉说:一种失传的技艺
> 一种人和他的自我之间的语言交易②

诗人意识到,倾听者和倾听的语境混乱和不确定,甚至诗人的自我形象也是不确定的。"人和自我之间的语言交易",就意味着诗人通过语言来确认自我不确定的特征,它既是自我危机所在,又是敞开的存在。在这个神灵"盲目"的时代,诗歌作为神性的现代遗传,它只能以语言技艺来确认和命名抒情的自我,从"盲目"中将之分辨出。诗人如心理学家说的"自我既是主

---

① 张枣:《张枣的诗》,人民文学出版社 2010 年第 2 版,页 239;
② 臧棣:《哑剧的轶事》,见《燕园纪事》,文化艺术出版社 1998 年,页 149。

体又是客体",①发明新的自我,澄清不同自我之间的戏剧性,正是诗歌解决存在之难的手段。由于个体角色需依赖于群体性的背景,因此上述内倾姿态,也意味由此可能打开新的诗意世界。翟永明《潜水艇的悲伤》一诗也展示了一种内倾的、与自我进行语言交易的姿态,尽管诗的外观上试图与社会实践建立联系:

> 当我开始写　我看见
> 可爱的鱼　包围了造船厂
> 国有企业的烂账　以及
> 邻国经济的萧瑟　还有
> 小姐们趋时的妆容
> 这些不稳定的收据　包围了
> 我的浅水塘②

这节诗震慑我们的,是一切非诗意的事物的秩序"包围"了"我"的"浅水塘",正如臧棣诗中的写者被倾听的缺在所"包围"一样,这首诗中写者的姿态与处境之间,激烈地相互否定又彼此转化。诗人直面并进入自我之外的人和事物,是灵魂的冒险,也是将它们凝定于自我"风景"的过程。在这种转化构成的象征中,时代之难被转换为诗意困难。所以,整首诗一方面在展示歌命名具体事物的困难,同时,又说出了诗歌克服困难的可能性:"我必须造水,为每一件事物的悲伤 / 制造它不可多得的完美。"③这也是一种"语言的交易"。在另一首诗《关于雏妓的一次报道》中,翟永明强调了诗歌言

---

① [美]乔治·H·米德:《心灵、自我与社会》,赵月瑟译,上海译文出版社 2008 年,页 123。
② 翟永明:《女人》,作家出版社 2008 年,页 126—127。
③ 翟永明:《女人》,作家出版社 2008 年,页 128。

说与报纸之间的分裂:"看报纸时我一直在想:/不能为这个写诗/不能把诗变成这样。"[①]面对冰冷快速的信息流展示的资讯和数据,面对其中"冷藏"的各种苦难悲喜,诗歌要在"不能写"的窘迫里,开掘豁然开朗的"报道",打开"我"对"我们"的言说之道。

发明一对"亲爱的"

另有一些意回到"大家"之中的诗作,颇有意味地借助了左翼文学和革命话语资源,来克服象征之难。只有把"看"置入历史参照系,才意味着走进"大家"的空念头具有的怀旧式的反讽力。比如,诗人柏桦这样写棉花工厂:"哈哈大笑的棉花来了/哈哈大笑的一日三餐来了/哈哈大笑的工人阶级来了//一日复一日,明日何其多。"[②]萧开愚二十世纪九十年代初的重要诗作《雨中——纪念克鲁泡特金》,也写诗人在雨中观看到的"风景"。诗人面对不远处在雨中干苦力的码头工人时,写下了这样的诗句:"这时,我希望能够用巴枯宁的手/加入他们去搬运湿漉漉的煤炭。"在此,诗人不只是怀念"工人阶级"与"知识分子"曾经的理想的情感和合作模式,而且还摆出了这样的问题:丧失了这种理想的情结支撑之后,二者之间的相互漠视、对立和误解,如何在诗歌中得到调和? 如批评家姜涛分析

[①] 翟永明:《翟永明的诗》,人民文学出版社 2012 年,页 265—266。
[②] 柏桦:《山水手记》,重庆大学出版社 2011 年,页 147—148。

此诗时指出的,这首诗似乎回到了茅盾《子夜》的传统中,"显示了'我'与'我们'、'我'与历史实践之间不可消除的距离,显示了诗歌可能的社会位置①"。

萧开愚另一首广受赞誉的诗作《北站》,也生动地展示了知识分子的这种调和在大时代滚滚旋涡里的枉然:个体在现代化和大历史推进的集体生活洪流面前之渺小。即使古希腊人面对时间体悟到的"一切皆流",孔子感慨的"逝者如斯夫",都只表达人类被水激发的时间幻象,它们都不足以描绘我们每个人在时代潮流中具体而微的消逝。在《北站》中,九十年代以来中国城市化和城市改造带来的历史和时间的恍惚感、消逝感,被萧开愚浓缩于对一个已经化为乌有的火车站的反复忆叹中。通过对记忆场景的反复呈现,诗人将变幻的社会历史和被驱役的芸芸众生,以及这一切的更迭和消失,都内化为"我"内心的翻涌。火车、废弃的铁道、曾经的拥挤的客流,似乎都成为个体身体中复活的内容,同时,也是"我"内心丢失的部分。在所有事物都遭受着大规模拆建的时代里,"我"与已经消失在时间中的"一群人"具有同样渺小的质地和命运,"我"曾经是其中的一员,又是所有消失的卑微记录见证者。"我们"和没有方向的群氓一样,内心依靠的世界都在被前所未有的速度和力量拆迁:

> 我感到我是一群人。
> 走在废弃的铁道上,踢着铁轨的卷锈,
> 哦,身体里拥挤不堪,
> 好像有人上车,有人下车,

---

① 姜涛:《巴枯宁的手》,北京大学出版社2010年,页9。

>一辆火车迎面开来,
>
>另一辆从我的身体里呼啸而出。①

大众心理学研究认为,个体是智慧清醒的,但一旦众多个体聚集,群体就诞生了。群体可能导致智慧、同情和道德活力的丧失。爱因斯坦曾感慨:"这个事实给人带来多少苦难!它是所有战争和每一种压迫的根源,使得世界充满痛苦、叹息和怨恨。"②上举的诗句中,也表达了一种对于群体的幻觉,可以说,这是当代中国人的共有幻觉:人口大规模流动,世界的变化和更新远远快于每一个体的更新,因此群体的特征也在发生着莫测的变化。每一个体都淹没于正在流动的人群,各种人群又因种种社会变化而转瞬即逝。那些已消失的群体,正以新面目出现,组成一个更为无边的群盲社会,它成为每一个体的具体存在背景。因此,诗人另外一首诗中这样写道:"我如何从我救出一个我?/我厌弃了我,就像厌弃了/那些曾经着迷的事实。"③受各种外在的凌乱而强大的力量的支使,个体不断裹挟进各种群体中,同时也不断从各种群体中走出,这种"厌"和"弃",是九十年代以来中国社会频繁发生的个体遭遇。

诗人宋琳1997年写的《漂泊状态的隐喻》中,从另一个角度写出了这种现代都市人的幻觉:"强烈感觉到分裂的自我/仿佛十二座桥上都站着你。"④诗人周瓒也表达了类似的感觉:"在人群中,就像掉在了/自己编织的罗网里。"⑤现代都市社会本身,就是一个巨大群体,其中的个体的精

---

① 萧开愚:《北站》,《萧开愚的诗》,人民文学出版社2004年,页97。
② [法]塞奇·莫斯科维奇:《群氓的时代》,许列民等译,江苏人民出版社2006年,页19。
③ 萧开愚:《获救之诗》,见蒋浩主编民刊《新诗》,2002年8月第2辑,页34。
④ 宋琳:《门厅》,北岳文艺出版社2000年,页81。
⑤ 周瓒:《松开》,作家出版社2007年,页96。

神面孔,让诗人感到每个人都是分裂出去的自己,各人都身上弥漫着同样的丧失感。诗人李亚伟也曾以排山倒海的语言气势,对"我"的这种处境进行了形象描绘:

> 我是生的零件、死的装饰、命的封面
> 我是床上的无业游民,性世界的盲流
> 混迹于水中的一头鱼,反过来握住了水
> ……
> 我是一个叛变的字,出卖了文章中的同伙
> 我是一个好样的字,打击了写作
> 我是人的俘虏,要么死在人中,要么逃掉
> 我是一朵好样的花,袭击了大个儿植物
> 我是一只好汉鸟,勇敢地射击了古老的天空
> 我是一条不紧不慢的路,去捅远方的老底
> 我是疾驰的流星,去粉碎你远方的瞳孔
> 伙计,我是一颗心,彻底粉碎了爱,也粉碎了恨
> 也收了自己的命!
> 伙计,我是大地的凸部,被飘来飘去的空气视为笑柄
> 又被自己捏在手中,并且交了差
> 伙计,人民是被开除的神仙!
> 我是人民的零头![①]

---

① 李亚伟:《野马和尘埃·自我》(http://sjycn.2008red.com/sjycn/article_269_6312_1.shtml)。

我是谁？自我的确认，自我公共角色的选择，遇到前所未有的困难。自我的模糊和分裂，成为一个严酷的事实，各种自我的并置，相互之间的否定和嘲笑，是个体精神境况最为生动的体现。诗人将这组诗命名为"野马与尘埃"，似乎寓意着个体的渺小，以及个体的尘埃化带来的慌张和虚无。这是当代中国都市生活的生动体现，拥挤、繁忙，每一个体都似乎处在城市社会这一巨大的群体中，丧失了自我，诗人对这种丧失的担忧和嘲讽，正是基于"我"与"我们"之间分裂而紧密的关系。诗人张枣说："我完全感觉到我生活在一个我追赶我自己的时代，一个神经质的、表情同一的、众物疲惫的时代。"① 王家新在《变暗的镜子》诗中写道："为什么你要避开他们眼中的辛酸？为什么你总是羞于在你的诗歌中诉说人类的徒劳？"② 这样的诗歌言说，又对谁说呢？诗人西渡九十年代后期写的诗《在硬卧车厢里》一诗，被许多研究者视为九十年代诗歌的代表作之一。诗里也写诗人在巨大的人群流动中的聆听与观察。诗歌以特殊的视点，描绘了一对在硬卧车厢里的陌生男女，以最短时间建立暧昧关系的过程：

> 在开往南昌的硬卧车厢里
> 他用大哥大操纵着北京的生意
> 他运筹帷幄的男人气概发动起邻座
> 一位异性图书推销员的谈兴。
> ——他之所以没有乘上飞机
> 或者在软卧车厢内伸躺他得体的四肢

---

① 颜炼军、张枣：《"甜"——与诗人张枣一席谈》，《名作欣赏》2010年第4期。
② 西渡、郭骅编：《先锋诗歌档案》，重庆出版社2004年，页48。

再一次表明：在我们的国家
金钱还远远不是万能的。

"你原先的单位一定状况不佳
是它成全了你，至于我，就坏在
有一份相当令人陶醉的工作，想想
十年前我就拿到这个数。"她竖起
一根小葱般的手指，"心满意足
是成不了气候的。但你必须相信
如果我早年下海，干得绝不会比你逊色！
你能够相信这一点，是不是？"

"你怀疑？你是故意气我的
你这人！"他在不失风度地道歉之后
开始叙述他漫长的奋斗史，他的失意
他的挫折，他后来的成功，他现今的抱负
他对未来的判断。她为他的失意
唉声叹气，她的眼眶中仿佛镶进了
一粒钻石，为他的成功而惊喜
几乎像一对恋人，他撕开一袋方便面

"让我来"，她在方便面里冲上开水，
"看你那样，就知道离不开女人的照顾。"

——如果把"女人"后面的补充省略也许
　　更符合实际情况。谈话渐渐滑入
　　不适于第三者旁听的氛围。我退进过道
　　回避陈腐的羞耻心。在火车进入南方
　　的稻田之后,在一个风景秀丽的城市
　　他们提前下了车,合乎情理的说法是
　　图书推销员生了病,因此男人的手
　　恰到好处地扶住她的腰,以防她跌倒[①]

许多论者称赞过这首诗叙事和戏剧化的特征,以及它对九十年代南方商品社会引发的人性和道德变化的精确记录。比如罗振亚说,在此诗中,"日常情境画面的再现和含蓄微讽的批评立场的结合,显示了诗人介入复杂微妙生活能力之强"[②]。这当然是很重要的一方面。

事实上,这首诗里有许多反叙事性的元素。诗人在处理他描绘的画面和故事时,其实处处在警惕写作的散文化。无论在时间感上、修辞和句法上,还是在情节的剪辑上,都有意地"反叙事"。九十年代诗歌中备受关注的"叙事性"的成功,恰恰是建立在对叙事的警惕上。许多作品的失败,也正在于缺少警惕,让诗歌丧失抒情品质,携带"口腔痢疾症"而"招摇撞骗"[③]。我着重讨论的,是这首诗中的观察者与被观察者之间的关系。诗中的"我"是一个旁听者,而且只出现了一次。诗中记录的所有对话和情景,只要九十年代乘坐过火车都非常熟悉。因此,诗中的"我"某种意义上

---

① 西渡:《草之家》,新世界出版社 2002 年,页 14。
② 罗振亚:《九十年代先锋诗歌的"叙事诗学"》,《文学评论》2003 年第 3 期。
③ 敬文东:《道旁的智慧——敬文东诗学论集》,秀威出版社 2010 年,页 43。

可以置换为任何人,或者说,诗人处理的是一种普遍性的经验。诗人的角色在这里发生了一些变化,他不标榜前面列举的诗人的"浅水塘"或寻找"倾听者"的焦虑,不将他者"背影"化或宣称把"他们的幸福"作为"自己的幸福",而是一边"回避陈腐的羞耻心",一边绘声绘色地讲述了"他们"的全部。诗中的"我",某种程度上是作为"他们"的故事的一部分,是"他们"的故事的倾听者和传播者。这是一种新的抒情化的自我,对"在路上"的芸芸众生的描绘,呈现出新的写者意识:在商品和消费为主流的社会中,自我经验与他者经验相遇的新的可能性。新世纪以来,随着大规模工业化和城镇化带来的个体隔膜的加剧,许多诗人都具有了这种意识。诗人王小妮2005年写的诗作《那个人,他退到黑影里去了》,展开了一幅抒情者眼中的卑微的劳动者的剪影。这首诗对"另外的人",尤其是工业化中的底层劳动者,显然有一种不同于翟永明和周瓒的游移:

  灯捏在手心里。
  他退到煤粉熏暗了的巷子最深处
  还退到黑色的灯芯绒中
  退进九层套盒最紧闭的那一只
  月亮藏住阴森的背面。
  他一退再退
  雪地戴上卖炭翁的帽子

  那个人完全被黑暗吃透了。

而他举着的手电筒迟缓了那么半步
光芒依旧在。
在水和水纹中间
在树木正工作的绿色机芯里
在人们暗自心虚的平面
幽幽一过。

所有的,都亮了那么一下
游离了恍惚了幻象了
这种最短的分离,我一生只遇见过三次。

这首诗呈现了诗人是如何观察一个面目脏得不清晰的劳动者的。在当代中国诗歌里,这是一种非常有意味的对立。诗中可感觉到某种久违的阶级同情、人道主义,但更有趣的,是诗歌呈现出一种"美"与"真"的博弈和游移。亚理士多德曾经将文学作品里描写的主人公分为两大类:"高摹仿"和"低摹仿"。前者包括神话人物、英雄人物、人间首领,后者包括小人物、喜剧人物、滑稽人物,由此分出不同的文学作品类型。① 也许现代文学在这一点上出乎亚理士多德的意料,从波德莱尔面对巴黎街头的芸芸众生开始,现代文学必须面对那些它们完全不能进入其灵魂的主人公[②]。在王小妮的诗歌中,我们依然能读出这种困境:一方面,这个被黑暗吃透的"他"是匿名的,

---

① [加拿大]诺斯罗普·弗莱(Northrop Frye):《批评的解剖》,陈慧等译,百花文艺出版社2008年,页45–48。
② 波德莱尔在《人群》里写道:"人群与孤独,对一个活跃而多产的诗人来说,这是两个同义语,它们可以相互替。谁不会使孤独充满人群,谁就不会在繁忙的人群中独立存在。"见《巴黎的忧郁》,亚丁译,生活·读书·新知三联书店2004年,页42。

"他"身上凝聚的黑的一切,以及微弱的闪亮,与经典现代主义文学中被异化的个体有相似之处,比如,早年的王小妮会写:"黑暗从高处叫你。/ 黑暗从低处叫你。// 你是一截 / 石阶上犹豫的小黑暗",这是现代主义文学中典型的陷入黑暗的个体形象。同时,也有一些变化:早年的那个被黑暗呼唤的"你",某种意义上是"我"的对象化称谓,或者是他者的影子;而在这首写于二十一世纪初的作品里,"黑暗"和"他"都有了新的内涵:诗人沉浸于黑暗感的同时,也尽力把"他"塑造为真正意义上的"另外一个人",正如西渡上面的诗里捕捉到的戏剧化情景,反过来可以理解为自我内心的戏剧一样。这就陷入了这样的悖论:一方面,社会阶层的差别,人与人之间的相遇方式,使彼此理解面临新的困难,对诗人来说,这是理解面临的"黑暗":进入另一个人的灵魂,就意味着进入黑暗;同时,诗人尽力体谅和理解阶层化的他者身上黑暗的部分。诗中"雪地戴上卖炭翁的帽子"、"暗自心虚的平面"这样的句子,生动地表明了"一场诗学与社会学的内心纷争"(耿占春语)。因此悖论浮现了:"所有的都亮了一下",照明的却是隔膜。这首诗微妙地显示了知识分子直面普罗大众时内心的尴尬和冲突,以及诗人将它们转化为写作困境的方式。被"照亮"的"我"和"我们",都常常不得不退避回到自身。在都市生活所划定的想象空间内,我们更习惯面对的事物、人群或他者,其多样性都隐蔽在消费光影和意识形态面具之下。无论"美"与"真",还是阶级、苦难和贫乏,都有可能只流于色相或面具:"有一刻,我一门心思寻找美,/ 却看到丑陋就是美,直到发现政治 / 已成为色彩艳丽的面具,把一个人 / 变成了所有的人"。[1] 这种常在的纠结,让诗歌命

---

[1] 孙文波:《与798无关》,见蒋浩主编民刊《新诗》2006年9月第10辑,页38。

名不时回到对于"我"与"我们","我"与"事物"关系反思上,回到抒情化的个体与世界之间如何突破壁垒的纠结中:

> 我们抓住它们,就像我的软弱
> 是它们造成。而
> 它们什么也没有做
> 我暗中垂下头,向它们致歉。
> ——池凌云《别的事物》(2009)[1]

然而,这种当代汉语诗歌中处处可见的纠结,虽是美学意识形态和现实逼迫的标志,也是汉语诗歌内在的潜力所在。正是在纠结中,诗歌不时对词语与世界的关系进行反省,不依附于既有事物秩序和意识形态,发明词与物的新联姻——它们就是诗歌用以防御"外在的暴力"的"内在力量"[2]。它们促成私人领域与公共生活之间,"我"与"我们"之间的诗意转化,促成无数"镜子"旋转于诗歌与现实之间。其中每一面都可以发明一对"亲爱的",预示着可能放大、叠加的未来,或可能聚焦、放大的幽微。正如诗人臧棣自信地发问:"取多少自我,可以加热成一杯无穷的探索?"[3]

---

[1] 池凌云:《池凌云诗选》,长江文艺出版社 2010 年,页 183。
[2] 华莱士·史蒂文斯:《最高虚构笔记》,陈东飚、张枣译,华东师范大学出版社 2009 年,页 292—293。
[3] 臧棣:《未名湖》,海南出版社 2010 年,页 135。

诗歌的咏叹,也许正是隐藏于现实中的天堂的废墟和碎片。

第六章　唯一的天堂

"诗歌不知道自己已经死了"

抒情的危机

创建新的言路

无限空间的永恒沉默使我恐惧。

——帕斯卡尔[①]

把虚无转化为一种专制的力量
对我们的时代不仅意味着
一种自由的风格,而且几乎是
一种伟大的品质。

——西渡[②]

"诗歌不知道自己已经死了"

  通过以上各章展开的不同时段、不同维度的诗歌象征视野,可见不同象征结构体系背后,都有相关核心隐喻。"风雨""圆宝盒""旗帜""祖国""远方""天鹅""镜子""自我""人群"……都是这些核心隐喻所依赖或呈现的事象。换言之,不同历史语境的诗意建构所倚重的不同象征体系,都围绕着不同的隐喻。世易时移,新诗的核心隐喻也在转移。认知隐喻研究已经

[①] 何兆武译:《帕斯卡尔思想录》,长江文艺出版社 2007 年,第 72 页。
[②] 西渡:《对风的一种修辞学观察》,见《鸟语林》,海南出版社 2010 年,页 9。

达成的共识告诉我们:"通过隐喻所转移的,不只是各个概念的内在属性,而是整个认知模型的结构、内部关系或逻辑。"① 也就是说,不同的诗歌隐喻张扬的,是不同诗意认知空间、概念网络和形象系统。汉语新诗依据不同概念建立的交错的诗意网络形态,展示了不同时期汉语诗性变化的内涵和尺度。

照此诗歌象征推演逻辑,还有更多汉语新诗作品和诗学现象可以规划入"漂移"的行程。但通过以上象征风景,已经能看到在古典诗歌整体地退场之后,汉语新诗不断寻找诗意发明依存的基础,展开的迎向诗意"空白"的跌宕之旅。它经历了新旧裂变之后的诗意寻觅,民族拯救和国家新生的苦乐,对进步幻象的迷恋,对语言以及相关神话的崇拜,对消极抒情主体的构造……等实践和变形,诗意在心与物之间变幻、流转和契合,发明出的不同面貌的"我"与"我们",破碎、组合、膨胀、生长、逆转、敞开……捕获幽暗的神性。诗人黑大春说,"在不同的历史语境中,诗歌的真谛总是要变着法儿被说出"②,正此之谓也。笔者本书中着力讨论的若干象征形态,即新诗诗意"变形记"的几个重要集散点。在汉语新诗诗意变形过程中,它们有着宽广的辐射和影响。

汉语新诗崇高性寻找和建构的旅程,在上述崇高主题乃至更多象征形态之间的漂移,呈现了多维的诗意突破、增长和变形,而且还要继续下去。当然,如果按黑格尔式的预言,随着神话时代的远去,理性时代的来临,艺术因为失去了活水源泉,必定渐趋消亡,诗歌的象征增长和变形也终究会走入

---

① [德]弗里德里希·温格瑞尔、[德]汉斯尤格·斯密特:《认知语言学导论》,彭利贞等译,复旦大学出版社2009年,页131。
② 西渡、郭骅编:《先锋诗歌档案》,重庆出版社2004年,页56。

死角。自黑格尔开始,这种预言不绝于耳。我们似乎可以找出同样的理由来预言汉语新诗的命运:二十世纪汉语新诗在丧失了古典诗依存的形而上学基础之后,在接受继而抛弃了民族国家梦想这一新的神话性基础之后,其决意抵达的诗意彼岸,注定要与更多的、更破碎的世俗神话相互摩擦、混淆和损耗,甚至被功利主义和虚无主义侵蚀殆尽。当代汉语新诗身陷的,正是一个没有统一形而上学基础、没有神话的时代,一个类似于黑格尔所预言的那种艺术终结的时代——在当下,不就一直有人断言新诗的死亡么?

在黑格尔之前,从早期德国浪漫派开始到后来欧美浪漫主义诗歌,都意识到近代科学和理性潮流所导致的神话消逝和诗歌危机,黑格尔某种意义上只是将危机感极端化了。与黑格尔相反,浪漫派美学家和浪漫主义诗人们更相信,神话和信仰时代的远去,正好是诗歌和文学为人类需要的理由,它们可以创造新的神话和魔力,为科学和理性的时代提供新的灵韵(有意思的是,甚至整个共产主义运动和其中产生的革命诗歌,也是源于欧洲的浪漫派掀起的新神话运动的一部分,诗歌的新神话运动,的确为现代诗提供了激情和彼岸性精神资源)。在近代科学刚刚进入人类生活的十九世纪,荷尔德林(Hölderlin)在其名篇《帕特墨斯》开篇写道:"有危险的地方,也有/拯救在生长。"[①]可以算作他的诗学宣言,也是其时诗人自信的写照。这一方面显示了他所信仰的诗歌演进规律,同时,也透露出十九世纪的诗人艺术家面对科学和理性时代来临时,对诗意发明所抱有的乐观和勇气。这种相信诗意发明与时俱变的想法,一直在延续和变异。"一代有一代之文学"(王国维)这一观念,也曾随着进化论进入中国的文学史观中。美国批评

---

① [德]荷尔德林:《追忆》,林克译,四川文艺出版社2010年,页120。

家马尔科姆·考利（Malcolm Cowley）在谈论上世纪美国迷惘的一代时也说:"每个新的一代都有自己的感情,自己的象征,这些象征能感动他们,使他们产生怜悯或自我怜悯。"① 现代诗人们不再相信柏拉图式的灵感论,而相信人是创造主体。从德国浪漫派批评的始祖小施莱格尔开始,康德、柯勒律治、波德莱尔、史蒂文斯等都先后强调了想象力对于诗意创造的作用,对诗人的想象力的强调,其实是将艺术创作的中心从神话、宗教等转移到人本身,即人是诗意创造的主体,人的世界是诗意唯一的起点和归宿,人是诗意神话的创造者。博尔赫斯也曾多次说,诗歌的更新,就是发明新的隐喻来激活亘古以来人与世界之间已经形成的隐秘对称。按照这一由来已久的信念,诗歌会随着人面临的困境的变化而不断变形,通过语言创造的诗意和神话,逃脱被各种意识形态和知识禁锢的危险,进而改善和调整我们身上永恒缺失的部分,克服重重危机,"战胜分裂,超越天使,找到某种方式去说那不可言说的一切"。② 诗人帕斯说:"语言有具体化为诗歌的自发倾向。每天,词语都发生内部碰撞,迸发出金属般的火花,或者形成一对对磷光。话语的苍穹不停地繁殖新星。每天,词汇和短语都顺着冰冷的鳞片流淌着湿气与宁静浮上语言的水面。与此同一时刻,另一些词汇与短语则消失了。"③

在浪漫派建立的这种信心一直被现代诗人在各种语言中传递的同时,黑格尔式的恐慌一直诅咒般继续,甚至在加剧。尤其在二十世纪人类进入现代社会的纵深处以来,诗歌的合法性就一直备受质疑。诗人们虽然不断以新的杰作消除了这种质疑,但质疑与反质疑的诗歌合法性之争一直在继

---

① [美]马尔科姆·考利:《流放者归来:二十年代的文学流浪生涯》,张承谟译,重庆出版社2006年,页17。
② 张隆溪:《道与逻各斯》,冯川译,江苏教育出版社2006年,页116。
③ [墨西哥]帕斯:《帕斯选集》,赵振江等译,作家出版社2006年,第272页。

续。这似乎说明,诗歌在全球化的现代社会面临的危机不同于以往。众所周知,早在十九世纪,后期尼采就这样描述现代社会的危机:

> 在一切生成中并没有一种伟大的统一性可供个体完全藏身,犹如藏身于最高价值的某个要素中——于是也就只剩下一条出路了,那就是把这整个生成世界判为一种欺骗,并且构想出一个在此世之彼岸的世界,以之为真实的世界。然而,一旦人发现,臆造这个世界只是出于心理需要,人根本就没有权利那样做,那就出现了虚无主义的最后形式,它本身包含着一个对形而上学的不信,——它不允许自己去相信一个真实的世界。站在这个立场上,人们就会承认生成的实在性就是惟一的实在性,就会摒弃任何一条通向隐秘世界和虚假神性的秘密路径——但人们不能忍受这个世界,虽然人们并不就要否定它。①

尼采认为现代人类陷入唯一的现实性之中,不再轻易享有彼岸、隐秘、神性的信念。即使暂时有,也很快就呈现虚假性,而它们却是生存必需的。卡西尔(Ernst Cassirer)说过人类生存的这种基本精神需求:"人并不生活在一个铁板事实的世界中,并不是根据他的直接需要和意愿而生活,而是生活在想象和激情之中,生活在希望与恐惧、幻觉与醒悟、空想与梦境之中。"②但如尼采所感到的,人类整体上对形而上学的不信,将导致一个结局:现实世界作为人类存在的唯一现实,将迫使我们屏弃任何一条通向隐秘世界和虚假神性的秘密路径。这样的世界不再能整体上容纳想象、激情、希望、空想、梦境等事物。人类唯一拥有的现实将不断以新的方式折磨我们:

---

① [德]尼采:《权力意志》(下),孙周兴译,商务印书馆2007年,页721—722。
② [德]恩斯特·卡西尔:《人论》,甘阳译,上海译文出版社2004年,页41。

> 在这里没有真实的世界与虚假的世界的对立:只有一个世界,而且这个世界是虚假的、残暴的、矛盾的、诱惑的、毫无意义的……一个具有如此这般现实的世界乃是真实的世界……为了战胜这种实在性、这种"真理",也就是说,为了生活,我们必须有谎言……为了生活,谎言是必须的,这一点本身依然也归属于这种可怕而可疑的此在。①

尼采的预言——实现了,甚至超出了他预想的程度。曾几何时,在乌托邦和进步幻象风行天下的同时,包括诗歌在内的现代艺术曾以各种方式建立起内在于己的彼岸、幻想和虚境(早期尼采也曾受生物和社会进化论的感染,一度相信生命本身就是生命的目的)。可以说,它们便是尼采所言的"谎言"之一。后期的尼采悲观地发现,这些谎言也是一种悖论性存在,因为新谎言制造必须以破除谎言为前提,而且谎言更新的节奏越来越快——"更好是好的敌人"叔本华早就说过。与社会政治"谎言"之间的迅速更替呼应的是,现代诗歌的创作也必须以认清诗意之不可能为前提,如果说诗意创造依然可能的话,无边的"不可能",就是它被迫背负的唯一现实,或者说唯一的天堂。阿伦特痛心地说:"当现代人丧失了彼岸世界的时候,他们无论如何也没有赢得这个世界。……在那里,他的至上体验是心灵的自我推理过程、自己和自己玩的空无一物的过程。"②在对比古典诗与现代诗的区别时,罗兰·巴特也同样深刻地意识到,在西方古典诗中,曾有一种完全形成的思想可以产生"表达"它和"解释"它的言语;而在现代诗中,"思想"是逐渐地被词句的偶然性加工出来的。尼采意义上的"统一的形而上

---

① [德]尼采:《权力意志》(下),孙周兴译,商务印书馆2007年,页905。
② [美]汉娜·阿伦特:《人的境况》,王寅丽译,上海人民出版社2009年,页253。

学基础",差不多就是罗兰·巴特所说的"完全形成的思想";尼采所说的"谎言",正是罗兰·巴特指出的词句"加工确立"的诗歌言语方式。①

比西方现代诗歌晚了近一百年,当代汉语新诗也完全进入了它的虚无主义时代。在这个时代,理想主义遭遇集体性覆灭,消费神话无处不在,几千年的乡村社会迅速地城市化和趋同化,信息和网络世界像一个巨大无比的信息温室,廉价而迅猛地在每一个个体身上培育出种种全新的世界感,也以前所未有的方式和速度,更新着汉语命名事物的声音系统和意义逻辑,发明着无数方生方死、方死方生的幻象。科学宣称地球是我们孤独而唯一的家园的同时,也把我们的祖先一直赖以生存的自然世界改造成过度充满了人造物的世界——阿尔多诺早就表达了远甚于黑格尔的绝望:"没有任何抒情诗的神力能够赞美这种物化的世界,使之重新变得有意义。"②且不说新诗的象征意志经历了一百年的转移和损耗,成为当下文学市场中最受冷眼的柜台;当代新诗写作面临的世界,也是汉语诗史上前所未有的,新诗传统中没有匹配的诗意资源足资采纳,用以抒写这一驳杂无边的、没有彼岸性的经验。而暂时有效的新抒写,极有可能被加速度更新的话语洪波击碎。此起彼伏的诗歌死亡的诅咒似乎要应验了?汉语新诗面临什么样的危机(危险或机会)?当下的汉语新诗写作如何应对这一诅咒,在这"唯一现实"中创建自己的"天堂"?诗人吕约有感于此而写道:

---

① [法]罗兰·巴特:《存在诗歌写作吗?》,见《罗兰·巴特随笔选》,怀宇译,百花文艺出版社 1995 年,页 12—13。
② [德]阿多尔诺《谈谈抒情诗与社会的关系》,蒋芒译,见刘小枫选编《德语诗学文选》(下),华东师范大学出版社 2006 年,页 425—426。

诗歌不知道自己已经死了

它梦见自己带着所有的死者,孩子和孕妇

在天堂跳伞

在地狱发射火箭

在第三世界的大街上穿着防弹背心跑马拉松

葬礼上,一个孩子发现它的眼睛还在眼皮下转动

但它捐出了自己的眼角膜

所以它将永远看不见自己的死亡

——吕约《诗歌不知道自己已经死了》[①]

抒情的危机

比起西方现代化的进程,虚无时代的迟到让一开始是被迫、最后却全盘主动追求现代化的中国,晚至最近十多年,才开始系统地反思现代化。这一迟到产生的影响,也表现在汉语新诗中。比如,从诞生开始,汉语新诗就和民族国家的危机和梦想联系在一起,诗歌的声音和意义很长一段时间都被前者主宰,它们以各种呼吁和叹息表达家国的未来,期盼和歌颂现代化。当然,如我们分析过的,汉语诗人也很早就意识到古典时代退场之后的"空白"

[①] 吕约:《破坏仪式的女人》,天津社会科学院出版社2009年,页45。

处境,尤其是革命象征体系在汉语新诗中整体性瓦解之后。但这种意识自二十世纪末期中国的现代化洪水日益迅猛之后,才体现得最为强烈,并成为汉语诗歌写作的整体意识,也成为其抒情的危机所在。

相较之下,由于欧洲近现代诗人的诗意发明较早地与工业革命、两次世界大战以及至今依然虎虎生威的现代科学革命对垒,因此他们很早就开始思考现代化带来的文化和诗歌危机,并形成了一个强大的现代人文传统和诗歌传统。从十九世纪后期到二十世纪,欧洲的人文知识分子和诗人很少有人不对工业化和现代化发出诅咒,尽管它们对现代社会应该是什么样各执一词,比如英美的保守派如马修·阿诺德、白璧德和艾略特的态度与欧陆的西美尔、本雅明、阿多诺等意见不同,但他们对现代化和工业化的态度始终是一致的。经历二战的噩梦和灾难之后尤其如此。二十世纪六七十年代他们就有这样意识:"虚无主义作为科技理性的逻辑发展,或作为一种要打倒所有传统习俗的文化冲动力的最终产物——是否是人类注定的命运呢?"[①]在诗歌领域,二十世纪美国最伟大的诗人之一史蒂文斯(Wallace Stevens)曾经苦涩而坚韧地说过这种处境:"世界,当然,不可能再属于诗人。但它并非不属于想象。而我说世界不再属于他,当然是因为,一方面,天堂与地狱的伟大诗篇都已写下而尘世的伟大诗篇仍有待写下。"[②]简言之,现代西方诗歌一直是现代性批判精神传统的重要部分。

现代汉语诗人的经历不同,他们经历的是种族危机、家国之难以及其中酝酿出的民主主义和社会主义革命,是否极泰来的国家梦想和乐极生悲的

---

① [美]丹尼尔·贝尔:《资本主义文化矛盾》,赵一凡、蒲隆、任晓晋译,生活·读书·新知三联书店1992年,页53。
② [美]华莱士·史蒂文斯:《最高虚构笔记》,陈东飚、张枣译,华东师范大学出版社2009年,页377。

"文革",是集体理想主义破灭后的消费社会,简单而时髦地说,汉语新诗经历的一直是西方现代性的背面;直到最近十多年,才与西方乃至全球的诗歌命运殊途同归:身陷于这一只有一种现实性的世界。由于自身历史和文化原因,史蒂文斯意义上的"尘世",在当代汉语诗人的世界中,更是凶如洪水猛兽。当代诗人萧开愚对之有一个更为愤激的命名:"日常生活的纳粹。"① 在这样的处境中,如何在诗歌中重新写下"不可企及,心向往之"的崇高性,成为汉语诗人普遍的写作焦虑:"喝光了所有的酒,却再也想象不出完整的天堂。"② 焦虑如何化解为一种诗意性?下面以一些年轻诗人的作品为例,来探看当代诗歌对这唯一的现实的诗意洞察和转换能力。

首先,我们以对自我的虚构为例。在一个诗歌不再能表现既有的崇高性的时代,在"日常生活的纳粹"的威逼利诱下,诗人如何在诗歌虚构一个自我,来说出奇异的诗意(如当代美国诗人 Oliver 所说的 Married to Amazement)? 当代青年诗人王敖的《绝句》一诗中写道:

> 很遗憾,我正在失去
> 记忆,我梳头,失去记忆,我闭上眼睛
> 这朵花正在衰老,我深呼吸,仍记不住,这笑声
> 我侧身躺下,帽子忘了摘,我想到一个新名字,比玫瑰还要美③

进入二十一世纪以来当代诗歌关于主体形象的诗艺,包括自我的历史化和客观化两方面的困难。汉语诗人处于前所未有的边缘处境,成为"词语的亡灵"(欧阳江河语),他们的社会身份、抒情身份等都遭到各方面否定。在

---

① 萧开愚:《今年春天的诗歌时髦什么?》,见《此时此地》,河南大学出版社 2008 年,页 419。
② 西渡:《火车站》,见《鸟语林》,海南出版社 2010 年,页 7。
③ 王敖:《绝句与传奇诗》,作家出版社 2007 年,页 1。

这一情景下的诗人如何创造关于"我"的隐喻？这首小诗写了"我"正在失去记忆的特殊感觉。主体感觉这样被客观化：记忆如衰老的花，与我忘摘的"帽子"对称；"我"想到了一个比玫瑰还要美的"新名字"来命名它，但新名字却是"未名"的。简言之，诗人在写一个"陈旧"的文学主题：个体与记忆之间的关系，往昔之美和生命正在变为往昔的失落感。倘若在柏拉图时代，个体与记忆之间关系，即肉身的个体与其间蕴藏着的永恒的灵魂之间的关系，记忆恢复就是灵魂苏醒的一部分。记忆女神，是众缪斯的母亲。个体与记忆之间的沟通，是肉体与灵魂沟通的一部分，也是暂驻肉身的个体皈依永恒灵魂的一种诗意演练。同样，在古代汉语诗中，无论是"昔我往矣，杨柳依依"、"故国不堪回首月明中"，还是"商女不知亡国恨，隔江犹唱后庭花"，这类抒情主体与记忆之间的微妙关系的诗，都可以通过以美景写哀情，使得正逝去的记忆与眼前动人情景之间，形成了稳固的反讽关系，进而在个体与政治、历史乃至宇宙之间唤醒某种积极或消极的稳定关联。也就是说，诗歌在处理个体的历史感和客观化时，没有遇到彻底被否定的困难。王敖诗中虽然也写一个与失去记忆形成反讽关系的物象，但与古典诗全然不同的是，用来命名主体感觉客观物象没有正面出现，泄露唯一的信息是，它是一朵正在衰老的花，"比玫瑰还要美"。诗歌美化个体与记忆之间的关联，变得困难重重，对主体时间感的客观化，只能落实为一种未名状态。也就是说，诗人必须以否定个体历史感和客观化为前提，甚至将美化这重重困难本身作为诗意的本质所在："我的任务／就是要用言语重塑物质的阴影"（凌越《尘世之歌》）。[1]

---

[1] 萧开愚、臧棣、孙文波编：《从最小的可能性开始》，人民文学出版社2000年，页10。

总之，当代汉语诗歌在诗人的主体时间感的微妙性被客观化的过程中，遇到了不同于以往的困难。古典汉语诗、现代汉语新诗中的革命象征主义诗歌，一直到当代诗歌中许多优秀的部分，可以说，在处理主体与时间关系的方式上，都不能给当代新诗的记忆学提供直接继承的资源。"现代主体是自我规定的……而从前的主体是在同宇宙的关系中得到规定。"① 西方现代诗关于这方面的杰作之所以得到汉语新诗的青睐，也是因为西方现代诗歌的兴起，就是基于一种特殊的现代时间意识。甚至经典西方现代小说《尤利西斯》《追忆逝水年华》最为惊人之处，也是对抒情主体的现代时间意识展现。我们已经说过，与这类崩溃和忧郁的时间观同时出现在现代文学中的，是一度无限乐观的革命抒情主体的历史观和时间观。后者的长处是如何表现某一既定的主题或思想，前者则要在词语的勾连和组合过程中，寻找和构建新的主题和思想，或者只能流于寻找和构建本身。因为历史的剧烈变动，当代诗人不同的寻找和建构姿态之间，也有比较大的跳跃。比如，在二十世纪八十年代，拥有集体理想主义时代背景的骆一禾还可以虚构出"我在一条天路上走着我自己"这样高大孤绝的抒情主体形象，傲视近处低处的一切，巨大的主体足以忽略时间的伤感，足以形成与历史对峙或者消解历史压迫感的力量，成为意义之源。但到王敖们的笔下，抒情主体的虚构，已不易强作与历史和现实的对峙力量，这力量处于"未名"状态；即使用"玫瑰"这类具有诗意包袱的词汇来命名主体正在逝去的时间，也得有警惕之心，否则就会让抒情变得虚伪。在这"前无古人"的窘境中，当代汉语新诗虽然一直在探索各种新的关于主体的诗艺，创建新的隐喻性主

---

① ［加拿大］查尔斯·泰勒（Charles Taylor）:《黑格尔》,张国清、朱进东译,译林出版社2009年,页6。

体——自我的彼岸,但任何一个及格的写作者,都不会直接、正面地将主体客观化,因为对他们来说,已没有足以傲视众生的抒情的自我,与之对应的客观化的形象也必然是"缺席"的或散乱的,正如诗人在当代生活中"不合时宜"的边缘位置。每每遇到这一抒情纠结,诗人往往采取否定式的、顾左右而言他的修辞策略来解决,比如王敖的另一首诗中是这么写"我"的:

在石头中间,我伪装着
我说自己是化石,我的表情很像蚂蚱,石头们,都相信了

可我不喜欢滚来滚去,在它们的丛林里,我东露一头,西露一脑
雪下得非常大,我滑着,擦过山峰的衣角,速度比进化快多了。

——《石头》

这首诗发明了一个全新的关于抒情主体的隐喻。它最大的修辞特点是,用一种令人兴奋的戏剧性来代替单纯比喻或意象的缺点,使得"石头""雪"这样看似传统的诗歌形象在被戏剧性"运输"的途中焕然一新。有意思的是,这个与"化石"对应的抒情的"我",是一个纯粹虚构"我",一个遗世独立的"我",显示了通过抒情童话来建立适宜的抒情主体的努力。当然,聪慧的王敖在肆意捏造这种充满童话气质的诗意戏剧的过程中,似乎逐渐产生了某种警惕,他意识到,当代汉语诗歌本质上是一种对抗虚无主义的诗歌:"昨夜失灵的,小神般的水母就像/会走的僧帽,来自并对抗虚空大师。"(《绝句》)他近期的诗里越来越多地出现了类似的悖论修辞:"来自并对抗空虚大师"——这非常精确地命名了当代汉语诗歌抒情主体的处境。将这种处境自身诗意化,即是当代汉语诗歌抒情突围的危险和机会所在。

对抗虚无的诗意姿态在关于风景的诗中呈现为另一种状态。当代诗人是如何写所谓的"风景"呢？众所周知，随着人类在工业社会中失去了自然这一日常生活屏障，渐渐沦落于人造物的世界深渊之后，"风景"才开始被强行推到现代抒情话语的肌理中。正如人们在喧闹的城市里建造公园或动物园，作为大自然的纪念碑一样。在古典诗语义或革命象征体系的语义系统中，"风景"背负上了各种积极的或消极的意义负重，但由于中国进入的现代化情景，当下中国语境里"风景"的诗意性，也必须重新构拟。比如，面对大海，诗人蒋浩在一首诗的开头写道：

> 你对着灰蒙的大海打腹稿：
> 一首诗如何像一艘船切开发酵的
> 面包，泊近标题的码头？
> 你的领带也像标题，系在狗颈上，
> 吠出的每个字都犬儒主义。[1]

这几句诗写诗歌命名冲动在自然物象面前的游移和空白感。一个身处当代的诗人，如何将曾经多么充满诗意的大海再度诗意化？显然，从浪漫派开始就意识到的现代诗的任务：将与诗意对立的世界诗意化，抵抗日常生活的贫乏和枯燥，已经前所未有地成为诗歌写作首先要表明的消极立场。的确，在这一充分现代化、全球化世界，在这海水污染事件频发，过量肮脏需要大海来容纳的时代，大海与诗意之间的古典联想已经变得虚伪。刚过去不久的二十世纪八十年代，骆一禾还可以用巨人的眼光来写大海洪波，海子

---

[1] 蒋浩：《缘木求鱼》，海南出版社 2010 年，页 99。

还可以写"面朝大海,春暖花开",如果当下的汉语诗人的大海依然可以象征着浩淼、无限和洗涤,那么诗歌唯有展现抒写彼岸的不可能,才能写出一种彼岸式的大海,才能真正展现个体的虚无之美,写出大海的真正处境——这正是一种退而求其次的诗歌犬儒主义。因为,大海失去自己的处境,就是众物疲惫和灵魂疲惫的症候。

当代汉语诗歌对"风景"的抒写,还有另一个典型案例能给我们启示。新世纪以来许多诗人都写过关于古典江南的挽歌。古典诗中花红柳绿的江南:屈原的江南,杜甫的江南,董小宛的江南……在近几十年的现代化过程中,迅速成为过去。"江南"之不再,成为当代汉语诗人控诉和哀悼现代化悲剧的一个密集主题。张枣、柏桦、西渡、陈东东、宋琳、臧棣、潘维……都写过这一主题。其中残酷、幽婉和流连的情状,深刻地显示了这个物化的世界与诗心之间的错位,以及诗人调整这种错位的修辞性解决。

关于自我,关于大海、江南皆如此,那么如何面对"日常生活的纳粹"?没有西方式的宗教信仰背景的汉语新诗,号称有着处理现实的传统诗意资源。为了抵抗这一"纳粹",诗人们常常无奈地从古典诗那儿偷窃些老祖宗的看家本领和姿态;但是,对于当下的汉语诗人来说,古典诗和新诗传统中已确立的诗意的言语方式,似乎已无力承担坚硬、狡猾的现实,这是当代新诗孤绝的处境。比如,面对被现代化车轮碾压的乡野,诗人萧开愚深有感触地写道:

> 他们是我们的语言负担不起的一种人
> 他们没有喝光他们自己的血,我们的语言负担不起。
> 他们挖的煤比他们具体得多,值钱得多。

他们的残肢断臂堆砌的高墙绝不刻录他们的厄运。

我们的杯子透明,窗户透明,我们的身体则相反。①

新诗传统中任何一种手法和抒情主体,都不能抒写今日破败的乡野和被现代化追赶和催逼的农民。而现代化作为一种已经破败、却难以停下的狄托邦机器,所制造出的笼罩着我们的一切后果,是我们唯一的现实,其中不再有新诗诞生以来一直向往的未来和彼岸。我们生活的世界上曾有的可以安慰我们的部分,也正在或已经被摧毁。因此,如何弥合抒情与世界之间产生的新间隙,将之落实为诗意言说的新契机,进而突破这唯一的现实性的围堵,似乎是当代诗的唯一出路。在大都市的车站,诗人西渡是这样来突破围堵的:

在乱哄哄的车站广场

我一边忍受着人们的推挤

一边四处向人打听

一个带荆冠的人②

诗人即当代都市人流中不存在的那些面孔。在这个诗意正被毁灭的世界上,他们的自我寻找和定义的努力,就是诗意在空白中显现的过程。这样的诗句让我们想起波德莱尔对诗歌作用的描述。他认为诗歌具有多重作用:"在牢房中,它成为反抗;在医院的窗口,他是病愈的热烈希望;在颓败的肮脏的亭子间里,它打扮成华贵高雅的仙女;它不仅确认事实,还纠正错

---

① 萧开愚:《破烂的乡野》,见《此时此地》,河南大学出版社 2008 年,页 315。
② 西渡:《消息》,《鸟语林》,海南出版社 2010 年,页 129。

误。""反驳现存的事实,否则它将不复存在",① 波德莱尔认为,这便是现代诗的神圣的乌托邦品格。把现代化的无边空白和虚无的专制,转换为催促诗意诞生的反作用力,打破充满消极性和否定性的事物加诸灵魂的锁链,建筑崇高的"谎言",即当代汉语诗悖论性的、伟大使命。面对上述诸般惊惧,正如丛林中的初民,诗歌也"因恐惧而惊呼,而这种惊呼之词就成了该事物的名称。它总是在与已知事物的关系里,确定未知事物的的超验性,继而把令人毛骨悚然的事物化为神圣"②。

创建新的言路

针对西方现代性体验,海德格尔二十世纪四十年代曾经提出,对现代之本质具有决定意义的两大进程是世界成为图像和人成为主体。他所说的图像,大抵指的是近代科学兴起以来,西方人乃至全人类对于存在者本质的一种新理解。而在此前,构成人类世界的存在者,"是作为最高原因的人格性的创世的上帝的造物"③。在他描绘的这一世界图像中,现代世界是一副包含我们在内的唯一图像,它既是我们生活的客体,服从于我们的认知秩序,同时,我们自身也被镶嵌在其中。无独有偶,以悖论画著称的现代画家

---

① [法] 波德莱尔:《波德莱尔美学论文选》,郭宏安译,人民文学出版社 1987 年,页 35。
② [德] 马克斯·霍克海默(Max Horkheimer)、西奥多·阿道尔诺(Theodor Adorno):《启蒙辩证法》,渠敬东、曹卫东译,上海人民出版社 2006 年,页 11。
③ [德] 海德格尔:《林中路》,孙周兴译,上海译文出版社 2008 年,页 66—84。

埃舍尔曾经画过一幅非常经典的作品,其内容是一个观看画廊的人,同时也是画廊的一部分,这与海德格尔的观点有异曲同工之妙。① 可以说,它们都是对尼采虚无主义的最好注解:这唯一的世界图像中的幻象,因被我们激发而不断地在我们内部的远方鼓起,旋即又因被看穿而泄气。

他们所看到的这唯一的世界图像,显然是相对于以前的世界图像而言的:"远古世界抱有一种循环的历史观,而基督教给了它一个明确的定向,从一个人的堕落到最终的赎回。"② 在中国亦然,古典社会中每一个体所看到的世界图像,背后都有一套古典的天地宇宙观念,它为没有宗教传统的古人造就了一个天然的世俗性彼岸。个体都能借此找到可追慕的生命模范:无论是君子、圣贤、烈女、母师还是桀纣以来的乱世枭雄;在历朝历代政治和文化精英话语中,则可以把上古三代作为社会和政治建设的理想,无论是贞观盛世还是晚明乱世。即使号称君子圣贤的,多出伪君子假道学;即使孔子为首的圣贤描绘的社会政治理想从来就是子虚乌有,空中楼阁……但正是这一切组成了中国古典社会中的彼岸世界,浸染和指引着世间万物,浸染着古典汉语的诗歌精神。但当下,汉语新诗面对的世界,已经完全丧失了某种可资信仰的统一的彼岸性。

社会进化的现代幻象也已经彻底破灭。美国社会学家拉什(Christopher Lasch)说,人类"传统的宗教世界观有一个伟大的价值,也就是它们对身处宇宙之内的人、人类作为物种的存在以及生命之偶然性的关心。佛教、基督教或者伊斯兰教在许多不同的社会中存在了千年以上,这一惊人的事实,

---

① [美]侯世达:《哥德尔·巴赫·艾舍尔——集异璧之大成》,郭维德等译,商务印书馆1997年,页945。
② [美]克里斯托弗·拉什:《真实与唯一的天堂:进步及其评论家》,丁黎明译,上海人民出版社2007年,页25。

证明了这些宗教对于人类苦难的重荷,如疾病、肢体残废、悲伤、衰老和死亡,具有充满想象力的回应能力。为何我生而为盲人?为何我的挚友不幸瘫痪?为何我的爱女智能不足?宗教企图作出解释。包括马克思主义在内的所有演化论/进步论形态的思想体系的一大弱点,就是对这些问题不耐烦地无言以对。"①

现在,各种版本和型号的社会进化论神话,在中国都也已折戟沉沙,它们绝尘而逝的背影,也许只是古典中国社会理想(无论是"大同"还是"三世")最后的袅袅余音?面对一个没有神圣性的时代,没有高处仰望和彼岸憧憬的"独自愁"的时代,面对自然被人造物取代的世界,诗人的象征性发明的困难日益增加,诗歌意义上"风花雪月"彻底成为过去。诗歌咏叹任何一种神圣性,都必定是尼采意义上的悖论式的"谎言",颂歌的可能,只可能存在于悖论性的抒情之中,或者如波德莱尔所说的那种短暂的"人造天堂";如果哀歌还可以充当诗歌唯一可长久寄存的体式的话,它的主题,就是抒写我们过分胜利带来的种种压抑,以及无穷的渺小和失败。创造美丽的语言来涵咏和歌唱它们,这是我们的祖先早已告诉我们的。他们曾以此写出美丽的哀伤,以至于我们会向往那种哀伤的言说姿势;我们是否能继续在言语中美化绝望的世界,并相信这种美化的言语?"艺术在任何地方都到了它的目的地"②——叔本华曾说。真的可以吗?

法国哲学家利奥塔曾将康德意义上的崇高感作了影响巨大的当代性解释,当代学者陆兴华先生对这种解释的卓越传达,可以借来作为当下汉语新

---

① [美]本尼迪克特·安德森(Benedict Anderson):《想象的共同体:民族主义的起源和散布》,吴叡人译,上海人民出版社2005年,页10。
② [德]叔本华:《作为意志和表象的世界》,石冲白译,杨一之校,商务印书馆1982年,页258。

第六章　唯一的天堂　/317

诗乃至整个人类诗歌面临的崇高感：

> 如面对星河、惊涛和深壑一样，面对着未来的生态风险以及世界之未来的种种不确定，那正在到来的世界，那不可能中的游丝一样的可能，心中拿不出器量来容纳它们时，没想到，我们因一种失去比例、失控、不能自胜、瘫痪、哑口、瞪目、晕阙后的晕眩感，而感到了崇高。面对在场形而上学的被终结，面对世界、时代、思想、语言的裂缝、扭曲和失重，一种陌生的崇高感，也油然升起于当代主体心中。浮油的大海、凝尘一万公里而挡住阳光的问题气层、器官培植，乃至人造生命的非法登场，也使我们像浪漫主义时代的诗人那样，面对这种大自然和人工的新困境，一次次震惊，心里激起新的失控感或崇高。我们一边看着夕阳之美，一边担心着地球变暖，思量着大自然之美，之纯洁，之莫须有，之临危时，我们也像苦难中的恋人，因为想到了逝去、分离、死亡这些崇高的事情，怕好景不再，而对被我们破坏的世界更加深情。①

陆兴华进而认为："不以这种当代崇高为试金石，为标杆，一个作品再美，也只是风景明信片。""在正在绽放出的新现实面前的彷徨和痛苦里，艺术和思的目标，就是要提我们的时代找出新的比例与尺寸。"② 当然，这样的说法也许多少有一点历史主义式的乐观了。按西美尔的话说也许更悲观，但更切实："我们的意志就是世界和我们自身真正的、形而上的本质之普遍和唯一的表达。"③ 史蒂文斯也说，"我就是我所歌唱的世界"，"我就是我

---

① 陆兴华：《哲学当务之急》，同济大学出版社 2009 年，页 105—106。
② 陆兴华：《哲学当务之急》，同济大学出版社 2009 年，页 106、109。
③ ［德］西美尔：《叔本华与尼采：一组演讲》，莫光华译，上海译文出版社 2006 年，页 3。

漫游的世界"①,而没有另外的世界,因为,我们已经不再拥有外在的事物足以获取安宁。我们只能面对人与世界之间日益恶化的对立,踩着脚下虚无的深渊,继续为了我们内部携带的那个彼岸而创建新的言路:

> 这些筋骨,意志,喧旋的欲望,使每个
> 方向都逆转成某个前方。②

---

① [美]史蒂文斯:《基韦斯特的秩序观》,见《最高虚构笔记》,陈东飚、张枣译,华东师范大学出版社2009年,页100。
② 张枣:《钻探者和极端的倾听者之歌》,见《张枣的诗》,人民文学出版社2010年第2版,页277。

参考文献

汉语文献

［阿根廷］博尔赫斯：《博尔赫斯谈诗论艺》，陈重仁译，上海译文出版社 2008 年

［爱尔兰］叶芝：《叶芝抒情诗选》，袁可嘉译，太白文艺出版社，1997 年

［爱尔兰］叶芝：《生命之树》，赵春梅、汪世彬译，生活·读书·新知三联书店 1997 年

［爱尔兰］叶芝等：《诺贝尔文学奖获得者诗选》，多人译，中国文联出版公司，1986 年

［爱尔兰］奥斯卡·王尔德：《谎言的衰落》，萧易译，江苏教育出版社 2004 年

［奥地利］里尔克：《给一个青年诗人的十封信》，冯至译，生活·读书·新知三联书店 1996 年

［奥地利］里尔克：《里尔克散文选》，绿原等译，百花文艺出版社 2002 年

［奥地利］里尔克：《永不枯竭的话题——里尔克艺术随笔》，史行果译，东方出版社 2002 年

［比利时］乔治·布莱：《批评意识》，郭宏安译，百花洲文艺出版社 1993 年

［波兰］切·米沃什：《诗的见证》，黄灿然译，广西师范大学出版社 2011 年

［德］戈特弗里德·贝恩：《贝恩诗选》，贺骥译，重庆大学出版社 2012 年

［德］R·埃利亚斯：《个体的社会》，翟三江、陆兴华译，译林出版社 2003 年

［德］埃里希·奥尔巴赫：《摹仿论》，吴麟绶、周建新等译，百花文艺出版社 2001 年

［德］艾克曼：《歌德谈话录》，朱光潜译，人民文学出版社 2003 年

［德］杜夫海纳：《美学与哲学》,孙非译,中国社会科学出版社 1985 年

［德］多人：《德语诗学文选》,刘小枫选编,华东师范大学出版社 2006 年

［德］恩斯特·卡西尔：《人论》,甘阳译,上海译文出版社 2004 年

［德］恩斯特·卡西尔：《语言与神话》,于晓等译,生活·读书·新知三联书店 1988 年

［德］弗里德里希·温格瑞尔＆汉斯–尤格·斯密特：《认知语言学导论》,彭利贞等译,复旦大学出版社 2009 年

［德］歌德：《歌德文集》(十卷),多人译,人民文学出版社 1999 年

［德］歌德：《抒情诗·东西合集》,杨武能译,安徽文艺出版社 1998 年

［德］海涅：《海涅诗选》,魏家国译,安徽文艺出版社 1996 年

［德］海德格尔：《系于孤独之途》,成穷等译,天津人民出版社 2009 年

［德］海德格尔：《在通向语言途中》,孙周兴译,商务印书馆 2004 年

［德］荷尔德林：《追忆》,林克译,四川文艺出版社 2010 年

［德］卡尔·雅斯贝斯：《时代的精神状况》,王德峰译,上海译文出版社 2003 年

［德］莱辛：《拉奥孔》,朱光潜译,人民文学出版社 2009 年

［德］鲁道夫·奥托：《神圣者的观念》,丁建波译,九州出版社 2007 年

［德］马丁·布伯：《我与你》,陈维钢译,生活·读书·新知三联书店 2002 年

［德］马克思、恩格斯：《马克思恩格斯论艺术》,多人编译,人民文学出版社 1960 年

［德］尼采：《权力意志》,孙周兴译,商务印书馆 2007 年

［德］马克斯·霍克海默、西奥多·阿道尔诺：《启蒙辩证法》,渠敬东、曹卫东译,上海人民出版社 2006 年

［德］叔本华：《作为意志和表象的世界》,石冲白译,杨一之校,商务印书馆 1982 年

［德］瓦尔特·本雅明：《发达资本主义时代的抒情诗人》,王才勇译,江苏人民出版社 2006 年

［德］西美尔：《金钱、性别、现代生活风格》，刘小枫编，顾仁明译，学林出版社 2000 年

［德］西美尔：《西美尔文集》（三卷），莫光华等译，上海译文出版社 2006 年

［德］西美尔：《现代人与宗教》，曹卫东等译，中国人民大学出版社 2003 年

［俄］巴赫金：《巴赫金文论选》，佟景韩译，中国科学出版社 1996 年

［俄］布罗茨基：《文明的孩子》，刘文飞译，中央编译出版社 1999 年

［俄］车尔尼雪夫斯基：《车尔尼雪夫斯基论文学》，辛未艾译，上海译文出版社 1979 年

［俄］茨维塔耶娃：《茨维塔耶娃诗集》，汪剑钊译，东方出版社 2011 年

［俄］弗兰克：《人与世界的割裂》，徐凤林、李昭时译，山东友谊出版社 2005 年

［俄］曼德尔施塔姆：《曼德尔施塔姆随笔选》，黄灿然等译，花城出版社 2010 年

［俄］普希金：《自由颂》，查良铮译，人民文学出版社 2008 年

［俄］托洛茨基：《文学与革命》，刘文飞等译，外国文学出版社 1992 年

［法］波德莱尔：《巴黎的忧郁》，亚丁译，生活·读书·新知三联书店 2004 年

［法］波德莱尔：《波德莱尔美学论文选》，郭宏安译，人民文学出版社 1987 年

［法］波德莱尔：《恶之花》，郭宏安译，漓江出版社 1992 年

［法］波德莱尔：《美学珍玩》，郭宏安译，上海译文出版社 2009 年

［法］布封：《布封散文》，李玉民等译，人民文学出版社 2010 年

［法］程抱一：《中国诗画语言研究》，涂卫群译，江苏人民出版社 2006 年

［法］蒂费纳·萨莫瓦约：《互文性研究》，邵炜译，天津人民出版社 2003 年

［法］福柯：《主体阐释学》，佘碧平译，上海人民出版社 2005 年

［法］加斯东·巴什拉：《水与梦》，顾嘉琛译，岳麓书社 2005 年

［法］加斯东·巴什拉：《空间的诗学》，张逸婧译，上海译文出版社 2009 年

［法］列维·斯特劳斯：《野性的思维》，李幼蒸译，商务印书馆 1997 年

[法]罗丹:《罗丹艺术论》,沈琪译,吴作人校,人民美术出版社 1978 年

[法]罗兰·巴特:《罗兰·巴特随笔选》,怀宇译,百花文艺出版社 1995 年

[法]蒙田:《蒙田散文》,梁宗岱等译,人民文学出版社 2009 年

[法]帕斯卡尔:《帕斯卡尔思想录》,何兆武译,长江文艺出版社 2007 年

[法]莫里斯·梅洛—庞蒂:《符号》,姜志辉译,商务印书馆 2005 年

[法]让·波德里亚:《象征交换与死亡》,车槿山译,译林出版社 2006 年

[法]让·利奥塔:《非人——时间漫谈》,罗国祥译,商务印书馆 2001 年

[法]塞奇·莫斯科维奇:《群氓的时代》,许列民等译,江苏人民出版社 2006 年,

[法]瓦雷里:《瓦雷里诗歌全集》,葛雷、梁栋译,中国文学出版社 1995 年

[法]维克多·谢阁兰:《碑》,车槿山、泰海鹰译,上海人民出版社 2009 年

[法]雅克·马利坦:《艺术与诗中的创造性知觉》,刘有元、罗选民译,生活·读书·新知三联书店 1992 年

[古罗马]西塞罗:《西塞罗三论》,徐奕春译,商务印书馆 2003 年

[古希腊]柏拉图:《斐多》,杨绛译,中国国际广播出版社 2006 年

[古希腊]柏拉图:《会饮》,刘小枫译,华夏出版社 2003 年

[荷]斯宾诺沙:《知性改进论》,贺麟译,上海人民出版社 2009 年

[加拿大]查尔斯·泰勒:《黑格尔》,张国清、朱进东译,译林出版社 2009 年

[加拿大]弗莱:《批评的解剖》,陈慧、吴伟仁译,百花文艺出版社 2008 年

[美]阿兰·布鲁姆:《巨人与侏儒》,张辉译,华夏出版社 2003 年

[美]埃德蒙·威尔逊:《阿克瑟尔的城堡》,黄念欣译,江苏教育出版社 2006 年

[美]艾布拉姆斯:《镜与灯——浪漫主义文论及批评传统》,郦稚牛等译,北京大学出版社 2004 年

[美]爱德华·W.萨义德:《论晚期风格》,阎嘉译,生活·读书·新知三联书店 2009 年

［美］爱德华·W.萨义德:《世界·文本·批评家》,生活·读书·新知三联书店 2009 年

［美］爱伦·坡:《爱伦坡的诡异王国》,朱璞瑄译,中国对外翻译出版公司,2000 年

［美］保罗·纽曼:《恐惧:起源、发展和演变》,于洋、赵康等译,上海人民出版社 2004 年

［美］本尼迪克特·安德森:《想象的共同体:民族主义的起源和散布》,吴叡人译,上海人民出版社 2005 年

［美］布鲁克斯:《精致的瓮》,郭乙瑶、王楠、姜小卫译,上海人民出版社 2008 年

［美］丹尼尔·贝尔:《资本主义文化矛盾》,赵一凡、蒲隆、任晓晋译,生活·读书·新知三联书店 1992 年

［美］哈罗德·布鲁姆等:《读诗的艺术》,王敖译,南京大学出版社 2010 年

［美］弗洛姆:《为自己的人》,孙依依译,生活·读书·新知三联书店 1992 年

［美］古斯塔夫·缪勒:《文学的哲学》,孙宜学等译,广西师范大学出版社 2001 年

［美］哈罗德·布鲁姆:《西方正典》,江宁康译,译林出版社 2005 年

［美］哈罗德·布鲁姆:《影响的焦虑》,徐文博译,江苏教育出版社 2006 年

［美］汉娜·阿伦特:《精神生活·思维》,姜志辉译,江苏教育出版社 2006 年

［美］汉娜·阿伦特:《极权主义的起源》,林骧华译,生活·读书·新知三联书店 2008 年

［美］汉娜·阿伦特:《人的境况》,上海人民出版社 2009 年

［美］惠特曼:《草叶集》,楚图南、李野光译,人民文学出版社 1997 年

［美］侯世达:《哥德尔·巴赫·艾舍尔——集异璧之大成》,郭维德等译,商务印书馆 1997 年

［美］杰弗里·哈特曼:《荒野中的批评》,张德兴译,天津人民出版社 2008 年

［美］杰罗姆·布鲁纳:《论左手性思维》,彭正梅译,上海人民出版社 2004 年

［美］克里斯托弗·拉什：《真实与唯一的天堂：进步及其评论家》，丁黎明译，上海人民出版社 2007 年

［美］理查·德罗蒂：《偶然、反讽与团结》，徐文瑞译，商务印书馆 2003 年

［美］乔治·赫尔伯特·米德：《米德文选》，霍桂桓译，中国社会科学文献出版社

［美］史蒂文斯：《最高虚构笔记》，张枣、陈东飚译，华东师范大学出版社 2009 年

［美］斯坦哈特：《隐喻的逻辑》，黄华新、徐慈华等译，浙江大学出版社 2009 年

［美］苏桑·桑塔格：《激进意志的样式》，何宁等译，上海译文出版社 2007 年

［美］王斑：《历史的崇高形象：二十世纪中国的美学与政治》，孟祥春译，上海生活·读书·新知三联书店 2008 年

［美］沃格林：《没有约束的现代性》，张新樟、刘景联译，华东师范大学出版社 2007 年

［美］叶嘉莹：《叶嘉莹说诗讲稿》，中华书局 2008 年

［美］宇文所安：《中国文论：英译与评论》，王柏华、陶庆梅译，上海社会科学出版社 2003 年

［美］约翰·霍兰：《涌现：从混沌到有序》，陈禹等译，上海科学技术出版社 2006 年

［秘鲁］聂鲁达：《聂鲁达诗选》，邹绛、蔡其矫等译，四川人民出版社 1983 年

［前苏联］A·别尔亚耶夫等主编：《美学辞典》，汤侠生等译，东方出版社 1993 年

［前苏联］巴赫金：《陀思妥耶夫斯基的诗学问题》，刘虎译，中央编译出版社 2010 年

［日］白川静：《中国古代民俗》，何乃英译，陕西人民美术出版社 1988 年

［希腊］乔治·塞弗里斯：《塞弗里斯诗选》，刘瑞洪译，译林出版社 2008 年

［以色列］阿米亥：《耶胡达·阿米亥诗选》傅浩译，河北教育出版社 2002 年

［意］维柯：《维柯论人文教育》，张小勇译，广西师范大学出版社 2005 年

［意］维柯：《新科学》，朱光潜译，人民文学出版社 1987 年

［印度］檀丁：《诗镜》，金克木译注，见《古典文艺理论译丛》（第十册），中国社会科学院文学所编，知识产权出版社 2006 年

[英]阿利斯特·麦格拉斯:《天堂简史》,高民贵、陈晓霞译,北京大学出版社 2006 年

[英]戴维·E·库珀:《隐喻》,郭春贵、安军译,上海科技教育出版社 2007 年

[英]多人:《英国历代诗歌选》,屠岸译,译林出版社 2007 年

[英]济慈:《济慈诗选》,朱维基译,上海译文出版社 1983 年

[英]柯勒律治:《柯勒律治诗选》,杨德豫译,广西师范大学出版社 2009 年

[英]威廉·布莱克:《布莱克诗集》,张炽恒译,上海生活·读书·新知三联书店 1999 年

[英]约翰·伯格:《抵抗的群体》,何佩桦译,广西师范大学出版社 2008 年

[英]约翰·伯格:《讲故事的人》,翁海贞译,广西师范大学出版社 2009 年

[英]约翰·但恩:《丧钟为谁而鸣》,林和生译,新星出版社 2009 年

[英]约翰·但恩:《艳情诗与神学诗》,傅浩译,中国对外翻译出版公司 1999 年

[英]弥尔顿:《弥尔顿抒情诗选》,金发荣译,湖南文艺出版社 1996 年

[英]劳伦斯:《劳伦斯诗选》,吴笛译,漓江出版社 1988 年

阿吾:《足以安慰曾经的沧桑》,湖南文艺出版社 2007 年

艾青:《艾青诗全编》,人民文学出版社 2003 年

艾青:《诗论》,复旦大学出版社 2005 年

柏桦:《山水笔记》,重庆大学出版社 2011 年

柏桦:《往事》,河北教育出版社 2002 年

柏桦:《左边:毛泽东时代的抒情诗人》,江苏文艺出版社 2009 年

北岛主编:《今天》,2010 年夏季号

蔡仪:《蔡仪文集》,中国文联出版社 2002 年

蔡天新:《现代汉诗 100 首》,生活·读书·新知三联书店 2007 年

蔡元培:《蔡元培学术文化随笔》,中国青年出版社 1996 年

昌耀:《昌耀的诗》,人民文学出版社 1998 年

陈超主编：《最新先锋诗论选》,河北教育出版社，2003年

陈东东：《夏之书解禁书》,重庆大学出版社2011年

陈嘉映：《语言哲学》,北京大学出版社2003年

陈建华：《陈建华诗选》,花城出版社2006年

陈建军：《废名年谱》,华中师范大学出版社2003年

陈世骧：《陈世骧文存》,辽宁教育出版社1998年

陈占元：《陈占元晚年文集》,人民文学出版社2006年

陈子善：《边缘识小》,上海书店出版社2009年

陈子展：《国风选评》,上海古籍出版社1989年

程俊英：《诗经译注》,上海古籍出版社2006年

池凌云：《池凌云诗选》,长江文艺出版社2010年

仇兆鳌：《杜诗详注》,中华书局1979年

戴望舒：《戴望舒作品新编》,王文彬编,人民文学出版社2009年

单正平：《晚清民族主义与文学转型》,人民出版社2006年

董强：《梁宗岱：穿越象征主义》,文津出版社2005年

杜运燮,蓝棣之选编：《新鲜的焦渴：陈敬容诗选》,人民文学出版社2000年

多多：《多多诗选》,花城出版社2006年

多人著：《艾青作品国际研讨会论文集》,花山文艺出版社1992年

多人著：《德语文学与文学批评》(第一卷),人民文学出版社2007年

多人著：《古典文学研究资料汇编·杜甫卷》,中华书局2001年

多人著：《南疆农村社会》,民族出版社2009年

多人著：《中国当代少数民族文学翻译作品选》,作家出版社2009年

方玉润：《诗经原始》,中华书局2006年

方志敏：《可爱的中国》,人民文学出版社2004年

废名：《废名集》，王风编，北京大学出版社2009年

废名：《废名讲诗》，华中师范大学出版社2008年

冯友兰：《新知言》，生活·读书·新知三联书店2007年

干春松，孟彦弘编：《王国维学术经典集》，江西人民出版社1997年

戈麦：《彗星——戈麦诗集》，漓江出版社1993年

戈麦：《戈麦诗全编》，西渡编，上海生活·读书·新知三联书店1999年

葛兆光：《唐诗选注》，人民文学出版社2007年

耿占春：《失去象征的世界——诗歌、经验与修辞》，北京大学出版社2008年

顾颉刚：《古史辨》第三册，上海古籍出版社1982年

顾颉刚等点校：《史记》，中华书局1987年

顾之京整理：《顾随：诗文丛论》，天津人民出版社1997年

顾乡、于奎潮编：《顾城的诗，顾城的画》，江苏文艺出版社2009年

郭沫若：《郭沫若全集》文学编，人民文学出版社1982年

郭庆藩：《庄子集释》，中华书局2006年

郭小川：《郭小川诗选》，人民文学出版社2004年

郭小川：《谈诗》，上海文艺出版社1984年

韩博：《借深心》作家出版社2007年

何其芳：《何其芳文集》，人民文学出版社1982年

贺敬之：《贺敬之谈诗》，人民文学出版社2004年

洪业：《杜甫：中国最伟大的诗人》，曾祥波译，上海古籍出版社2013年

洪子诚，程光炜编：《第三代诗新编》，长江文艺出版社2006年

洪子诚，程光炜编：《朦胧诗新编》，长江文艺出版社2006年

洪子诚，刘登翰：《中国当代新诗史》，北京大学出版社2009年

洪子诚：《当代中国文学的艺术问题》，北京大学出版社2010年

洪子诚：《中国当代文学史》，北京大学出版社1999年

胡风：《胡风诗全编》，浙江文艺出版社1992年

胡适：《胡适作品新编》，胡明编，人民文学出版社2009年

胡从经：《晚清儿童文学钩沉》，少年儿童出版社1982年

胡晓明：《诗与文化心灵》，中华书局2006年

黄灿然：《我的灵魂》，重庆大学出版社2011年

黄灵庚：《楚辞与简帛文献》，人民出版社2011年

黄遵宪著、钱仲联笺注：《人境庐诗草笺注》，上海古籍出版社1981年

姜涛：《巴枯宁的手》，北京大学出版社2010年

姜耕玉主编：《20世纪汉语诗选》，上海教育出版社1999年

姜亮夫：《楚辞今绎讲录》，北京出版社1982年

姜亮夫：《楚辞学论文集》，上海古籍出版社1984年

蒋浩：《缘木求鱼》，海南出版社2010年

蒋浩编：《新诗·萧开愚专辑·收拾集》（民刊），2002年第2辑

蒋孔阳：《蒋孔阳学术文化随笔》，中国青年出版社1996年

金雅主编：《中国现代美学名家文丛·王国维卷》，浙江大学出版社2009年

敬文东：《道旁的智慧——敬文东诗学论集》，台北：秀威出版社2010年

敬文东：《抒情的盆地》，湖南文艺出版社2006年

孔颖达：《毛诗正义》标点本，北京大学出版社1999年

李叔同：《悲欣交集》，北京大学出版社2010年

李季：《李季诗选》，人民文学出版社2006年

李春青：《诗与意识形态》，北京大学出版社2005年

李大钊：《李大钊全集》，河北教育出版社1999年

李昉等：《太平御览》，中华书局1960年

李梦生：《左传译注》，上海古籍出版社 2004 年

李伟昉：《黑色经典：英国哥特小说论》中国社会科学出版社 2005 年

李泽厚：《美学论集》，上海文艺出版社 1980 年

梁工主编：《圣经文学研究》（第 3 辑），人民文学出版社 2009 年

梁启超：《饮冰室合集》专集第三册，中华书局 1937 年版

梁实秋：《浪漫的与古典的》，上海：新月出版社 1927 年

梁实秋：《文艺批评论》，上海：中华书局 1934 年

梁宗岱：《梁宗岱批评文集》，李振声编，珠海出版社 1998 年

梁宗岱：《梁宗岱选集》，中央编译出版社 2006 年

林庚：《唐诗综论》，清华大学出版社 2006 年

林徽音：《林徽音作品新编》，陈学勇编，人民文学出版社 2009 年

刘禾：《帝国话语政治》，生活·读书·新知三联书店 2009 年

刘禾编：《持灯的使者》，广西师范大学出版社 2009 年

刘西渭：《咀华集》，人民文学出版社 2001 年

刘熙载：《艺概》，上海古籍出版社 1982 年

刘小枫选编，《西方美学文选》，华东师范大学出版社 2000 年

刘学锴：《李商隐诗歌接受史》，安徽大学出版社 2004 年

柳亚子：《磨剑室诗词集》上册，上海人民出版社 1985 年

潞路主编：《标准与尺度》，北京出版社 2003 年

陆兴华：《哲学当务之急》，同济大学出版社 2009 年

吕约：《破坏仪式的女人》，天津社会科学院出版社 2009 年

吕德安：《适得其所》，重庆大学出版社 2011 年

马骅：《雪山短歌》，作家出版社 2008 年

马茂元选注：《楚辞选》，人民文学出版社 1983 年

马茂元主编：《楚辞评论资料选》，湖北人民出版社1985年

芒克：《芒克诗选》，中国文联出版公司1989年

牟宗三：《中国哲学十九讲》，上海古籍出版社2006年

穆旦：《穆旦诗文集》，人民文学出版社2006年

南帆：《文本生产与意识形态》，暨南大学出版社2002年

牛汉、郭宝臣主编：《艾青名作欣赏》，中国和平出版社1993年

欧阳江河：《事物的眼泪》，作家出版社2009年

庞朴：《庞朴学术文化随笔》，中国青年出版社1996年

钱林森编：《牧女与蚕娘》，上海古籍出版社1990年

钱钟书：《谈艺录》，中华书局1987年

清平：《一类人》，作家出版社2007年

沈苇主编：《大地向西》，新疆人民出版社2006年

宋琳：《门厅》，北岳文艺出版社2000年

苏雪林：《屈原与〈九歌〉》，武汉大学出版社2007年

孙文波：《孙文波的诗》，人民文学出版社2001年

孙文波：《与无关有关》，重庆大学出版社2011年

谭嗣同：《谭嗣同诗选注》，刘玉来注析，经济日报出版社1998年

王逸、洪兴祖：《楚辞章句补注》，吉林人民出版社1999年

王敖：《绝句与传奇诗》，作家出版社2007年

王家新：《未完成的诗》，作家出版社2009年

王先谦：《诗三家义集疏》，中华书局1987年

王小妮：《半个我在疼痛》，华艺出版社2005年

王小妮：《有什么在我心里一过》，作家出版社2008年

闻捷：《闻捷全集》（第四卷），山西北岳文艺出版社2001年

闻一多：《闻一多全集》，湖北人民出版社 1993 年

闻一多：《闻一多作品新编》，姜涛编，人民文学出版社 2009 年

伍蠡甫主编：《西方文论选》，人民文学出版社 1964 年

西川：《深浅》，中国和平出版社 2006 年

西川：《西川诗选》，人民文学出版社 1997 年

西渡、王家新编：《访问中国诗歌》，汕头大学出版社 2009 年

西渡：《草之家》，新世界出版社 2002 年

西渡：《灵魂的未来》，河南大学出版社 2010 年

西渡：《雪景中的柏拉图》，文化艺术出版社 1998 年

西川主编：《当代国际诗坛》2010 年第 3 辑，作家出版社 2010 年

西渡、郭骅编：《先锋诗歌档案》，重庆出版社 2004 年

西渡：《鸟语林》，海南出版社 2010 年

萧开愚：《此时此地》，河南大学出版社 2008 年

萧开愚：《萧开愚的诗》，人民文学出版社 2004 年

谢冕、孙玉石、洪子诚主编：《新诗评论》（多种）

谢冕，唐晓渡主编，：《以梦为马——新生代诗卷》，北京师范大学出版社 1993 年

谢冕主编：《中国当代文学作品精选·诗歌卷》，，北京十月文艺出版社 1999 年

谢冕主编：《中国新诗总系》（十卷本），人民文学出版社 2010 年

熊十力：《原儒》，中国人民大学出版社 2006 年

徐复观：《中国文学精神》，上海书店出版社 2006 年

杨伯峻：《论语译注》中华书局 2006 年

杨伯峻：《孟子译注》，中华书局 2008 年

杨匡汉、刘福春编：《中国现代诗论》，花城出版社 1985 年

杨宪益：《译余偶拾》，生活·读书·新知三联书店 1983 年

杨炼：《大海停止之处》上海文艺出版社 1998 年

姚际恒：《诗经通论》，顾颉刚标点本，中华书局 1958 年

叶锦：《艾青年谱长编》，人民文学出版社 2010 年

袁伟时编著：《告别中世纪：五四文献选粹与解读》，广东人民出版社 2004 年

臧棣：《燕园纪事》，文化艺术出版社 1998 年

臧棣：《未名湖》，海南出版社 2010 年

臧棣等编：《激情与责任》，人民文学出版社 2002 年

曾振宇、傅永聚：《春秋繁露新注》商务印书馆 2010 年

翟永明：《女人》，作家出版社 2008 年

张枣：《春秋来信》，文化艺术出版社 1998 年

张枣：《张枣的诗》，人民文学出版社 2010 年

张枣：《张枣随笔选》，颜炼军编选，人民文学出版社 2012 年

张枣：《张枣诗文集》（五卷本），颜炼军编，四川文艺出版社 2021 年

张潮：《幽梦影》，中央文献出版社 2001 年

张静庐辑注：《中国近现代出版史料》（近代初编），上海书店出版社 2003 年

张少康：《文赋集释》，人民文学出版社 2002 年

张曙光：《小丑的花格外衣》，文化艺术出版社 1998 年

章安祺编订：《缪灵珠译文集》，中国人民大学出版社 2008 年

赵沛霖：《兴的源起》，中国社会科学出版社，1987 年

赵汀阳：《坏世界研究——作为第一哲学的政治哲学》，中国人民大学出版社 2009 年

赵执信：《谈龙录》，陈迩冬点校，人民文学出版社 1998 年

周瓒：《松开》，作家出版社 2007 年

周红兴：《艾青研究与访问记》，文化艺术出版社 1991 年

周伦佑：《周伦佑诗选》，花城出版社 2006 年

周英雄：《结构主义与中国文学》,台湾东大图书公司，1983 年

周振甫《文心雕龙注》,人民文学出版社 1981 年

周政保：《闻捷的诗歌艺术》,新疆人民出版社 1986 年

周作人：《周作人文集》,止庵编,河北教育出版社 2002 年

钟鸣：《旁观者》,海南出版社 1998 年

朱熹：《诗经集传》,吉林人民出版社 1999 年

朱朱：《枯草上的盐》,人民文学出版社 2000 年

朱大可：《话语的闪电》,华龄出版社 2003 年

朱东润：《诗三百探故》,云南人民出版社 2007 年

朱光潜：《朱光潜美学文集》,上海文艺出版社 1983 年

朱立元主编：《西方美学范畴史》,山西教育出版社 2006 年

朱自清：《诗言志辩》,广西师范大学出版社 2004 年

宗白华：《宗白华全集》,安徽教育出版社，1996 年

宗仁发选编：《2006 年中国最佳诗歌》,辽宁人民出版社 2007 年

外语文献

乔治·莱考夫：《认知语言学十讲》(*Ten Lectures On Cognitive Linguistics*) 外语教学与研究出版社 2007 年

James.Liu, Language-Paradox-Poetics, Princeton University Press, 1988 年

J.L.Austin, *How To Do Things With Word*,外语教学与研究出版社,牛津大学出版社,2002 年

Lakoff&johnson,*Metaphors We Live By*, Chicago and London Univercity of Chicago Press,1980

Raymond Gibbs: *Embodiment Refers To Understanding The Role of An Agent's Own Body In Its Everyday ,Situated Cognition. Embodiment and Cognitive science*, Cambridge University Press,2005;

初版后记

写作的理想,有如童话中藏于密室的财宝。开始时,因在夜间,藏身于魔幻城堡的它,就显得格外耀眼神秘;倘要在大白天的路边,也许它就是一普通铁石而已。当年憋着青春和激情,全然不顾惜自己的虮蜉之躯,向一本理想中的书逐字逐句地攀爬进军,颇有挫万物于笔端的空架势。理想中的它五光十色,玲珑芳润,似世间所无之书。我惑于如此虚境,忘乎所以,孤身深入其中。

残酷的是,完工之后邈然回首,此前曾缭绕着它的紫气和圆光已消失殆尽,只剩一堆光秃秃的文字,恍惚不可依恃,似被秋霜打过,横七竖八地蔫在我眼前,嘲笑我技艺的拙劣。"愚人啊,这里和那里都没有真谛。"——古代波斯诗人海亚姆(Omar·Khayyám)早就告诫我辈欣于思考和写作而不知天高地厚的人。

在这个学术不足以为稻粱谋的时代,我能走上学术之路,我要深深地感谢我的导师敬文东先生和刘淑玲先生。敬老师多年来对我的娇惯和宠爱,是我无上的福气。自本科第一天开始,我就跟他结下了终生的师生之缘,从此,有诗有酒,修习文艺,追随尽风流,年华不觉暗度。至2011年夏天我落拓江南,十二年已逝。其中兴味,言岂能至!京华求学十余年间,我关于文学和学术的一切活动,都得自于敬老师的帮助和鼓励,本书的修改提升,也是在敬老师的催促下完成。刘老师在我求学欲最强烈之时，收下我做了她的开山博士生。因我对许多事情的偏见，博士期间还一度想退学，是刘老师的菩萨心肠，让我继续走在正道上。多年来，她总是在最困难的时候，给予我最贴心的帮助和关爱。两位老师对我的帮助、鼓励和宽容，成为我完成研究生学业的主要动力。

感谢西渡老师和刘文燕师母多年的关爱。多年来，他们一直是我敬爱的老师和亲人。我对诗歌的理解，多由西渡老师启蒙，我这么多年在学习和生活中遇到的困难，他和师母无不慷慨相助。很难想象，没有他们的照顾和爱护，我渺小的生活之舟将驶往何方。感谢人民文学出版社的脚印老师，在京求学期间，她引领我胜览了大学之外丰富的文学风景，也为我顺利完成学业提供了稳定的经济支持。她满身的仁爱、智慧与风度，永远是我人生的楷模。在读博士期间，我另一位亲爱的师长——诗人张枣不幸英年病逝。他在中央民族大学任教的短暂岁月里，我们结下了深厚的师生情谊。他展示的趣味与见识，种种奇思妙想，常常化为我继续写下去的灵感，本书的书名，也得自他的启发。他普度诗心，不嫌我愚笨，非常希望我能写出一本像样的诗歌研究著作，因此不遗余力地帮助和鼓励我。可惜天不假年，我尚未毕业，他就遽然离世，令我深为痛心。本书修订几近完毕之时，正值他离世三周年，此前我在师友们的支持下搜集编成的《张枣的诗》《张枣随笔选》已先后由人民文学出版社出版。这一切虽已与他阴阳相隔，但诗人之精魂，已经落英缤纷于人间。

生在这个势利而浮华的时代，命运却为我安排了这么多好师长，是上天对我的眷顾。只是由于我天资愚钝，这本书中充满了不足和遗憾。倘若书中尚有一二可取，无疑都来自老师们的言传身教。

感谢张桃洲、姜涛、李怡、白薇、徐文海等先生在博士论文答辩过程中给我提出的宝贵意见。本书的初稿作为博士论文通过答辩后,我因为爱情的魅惑而南下浙大做博士后研究,不久后,即开始了为人夫和为人父的新生活。其间,根据师长们的意见,我对书稿进行了较大的修改充实,在原有基础上增加了若干章节,基本上实现了预先的写作设想。在浙大期间,要感谢我的合作导师姚晓雷教授对我的诚恳帮助与点拨;感谢黄华新教授对我的关心和帮助;感谢浙江省博士后科研择优资助项目对我研究的资助;感谢吴秀明、黄健、黄擎、陈力君等先生在出站报告会上给我提出了宝贵的修改意见。在书稿的完善过程中,我的岳父王尚文先生帮我校订了部分内容,并提出不少好的具体修改建议,妻子王诗客帮我校订了书中涉及英语的文献,我的朋友王婵帮我校对出书稿中的许多讹误,在此一并感谢。

本书写作过程中,部分内容的初稿或成稿先后在《南京理工大学学报》《山花》《新诗评论》《扬子江评论》《江汉大学学报》《中国现代文学研究丛刊》《江汉学术》《人大报刊复印资料·中国现代、当代文学》《诗建设》《文艺争鸣》等刊物刊发或转载。这要感谢敬文东、张桃洲、刘洁岷、傅光明、李寂荡、冷霜、黄梵、何同彬、张洁宇、王双龙、泉子、江离、飞廉、胡人等长辈和师友的提携与错爱。本书的出版,有幸得到浙江工业大学中国语言文学省高校人文社科重点研究基地的资助。广西师范大学出版社的小雨兄欣然答应承担本书的责编工作,感谢她的友谊和劳作。

我在北京求学期间,因参与处理张枣老师后事,与诗人赵野先生有过数次缘分相见,只是未及深谈和请教。在本书付梓之际,我意外地收到了赵野先生的微信,他对发表在《诗建设》上的本书第一章给予了过高的评价,并希望能够读到本书全稿。粗陋习作得到长辈的鼓励,自然令人倍受鼓舞。文情难鉴,诗人与批评家之间,如刘勰在《文心雕龙·知音》中所说的,更多是"东向而望,不见西墙"。赵野先生慷慨答应为本书作序,显现了他的长者风范和沉博绝丽的诗人之心。感谢赵野先生,更要感谢因诗人和诗歌而来的缘分。

2014 年 6 月杭州

再版补记

  这本小书的写作,从 2008 年下半年开始,到 2011 年年中完成初稿,并作为博士论文通过学位答辩。从 2011 年下半年到 2014 年年中,除内容润色加工之外,补充了部分章节,2015 年由广西师范大学出版社出版。2016 年重印过一次,修改了一些错漏。书面世后,收到了一些师友的指正和鼓励,在此特表谢忱。

  这次再版,一是对新发现的讹误作了修订,二是在尽可能尊重"少作"的前提下,调整了少许不太"顺眼"的文字。当然,这显然没让它变得更好,只是年岁渐长,想问题的方式,对语言的态度,都发生变化而已。新版最令人高兴的变化,是增加了亲爱的刘淑玲老师的序言,对我来说,这本小书因此而圆满。刘老师是我的博士研究生导师,一个保有痴心善念的师长。疫情数年,大大减少了我们见面的机会。记得最近一次去看刘老师,是好几年前的一个下午,在她北京的家里,我们闲聊到我得起身赶火车的时间。这时我忽然觉得饿了,就把她给自己准备的晚饭——一碗稀饭和两个番薯囫囵吃了,然后匆匆赶往北京南站。刘老师深夜发来的序文,回忆了许多温暖往事和美丽时光,我也因而想起年轻时曾给老师增添的许多麻烦,想起我激动地跟她滔滔不绝胡说的无畏,想起她总是和悦的样子。感谢刘老师的教导,感谢她对我一如既往地鼓励和宽容。老师的真教金言,对业已走进中年深水区的我来说,就是生机和力量。最后,感谢我工作过十一年的浙江工业大学人文学院一直以来对我研究的支持;感谢浙江大学出版社的王荣鑫兄,他认真专业的编辑工作,为小书添彩增色不少。

2024 年 8 月杭州